吴永喆　乔万民　选注

苏辙

唐宋八大家

天津出版传媒集团

天津古籍出版社

图书在版编目（CIP）数据

苏辙 / 吴永喆，乔万民选注. -- 天津 ：天津古籍出版社，2006.12（2018.11重印）
（唐宋八大家）
ISBN 978-7-80696-362-3

Ⅰ. ①苏… Ⅱ. ①吴… ②乔… Ⅲ. ①古典散文—作品集—中国—北宋 Ⅳ. ①I264.41

中国版本图书馆CIP数据核字（2006）第116566号

唐宋八大家·苏辙

吴永喆，乔万民 / 选注

出版人/张玮

天津古籍出版社出版
（天津市西康路35号　邮编300051）
http://www.tjabc.net

天津兴湘印务有限公司

全国新华书店发行

开本 880×1230 毫米 1/32　印张 10.75　字数 317 千字

2010 年 9 月第 1 版　2018年 11 月 第 4 次印刷

ISBN 978-7-80696-362-3　　定价：43.00元

目　录

苏辙生平及创作简介

苏辙，四川眉山人，字子由，一字同叔，晚年号颍滨遗老，谥文定。他是苏洵最小的儿子，是苏轼的弟弟，与他的父兄一道在中国文学史上被称为“三苏”。苏辙生于宋仁宗至元二年，对此，他的哥哥苏轼记得最清楚，六十年之后，他还作赋赠物以祝贺弟弟的生日。苏辙生于己卯，苏轼曾称呼他为“卯君”。

苏辙少时与哥哥苏轼一同就学于四川眉山的学者刘巨。他当时在眉山一带以教授为业，从游者至百人。苏洵命两个儿子跟他学习，受益匪浅。后来，母亲程氏为苏轼、苏辙二兄弟讲学，教育他们要以古代的名士为榜样，坚守道义，刚直不阿，对苏辙兄弟后来处世的品性产生了深远影响。

苏辙与哥哥苏轼少年时代就感情甚笃，这种友谊一直保持终生。苏辙说苏轼对他是“抚我则兄，诲我则师”(《东坡先生墓志铭》)。而苏轼也说苏辙“岂独为吾弟，要是贤友生”。(《初别子由》)兄弟二人少时一起读书，苏轼读书每有心得，有与人言者，有不与人言者；不与人言者，与苏辙言之，可谓知苏辙甚深。

苏洵赴京考试落第后返回故乡，绝意功名，潜心读书，同时精心培养自己的两个儿子。他写了一篇《名二子说》，对两个儿子的前程作了一番预测，表达了他对两个儿子未来前程的希望。他写道：“轮、辐、盖、轸，皆有职乎车；而轼独若无所为者。虽然，去轼吾未见其为完车也。轼乎，吾惧汝之不外饰也。天下之车莫不由辙。而言车之功，辙不与焉。虽然车仆马毙，而患亦不及辙。是辙者，善处于祸福之间也。辙乎，吾知免矣。”

苏洵的这篇文章，对他两个儿子的未来预测得确实比较准确。苏轼一生豪放不羁，锋芒外露，确属“不外饰”那种类型的。结果他的一生坎坷异常，屡遭贬谪，因文字得罪，几乎被杀。而苏辙一生冲淡平和，含而不露，在官场中虽几经沉浮，但始终处于“祸福之间”，最后在隐居中度过了晚年。

苏辙在少年时就体现出了写作的天才。一日，苏轼与苏辙各作了一篇文章，苏轼作文的题目是：《却鼠刀铭》，而苏辙写的是《缸砚赋》，父亲苏洵看完后，赞赏苏辙的这篇文章写得好，命他用好纸修改誊写，装饰好了以后钉于他所居住的墙壁之上。

苏轼年十九岁娶了当地青神的王弗为妻，第二年，苏辙娶了比他小两岁的史氏为妻，那一年他十七岁。

宋仁宗至和元年，张方平出守成都。苏洵带着他写的著作以布衣身份前往拜见，得到了张方平的极大赏识。在张方平等人的劝说和推荐下，苏洵决定再到京师寻求入仕的出路，更主要的是陪着他的两个儿子到京城应试。苏洵在《上张侍郎第一书》中写道：“洵有二子轼、辙，龆齿授经，不知他习，进趋跪拜，仪状甚野，而独于文字中有可观者。始学声律，既成，以为不足尽力于其间。读孟、韩文，一见以为可作，引笔书纸，日数千言，全然溢出，若有所相。年少狂勇，未尝更变，以为天子之爵禄可以攫取。闻京师多贤士大夫，欲往从之游，因以举进士。洵今年几五十，以懒钝废于世，誓将绝进取之意。惟此二子，不忍使之复为湮沦弃置之人。今年三月，将与之入京师。”

嘉祐元年三月，苏辙随父兄一道入京赶考。他们父子三人首先来到成都拜别张方平。苏轼以前曾陪苏洵来成都拜见过张方平，而苏辙这次是第一次见到这位父亲的恩公。张方平不仅对苏洵有知遇之恩，而且还发现他的两个儿子也是罕见的人才。苏洵曾请教张方平，他的两个儿子从乡举考试开始可不可以。张方平批阅了苏轼和苏辙的文卷后说：“从乡举，乘骐骥而驰闾巷也。”他认为苏洵二子直接参加朝廷设立的六科考试，“犹不足骋其逸力尔”。《瑞桂堂暇录》中还有这样一段有趣的记载：苏氏父子入京前到成都拜谒张方平，当时苏轼、苏辙刚刚学习怎样应对制科考试，张方平与兄弟二人谈话后，甚奇之。第二天，张方平忽出六题，令人交给苏轼、苏辙，让他们兄弟二人按题作文，而张方平悄悄在壁间窥视他们。兄弟二人得题后，各坐致思。苏辙得题后有疑惑之处，指着题让苏轼看。苏轼也不搭话，只是举笔倒敲桌子，意为《管子》注。苏辙疑而未决，又指着第二题让苏轼看,苏轼挥笔勾去。两个人再也没说话,开始专心答题。写完后交上来,张方平阅后甚喜。勾去的那一题,是没有出处的,张方平只是有意试试他们。第二天,张方平对苏洵说:“你的二子都是天才。长者明敏尤为可爱,然少者谨重,成就或过之。”后来苏辙做官果然比苏轼大。从那以后,苏轼、苏辙兄弟都爱戴张方平,而苏辙感激尤深,他曾写道:“予年十八与兄子瞻东游京师。是时张公安道(张方平)守成都,一见以国士相许,自尔遂结忘年之契。”

苏洵父子带着张方平等人写给欧阳修的举荐信离开成都,经阆中,出褒斜谷,又经过横渠镇、凤翔驿,过长安,出关中,五月抵达京师。适值京师发大水,直到秋天水退,他们才见到了欧阳修等人。

当时,苏轼与苏辙年纪轻轻,初来京师,几乎无人知晓。他们兄弟俩住在开封兴国寺专心应考。父亲苏洵忙于在外边干谒达官显贵。通过苏洵,苏轼兄弟二人认识了欧阳修、梅尧臣等人,并得到了他们的极大赏识。梅尧臣在赠给苏洵的诗中写道:“岁月不知老,家有雏凤凰;百鸟戢羽翼,不敢呈文章。”盛赞苏洵的两个儿子苏轼、苏辙是雏凤凰,高翔于百鸟之上。

嘉祐二年正月,欧阳修以礼部侍郎、翰林侍读学士知贡举,结果,苏轼、苏辙兄弟双双考中。然后又经过宋仁宗的“御试”,苏辙赐同进士及第,苏轼赐进士及第。仁宗回宫后高兴地说“我今天为子孙得了两个宰相。”

苏洵看到自己亲手培养的两个儿子皆中高第,实现了自己多年梦寐以求而难以实现的夙愿时,心情复杂地说道:“莫道登科易,老夫如登天。莫道登科难,小儿如拾芥。”(《史阙》)。

三苏父子一时名动京师。

欧阳修在《苏明允墓志铭》中写道:“当至和、嘉祐之间,(苏洵)与其二子轼、辙偕至京师,翰林学士欧阳修得其书献诸朝。书既出而公卿士大夫争传之。其二子举进士皆在高等,亦以文学称于世。眉山在西南数千里外,一日父子隐然名动京师,而苏氏之文章遂擅天下。”曾巩在《苏明允哀辞》中也写道:“嘉祐初年与二子轼、辙复去蜀,游京师……既而欧阳公为礼部,又得其二子之父,擢之高等,于是三人之文章盛传于世。得而读之者皆为之惊，或叹不可及，或慕而效之。”

正当苏洵父子三人在京师春风得意之时，噩耗传来，苏轼、苏辙的母亲程氏在家中亡故。父子三人仓卒返回四川。

嘉祐四年(1059)十月，苏氏父子三人再次出川赴京。这一次他们走的是水路。他们带着全家人，乘船沿岷江、长江而下，经过嘉州、犍为、渝州、忠州等地出三峡，至江陵，然后又从陆路北上，经过襄阳、许州等地，于嘉祐五年二月抵达京师。

一路上父子三人饮酒作诗，访游名胜，沿途的许多地方官也前来会见他们，陪着他们游玩，十分热情。这一路上，父子三人唱和较多，他们将这些作品编到一起，名为《南行前集》、《南行后集》。苏轼在《南行前集》叙言中说：“己亥之岁，侍行适楚。舟中无事，博弈饮酒，非所以为闺门之欢。山川之秀美，风俗之朴陋，贤人君子之遗迹，与凡耳目之所接者，杂然有触于中而发于咏叹。盖家君之作与弟辙之文皆在，凡一百篇。”《南行前集》早已失传，但其中所收诗赋大部分保存下来了。其中，苏辙诗二十三首，赋两篇。

苏洵父子回到京师后，苏轼被任命为河南福昌县主簿，苏辙被任命为渑池县主簿。但欧阳修等人推荐他们参加制科考试，所以兄弟二人都没有赴任，一心准备应付制科考试。

嘉祐六年，苏轼、苏辙二人同时参加制科考试。当时一同前去应试者甚多。一天，宰相韩琦与客人们说：“二苏在此，而诸人亦敢与之较试何也？”此语一传出，不敢应试而去者十有八九。那时，朝廷所设的制科考试一般都在八月中旬举行，但突然间苏辙得病卧床不起，自料赶不上参加考试了。宰相韩琦得知后，向皇帝禀奏说：“今岁召制科之士，惟苏轼、苏辙最有声望。今闻苏辙偶病未可试。如此人兄弟中一人不得就试，甚非众望……”他请求皇帝将制科考试的时间向后推迟一下。皇帝同意了他的请求。苏辙在病中，韩琦数次派人询问他是否康复。直到苏辙身体完全康复，制科考试方才举行，比正常的考试日期推迟了二十天。从那以后，朝廷的制科考试改在了九月。

考试的那一天，苏轼、苏辙兄弟二人各携一端砚进入考场。据《四朝闻见录》《吹剑录集》等书中记载，苏轼进了考场，一看题目，知道弟弟苏辙肯定记不起“礼义倍足以成德”这句话的出处了。正巧一位老兵给他倒砚水时溢了出来，苏轼于是装作生气的样子喊道：“小人哉。”苏辙一下记起了这句话出自《论语》：“樊迟请学稼”下边的注中。

苏轼、苏辙兄弟又双双通过了制科考试，苏轼的名次遥遥领先，而苏辙却出了点问题。他在应试的文章中认为仁宗春秋已高，或倦于勤，因而极言得失，而于禁廷之事，尤为切至。他写道：“陛下即位三十余年矣，平居静虑，亦尝有忧于此乎，无忧于此乎？臣伏读制策，陛下既有忧惧之言矣。然臣愚不敏，窃意陛下有其言耳，未有其实也。往者宝元、庆历之间，西夏作难，陛下昼不安坐，夜不安席，天下皆谓陛下忧惧小心，如周文王。然自西方解兵，陛下弃置忧惧之心，二十年矣。古之圣人，无事则深忧，有事则不惧。夫无事而深忧者，所以为有事之不惧也。今陛下无事则不忧，有事则大惧，臣以为忧乐之节易矣。臣疏远小臣，闻之道路，不知信否？

“近岁以来，宫中贵姬至以千数，歌舞饮酒，优笑无度，坐朝不闻咨谟，便殿无所顾问。三代之衰，汉、唐之季，女宠之害，陛下亦知之矣。久而不止，百蠹将由之而出。内则蠱惑之所污，以伤和伐性；外则私谒之所乱，以败政害事。陛下无谓好色于内不害外事也。今海内穷困，生民愁苦，而宫中好赐不为限极，所欲则给，不问有无。司会不敢争，大臣不敢谏，执契持敕，迅若兵火。国家内有养士、养兵之费，外有契丹、西夏之奉，陛下又自为 阱以耗其遗余，臣恐陛下以此得谤，而民心不归也。”

这篇策对送上去之后，连苏辙自己都觉得言辞过于激烈，自认为必被废黜。当时司马光为考官，将他录取，列为三等，身为三司使的蔡襄说：“吾三司使也。司会之言，吾愧之而不敢怨。”只有考官胡宿认为苏辙的文章大不逊，请求废黜他。宋仁宗说：“以直言召人，而以直言弃之，天下其谓我何？”宰相不得已，置之下等。授他以商州军事推官。当时王安石知制诰，替皇帝起草诏书，对苏辙的这篇策对大为不满，认为他专攻人主，不肯为他撰词。正好这时他的父亲苏洵奉朝命以霸州文安县主簿的身份与陈州项城县令姚辟在京师同修《礼书》，苏辙便请求留在京城养亲，而他的哥哥苏轼被任命为签书凤翔判官，前去赴任了。三年后，苏轼还京，苏辙前往大名任推官。

宋英宗治平三年四月，苏洵修完《礼书》，在京城去世，苏辙与哥哥苏轼一道送父亲的棂柩返川，并为父守丧。守丧期结束后，英宗已死，神宗已立位两年了。苏辙上书言事，提出了去“三冗”，即去除冗吏、冗兵、冗费以丰朝廷之财。他的这一政见得到了神宗皇帝的重视，皇帝在延和殿召见了他，并任命他为制置三司条例司检详文字。

当时，王安石正在朝中执政，与陈升之共同掌管三司条例事物，命苏辙为他的下属。吕惠卿当时正依附王安石，苏辙每与他讨论事务，两人的意见多相抵触。

王安石准备推行新苗法，让苏辙认真地议一议，并说：“有什么不合适的地方，请直言相告。”苏辙回答说：“以钱贷民，使出息二分，本以救民，非为利也。然出纳之际，吏缘为奸，虽有法不能禁，钱入民手，虽良民不免妄用；及其纳钱，虽富民不免逾限。如此，则恐鞭捶必用，州县之事不胜烦矣。唐刘晏掌国计，未尝有所假贷。有尤之者，晏曰：‘使民侥幸得钱，非国之福；使吏倚法督责，非民之便。吾虽未尝假贷，而四方丰凶贵贱，知之未尝逾时。有贱必糴，有贵必粜，以此四方无甚贵、甚贱之病，安用贷为？’晏之所言，则常平法耳。今此法现在而患不修，公诚能意于民，举而行之，则晏之功可立俟也。”王安石听了以后说：“君言诚有理，当徐思之。”自此一个多月不谈青苗法的事情。后来，河北转运判官王广廉奏乞度僧牒数千为本钱，于陕西漕司私行青苗法，春散秋敛，与王安石意合，于是青苗法遂被推行。王安石派人到四方调查，朝野上下知道这些使者必迎合生事，都不敢说实话。苏辙找到陈升之说：“昔嘉祐末，遣使宽恤诸路，各务生事，还奏多不可行，为天下笑，今何以异此？”他又给王安石上书，力陈其不可行。王安石大怒。准备给他加以罪名，陈升之阻止了王安石，将苏辙放出朝廷，任河南推官。当时张方平知陈州，请他任教授。

苏辙的哥哥苏轼也离开京师，到杭州任职，途中到陈州会见于苏辙，在那里住了七十多天。苏辙家里很穷，孩子又多，生活很拮据。当时苏辙全家住在一栋低矮的小房子里，而苏辙的个子又长得很高，苏轼就开玩笑地说他的弟弟：“常时低头诵经史，忽然欠伸屋打头。”苏辙与苏轼闲来无事常去柳湖划船或到郊外散步，共同探讨时局和政治问题，苏辙常常劝哥哥苏轼不要在宾客面前把自己的想法都过分坦白地说出来，而苏轼却说“我心中有不平事，如食中有蝇，吐之乃已。”

熙宁六年，苏辙改任齐州掌书记，熙宁十年又到张方平幕府任南京签书判官。

元丰二年(1079)，苏辙兄苏轼受到朝中小人的诬陷，告发他以诗讥讽朝廷，朝廷派人前往湖州羁押苏轼回京下狱。驸马都尉王诜与苏轼交往甚厚，秘密派人赶往南京通知苏辙。苏辙闻讯大惊，急忙派人前往湖州通知苏轼。前往押解苏轼的官吏带着儿子同行，因儿子途中生病耽误半日，苏辙派去的人抢先将这一消息告诉了苏轼。

苏轼被朝廷来的官吏押送回京师，途中，押送他的船在太湖鲈香亭下修桨。那天晚上，风涛倾倒，月色如昼。苏轼不知自己罪行有多重，本想跳进湖中，一死了之。又转念一想，自己这一死，弟弟子由必不能独生于世，这不是太辜负弟弟了吗？想到此，苏轼打消了轻生的念头。

苏轼七月二十八日被捕，八月十八日被关入御史台监狱。儿子苏迈每天都到狱中探望他，为他送饭。苏轼和儿子约定，万一有什么坏消息就送鱼来。有几天苏迈出城借款，让一位朋友代为送饭。这位朋友不知就里，给苏轼送去了几条熏鱼。苏轼以为事态恶化，难逃一死，就写了两首诗，托一位平时对他很友善的狱卒转交给弟弟苏辙。其中一首诗是这样写的：

“圣主如天万物春，小臣愚暗自亡身。

百年未了须还债，十口无家更累人。

是处青山可藏骨，他时夜雨独伤神。

与君世世为兄弟，更结来生未了因。”

这首诗写得悲悲切切，表达了对弟弟苏辙恋恋不舍的深情。苏辙读罢哥哥的这两首诗，伏案痛哭。后来，这两首诗层层上达到皇帝手中，皇帝看后也大为感动，后来苏轼获释，这也是原因之一。

在苏轼得罪下狱期间，苏辙给朝廷上书，请求以自己的官职为哥哥赎罪。后来他因苏轼的案子遭到贬谪，监筠州(今江西高安)酒税，五年不得调升。苏辙监酒官的办公室位于临河的一座小破屋中。过去一共有三个官吏在这里办公，苏辙到任后，另外两个官吏都罢职而去，大事小事都要由苏辙一个人来办。苏辙记叙当时的情景是：“坐市区鬻盐沽酒，税豚鱼，与市人争寻尺以自效。夜归筋力疲废辄昏然就睡，不知夜之既旦。旦则复出营职。"在那段时间，苏辙不断练习瑜伽术。他童年多病，夏天消化不良，秋天咳嗽，吃药也不见效，自从习练瑜伽术，身体渐渐好了。他还把修练瑜伽术的心得教给了哥哥苏轼。

元丰七年，苏辙改任歙州绩溪(今属安徽)令。

宋哲宗登基，高太后垂帘听政。苏辙的政治生涯出现了转机。他被召回京师，先任秘书省校书郎，元祐元年任右司谏，后迁中书舍人，改任户部侍郎。整个元祐时期，苏辙的政治生涯达到了顶峰，他身居要位，历任翰林学士知制诰、尚书右丞、门下侍郎等职。

当时哲宗刚刚十岁，高太后垂帘听政，马上起用了司马光、吕公著为相，准备革除王安石变法造成的弊端，一切回到熙宁以前的原样。而过去的丞相蔡确、韩缜、枢密使章惇等人还都在位，窥测时机，以求一逞。苏辙上言，请求朝廷将他们逐出贬谪。朝廷中还有一个叫吕惠卿的人，一开始极力谄事王安石，"倡行虐政以害天下"。后来看到王安石大势已去，则全力倾陷王安石，一朝反目，甚于仇雠。吕惠卿人品恶劣，依靠王安石的势力，一步步爬上了丞相的高位。一旦大权在握，吕惠卿就翻脸不认人，告发王安石蓄图谋反，后来又把王安石写给他的私人信函交给了皇帝，其中有好几封信，王安石都写着："无令上知此一贴"的字样。神宗开始对王安石大为不满，王安石被迫自请罢相。吕惠卿恶名远扬，为天下人所不齿。哲宗立，吕惠卿自知不妙，便避重就轻，企图在朝廷中能保住一个位置。苏辙上疏，陈述了吕惠卿重重奸险之状，朝廷终以散官将其发置建州。

司马光执政后，认为王安石推行的雇役法害处甚大，准备恢复差役法。苏辙与司马光相交甚厚，但他认为雇役法和差役法两相比较各有利弊，恢复差役法，应慎重考虑，然后实施。

司马光还对王安石私设"诗、书新义"考试天下士的做法十分不满意，准备改变王安石科考的办法，实行新的方式。苏辙劝告司马光说："进士来年秋试，所剩时间不多了，而改革科考的办法一时还议而难决。诗赋虽属小技，但比次声律，也须用功不浅。至于治经，诵读讲解尤其不是轻易就能做到的。总之，来年不可轻易施行新的科考办法。来年的科场考试还是一切如旧的好。唯有经义可兼取注疏及诸家之议，或出己见，不专用王氏学……然后徐议元祐五年以后的科举格式，未为晚也。"遗憾的是，苏辙的这些比较稳妥的建议，司马光都未予采纳。

北宋长期边患不绝，宋神宗时，乘夏国内乱之机，宋朝以兵攻讨，于熙河增兰州、于延安增安疆、米脂等五寨。哲宗登位，夏国派使者前来祝贺，使者还，还未出境，又派使者入境。宋朝知道夏国有请求归还兰州五寨的意图，大臣们议论不休，或弃或守，各有主张，一时难有定议。苏辙立主还地，以求和平。苏辙的建议被朝廷采纳，答应归还五寨，西夏才暂时安定下来。

苏辙还多次提出了赈济饥民，免除积欠，裁减浮费等项改革政见。

自元祐初年朝廷推行新的政令，到元祐五年人心已初步稳定。但元丰时期的旧党仍分布朝廷内外，不甘心失败，经常无中生有，以异端邪说摇撼在位者。朝廷执政者吕大防、刘挚以为心患，准备引用一些元丰旧党，以平夙怨，叫做"调停"。宣仁后迟疑难决。苏辙对这种所谓的调停持强烈反对态度。他上疏说："君子小人不可并处，圣意似不以臣言为非者。然天威咫尺，言词迫遽，有所不尽，臣而不言，难当救其失者！亲君子，远小人，则主尊国安；疏君子，任小人，则主忧国殆：此理之必然。未闻以小人在外，忧其不悦而引之于内，以自遗患也……且君子小人，势同冰炭，同处必争。一争之后，小人必胜，君子必败。何者？小人贪利忍耻，击之则难去，君子洁身重义，沮之则引退……而议者惑于说，乃欲招而纳之，与之其事，谓之'调停'。此辈若返，岂肯但已哉？必将戕害正人，渐复旧事，以快私忿。"这封奏疏呈上之后，宣仁后命执政宰相读于帘前。她说："苏辙怀疑我们君臣是邪恶小人和正人君子兼而用之，他所说的极为有道理。"诸位大臣们都随声应和，关于"调停"的说法便不再被提起。

西夏与北宋的关系一直是打打停停，停停打打。因此，对西夏采取何种对策，一直是北宋大臣们争论的焦点。哲宗立，西夏派使者前来祝贺登极，请求和谈，并商议划定地界事宜。宋朝向西夏作出了许诺：划定地界，每月赐给西夏钱物等。但时间过去了很久，这种许诺并没有被付诸实施。第二年，西夏派兵袭击泾原，杀掠宋朝的弓箭手数千人。宋朝隐忍了这种挑衅行为，派使者前往西夏赐策命。西夏人在接待宋朝使者时特别傲慢。他们指责宋朝划分地界不公平，不再派使者回谢，并再次派兵侵犯泾原。元祐四年，西夏派人来到宋朝以贺礼为名商议地界事宜。宋朝只赐给钱物，地界的事却没有定下来，西夏于是在边疆多方侵扰。当时的熙河守将范育、种谊等人无法忍受，违背两国达成的协议，侵入西夏地界，构筑了买孤、胜如两座城堡，西夏人很快将这两座城堡扫平。范育等人又欲招纳西夏将领赵醇忠投降，并擅自招收了赵的部下千余人，宋朝却不允许他接收西夏的这些将士。西夏与宋朝的边界一片骚然。苏辙上奏请求罢免范育、种谊，另换老将守熙河。宣仁太后觉得苏辙的话言之有理，但许多大臣反对这一主张，范育、种谊终于没有被罢免。苏辙又面奏说："人君与人臣，事体不同，人臣虽明见是非，而力所不加，须至且止；人君于事，不知则已，知而不能行，则事权去矣。臣今言此，盖欲陛下收揽威柄，以正君臣之分而已。若专听所谓，不以渐制之，及其太甚，必加之罪，不免逐去。事至如此，岂朝廷美事？故臣欲保全大臣，非欲害之也。"

元祐六年，熙河守将上奏朝廷，说：西夏人以十万骑兵逼近远军一带边境，挑掘有争议的崖巉，杀人三日方才退去。请求趁夏兵退去之机，乘利而往，将堡寨向边界推移，不必再诚守什么信用。"

朝廷召集大臣们会议。苏辙说："我们还是先议一议用兵还是不用兵吧。"

执政大臣吕大防说："如果应该用时，也不得不用。"

苏辙说："凡用兵，先论理之曲直。我若不直，兵决不当用。"接下来，苏辙陈述到，是朝廷侵占了夏地，并且不归还，这才引得西夏发怒争战不断。

当朝重臣刘挚说："不用兵虽然很好，但是事情有必须用兵的，那也不可不用。"

苏辙上奏说：夏兵十万压熙河境上，不于他处，专于有争议的地方杀人，掘了崖巉，此意可见。此非西夏人之罪，皆朝廷不直之故。如果熙河再敢生事，不守信用，我就要诘责这里的帅臣。

后来，边兵屡次深入西夏的领地，宣仁后于是听从了苏辙的建议。

有一个叫李清臣的人朝廷任之为吏部尚书，当时任给事中的范祖禹不同意，封还了诏书，并说另一位大臣姚勔也不同意。朝廷又任蒲宗孟为兵部尚书。苏辙上奏说："前番任命李清臣，给谏纷然，争之未定。今又用宗孟，恐不便。"宣仁后说："那么这些地方缺官怎么办？"苏辙说："尚书阙官已数年，何尝阙事？今日用此二人，正与去年用邓温伯无异。这三个人，并没有什么大恶，但他们过去与蔡确等人并进，他们的政见与今日圣政不合。现在尚书共缺四人，若一起用这四个人，使党类互进，恐怕朝廷从此就不安宁了。”朝廷听从了苏辙的建议。

绍圣初年，哲宗起用李清臣为中书舍人，邓润甫为尚书左丞。这两个人久在地方任职，不得志，向哲宗进言，准备逐渐恢复熙宁、元丰时期的一些制度。在廷试进士时，李清臣出策题，鼓吹翻案。

苏辙为此上谏皇帝说：“伏见御试策题，历诋近岁行事，有绍复熙宁、元丰之意。臣谓先帝以天纵之才，行大有为之志，其所设施，度越前古，盖有百世不可改者。在位近二十年，而终身不受尊号。裁损宗室，恩止袒免，减朝廷无穷之费。”苏辙在列举了先帝许多英明的施政措施之后接着说：“凡如此类，皆先帝之睿算，有利无害。而元祐以来，上下奉行，未尝失堕也。至于其他，事有失当，何世无之？父作之于前，子救之于后，前后相济，此则圣人之孝也。”

苏辙还引用汉武帝、昭帝、光武、显宗、章帝以及本朝先帝的一些作法，极力反对“轻事改易”，他接着说道：“若轻变九年已行之事，擢任累岁不用之人，人怀私忿，而以先帝为辞，大事去矣。”

宋哲宗看完了苏辙的奏折，认为他这里引用汉武帝的事来批评宋朝先帝，十分不悦。将苏辙落职，放到汝州任知州。

有人说，苏辙被免职，完全是哲宗这位小皇帝的昏庸所致。实际上，苏辙的被免职有着更为深刻的历史背景。

元祐八年(1093)九月三日，宣仁太后驾崩，朝廷政坛发生了巨大的变化。

太后死前十天，苏辙和范纯仁等六名大臣进宫去看望她。太后对他们说，她恐怕无法恢复了，不能长期看着你们几位大臣了。太后希望大臣们能尽力服侍皇帝。最后，太后留下两位重臣，当着皇帝的面说，她死之后，皇帝一定会启用新的大臣，并且会受到他们的愚弄。她劝告这两位重臣说：“我死之后，你们还是辞官归隐吧。”

哲宗以后的所作所为不幸被太后的话所言中。太后一死，长期被贬的元丰旧党纷纷返回朝廷，担任要职。宋哲宗绍圣元年(1094)夏初，曾经权顷一时，后来又下台的章惇，当上了宰相。章惇上台伊始，就开始极力网罗旧党。声名狼藉的“三面杨”“双面人”惠卿都回朝升官。王安石的另一位亲信曾布也回来了，蔡京从那时进入北宋权力中心，并最后导致了北宋的灭亡。

这些人上台之后，首先鼓动皇帝推出了“绍述”(即恢复祖先作风)的口号，决心重新推行神宗时的经济政策，同时开始了疯狂的报复。他们想尽一切办法使小皇帝哲宗相信，元祐时期的大臣们都是敌人，他们曾与宣仁太后串通企图谋反，推翻哲宗的皇位。哲宗相信了他们的话。

很快，所有的元祐重臣都遭到了残酷的迫害。三十多位高官被流放。有的死去，有的被发配到边远地区。

苏辙已先一步被发落到汝州任职，而他的哥哥苏轼也被曾是他朋友的章惇发落到英州(今南雄)任太守，路过汝州时，苏轼看望苏辙。苏轼不善理财，虽然他有一段官运亨通的日子，但并没有攒下钱，而苏辙在理财方面却比苏轼强多了。苏辙送给哥哥七千缗供他这次远行搬迁之用。

苏辙在汝州任上不到数月，又再次被发落到袁州任知州，未到任，又被降为朝议大夫，试少府监，分司南京，筠州居住。后来又任为化州别驾，雷州安置。苏辙贬居雷州，被迫迁出官舍，无处可住，只好向老百姓租房子住。章惇还不放过他，乘机告苏家兄弟非法侵占民宅。朝廷里派人前来调查，苏辙拿出了合法租房的证据，章惇这才无话可说。后来章惇在朝廷中失势，也被贬到了这一地区，他也无房可住，落到了和苏辙同样的下场。他向老百姓租房子，当地的老百姓厌恶他，不肯租房子给他。他们说：“当年我们租房子给苏辙，几乎惹上了麻烦，现在轮到你了，我们怎么敢租给你呢?”

苏辙和苏轼兄弟被一贬再贬，后来在流放中，他们兄弟二人在梧州附近的藤州碰到了一起。那个地方很贫困，兄弟二人到一家小店里吃了一顿午饭。苏辙习惯于吃一些好饭菜，小店里的粗饼子他吃不下去，而苏轼却几口就吃光了，他笑着逗弟弟：“你是觉得这些粗饼很好吃才嚼得这样慢吗?”

苏辙与苏轼来到了雷州，雷州太守很崇拜他们兄弟二人，便热情地招待了他们，还送来了一些酒肉，结果这位太守在第二年就被弹劾免职了。

绍圣三年六月，苏轼被再贬到儋州，苏辙陪哥哥到了海边，并同宿船上，俩人都很感伤，相对吟诗，彻夜难眠。第二天一大早，苏辙就不得不与哥哥挥手告别，从此竟为永别。

宋徽宗即位，苏辙徙永州、岳州，不久又恢复为太中大夫，提举风翔上清太平官。崇宁时期，蔡京当国，苏辙又被降为朝请大夫，罢祠，居许州，后再复为太中大夫。晚年他于许州筑室，号颍滨老人，写了万余言的自传，不再与别人相见，几十年间，终日默坐不语。

宋徽宗政和二年，苏辙默默地离开人世，终年七十四岁。他被追复端明殿学士，淳熙中，谥文定。

宋史苏辙列传中说："辙性沉静简洁，为文汪洋澹泊，似其为人，不愿人知之，而秀杰之气终不可掩，其高处殆与苏轼相迫。"苏辙也说："惟我与兄，出处昔同。"(《再祭亡兄端明文》)《苏文定公谥议》中说："辙文平生梗概与苏轼略同，而宦达过之。"苏辙与其兄苏轼生平大体相同，思想上也基本一致。入仕后，他敢于上书言事，争论得失。他反对王安石推行的新法，拥护司马光推行的更化政策，同情民众疾苦，力主革除朝政弊端。在性格上，他与苏轼大不相同，不露锋芒，深重恬静，而苏轼却是口无遮拦，敢笑敢骂，毫无心计。因此，苏辙在政治上吃的苦头要比苏轼少。

苏辙说他自己："少以文字为乐，涵咏其间，至以忘老。"(《栾城后集引》)。他一生著述甚多，亲手编定自己的文集。计有：《栾城集》五十卷，收嘉祐四年至元祐六年的诗文；《栾城后集》二十四卷，收元祐六年至崇宁五年的诗文；《栾城三集》十卷，收崇宁五年至政和二年的诗文；《栾城应诏集》十二卷，收早年所写进论、进策、秘阁试论。此外还有《诗集传》《春秋集解》《古史》《老子解》等等。

苏辙存诗一千八百多首，数量还是不少的，但论这方面的成就照苏轼就相差甚远了。

苏辙绝大多数的诗写得比较平平，但有些景物诗和赠和诗也有写得较好的。他有一首《南窗诗》，颇得其兄苏轼的称赞，他说弟弟的这首诗"人间当录数百本"，应该广为流传。清代人也说苏辙的这首诗"当于陶、柳门外另置一席"。他的景物诗如《陈彭漈》中的"苍壁立精铁，悬泉泻天神。山行见已久，指与未来人"，以及《玉龙峡》诗中的"白龙昼饮潭，修尾挂石壁，幽人欲下看，雨雹晴相射”。都写得清闲淡雅，幽静别致。此外还有像“雨余岭上之披絮，石浅溪头水蹙鳞”等诗句，也栩栩如生，别有韵味。明代人杨慎称赞苏辙的写景诗“有王维辋川遗意”。还说他的写景诗“奇景奇句，可诵可想”。

苏辙的赠和诗也偶有佳作。如七律《奉使契丹寄子瞻》《追和张文定公》等篇，都晓畅通达，俯仰有致。贺裳在《载酒园诗话》中说：“栾城（苏辙）身份气概总不如兄，然潇洒俊逸，于雄姿英发中兼有醇醪饮人之致，虽亦远于唐音，实宋诗之可喜者也。”这段话可以说是对苏辙比较中肯的概括和总结。

在写词方面，苏辙并不擅长，但也能偶一为之。今存他的词只有两首。

苏辙的文学成就主要体现在散文方面。

与他的父亲苏洵、哥哥苏轼相比，苏辙的散文还是要逊色一些，他缺少更多的宏辞雄辩和汪洋恣肆的才思，但他的散文还是独具特色，足以卓然自立。

苏辙擅长评史议政。他说自己从少年开始就“闭门出史丛，开口治乱根”（《初发彭城有感寄子瞻》）；他还认为“人生逐日胸次须出一次议论”（《唐子西文录》）；早年他写了许多进论、进策，都有十分独到的见解。在《进策·臣事第一》中，他提出大臣有权臣和重臣之别，但“二者迹相近而难明”。权臣专门培植私人势力，窃取国家大权，这样的人，“天下不可一日而有”；所谓的重臣能够扶助君主治理国家，是国家安危存亡之所系，“天下不可一日而无”。朝廷千万不要因为“恶夫权臣之专”，而使重臣“不容于其间”。苏辙在《进策·臣事第四》中指出，宋初实行的“为将者去其兵权，为兵者使不知将”的政策，虽然“足以变五代豪将之风”，但非长久之计。“当今之势，不变其法，无以求成功”。他认为“天下之事，有此利也，则必有此害”。关键在于适时应变，“利未究而变其方”，“害未至而事已迁”，但绝不能因噎废食。苏辙的这番议论切中了北宋的时弊。宋初，赵匡胤有鉴于五代时君弱臣强，尾大不掉的弊端，采取了一系列措施加以矫正，其中的一项是兵将分离。这在一定程度上解决了骄兵悍将对君主造成威胁的问题，但弊端也相当明显，那就是造成了外无精兵强将的颓势，致使对辽夏之战败多胜少。苏辙看到了这种方法的危害性,并尖锐透彻地指了出来。苏洵、苏轼、苏辙都各作过一篇《六国论》,但论述的角度各不相同。苏洵论“弊”,苏轼论“士”,而苏辙论的是“不知天下之势”。苏辙在这篇文章中写道:韩魏为六国的屏障,秦国的咽喉。秦欲与六国较量,关键在于韩魏。作为六国来说,上策是“莫如厚韩亲魏以摈秦”。“四国休息于内”,佐韩魏以当强秦,如此便“可以应夫无穷”。但六国不知这样做,使“韩魏折而入秦”,这是严重失策,最后导致了六国的灭亡。当时的北宋,貌似强大,但在辽、夏等强敌面前却表现出了十足的怯懦,当时的形势与六国相类似。苏辙的文章表面上全是论史,但却暗含着讽喻现实的意思。全文结构严谨,分析透彻,简明扼要。沈德潜在《唐宋八大家文读本》中说:“栾城逆料其变而筹之,若烛照数计而龟卜者。”

苏辙的记叙文几乎很少记事,仅仅是借事明理抒怀。例如他的《黄州快哉亭记》,一伸笔就描述了黄州江流的形势,接着带出“快哉亭”。下面写了观览风光景物之快,写了凭吊风流遗迹之快,最后点出快哉亭取名的缘由。接下来进入议论阶段,他说快与不快,不在于外物,而在于内养,最终得出了“坦然不以物伤性,将何适而非快”的结论。再把这一结论归结到快哉亭主人身上。这篇文章落笔疾徐有序,紧扣“快”字回环生文,构思精巧,精趣盎然。苏辙的《东轩记》先叙述了自己贬居筠州建东轩以及建了东轩不能安住的过程,接着引出了古代贤人颜回甘于贫贱,不改其乐“非有德者不能任”的感慨和议论,字里行间表现了一种厌倦官场的情绪。这篇文章也是以叙为辅,以议为主的写法。苏辙的《武昌九曲亭记》表现了“天下之乐无穷,而以适意为悦”“孰知得失之所在”的超然胸襟。通篇文章都是一些比较具体的描述,但一种豁达的情思跃然而出。文章写得一波三折,挥洒自如。苏辙的《墨竹赋》盛赞文与可画竹的精妙传神。全文以主客对话的方式展开,虽然极尽铺陈形容,但描述生动,不显晦涩,在散文赋中堪称佳作。苏辙记叙文的写法变化多姿,挥洒自如,写景、叙事、明理、抒怀浑然融合,相得益彰。

苏辙的书信并不太多,但其中也时见佳作。他的哥哥苏轼因诗下狱,他给皇帝写了《为兄轼下狱上书》,曲折婉转地为哥哥表明心迹和忠心,请求皇帝加以宽宥。这封上书,情辞恳切悲伤,用语极其委婉有度。他的

《上两制诸公书》用了大量的形象比喻,说明治学之道,既要放眼古今,又要有己独见,这样才能"遍观乎百家而不乱"。这篇作品行文自如,滔滔不绝。他的《上枢密韩太尉书》也值得一提。他写这封书信的本意是想求见宰相韩琦,但并没有直说,而是先从为文养气说起。他引用了孟轲等人为例来证明自己的观点。接着又讲述自己为了激发志气,游历了名山大川,拜谒了当代名流,最后引出自己以未见韩琦为憾。在这封书信的末尾,苏辙说他想求见韩琦并非为了升斗之禄,而是为了"益治其文",用意十分婉曲巧妙。他的这封书信,结构精巧,文势跌宕起伏,颇有奇气。

刘熙载说:"大苏(苏轼)文一泻千里,小苏(苏辙)文一波三折。"这段文字道出了他们兄弟二人迥然不同的文风。苏辙的散文确实没有苏轼那样的气势,但他的文章在平易中见疏宕,在徐缓中露风骨,在清淡中含洒脱,自有独特的风格。

苏轼在谈到弟弟的文章特点时说:"其文如其为人,故汪洋淡泊,有一唱三叹之声。而其秀杰之气,终不可没。"这是对苏辙文风的精辟概括。

缸砚赋并叙

先蜀之老[①]有姓滕者，能以药煮瓦石，使软可割如土，尝以破酿酒缸为砚，极美。蜀人往往得之，以为异物。余兄子瞻尝游益州，有以其一遗之。子瞻以授余，因为之赋。

有物于此，首枕而足履，大胸而大膺[②]，杯首而箕制[③]。其寿百年，骨肉破碎而独化为是[④]。其始也，生乎黄泥之中；其成也，出乎烈火之下，尾锐而腹皤[⑤]，长颈而巨口。餔糟啜酒，终日醉饱。外坚中虚，肤密理解[⑥]。偶与物斗，胁漏内槁。弃于路隅，瓦砾所笑。忽然逢人，药石包裹。不我谓瑕，治以鼎鼐，烹煎不辞，斧凿见剖。一为我形，沃我以水，污我以煤，处我以凡[⑦]，子既博物，能识己否[⑧]？客曰：嗟夫！物之成也，则必固有毁也邪；物之毁也，则又不可谓弃也邪。既成而毁者，悲其弃也；既弃而复用者，又悲其用也。是亦大惑而已矣。且以予观之，昔子则非开口而受湿。茹辛含酸而不得守子之性者邪。今子则非坦腹而受污，模糊弥漫而不得保子之正者邪。且其饫子以水也，不若饮子以酒；以物污子也，不若使子自保。子果以此自悲也，则亦不见夫诸毛之捽拔[⑨]，诸楮之烂靡。杀身自鬻，求效于此，吐词如云，传示万里。子不自喜而欲其故，则吾亦谓子恶名而喜利。弃淡而嗜美，终身陷溺而不知止者，可足悲矣。

先蜀的老者，能用药煮瓦石，使之软化，可割如土。他曾用破酒缸作砚，极美。苏辙的哥哥苏轼得到了一只这种砚，送给苏辙，苏辙为此作了这篇赋。

赋中，苏辙展开想象，以拟人的手法，述说了缸砚的来龙去脉，并规劝缸砚不要恶名而喜利，弃淡而嗜美。否则将终身陷溺而足可悲也。苏辙表面上说缸砚，实则蕴含了人生的某些哲理。

【注释】

①先蜀之老:原先蜀地的老者。

②膺:胸。

③杯首而箕制:像杯子一样的头,形制像一个簸箕。

④是:代词,指缸砚。

⑤尾锐而腹皤:尾尖而肚子大。皤,肚子大。

⑥肤密理解:外表细密而(内中)的纹理松弛。

⑦处我以几:将我(缸砚)放在桌几上。

⑧子既博物,能识己否:你虽博览众物,还能认得出(我)来吗?

⑨捽拔:连揪带拔。

登真兴寺楼赋并叙

季夏六月，子瞻与张户、曹琥同游真兴寺，晚登寺后重阁，南望连山如画，山前有白鹭十数，杳杳飞去。东南望五丈原，原上有白云如覆釜[①]。慨然思孔明[②]之遗迹，作书与辙曰："可以赋此。"赋曰：

涉六月之徂暑兮[③]，溯秦川而远望。楼冯高而蘧蘧兮[④]，日将薄乎西方。牛羊相从而下来兮，孤烟特起于苍茫。南望连山之参差兮，奔走相属而腾骧[⑤]。桀嶪峨其雄高兮[⑥]，惟太白[⑦]与终南[⑧]。林阜蔚以扶拱兮[⑨]，浩合沓而穰穰[⑩]。若群马之相追逐兮，忽郁怒而狂章[⑪]。骈交首以磨颈兮，纷绝驰于四方。日将入而山阴兮，天黝黝而茫茫。淡平云之凝碧兮，白鹭归以翱翔，羽袅袅其弥远兮，声断绝而复扬。眇将没而犹见兮，飘若仙人之不可望。旷群归于何所兮，徂南涧之泱泱[⑫]。回东望大修隆[⑬]兮，隐高原曰五丈。思古人而不可见兮，涕横流以浪浪。云块圠[⑭]其不起兮，若覆釜而在上。嗟一日之所见兮，盖千变以异状。忽已去而莫执兮，夫岂胜乎追想。强驰词于千里兮，增异日之惆怅。维古事之亦然兮，偶一世之所向。非其有意于求慕兮，徒今世之追赏。虽孔明其何益于五丈兮，使无原其忘亮。览川原而思古兮，恍亡弓之遗韔。

此赋是应苏轼的邀请而作的。

赋中描绘了五丈原一带壮丽的景色，并寄托了对古人的追思。一些句子，如"牛羊相从而下来兮，孤烟特起于苍茫"，自然流畅，形象生动。

【注释】

①覆釜：倒扣的锅。

②孔明：三国时著明军事家诸葛亮。

③涉六月之徂暑兮：在六月盛夏开始的季节里。徂暑，盛夏的开始。

④楼冯高而蘧蘧兮:登楼凭高而惊喜。冯,通“凭”,冯高,即凭高。蘧蘧,惊喜的样子。

⑤腾骧:形容马高高飞腾奔跑的样子。骧,马高抬脖子疾奔。

⑥桀棄峨其雄高兮:高耸的山峦巍峨挺立。

⑦太白:太白山。

⑧终南:终南山。

⑨林阜蔚以扶拱兮:树木山丘一片葱郁而又相互依托。

⑩穰穰:众多的样子。

⑪狂章:非常狂放。

⑫泱泱:水大的样子。

⑬修隆:高高隆起的(地方)。

⑭坱圠:聚积到一起的样子。

超然台赋并叙

子瞻既通守余杭，三年不得代[①]。以辙之在济南也，求为东州守。既得请高密[②]，其他介于淮海之间，风俗朴陋，四方宾客不至。受命之岁，承大旱之余孽，驱除螟蝗，逐捕盗贼，廪恤饥馑，日不遑给。几年而后少安，顾居处隐陋，无以自放，乃因其城上之废台而增葺[③]之，日与其僚览其山川而乐之，以告辙曰："此将何以名之？"辙曰："今夫山居者知山，林居者知林，耕者知原[④]，渔者知泽，安于其所而已。其乐不相及也，而台则尽之。天下之士，奔走于是非之场，浮沉于荣辱之海，嚣然尽力而忘反，亦莫自知也，而达者[⑤]哀之。二者非以其超然不累于物故邪？《老子》曰：'虽有荣观，燕处超然。'尝试以'超然'命之，可乎？"因为之赋以告曰：

东海之滨，日气所先，岿高台之陵空兮，溢晨景之浩鲜。幸氛翳之收霁兮[⑥]，逮朋友之燕闲。舒堙郁以延望兮[⑦]，放远目于山川。设金罍与玉斝兮[⑧]，清醪洁其如泉。奏丝竹之愤怨兮，声激越而眇绵。下仰望而不闻兮，微风过而激天。曾陟降之几何兮，弃溷浊乎人间。倚轩楹以长啸兮，袂轻举而飞翻。极千里于一瞬兮，寄无尽于云烟。前陵阜之汹涌兮，后平野之湠漫[⑨]。乔木蔚其蓁蓁兮，兴亡忽乎满前。怀故国于天末兮，限东西之险艰。飞鸿往而莫及兮，落日耿其夕躔[⑩]。嗟人生之漂摇兮，寄流枿于海壖[⑪]。苟所遇而皆得兮，遑既择而后安。彼世俗之私已兮，每自予于曲全。中变溃而失故兮，有惊悼而汍澜[⑫]。诚达观之无不可兮，又何有于忧患。顾游宦之迫隘兮，常勤苦以终年，盍求乐于一醉兮，灭膏火之焚煎。虽昼日其犹未足兮，俟明月乎林端。纷既醉而相命兮，霜凝磴而足跰跂[⑬]。马踯躅而号鸣兮，左右翼而不能鞍。各云散于城邑兮，徂清夜之既阑。惟所往而乐易兮，此其所以为超然者邪。

宋神宗熙宁四年，苏轼因与王安石政见不合，请求外调。熙宁七年，被调任密州刺史。到任后，他将园林北边的旧台修葺一新，并请苏辙为北台命名。苏辙为之取名“超然台”，并为此作赋，超然台在密州北城上，它三面环山，一面临水，四周景色十分壮美。

苏辙在这篇赋中借物抒怀，表达了一种随遇而安，超然物外的情感。当时，王安石执政推行新法，苏辙与其兄苏轼都是反对派，因而在政治上遭到压抑和迫害。苏辙兄弟胸怀大志，但无处可施，只好在无奈中寻求超然解脱。这篇赋正是这种心境的体现。

此赋构思新颖，借物抒怀。汪洋淡泊，疾徐有致。

【注释】

①子瞻既通守余抚，三年不得代：苏轼为余抚通判，三年不得轮换，子瞻，苏轼的字。代，替换，轮换。

②高密：指密州。苏轼曾在此任太守。

③增葺：增建装修。

④原：田野，田地。

⑤达者：自适放达的人。

⑥幸氛翳之收霁兮：正赶上云开雾散。氛翳，云气遮蔽。收霁，雨雪停止，云雾散开天放晴。

⑦舒堙郁以延望兮：遮蔽视线的东西全部散开，得以极目远望。舒，散开。堙郁，遮蔽物。延望，远望。

⑧设金罍与玉斝兮：摆设起珍馐美酒。金罍，玉斝，皆为酒器。

⑨溁漫：开阔平坦的样子。

⑩落日耿其夕躔：夕阳西下，落日生辉。耿，明亮。躔，日月等五星运行时经过天空某一区域。夕躔，指太阳西下，将要落山。

⑪寄流枺于海壖：像海边一只漂叶。枺，叶，芽。壖，海、河之滨。

⑫有惊悼而汍澜：惊恐而流泪。汍澜，流泪的样子。

⑬霜凝磴而足跰踦：山头石阶布满冰霜而行走不稳。磴，山头石阶。跰踦，行走不稳的样子。

服茯苓赋并叙

余少而多病，夏则脾不胜食，秋则肺不胜寒。治肺则病脾，治脾则病肺。平居[①]服药，殆不复能愈，年三十有二，官于宛丘，或怜而受之以道士服气法，行之期年，二疾良愈。盖自是始有意养生之说。晚读《抱朴子》[②]书，言服气与草木之药，皆不能致长生，古神仙真人皆服金丹。以为草木之性，埋之则腐，煮之则烂，烧之则焦，不能自生，而况能生人[③]乎？余既汩没世俗，意金丹不可得也，则试求之草木之类，寒暑不能移，岁月不能败者，惟松柏为然。古书言：松脂流入地下为茯苓，茯苓又千岁则为琥珀。虽非金石，而其能自完[④]也亦久矣。于是求之名山，屑而瀹[⑤]之，去其脉络而取其精华，庶几可以固形养气，延年而却老者。因为之赋以道之。词曰：

春而荣，夏而茂。憔悴乎风霜之前，摧折冰雪之后。阅寒暑以同化，委粪壤而兼朽。兹固百草之微细，与众木之凡陋。虽复效骨革于刀儿，尽性命于杵臼。解急难于俄顷[⑥]，破奇邪于邂逅。然皆受命浅薄，与时变迁。朝菌无日[⑦]，蟪蛄无年[⑧]。苟自救之不暇，矧[⑨]它人之足延。乃欲撷根茎之幺末[⑩]，假臭味以登仙。是犹托疲牛于千里，驾鸣鸠而升天。则亦辛勤于涧谷之底，槁死于峰崖之颠。顾桑榆以窃叹，意神仙之不然者矣。若夫南涧之松拔地千尺，皮厚犀兕，心坚铁石，须发不改，苍然独立，流膏液于黄泉，乘阴阳而固结。象鸟兽之蹲伏，类黾鼋之闭蛰。外黝黑以鳞皴，中洁白而纯密。上灌莽之不犯，下蝼蚁之莫贼[⑪]。经历千岁，化为琥珀。受雨露以弥坚，与日月而终毕。故能安魂魄而定心志，却五味与谷粒。追赤松[⑫]于上古，以百岁为一息。颜如处子，绿发方目，神止气定，浮游自得，然后乘天地之正，御六气之辨[⑬]以游夫无穷，夫又何求而得食？

苏辙在这篇赋中希望自己服用茯苓之后能够延寿益年，浮游自得。

赋中还对茯苓的品性大加赞赏，寄托了一定的寓意。

这篇赋流传较广，苏辙在出使契丹时，契丹侍读学士就能诵此赋。

【注释】

①平居：平日起居。

②《抱朴子》：晋葛洪著。葛洪自号抱朴子，因而以此名其书。《抱朴子》分为两篇，内篇二十卷，外篇五十卷。内篇论神仙、炼丹、咒符等事，为道家言；外篇论时政得失、人事臧否。内篇中有关炼丹等内容，对研究我国古代化学、药物学有一定参考价值。

③生人：对人的健康有利，益寿延年。

④自完：自我完善。

⑤瀹：疏通。

⑥俄顷：很快，很短的时间。

⑦朝菌无日：朝菌从生到死不足一日。朝菌，一种菌类。

⑧蟪蛄无年：蟪蛄从生到死不超过一年。蟪蛄，蝉的一种。

⑨矧：怎么能使……

⑩幺末：末梢。

⑪贼：害，侵害，损害。

⑫赤松：赤松子，传说中的仙人。有两种传说：1. 赤松子为神农时的雨师，服水玉以教神农，能入火不烧。至昆仑山，常入西王母石室，随风雨上下。2. 晋代的黄初平牧羊，被一道士携至金华山石室中，服食松脂茯苓成仙，改名为赤松子。

⑬御六气之辨：明辨天地四时之气而驾御之。

墨竹赋

与可以墨为竹[1]，视之良竹也。客见而惊焉，曰："今夫受命于天，赋形于地，涵濡雨露[2]，振荡风气，春而萌芽，夏而解弛，散柯布叶[3]。逮冬而遂[4]，性刚洁而疏直，姿婵娟以闲媚[5]，涉寒暑之徂变[6]，傲冰雪之凌厉[7]。均一气于草木，嗟壤同而性异；信物生之自然，虽造化其能使？今子研青松之煤[8]，运脱兔之毫[9]，睥睨墙堵[10]，振洒缯绡[11]，须臾而成[12]；郁乎萧骚，曲直横斜，秾纤庳高[13]，窃造物之潜思，赋生意于崇朝。子岂诚有道者耶[14]？"

与可听然而笑曰："失子之所好者道也，放乎竹矣！始予隐乎崇山之阳，庐乎修竹之林[15]，视听漠然[16]，无概乎予心[17]，朝与竹乎为游[18]，莫与竹乎为朋[19]，饮食乎竹间，偃息乎竹阴[20]，观竹之变也多矣；若大风止雨霁[21]，山空日出，猗猗其长[22]，森乎满谷，叶如翠羽[23]，筠如苍玉[24]；澹乎自持[25]，凄兮欲滴[26]，蝉鸣鸟噪[27]，人响寂历[28]；忽依风而长啸[29]，眇掩冉以终日[30]；笋含箨而将坠[31]，根得土而横逸[32]，绝涧谷而漫延[33]，散子孙乎千亿。至若丛薄之馀[34]，斤斧所施，山石荦埆[35]，荆棘生之，蹇将抽而莫达[36]，纷既折而犹持，气虽伤而益壮，身已病而增奇；凄风号怒乎隙穴[37]，飞雪凝冱乎陂池[38]；悲众木之无赖，虽百围而莫支[39]，犹复苍然于既寒之后，凛乎无可怜之姿。追松柏以自偶[40]，窃仁人之所为，此则竹之所以为竹也。始也，余见而悦之；今也，悦之而不自知也；忽乎忘笔之在手与纸之在前，勃然而兴[41]，而修竹森然[42]，虽天造之无朕[43]，亦何以异于兹焉[44]？"

盖予闻之："庖丁，解牛者也，而养生者取之；轮扁，斫轮者也，而读书者与之；万物一理也，其所从为之者异尔。况夫夫子之托于斯竹也，而予以为有道者，则非耶？"与可曰："唯唯[45]！"

此赋是苏辙赋中的代表作，全篇采用主客对答的方式，赞扬了文与可精湛的画技，并对他高洁纯朴的人格赞赏备至。

这篇赋构思新颖别致，行文流畅跌宕。

汉赋多为四六句式，苏辙的这篇赋也以四六句式为主，但变化跳荡，挥洒自如。又匡正了汉赋那种过分“铺陈”的弊端，实在令人耳目一新。

【注释】

①以墨为竹：单用墨画的竹子。

②涵濡：润湿。涵，沉浸。濡：沾湿。

③柯：树枝。

④逮冬而遂：逮、及、到。遂，顺利成功，引申为长成。

⑤姿婵娟以闲媚：婵娟，姿态美好。闲媚，文雅美好，闲，通“娴”文雅。

⑥涉寒暑之徂变：涉，经历。徂，开始。《诗·小雅·四月》：“四月维夏，六月徂暑。”

⑦凌厉：昂扬奋起的样子。

⑧青松之煤：用松烟制成的墨。

⑨脱兔之毫：毛笔，多用兔毛制成。

⑩睥睨：女墙。引申为斜看，注视。

⑪缯绡：丝绸。缯，古代丝织品的总称。《汉书·灌婴传》：“灌婴，睢阳贩缯者也。”颜师古注：“缯者，帛之总称。”绡，薄绸。曹植《洛神赋》：“践远游之文履，曳雾绡之轻裾。”李善注：“绡，轻縠，绉纱一类的丝织品也。”

⑫须臾：片刻，时间很短。

⑬秾纤庳高：秾，花木繁盛的样子。纤，细小。庳，低，矮。

⑭诚：果真。

⑮庐于修竹之林：庐，房子，这里用作动词，住家。修，长。

⑯漠然：冷淡的样子。习以为常，不再关注。

⑰概：系念，放在心上。

⑱为游：交朋友。游，交游。

⑲莫：“暮”的本字，《诗·周颂·臣工》：“维莫之春。”

⑳偃：仰卧。

㉑若夫风止雨霁：若夫，用在一句话或一段开头的发语词，表示引起论述。雨霁，雨过天晴。霁，雨雪停止，天放晴。

㉒猗猗：美丽旺盛的样子。《诗·卫风·淇奥》：“绿竹猗猗。”猗，通“阿”，长而美。《诗·小雅·节南山》：“有实其猗。”毛传：“猗，长也。”又《诗·小雅·隰桑》：“隰桑有

阿。”郑玄注:“枝条阿阿然长美。”

㉓叶如翠羽:竹叶像翠绿色的羽毛。

㉔筠如苍玉:筠,原是竹子的青皮,引申为竹子的别称。杜甫《崔氏东山草堂》:“柴门空闭锁松筠”。苍,青色。

㉕澹:通“赡”自给。

㉖凄:凄冷。这里指寒露。

㉗噪:群鸟鸣。

㉘寂历:寂寞。

㉙长啸:长而清越的声音。

㉚眇掩冉:眇,与上句“忽”同义,眇忽,微茫的样子。掩冉,掩映柔美。冉,通“苒”,柔弱美丽的样子。曹植《美女篇》:“柔条纷冉冉。”

㉛笋含箨:笋,竹芽。箨,包在竹笋外的叶,俗称“笋壳”。

㉜横逸:指竹根在土中四散伸长。

㉝蔓延:像蔓草一样延伸滋长。

㉞至若丛薄:至若,发语词,用在一句话或一段话开头,承接前文,引起另一层的论述。丛薄,草木丛生的地方。《楚辞·招隐士》:“丛薄深林兮人上栗。”洪兴祖补注:“深草曰薄。”

㉟荦埆:山多大石。韩愈《石山》:“山石荦埆行径微。”

㊱蹇:跛足,引申为艰难。一说:謇,语助词。

㊲隙穴:缝隙,窟窿。

㊳飞雪凝沍乎陂池:凝,寒凝冻结。沍,原作“冱”,冻结。《列子·殷汤篇》:“霜雪交下,川池暴沍。”乎,同“于”。陂池,池沼。

㊴百围:极言树木粗大。围,计量圆周的约略单位,指两手之间合拱的粗细。

㊵偶:双,匹配。

㊶勃然:突然奋发的样子。

㊷森然:形容竹林丛生茂密的样子。

㊸天造之无朕:天衣无缝,极言高超、完美。朕,缝隙。

㊹兹:此,这。

㊺唯唯:一种谦卑的答应。

黄楼赋并叙

熙宁十年秋七月乙丑，河[①]决于澶渊，东流入钜野，北溢于济，南溢于泗[②]。八月戊戌，水及彭城下，余兄子瞻适为彭城守。水未至，使民具畚锸，畜土石，积刍茭，完窒隙穴[③]，以为水备。故水至而民不恐。自戊戌至九月戊申，水及城下者二丈八尺，塞东西北门，水皆自城际山[④]。雨昼夜不止，子瞻衣制履屦，庐于城上[⑤]，急调发禁卒以从事，令民无得窃出避水，以身帅之，与城存亡。故水大至而民不溃。方水之淫也，汗漫[⑥]千余里，漂庐舍，败冢墓，老弱蔽川而下，壮者狂走无所得食，槁死于丘陵林木之上。子瞻使习水者浮舟楫载糗饵以济之，得脱者无数。水既涸，朝廷方塞[⑦]澶渊，未暇及徐。子瞻曰："澶渊诚塞，徐则无害。塞不塞天也，不可使徐人重被[⑧]其患。"乃请增筑徐城，相水之冲，以木堤捍之，之虽复至，不能以病徐也。故水既去，而民益亲。于是即城之东门为大楼焉。垩[⑨]以黄土，曰："土实胜水"。徐人相劝成之。辙方从事于宋[⑩]，将登黄楼。览观山川，吊水之遗迹，乃作黄楼之赋。其辞曰：

子瞻与客游于黄楼之上，客仰而望，俯而叹曰："噫嘻！殆哉！在汉元光[⑪]，河决瓠子，腾蹙钜野，衍溢淮泗[⑫]，梁楚[⑬]受害二十余岁。下者为污泽，上者为沮洳[⑭]。民为鱼鳖，郡县无所。天子封祀太山，徜徉东方，哀民之无辜，流死不藏[⑮]，使公卿负薪，以塞宣房[⑯]。瓠子之歌，至今伤之。嗟惟此邦。俯仰千载，河东倾而南泄，蹈汉世之遗害。包原隰而为一[⑰]，窥吾墉之摧败。吕梁龃龉[⑱]，横绝乎其前，四山连属，合围乎其外。水洄洑而不进，环孤城以为海。舞鱼龙于隍壑[⑲]，阅帆樯于睥睨。方飘风之迅发，震鞞鼓之惊骇。诚蚁穴之不救，分闾阎之横溃。幸冬日之既迫，水泉缩以自退。栖流枿[⑳]于乔木，遗枯蚌于水裔。听澶渊之奏功，非天意吾谁赖？今我与公，冠冕裳衣，设几布筵，斗酒相属，饮酣乐作，开口而笑，夫岂偶然也哉？"子瞻曰："今夫安于乐者，不知乐之为乐也，必涉于害者而后知之。吾尝与子凭兹楼而四顾，览天宇之宏大，缭青山以为城，引长河而为带。平皋衍其如席，桑麻蔚乎旌旌[21]。画阡陌之纵横，分园庐之向背。放田渔于江浦，散牛羊于墠际[22]。清风时起，微云霮䨴[23]。山川开阖，苍莽千里。东望则连山参差，与水背驰。群石倾奔，绝流而西。百步涌波，舟楫纷披。鱼鳖颠沛，没人所嬉。声崩震雷，城堞为危。南望则戏马之台，巨佛之峰，岿乎特起。下窥城中，楼观翱翔，巍峨相重。激水既平，渺莽浮空。骈洲接浦。下与淮通。西望则山断为玦，伤心极目，麦熟禾秀，离离满隰，飞鸿群往，白鸟孤没，横烟澹澹，俯见落日，北望则泗水㳽漫，古汴入焉，汇为涛渊，蛟龙所蟠，古木蔽空，乌鸟号呼，贾客连樯，联络城隅。送夕阳之西尽，导明月之东出，金钲涌于青壁[24]，阴氛为之辟易。窥人寰而直上，委余彩于沙碛。激飞楹而入户，使人体寒而战栗。息汹汹于群动，听川流之荡潏。可以起舞相命，一饮千石，遗弃忧患，超然自得。且子独不见夫昔之居此者乎？前则项籍、刘戊，后则光弼、建封[25]。战马成群，猛士成林。振臂长啸，风动云兴。朱阁青楼，舞女歌童。势穷力竭，化为虚空。山高水深，草生郊墟。盖将问其遗老，既已灰灭，而无余矣。故吾将与子吊古人之既逝，闵河决于畴昔。知变化之无在，付杯酒以终日。"于是众客释然而笑，颓然就醉，河倾月堕，携扶而出。

苏轼为彭城守时，适值黄河决口，淹至城下。苏轼身先士卒，带领全城军民死看死守，终于战胜洪水，保住了这座城。水退之后，为庆祝，苏轼将城之东门改建成黄楼。苏辙后来路过这里，作了这篇黄楼赋。

在赋中，苏辙描述了哥哥苏轼战胜洪水后，与客游于黄楼上的喜悦神态，并赞美了黄楼四周的景色，追忆了居于此地的赫赫有名的前人们，最终发出了“知变化之无在，付杯酒以终日”的感慨。

这篇赋文思畅达，气势通贯，写人写景都形象生动。

【注释】

①河：古时专指黄河。

②泗：泗水。河名。

③积刍茭，完窒隙穴：收集草料，堵塞空隙洞穴（以防洪水的到来）。

④水皆自城际山：水由城边一直漫延到山边。际，此处为动词，达到……地方。

⑤庐于城上：在城上搭个简易棚住下。

⑥汗漫：水势广大的样子。

⑦塞：堵塞。

⑧被：受。

⑨垩：粉刷，涂抹。

⑩宋：指宋州睢阳郡，在今河南商丘县南，苏辙曾为那里的通判。

⑪汉元光：汉武帝年号。

⑫河决瓠子，腾蹙钜野，衍溢淮泗：此句的意思是说，黄河决堤入瓠子河，浸淹钜野，泛滥于淮河，泗水。瓠子，指瓠子河，古水名，自今河南濮阳南分黄河水东出，经山东鄄城，郓城南，折北经梁山西，阳谷东南，至河城镇折东北经茌平南，东注济水。汉代元光三年，黄河决入瓠子河，东南由钜野泽通于淮泗，梁楚一带连岁受灾。至元丰二年，朝廷始发卒数万人筑塞，汉武帝亲临，作瓠子之歌两首。工成，建宣房于堰上。以下的几句，说的也都是这次水灾的情况。

⑬梁、楚：皆地名。

⑭沮洳：低湿地带。

⑮流死不藏：流离死亡，无处藏身。

⑯宣房：指汉代建于瓠子河堰上的宣房宫。

⑰包原隰而为一：将原野和低洼地包连为一。

⑱吕梁龃龉：吕梁山高参差。吕梁，指吕梁山，在今山西，黄河和汾河间。龃龉，参差不齐的样子。

⑲隍壑：护城壕。

⑳流椾：随洪水漂来的残枝败叶。

㉑旌旌：通"旆旆"，草木生长茂盛的样子。

㉒堙际：山际。堙，小土山。

㉓霴霴：阴云密集的样子。

㉔金钲涌于青壁：太阳升起于青苍色的山崖之上。金钲，太阳，青壁，青苍色的山崖。

㉕前则项籍、刘戊，后则光弼、建封：项籍、刘戊，光弼，建封，都是古代的武将名士。

和子瞻沉香山子赋并引

仲春中休，子由于是始生。东坡老人[①]居于海南，以沉水香山遗之，示之以赋，曰："以为子寿"，乃和而复之，其词曰：

我生斯晨，阅岁六十，天凿六窦[②]，俾以出入。有神居之，漠然静一，六为之媒，聘以六物。纷然驰走，不守其宅。光宠所眩，忧患所迮[③]。少壮一往，齿摇发脱。失足陨坠，南海之北。苦极而悟，弹指太息。万法尽空，何有得失？色声横骛，香味并集。我初不受，将尔谁贼。收视内观，燕坐[④]终日。维海彼岸，香木爰植。山高谷深，百围千尺。风雨摧毙，涂潦啮蚀。肤革烂坏，存者骨骼。巉然孤峰，秀出岩穴。如石斯重，如蜡斯泽。焚之一铢，香盖通国。王公所售，不顾金帛，我方躬耕，日耦沮溺。鼻不求养，兰茝弃掷。越人髡裸，章甫奚适[⑤]。东坡调我，宁不我悉？久而自笑，吾得道迹。声闻在定，雷鼓皆隔。岂不自保，而佛是斥。妄真虽二，本实同出。得真而喜，操妄而栗。叩门尔耳，未入其室[⑥]。妄中有真，非二非一。无明所廛，则真如窟。古之至人，衣草饭麦。人天来供，金玉山积。我初无心，不求不索。虚心而已，何废实腹。弱志而已。何废强骨？毋令东坡，闻我而咄。奉持香山，稽首仙释。永与东坡，俱证道术。

苏轼贬居南海，以当地所产沉水香山赠送苏辙，并作赋一篇，以此为之祝寿。苏辙作此赋，与其兄唱和，表达了一种超然物外，淡泊名利的情绪。

【注释】

①东坡老人：指苏轼，其自号东坡。

②六凿六窦：六次凿，六次穿孔。

③迮：逼迫，逼近。

④燕坐:安闲地坐着。

⑤章甫奚适:华丽的衣饰怎么适合(他们)呢? 章甫,指衣服上的花纹,这里代指衣服,装饰。奚,疑问代词,又怎么……之意。

⑥叩门尔耳,未入其室:意指自己对佛教的研究才刚刚起步,没有达到很深的造诣。古人常用“登堂入室”的话来比喻做某种学问的深浅程度。这句话就是这个意思的引申。

卜居赋并引

昔予先君以布衣学四方[1]，尝过洛阳，爱其山川，慨然有卜居意，而贫不能遂[2]。予年将五十，与兄子瞻皆仕于朝，裒[3]橐中之余，将以成就先志，而获罪于时，相继出走。予初守临汝，不数月而南迁。道出颍川，顾犹有后忧，乃留一子居焉，曰："姑糊口于是。"即而自筠迁雷，自雷迁循[4]，凡七年而归。颍川之西三十里，有田二顷，则僦庐以居。西望故乡，犹数千里，势不能返。则又曰："姑寓于此。"居五年，筑室于城之西，稍益买田，几倍其故，曰："可以止矣。"盖卜居于此，初非吾意也，昔先君相彭、眉之间，为归全之宅，指其庚壬曰："此而兄弟之居也。"今子瞻不幸已藏于郏山矣[5]，予年七十有三，异日当追蹈前约，然则颍川亦非予居也。昔贡少翁为御史大夫，年八十一，家在琅玡。有一子，年十二，自忧不得归葬。元帝哀之，许以王命办护其丧。谯允南年七十二终洛阳，家在巴西，遗令其子轻棺以归。今予废弃久矣，少翁之宠，非所敢望，而允南旧事，庶几可得！然平昔好道，今三十余年矣，老死所未能免，而道术之余，此心了然，或未随物沦散。然则卜居之地，惟所遇可也，作《卜居赋》，以示告者。

吾将卜居，居于何所？西望吾乡，山谷重阻。兄弟沦丧，顾有诸子。吾将归居，归与谁处？寄籍颍川，筑室耕田。食粟饮水，若将终焉。念我先君，昔有遗言。父子相从，归安老泉。阅岁四十，松竹森然。诸子送我，历井扪天。汝不忘我，我不忘先。庶几百年，归扫故阡。我师孔公[6]，师其致一。亦入瞿昙[7]，老聃之室。此心皎然，与物皆寂。身则有尽，惟心不没。所遇而安，孰匪吾宅？西从吾父，东从吾子。四方上下，安有常处？老聃有言：夫惟不居，是以不去。

这篇赋是苏辙晚年的作品。

苏辙于元符三年辞去官职，隐居颍川，"不复与人相见，终日默坐，如是者几十年”。

这篇赋叙述了苏辙选择颍川居住的原委和经过，表达出了一种思归故里而不得，只好随遇而安的心境。

全赋仅一百六十三个字，但言简意丰，蕴含深广，运笔流转自如而情韵自见。

【注释】

①昔予先君以布衣学四方：昔日我的父亲（苏洵）以布衣的身份游学四方。先君，指苏辙的父亲苏洵。

②而贫不能遂：因为贫困而不能如意。

③裒：聚集，收集。

④既而自筠迁雷，自雷迁循：既而自筠州到雷州，由雷州迁到循州。

⑤今子瞻不幸已藏于郏山矣：今苏轼已不幸去世，葬于郏山了。

⑥我师孔公：我师从的是孔子。孔公，指孔子。

⑦瞿昙：焚语音译，也作乔达摩。佛教创始人释迦牟尼，本是迦毗罗城净饭王子，字悉达多，后以瞿昙为佛王代称。后代将“瞿聃”并称。分别为佛教、道教创始人。

铜雀砚铭并引

客有游河朔，登铜雀废台[①]，得其遗瓦以为砚，甚坚而泽，归以遗予[②]。为之铭曰：

土生万物，而能生长，铜雀初成，万瓦云屯。得水而埏[③]，得火而坚。水干火冷，而土不迁。石质金声，水火则然。台毁栋摧，谁使独全？披榛得之，如见古人。来为吾砚，明窗细毡。老尚著书，抚之长叹，用舍有时，一愚一贤。

这篇赋虽然很短，但寓意却很深刻。

作者有感于铜雀砚的身世，不禁慨叹不已：人生或许也像这个砚一样，兴衰无定。最后一句话是这篇铭的点睛之笔："用舍有时，一愚一贤。"作者认为当这只砚的前身为铜雀台上的瓦时，它仅是被观赏玩乐的愚物。而现在它成了砚台，可以助人著述，那就成为贤物了。

【注释】

①登铜雀废台：登上了废弃的铜雀台。铜雀台，汉末建安十五年曹操所建，故址在今河北临漳县西南。铜雀台高十丈，周围殿屋一百二十间，于楼顶置大铜雀，舒翼欲飞，故名铜雀台。

②归以遗予：归来后，送给了我。遗，送。

③埏：用水和土，揉土。

自写真赞

心是道士，身是农夫。误入廊庙[1]，远居里闾。秋稼登场，社酒盈壶。颓然一醉，终日如愚。

这篇赞很短，但意趣盎然，将作者辞官归隐后的闲适心情表达得淋漓尽致。

【注释】

①误入廊庙：误入仕途官场之意，廊庙，朝廷的代称。

壬辰年写真赞

颍滨遗民[①]，布裘葛巾。紫绶金章，乃过去人。谁与丹青？画我前身，遗我后身。一出一处，皆非吾真。燕坐萧然，莫之与亲。

这篇短赞构思极为精巧。作者原是带着紫绶金章的大官，而现在却是布裘葛衣的颍滨遗老。如果给作者画一张前身的像，那也不是真的，现在作者燕坐萧然而莫之与亲。

苏辙在官场上十分坎坷，这首赞表面上是厌弃过去，实则表达的是对自己官场失意的愤懑与无奈。

【注释】

①颍滨遗民：苏辙晚年居于颍川，自号颍滨遗老。

管幼安画赞并引

予自龙川归居颍川，十有三年，杜门幽居，无以自适，稍[①]取旧画阅之，将求古人而与之友。盖于三国得一人焉，曰管幼安。幼安少而遭乱，渡海居辽东，三十七年而归。归于田庐，不应朝命[②]，年八十有四而没，功业不加于人。而予独何取焉？取其明于知时，而审于处己云尔。盖东汉之衰，士大夫以风节相尚，其立志行义，贤于西汉。然时方大乱，其出而应世，鲜有能自全者[③]。颍川孙文若，以智策辅曹公[④]，方其擒吕布。毙袁绍，皆谈笑而办，其才与张子房比[⑤]。然至于九锡之议，卒不能免其身。彭城张子布，忠亮刚简，事孙氏兄弟[⑥]，成江东之业，然终以直不见容，力争公孙渊事，君臣之义几绝。平原华子鱼，以德量重于曹氏父子，致位三公，然曹公之杀伏后，子鱼将命，至破壁出后而害之。汝南许文休，以人物臧否闻于世，晚入蜀，依刘璋，先主将克成都，文休逾城出降，虽卒以为司徒，而蜀人鄙之。此四人者，皆一时贤人也。然直己者，终害其身；而枉己者，终丧其德。处乱而能全，非幼安而谁与哉？旧史言幼安虽老不病，著白帽，布襦裤、布裙，宅后数十步有流水，夏暑能策杖临水盥手足，行园囿，岁时祀其先人[⑦]，絮帽布单衣，荐馔馈，跪拜成礼。予欲使画工以意仿佛画之，昔李公麟善画，有顾、陆[⑧]遗思。今公麟死久矣，恨莫能成吾意者，姑为之赞曰：

幼安之贤，无以过人。予独何以谓贤？贤其明于知时，审于处己以能自全。幼安之老，归自东海。一亩之宫，闭不求通。白帽布裙，舞雩而风[⑨]。四时烝尝[⑩]，馈奠必躬。八十有四，蝉蜕而终。少非汉人，老非魏人。何以命之？天之逸民。

这篇赞中，苏辙对管幼安大加赞赏。管幼安没有立下什么功业，但他“明于知时而审于处己”最终能在乱世中得以保全自己。

苏辙晚年隐居颍川，对于几经宦海浮沉的他来说终于大彻大悟，认识到了平平淡淡过一生的可贵。他写的是管幼安，实际上是自己当时处境和心境的真实写照。

【注释】

①稍：逐渐。

②不应朝命：不接受朝廷的任命。

③鲜有能自全者：很少有能自我保全的。

④曹公：指曹操。

⑤比：差不多相同。

⑥孙氏兄弟：指建立了东吴政权的孙策、孙权兄弟。

⑦岁时祀其先人：每年按时祭祀他的先人。

⑧顾、陆：顾，指顾恺之，晋代人，工于绘画。时人称他有三绝：才绝，画绝，痴绝。陆，指陆探微，南朝宋吴人，以善画得名，擅长人物，兼能画山水草木。画有六法，广为称道。

⑨舞雩而风：求雨祭天之意。舞雩，古代求雨祭天，设坛命女巫为舞，故谓舞雩。风，通“讽”，祈求之意。

⑩四时烝尝：每年四季祭祀。烝尝，本指秋冬二祭，后也泛指各个季节的祭祀。

历代论并引

予少而力学。先君，予师也。亡兄子瞻，予师友也。父兄之学，皆以古今成败得失为议论之要①。以为士生于世，治气养心，无恶于身，推是以施之人，不为苟生也，不幸不用，犹当以其所知，著之翰墨，使人有闻焉。予既壮而仕，仕宦之余，未尝废书，为《诗》《春秋》集传，因古之遗文，而得圣贤处身临事之微意②，喟然太息，知先儒昔有所未悟也。其后复作《古史》，所论益广，以为略备矣。元符③庚辰，蒙恩归自岭南，卜居颍川④。身世相忘，俯仰六年，洗然⑤无所用心，复自放图史之间。偶有所感，时复论著。然已老矣，目眩于观书，手战于执笔，心烦于虑事，其于平昔之文益以疏矣，然心之所嗜，不能自已，辄存之于纸。凡四十有五篇，分五卷。

《历代论》是苏辙晚年隐居颍川时所作，主要目的是发掘古圣贤处身临事之微意，将原来先儒有所未悟的东西阐发出来。对于各种历史人物或现象，苏辙都有自己独到的见解。

《历代论》一共有四十五篇，我们这里精选出十六篇。

【注释】

①要：旨要，主要的东西。

②微意：微妙的用意。

③元符：宋哲宗年号。

④蒙恩归自岭南，卜居颍川：苏辙因以党争之祸，与其兄苏轼一道流放岭南。后被召回，定居于颍川。

⑤洗然：心情安详的样子。

尧　舜

尧之世，洚水为害①。以意言之，尧之为国，当日夜不忘水耳，今考之于《书》，观其为政先后：命羲和②正四时，务农事，其所先也，末乃命鲧以治水。鲧九年无成功，乃命四岳③举贤以逊位。四岳称舜之德曰："父顽，母嚚，象傲，克谐以孝，烝烝乂，不格奸。"④尧以为然而用之，君臣皆无一言及于水者。舜既摄事，黜鲧而用禹，洚水以平，天下以安。尧、舜之治，其缓急先后，于此可见矣。使五教⑤不明，父子不亲，兄弟相贼，虽无水患，求一日之安，不可得也；使五教既修，父子相安，兄弟相友，水虽未除，要必有能治之者。

昔孔子论政曰："足食，足兵，民信之矣。"子贡曰："必不得已而去，于斯三者何先？"曰："去兵。"曰："必不得已而去，于斯二者何先？"曰："去食。自古皆有死，民无信不立。"古之圣人，其忧深虑远如此。世之君子，凡有志于治，皆曰富国而强兵。患国之不富，而侵夺细民⑥；患兵之不强，而陵虐邻国。富强之利终不可得，而谓尧、舜、孔子为不切事情⑦，于乎殆哉！

作者认为，尧舜之所以能安定天下是因为他们治国方略有缓急先后之分。他们首先要让人民懂得父义、母慈、兄友、弟恭、子孝五教，然后才去考虑当时非常严重的水患问题。这样水患虽然暂时未除，但一定会得到能治水的人。最后，作者告诫那些后来有志于治国的人，都应像尧舜那样首先应教化国民。不然的话，那就很危险了。

【注释】

①洚水为害：洪水泛滥为害。洚水：洪水。

②羲和：指羲氏、和氏，尧时掌管天地四时的官。

③四岳：相传为尧的臣，是分管四方的诸侯，所以叫四岳。

④父顽，母嚚，象傲，克谐以孝，烝烝乂，不格奸：意思是说，舜的父亲很凶暴，母亲很愚蠢顽固，其弟象傲慢，舜都能与之和谐相处。他淳厚有才德，绝不邪恶狡诈。顽，贪婪凶暴。嚚，愚蠢顽固。克，能。烝烝乂，淳厚的样子；有才德。格，至。奸，邪恶狡诈。

⑤五教：五种封建伦理道德，即父义，母慈，兄友，弟恭，子孝。

⑥细民：百姓。

⑦不切事情：不切实际。

管　仲

先君[①]尝言:管仲九合诸侯,一匡天下,以桓公伯,孔子称其仁,而不能止五公子之乱[②],使桓公死不得葬。曰:"管仲盖有以致此也哉!"管仲身有三归[③],桓公内嬖如夫人者六人,而不以为非,此固适、庶争夺之祸所从起也。然桓公之老也,管仲与桓公为身后之计,知诸子之必争,乃属世子于宋襄公。夫父子之间,至使他人与焉,智者盖至此乎? 于乎! 三归、六嬖之害,溺于淫欲而不能自克,无己则人乎!《诗》曰:"无竞维人,四方其训之。"[④]四方且犹顺之,而况于家人乎?

《传》曰:"管仲病且死[⑤],桓公问谁可使相者。管仲曰:'知臣莫若君。'公曰:'易牙[⑥]何如?'对曰:'杀子以适君,非人情,不可。'公曰:'开方[⑦]何如?'曰:'倍亲以适君,非人情,难近。'公曰:'竖刁[⑧]何如?'曰:'自宫以适君,非人情,难亲。'管仲死,桓公不用其言,卒近三子,二年而祸作。"夫世未尝无小人也,有君子以闲之[⑨],则小人不能奋其智。《语》曰:"舜有天下,选于众,举皋陶,不仁者远矣;汤有天下,选于众,举伊尹,不仁者远矣。"岂必人人而诛之!

管仲知小人不可用,而无以御之,何益于事? 内既不能治身,外复不能用人,举易世之忧,而属之宋襄公,使祸既已成,而后宋人以干戈正之[⑩]。于乎殆哉! 昔先君之论云尔。

对于管仲其人,历代史学家都持赞扬肯定的态度,而苏辙的这篇文章,却是以贬责管仲为主,对他在政治、生活上的错误给予了揭露和批评。

苏辙的这篇文章实际是借古讽今,他写管仲不正己身,不善荐人,矛头所指却是北宋的那些当政者。

全文运笔流畅洒脱,剖析精辟深刻。

【注释】

①先君:指苏辙的父亲苏洵。

②五公子之乱:齐桓公死后五位公子作乱。

③三归:娶了三个女人。

④“无竞维人,四方其训之”:大意是:人们不要倾轧争逐,四方之人都要共同遵守这一规则。

⑤且死:将死。且,将要。

⑥易牙:春秋时齐桓公幸臣,亦称雍巫。他长于调味,善于逢迎,传说曾烹其子以进桓公。管仲死,与竖刁、开方专权。桓公死,易牙等立公子无亏,齐遂大乱。

⑦开方:齐桓公幸臣。

⑧竖刁:齐桓公幸臣。

⑨闲之:不重用他们。

⑩而后宋人以干戈正之:后来宋人出兵平定了齐国的内乱。

知罃赵武

齐桓公存三亡国[1]，以属[2]诸侯，其义多于晋文，然桓公没而齐乱，其后不能复伯[3]。文公子孙世为盟主，二百余年，与春秋相终始。其故何也？虽襄公、悼公[4]之贤，齐所无有，然其所以保伯业[5]而不失者，则有在也[6]。伯者之盛，非能用兵以服诸侯之为难，而能不用兵以服诸侯之为难耳。文公之后，前有知罃，后有赵武，皆能不用兵以服诸侯。此晋之所以不失伯也。

悼公与楚争郑，三合诸侯之师，其势足以举郑而却楚。晋之群臣中行偃、栾黡之徒欲一战以服楚者众矣。惟知罃为中军将，知用兵之难，胜负之不可必[7]，三与楚遇，皆迁延稽故[8]，不与之战，卒以敝楚而服郑[9]。此则知罃不用兵之功也。悼公死，平公立。平公非悼公比也，然能属政赵武[10]。武尝与楚屈建合诸侯之大夫于宋，以示弭兵[11]。赵武于此，有仁人之心二焉。方其未盟也，屈建衷甲[12]将以袭武，武与叔向谋之。叔向曰："以信召人，而以僭济之[13]，人谁与之？安能害我？"武从其言。卒事，而楚不敢动。将盟，晋楚争先。叔向又曰："诸侯归晋之德只[14]，非归其尸盟[15]也。子务德，无争先。"武亦从而先之。

此二者，非仁人不能。何也？人将衷甲以袭我，我亦衷甲以待之。此势之所必至也。不幸不胜，无可言者。虽幸而胜，晋、楚之祸必自是始。晋为盟主，常先诸侯矣。晋未失诸侯，而楚求先之，若与之争，楚必不听，晋、楚之祸亦必自是始。然此二者，皆人情之所不能忍也。忍之近于弱，不忍近于强，而武能忍之。晋、楚不争，而诸侯赖之。故吾以为武有仁人之心二焉。凡晋之所以不失诸侯，而赵氏之所以卒兴于晋者，由此故也。《春秋》书宋之盟，实先晋而后楚。孔子亦许[16]之欤！

这篇文章提出晋国之所以不失霸主地位，主要在于有知罃、赵武这样能不用兵以服诸侯的大臣。他称赞知罃、赵武能以仁人之心待人，这样别的诸侯国也会敬重他们的国家，不会离之而去。

【注释】

①存三亡国：使三个将要灭亡的国家保存下来。
②属：统领。
③复伯：恢复霸主地位。伯，通霸，春秋时诸侯的盟主。
④襄公、悼公：指晋襄公、晋悼公，都是晋文公的后人。
⑤伯业：霸业。
⑥则有在也：自有（霸业）存在的（道理）。
⑦胜负不可必：胜负无法肯定。
⑧皆迁延稽故：都退却延滞。迁延，退却。稽故，延滞。
⑨卒以敝楚而服郑：最终使楚国衰败而郑国服从。
⑩属政赵武：将国政交给赵武管理。
⑪弭兵：停止战争。
⑫衷甲：将战甲穿在里边。衷，将……穿在里边。即战甲外用衣罩住。
⑬而以僭济之：继之以虚假的伪装。僭，虚假，虚伪。济，继之，接下来。
⑭德只：德行。只，名词末语气词。
⑮尸盟：主办诸侯结盟的事物，犹言主盟。
⑯许：赞同。赞许。

汉高帝

高帝[①]之入秦，一战于武关，兵不血刃，而至咸阳。此天也，非人也。

秦之亡也，诸侯并起，争先入关。秦遣章邯[②]出兵击之。秦虽无道，而其兵方强。诸侯虽锐，而皆乌合之众，其不敌秦明矣。然诸侯皆起于群盗，不习兵势，陵藉郡县，狃[③]于亟胜，不知秦之未可攻也。于是章邯一出而杀周章，破陈涉，降魏咎，毙田儋[④]，兵锋所至，如猎狐兔，皆不劳而定。后乃与项梁[⑤]遇，苦战再三，然后破之。梁虽死，而秦之锐锋亦略尽矣。然邯以为楚地诸将不足复虑，乃渡河北击赵。邯既北，而秦国内空。至是秦始可击，而高帝乘之。此正兵法所谓避实而击虚者，盖天命，非人谋也。

项梁之死也，楚怀王遣宋义、项羽[⑥]救赵。羽愿与沛公西入关。怀王诸老将皆曰："项羽为人剽悍祸贼[⑦]，尝攻襄城，襄城无噍类[⑧]，所过无不残灭。且楚数进取，前陈王、项梁皆败，不如更遣长者扶义而西，告谕秦父兄。秦父兄苦其主久矣，诚得长者往，无侵暴，宜可下。"卒不许项羽，而遣沛公。沛公[⑨]方入关，而项羽已至河北，与章邯相持。邯虽欲还兵救秦，势不得矣。怀王之遣沛公固当，然非邯、羽相持于河北，沛公亦不能成功。故曰：此天命，非人谋也。

一般的史学家都认为，刘邦最终夺取天下，靠的是用人和谋略。而苏辙在这篇文章中却一反常论，提出刘邦之得天下，非人谋，而是天意。接下来，运用一系列事实加以论证。苏辙在这里所说的天意，无非是说刘邦的机遇太好了，而种种偶然因素的巧合，最终决定了刘邦的胜利。仔细考察刘邦夺取天下的过程，苏辙所言也确实有一定的道理。

【注释】

①高帝：指汉高祖刘邦。

②章邯:秦二世时官少府,陈胜起义,二世发骊山徒,使邯为将。先后破周章、陈胜、项梁、魏咎等,进围钜鹿及棘原,为项羽所降。从项羽入关,封为雍王,后与刘邦战败自杀。

③狃:贪,贪心。

④于是章邯一出而杀周章,破陈涉,降魏咎,毙田儋:此句中所提及的周章、陈涉、魏咎、田儋,皆为秦末起义领袖。

⑤项梁:? —公元前208年。秦末下相人。他是楚将项燕之子,项羽的叔父。秦二世元年,陈胜等在大泽乡起义,项梁与项羽起兵关中响应,立楚怀王孙心为义帝。后进兵定陶,为秦将章邯所破,败死。

⑥宋义、项羽:当时都是楚怀王手下部将。

⑦栗悍祸贼:强硬剽悍,危险狠毒。栗,强硬,坚强。悍,强悍。祸,危险。贼,狠毒。

⑧噍类:能吃东西的动物,特指活着的人。

⑨沛公:汉高祖刘邦。秦二世元年,刘邦起兵于沛,以响应陈涉起义,众立为沛公。

汉武帝

天下利害，不难知也。士大夫心平而气定，高不为名所眩[①]，下不为利所怵[②]者，类能知之。人主[③]生于深宫，其闻天下事至鲜[④]矣，知其一不达其二，见其利不睹其害，而好名贪利之臣，探其情而逢其恶，则利害之实乱矣。

汉武帝即位三年，年未二十，闽、越举兵围东瓯[⑤]。东瓯告急，帝问太尉田蚡。蚡曰："越人相攻，其常事耳，又数反覆，不足烦中国往救。"帝使严助难[⑥]蚡曰："特[⑦]患力不能救，德不能覆。诚能，何故弃之？小国以穷困来告急，天子不救，尚何所诉！"帝黜[⑧]蚡议，而使助持节[⑨]发会稽兵救之。自是征南越，伐朝鲜，讨西南夷，兵革之祸加于四夷矣。

后二年，匈奴请和亲，大行[⑩]王恢请击之。御史大夫韩安国请许其和。帝从安国议矣。明年，马邑豪聂壹因恢言[⑪]："匈奴初和亲，亲信边，可诱以利致之，伏兵袭击，必破之道也。"帝使公卿议之，安国、恢往反议甚苦[⑫]。帝从恢议，使聂壹卖马邑城以诱单于[⑬]。单于觉之而去，兵出无功。自是匈奴犯边，终武帝无宁岁，天下几至大乱。

此二者，田蚡、韩安国皆知其非，而迫于利口，不能自伸。武帝志求功名，不究利害之实，而遽[⑭]从之。及其晚岁，祸灾并起，外则黔首耗散，内则骨肉相贼杀，虽悔过自咎，而事已不救矣。然严助以交通淮南[⑮]，张汤论杀之。王恢以不击匈奴，亦坐弃市[⑯]。二人皆罪不至死，而不免大戮，岂非首祸致罪，天之所不赦故耶！

对于汉武帝其人，史家褒贬不一。有人说他雄才大略，振奋国威，有人说他好大喜功，滥事征伐。苏辙在这篇文章中对汉武帝持后一种看法。他认为正是因为汉武帝"志取功名，不究利害之实"，听信一些好名贪利之臣的话，最终才搞得国家居无宁日，几乎引起大乱。

【注释】

①眩:迷惑,迷乱。

②怵:诱惑,引诱。

③人主:指皇帝。

④至鲜:特别少。

⑤东瓯:汉会稽郡南部都尉治所,故地在今福建建瓯县东南。

⑥难:反驳,质问对方。

⑦特:仅,只。

⑧黜:废弃。

⑨持节:持朝廷下令的符节。

⑩大行:接待宾客的官员。汉武帝太初元年改名为大鸿胪。

⑪马邑豪聂壹因恢言:此句的意思是,马邑豪强聂壹通过王恢说……

⑫往反议甚苦:反复争议,甚为激烈。

⑬单于:匈奴的首领。

⑭遽:急促,匆忙。

⑮交通淮南:与淮南王相勾结。

⑯弃市:处死刑。

汉光武(上)

人主之德，在于知人，其病在于多才。知人而善用之，若己有焉，虽至于尧舜可也。多才而自用，虽有贤者，无所复施，则亦仅自立耳。

汉高帝谋事不如张良①，用兵不如韩信②，治国不如萧何③，知此三人而用之不疑，西破强秦，东伏项羽，曾莫与抗者。及天下既平，政事一出于何，法令讲若画一，民安其生，天下遂以无事。又继之以曹参④，终之以平、勃⑤，至文、景之际⑥，中外晏然⑦，凡此皆高帝知人之余功也。

东汉光武，才备文、武，破寻邑，取赵、魏，鞭笞群盗，筭⑧无遗策，计其武功若优于高帝。然使当高帝之世，与项羽为敌，必有不能办者。及既履大位，惩⑨王莽篡夺之祸，虽置三公，而不付以事，专任尚书，以督文书，绳⑩奸诈为贤，政事察察，下不能欺，一时称治。然而异己者斥，非谶⑪者弃，专以一身任天下，其智之所不见，力之所不举者多矣。至于明帝，任察愈甚。故东汉之治，宽厚乐易之风，远不及西汉。贤士大夫立于其朝，志不获伸。虽号称治安，皆其父子才志之所止，君子不尚⑫者也。

在论汉光武帝的上篇中，苏辙提出，光武帝才备文、武，在汉代的帝王中，可谓出类拔萃。但作为国君他的毛病也恰恰出在了多才上。人主之德在于知人善任，而不在于多才自用。应任用那些贤能的臣下，让他们替人主施政治国，这样国家才能大治。而国君依仗自己多才，"专以一身任天下，其智之所不见，力之所不举者多矣"，治国有疏漏则在所难免。

【注释】

①张良：汉高祖刘邦的著名谋臣。

②韩信：刘邦的一员大将。

③萧何：汉初为丞相。

④曹参:佐刘邦灭项羽,封平阳侯。惠帝时,继萧何为相,以无为为治,一切遵守萧何的规定。

⑤平、勃:指陈平、周勃。陈平,初从项羽,后归刘邦,有谋略。惠帝时为左丞相,吕后徙为右丞相。后与周勃合力,尽诛诸吕,迎立文帝,安定了汉王朝。周勃,跟随刘邦起义,封绛侯。刘邦曾说周勃厚重少文,然安刘氏者必勃。

⑥至文、景之际:至文帝、景帝之际。

⑦晏然:安定、平静。

⑧筭:计算。

⑨惩:借鉴。

⑩绳:按一定的标准去衡量,纠正。

⑪非谶:不相信谶。谶,预言吉凶得失的文字、图符。

⑫不尚:不崇尚,不敬重。

汉光武(下)

高帝举天下后世之重属之[①]大臣,大臣亦尽其心力以报之。故吕氏之乱,平、勃得置力焉,诛产、禄[②],立文帝,若反覆手之易。当是时,大臣权任之盛,风流相接,至申屠嘉犹召辱邓通,议斩晁错[③],而文景不以为忤,则高帝之用人,其重如此。

景、武之后[④],此风衰矣。大臣用舍,仅如仆隶。武帝之老也,将立少主,知非大臣不可,乃委任霍光[⑤]。霍光之权,在诸臣右[⑥],故能翊昭建宣[⑦],天下莫敢异议。至于宣帝,虽明察有余,而性本忌克[⑧],非张安世之谨畏,陈万年之顺从,鲜有能容者。恶杨恽、盖宽饶,害赵广汉、韩延寿,悍然无恻怛之意。高才之士侧足而履其朝。陵迟至于元、成[⑨],朝无重臣,养成王氏之祸。故莽以斗筲之才[⑩],济之以欺罔,而士无一人敢指其非者。

光武之兴,虽文武之略,足以鼓舞一世,而不知用人之长以济其所不足。幸而子孙皆贤,权在人主,故其害不见,及和帝幼少,窦后擅朝。窦宪兄弟恣横,杀都乡侯畅于朝,事发,请击匈奴以自赎。及其成功,又欲立北单于,以树恩固位。袁安、任隗皆以三公守义力争[⑪],而不能胜,幸而宪以逆谋败。盖光武不任大臣之积其弊乃见于此。其后汉日以衰。及其诛阎显,立顺帝,功出于宦官;黜清河王,杀李固,事成于外戚。大臣皆无所与。及其末流,梁冀之害重,天下不能容,复假宦官以去之。宦官之害极,天下不能堪,至召外兵以除之。外兵既入,而东汉之祚尽矣。盖光武帝不任大臣之祸,势极于此。

夫人君不能皆贤。君有不能,而属之大臣,朝廷之正也。事出于正,则其成多,其败少。历观古今大臣任事而祸至于不测者,必有故也。今畏忌大臣,而使他人得乘其隙,不在外戚,必在宦官。外戚宦官更相屠灭,至以外兵继之。呜呼,殆哉!

在汉光武下这篇文章中，苏辙承接上篇，继续论述光武帝“不知用人之长以济其所不足”，积弊太深，最终在后世形成了朝无重臣，外戚宦官专权的局面，使东汉铸成灭亡之势。

【注释】

①属之：托付给。

②诛产、禄：吕后时，诸吕掌权，吕后侄子吕产、吕禄分掌南北军。吕后死，陈平、周勃共诛吕，迎文帝即位。产，吕产。禄，吕禄。

③至申屠嘉犹召辱邓通，议斩晁错：申屠嘉初从刘邦击项羽、黥布有功，累迁御史大夫。汉文帝时任丞相，封故安侯，廉直不接受私自拜访者。文帝幸臣邓通在上殿嬉戏，申屠嘉欲杀之，为文帝赦免。景帝时，晁错当政，曾穿凿宗庙垣，申屠嘉欲杀之，未成，愤恨吐血而死。

④景、武之后：汉景帝、汉武帝时。

⑤霍光：公元前？—前68年，霍去病异母弟，出入宫廷二十余年，小心谨慎而未曾有过错。族党满朝，权倾内外。

⑥右：上。古代以右为上。

⑦翊昭建宣：辅佐汉昭帝，(昭帝死后)又拥立汉宣帝。

⑧忌克：猜忌，苛刻。克，通“刻”，苛刻之意。

⑨陵迟至于元、成：衰落的状况一直到汉元帝、成帝时。陵迟，衰落。

⑩故莽以斗筲之才：因此，王莽以不足称道之才。莽，王莽，为汉平帝大司马，平帝死立孺子婴为帝，自称摄皇帝。后自立，改国号为新，后引发赤眉等农民起义，被杀。斗筲，古代量器，斗容十升，筲容十二升。因容量很小，故用来比喻人的才识短浅。

⑪三公守义力争：以三公的身份遵守原则力争。三公，辅助国君掌握军政大权的最高官员。

刘玄德

事固有当作而不可作者，智者论其公私，权[①]其轻重，而可否可决也。蜀先主[②]之于关羽，名虽君臣，而义则父子也。先主入蜀，而羽攻曹仁于荆州。吴乘其敝，羽以败死。先主欲为羽报仇，义不可已也，然吴、蜀之于魏，国小而兵弱，本以季汉[③]君臣之分，缔交相亲，与魏为敌，则报仇之义，其公且重者在魏也，释魏而事[④]羽之怨，则为失所先后矣。先主之在白帝[⑤]也，吴之君臣惧而乞和，若以仇魏之重，俯而从之，义无不可也。先主念羽之厚，拒而不许，君臣之义则至矣。至于奋不虑害，兵败而继之以死，忘两国之大计，而徇一夫之遗忿，则未为得矣。诸葛孔明有言："法孝直若在，必能止君此行，虽行亦必不至于败。"然则孔明亦自以伐吴为失计矣哉！

历代史论家几乎众口一辞，认为刘备（字玄德）是圣君明主。他宽厚爱民，礼贤下士，知人善任。但苏辙在这篇文章中却选择了一个独特的视角，批评他以感情用事，为报关羽私仇而置国家大局于不顾。而这种仗义使气、轻断寡谋所带来的后果是相当危险的。

此文视角独特，结构精密，在阐论道理时又带有一定的形象性，读后令人难忘。

【注释】

①权：权衡，衡量。

②蜀先主：指刘备。刘备，字玄德。在诸葛亮的辅佐下，建立蜀汉政权，与魏、吴形成三足鼎立之势，为三国。

③季汉：汉末。季，末。

④事：致力，专注。

⑤白帝：指白帝城，在今四川奉节，刘备死于此，并托孤于诸葛亮。

孙仲谋

任人莫难于托国。汉武帝因文、景富庶之后，虐用其民，厚自奉养，征伐四夷，几丧天下。逮其晚岁，托国于霍光。光知用兵之害，罢均输榷酤[①]，与民休息，而天下复安。凡武帝之所以得称贤君者，惟用霍光故也。蜀先主知嗣子之暗弱[②]，举国而付之诸葛孔明，孔明又废李严、杨仪，援蒋琬、费祎而授之。虽后主之不明，而守国三十余年，君臣相安，蜀人免于涂炭之患，过于魏、吴远甚。

吴大帝方其属任贤将，抗衡中原，曹公惮之[③]。及其老也，贤臣死亡略尽，喜诸葛恪之劲悍，越众而付以后事。恪乘其用兵劳民之后，继起大役，兵折于外，既归而不能自克，将复肆志于僚友。恪既以丧其躯，而孙氏因之三世绝统，吴、越之民陷于炮烙之地，国随以亡。夫以进取之资用进取之臣，以徼一时之功可耳，至于托六尺之孤，寄千里之命，而亦属之斯人，其势必至是哉！

此文先引用汉武帝、蜀先主刘备至晚岁托国得人，人民得以休养生息，国家得以平安富裕的史实为引。接下来，笔锋一转，批评吴大帝托国用人不准，劳民伤财致使国家一蹶不振，而东吴孙氏因之三世而绝统。

文章采用对比手法，一正一反，论理透彻，感染力极强。

【注释】

①罢均输榷酤：废除了均输榷酤法令。均输，汉武帝时实行的一项经济措施。在大司农属下置均输令，统一征收、买卖和运输货物。榷，专营、专卖。酤，酒。榷酤，由国家管理和经营酒的买卖。

②蜀先主知嗣子之暗弱：蜀先主刘备知道自己继位的儿子愚昧软弱。

③曹公惮之：曹操对此很畏惧。曹公，指曹操。惮，畏惧。

晋武帝

立嫡以长[①]，不以贤；立子以贵，不以长，古今之正义也。然尧废丹朱[②]用舜，而天下安；帝乙废微子立纣[③]，而商以亡。古之人盖有不得已而行之者矣。得已而不已，不得已而已之，二者皆乱也。子非朱、纣，而废天下之正义，君子不忍也；子如朱、纣，而守天下之正义，君子不为也。

汉高帝始谓惠帝仁弱，欲废之而立如意，既而知人心之在太子也，则寝[④]废立之议而用平、勃。平、勃皆贤而权任均，故惠帝虽没，产、禄虽横，而援立文帝，汉室不病也。武帝[⑤]既老，知燕王旦、广陵王胥之不可用也，废之而立少子，任霍光、金日磾、上官桀、桑弘羊以后事。当是时，昭帝之贤否未可知，而四人枉直相半[⑥]也。幸而昭帝明哲，霍光忠良，桀、羊虽欲为乱而不遂。其后复废昌邑，立宣帝，而朝廷晏然无患。盖人君不幸而立幼主，当如二帝属任贤臣，乃免于乱，此必然之势也。魏明帝疾笃而无子，弃远宗子而立齐王，始欲辅以曹宇、曹肇，而幸臣刘放、孙资不便宇、肇之正，劝帝易以司马仲达、曹爽。齐王既非天下之望，而爽又以庸才，与仲达奸雄为对，数年之间，遂成篡弑之祸。

晋武帝亲见此败矣。惠帝之不肖，群臣举知之，而牵制不忍，忌齐王攸之贤，而恃愍怀[⑦]之小惠，以为可以消未然之忧。独有一汝南王亮，而不早用，举社稷之重而付之杨骏，至于一败涂地，无足怪也。帝之出齐王也，王浑言于帝曰："攸之于晋，有姬旦[⑧]之亲，若预闻朝政，则腹心不贰之臣也。国家之事，若用后妃外亲，则有吕氏、王氏之虞[⑨]，付之同姓至亲，又有吴、楚七国之虑。事任轻重所在，未有不为害者也。惟当任正道，求忠良，不可事事曲设疑妨，虑方来[⑩]之患也。若以智猜物，虽亲见疑，至于疏远，亦安能自保乎？人怀危惧，非为安之理。此最国家之深患也。"浑之言，天下之至言也。帝[⑪]不能用，而用王佑之计，使太子母弟秦王柬都督关中，楚王玮、淮南王允并镇守要害，以强帝室。然晋室之乱，实成于八王[12]。吾尝筹之[13]，如攸之亲贤，夺嫡之祸，非其志也。不幸至此，天下所宗。宗社之计，犹有赖也。如佑之计，使子弟据兵以捍外患，如梁孝王之御吴、楚尚可，若变从中起，而使人人握兵以救内难，此与何进、袁绍召丁原、董卓以除宦官何异？古人有言，择福莫若重，择祸莫若轻。如武帝之择祸福，可谓不审矣。

这篇文章用大量事实证明，国君选择他们的继承者，一定要选择贤德者，不必过分考虑他们是否具有这个名分。晋武帝选择了惠帝作为他的继承人，而惠帝不肖，不能走正道，求贤良，引起晋室大乱，这个教训不能不说是深痛的，值得所有的国君借鉴和深思。

【注释】

①立嫡以长：确立正宗的长子，要靠长幼次序。嫡，正宗，正支。

②丹朱：帝尧之子。尧因为丹朱不肖，禅位于舜。

③帝乙废微子立纣：商代倒数第二位帝王帝乙废除了微子而让纣继位。微子，帝乙之子，商纣王的庶兄，有德行。纣，指商纣王，商朝的末代君主，以残暴著名。

④寝：停止，扣住不发。

⑤武帝：这里指汉武帝刘彻。

⑥枉直相半：好坏各占一半。枉，不正直、不正派。直，忠诚正直。

⑦恃愍怀：凭借怜悯之心。

⑧姬旦：指周公旦，周武王的弟弟，周成王的叔父。武王死，成王年幼，周公旦摄行朝政，忠心耿耿，尽职尽责。

⑨虞：忧患。

⑩方来：未来，将来。

⑪帝：指晋武帝。

⑫八王：指晋朝的楚王司马玮、赵王司马伦、河间王司马颙、成都王司马颖、长沙王司马乂、东海王司马越等八王。晋武帝（司马炎）称帝后，大封宗室。豪门世族之间的矛盾日益激化。晋武帝死，惠帝立，汝南王司马亮为太宰，专权。其后，楚王司马玮等八王先后起兵，争权夺利，战争持续达十六年之久，使黄河流域的民众受害极大，史称八王之乱。

⑬筹之：为之谋算。

祖 逖

敌国相图，必审于彼己。将强敌弱，则利于进取；将弱敌强，则利于自守。违此二者，而求成功，难矣！东晋渡江，以江淮为境，中原虽屡有变，而南兵不出，出亦无功，皆夷狄自相屠灭而已。石勒[①]之死也，庾亮[②]为北伐之计；石虎[③]之老也，庾翼[④]为徙镇之役，皆无成而死。及苻坚[⑤]之败，谢安父子[⑥]乘战胜之威，有席卷之意，终以兵将奔溃，无尺寸之得。其后宋文[⑦]自谓富强，以兵挑元魏，梁武[⑧]志于并吞，失信于高氏，陈宣[⑨]乘高氏之衰，攘取淮南，皆继之以败亡，何者？东南地薄兵脆，将非命世之雄，其势固如此也。

方石虎之毙，中原大乱，晋人皆谓北方不足复平，而蔡谟独以为忧，或问其故，谟曰："夫能顺天奉时，济六合于草昧[⑩]，若非上哲，必由英豪。度今诸人，皆不办此。必将经营分表，疲人以逞。才不副意，徒使财殚力竭，终将何所至哉！吾见韩卢、东郭[⑪]，俱毙而已矣。"至哉！此言实当时好事者之病也。自江南建国，惟桓温东讨慕容，西征苻健，兵锋所及，敌人震动。及宋武[⑫]破广固，陷长安，所至荡定，有吊伐之风。此二人者，诚非常将也。然桓温终以败衄，不能成大功，宋武志在禅代，未能定秦，狼狈而返，而况其下者乎？

惟晋元帝初定江南，未遑北伐，祖逖[⑬]言于帝曰："晋室之乱，非上无道，而下怨叛也。由藩王争权，自相诛灭，遂使戎狄乘衅，毒流中原耳。今遗黎[⑭]既被残酷，人有奋击之志，诚能奋威命将，使若逖等为之统主，郡国豪杰，必有应者，沉溺之士，喜于来苏，庶几国耻可雪也。"帝以逖为豫州刺史，使进屯淮阴。逖兵力甚弱，乃铸造兵器，招合离散，稍诛锄叛涣，复进据谯，然未尝为深入计也。石勒遣兵攻逖，逖辄就破其众。每于兵间，勤身节用，礼下贤俊，怀抚初附，专以恩信接人，不尚诈力，故人争为之用。自黄河以南，尽为晋土。虽石勒之强，不敢以兵窥其境。逖母葬成皋，勒使人修其墓，复遣使通好，且求互市[15]。逖不答其使，而许其市，通南北之货，多获其利，方将经略河北，而帝使戴若思拥节直据其上。逖快快不得志死。盖敌强将弱，能知自守之为利者，唯逖一人。夫惟知自守之为进取，而后可以言进取也哉！

东晋渡江以后，以江淮为界。中原屡有变故，也都是进侵的少数民族自相残杀。南兵轻易不敢北进，即使北攻，也大多无尺寸之功。祖逖常有北进收复失地的打算，但他深深懂得在敌强我弱的情况下，首先要自守，然后才可言进取。他按这一构想实施，终于取得了显著的功绩。苏辙作此文，就是赞赏祖逖的这种远见卓识。

【注释】

①石勒：公元274—333年。东晋列国后赵的创建者，统一了中国北方大部分地区，东晋咸和五年称帝，改元建平，史称后赵。

②庾亮：公元289—340年。字元规，好老庄，善谈论，历任东晋元帝、明帝、成帝三朝。曾拟北伐，后未果。

③石虎：东晋列国后赵主石勒之侄。勒死，虎废勒子弘，自立为赵大王，迁都于邺，后又称帝，在位十五年，穷奢极欲，劳役繁多，民不聊生。

④庾翼：庾亮的后人。

⑤苻坚：公元338—385年。晋时前秦君主，有灭晋统一域内之志，为十六国中最强者。晋太元五年，他大举攻晋，与谢玄等战于淝水，大败而返，后国势日弱，被姚苌所杀。

⑥谢安父子：指谢安、谢玄。谢玄为谢安之侄。苻坚攻晋，谢安为征讨大都督，派遣其侄谢玄等大破苻坚于淝水。

⑦宋文：指南朝宋文帝刘义隆。

⑧梁武：指南朝梁武帝萧衍。

⑨陈宣：南朝宋朝末年人。

⑩济六合于草昧：于一片混沌之中开辟出天地四方。意思是能于一片混乱中重建国家。六合，天地四方。草昧，天地初开时的混沌状态，也指混乱的时世。

⑪韩卢、东郭：韩卢，古韩国良犬名。东郭，海内之狡兔。

⑫宋武：指南朝宋武帝刘裕。

⑬祖逖：公元266—321年，少孤，轻财好侠，慷慨有节操，博览古今书籍。累迁太子中

舍人，豫章从事中郎。时晋室大乱，祖逖率部曲百余家渡江，中流击楫而誓曰："祖逖不能清中原而复济者，有如大江！"元帝时为豫州刺史，自募军，收复黄河以南为晋土。

⑭遗黎：亡国之民。

⑮互市：互相贸易往来。

唐太宗

唐太宗之贤，自西汉以来，一人而已。任贤使能，将相莫非其人，恭俭节用，天下几至刑措[①]，自三代以下，未见其比也。然传子至孙，遭武氏之乱，子孙为戮，不绝如线，后世推原其故而不得。以吾观之，惜乎其未闻大道也哉！

昔楚昭王有疾，卜之曰："河为祟[②]。"大夫请祭诸郊，王曰："三代命祀，祭不越望[③]。江、汉、淮、漳，楚之望也。祸福之至，不是过也，不穀[④]虽不德，河非所获罪也。"遂弗祭。及将死，有云如众赤乌，夹日以飞三日。王使问周史，史曰："其当王身乎！若禜[⑤]之，可移于令尹、司马。"王曰："除腹心之疾，而置诸股肱，何益？不穀不有大过，天其夭诸？有罪受罚，又焉移之？"亦弗禜。孔子闻之曰："楚昭王知大道矣。其不失国也，宜哉！"吾观太宗所为，其不知道者众矣，其能免乎？

贞观之间，天下既平，征伐四夷，灭突厥，夷高昌，残吐谷浑，兵出四克，务胜而不知止。最后亲征高丽，大臣力争不从，仅而克之，其贤于隋氏[⑥]者，幸一胜耳。而帝安为之。原其意，亦欲夸当世、高后世耳[⑦]。

太子承乾既立十余年，复宠魏王泰，使兄弟相倾。承乾既废，晋王，嫡子也。欲立泰，而使异日传位晋王，疑不能决，至引佩刀自刺，大臣救之而止。父子之间，以爱故轻予夺，至于如此。

帝尝得秘谶[⑧]，言唐后必中微[⑨]，有女武代王。以问李淳风，欲求而杀之。淳风曰："其兆既已成，在宫中矣，天之所命，不可去也。徒使疑似之戮，淫及无辜，且自今已往四十年，其人已老，老则仁。虽受终易姓，必不能绝李氏，若杀之复生壮者，多杀而逞，则子孙无遗类矣。"帝用其言而止，然犹以疑似杀李君羡。夫天命之不可易，惟修德或能已之，而帝欲以杀人弭之，难哉！

帝之老也，将择大臣以辅少主。李勣[⑩]起于布衣，忠力劲果，有节侠之气，尝事李密，友单雄信[11]。密败，不忍以其地求利。密死，不废旧君之礼。雄信将戮，以股肉啖之，使之俱死，帝以是为可用，疾革[12]，谓高宗："尔于勣无恩，今以事出之，我死，即授以仆射。"高宗从之。及废皇后，立武昭仪，召勣与长孙无忌、褚遂良[13]计之，勣称疾不至。帝曰："皇后无子，罪莫大于绝嗣，将废之。"遂良等不可。他日勣见，帝曰："将立昭仪，而顾命大臣皆以为不可，今止矣。"勣曰："此陛下家事，不须问外人。"由此废立之议遂定。勣，匹夫之侠也，以死徇人不以为难，至于礼义之重，社稷所由安危，勣不知也。而帝以为可以属幼孤，寄天下，过矣！且使勣信贤，托国于父，竭忠力以报其子，可矣，何至父逐之，子复之，而后可哉！挟数[14]以待臣下，于义既已薄矣。

凡此皆不知道之过也。苟不知道，则凡所施于世，必有逆天理，失人心，而不自知者。故楚昭王惟知大道，虽失国而必复。太宗惟不知道，虽天下既安且治，而几至于绝灭。孔子之所以观国者如此。

唐太宗李世民，世称明主，他任贤使能，选用将相皆得其人。而且恭俭节用，天下几乎到了废除刑罚的程度。但他的身后，其子孙屡屡被杀戮，后世许多人想探寻这其中的原因而不可得。苏辙在这篇文章中认为，这其中的原因在于他"未闻大道"之缘故。接下来，列举唐太宗李世民好大喜功，东征西伐；立太子承乾，复又宠爱魏王泰，使兄弟相倾轧；得秘谶而疑人，欲杀人而弭之；对重臣查之不详，终至于托国而不得其人。凡此种种，苏辙认为这都是李世民不知大道的过错，而这种过错一施于世，必逆天理，失人心，而自己却毫无知察。这样，虽然天下安定，但后代却相当危险。

【注释】

①天下几至刑措：天下几乎达到无人犯法的程度。刑措，同刑错，无人犯法，刑法搁置不用。

②河为祟：黄河在作祟。

③越望：超越所能看到的。

④不穀：古代诸侯的谦称。

⑤禜:古代消除灾害的一种祭祀。

⑥隋氏:指隋朝的皇帝。

⑦亦欲夸当世,高后世耳:也是想在当世炫耀自己,令后世敬仰他。夸,炫耀。高,令……为高。

⑧秘谶:秘密地预言,预兆。

⑨中微:中衰之意。

⑩李勣:公元594—669年。本姓徐,名世勣。曾参加瓦岗寨起义军,后降唐,赐姓李,因避太宗李世民讳,变单名勣。从唐太宗破王世充、窦建德、刘黑闼。又随李靖破东突厥,封英国公。治并州十六年,突厥不敢南向。唐太宗时任尚书左仆射,进位司空。

⑪尝事李密,友单雄信:曾是李密的属下,与单雄信是朋友。李密,公元582—618年。少时好读书,常以蒲安骑牛背,挂汉书于牛角上,边走边读。参加隋末农民起义后被推为主,称魏公。后被王世充所败,投唐,很快又反唐再次起义,兵败被杀。单雄信,也是隋末农民起义的著名将领。

⑫疾革:病重。革,急,重。

⑬长孙无忌、褚遂良:二人皆为唐高宗重臣。

⑭挟数:依靠权术。数,原为技艺、技术。这里引申为权谋、权术。

狄仁杰

母后临朝，据人君之地而私其亲。有志之士，将欲正之，常患不克[①]。汉吕后欲王诸吕[②]，王陵以高帝旧约争之曰："非刘氏而王，天下共击之！背之不可。"言虽直，不见省[③]。陵幸而不死，亦废不用。唐武后废庐陵王，立豫王。豫王虽在位，未尝省天下事。徐敬业为之起兵于外，裴炎争之于内，皆不旋踵[④]为戮。何者？位尊权重，臣下所无奈何，势必至此也。

惠帝之亡也，陈平听张辟疆计，封王诸吕。吕后安之，故平与周勃得执将相之柄，以伺其间[⑤]。后复听陆贾，交欢周勃。将相之权不分，故周勃得入北军，左袒一呼，而吕氏以亡。豫王既立，武后革命称帝[⑥]，追尊祖考，封王子弟，戕杀天下豪俊，志得气满，以为武氏有太山之安矣。狄仁杰虽为宰相，而未尝一言。及后欲以三思[⑦]为太子，访之大臣，仁杰乃曰："臣观天人未厌唐德，顷匈奴犯边，陛下使三思募士，逾月不及千人。及使庐陵王，不旬浃[⑧]得五万人。今欲立嗣，非庐陵不可。"后怒罢议。久之，复召问曰："朕数梦双陆[⑨]不胜，何也？"对曰："双陆不胜，无子也，意者天以此儆陛下耶。文皇帝身蹈锋刃，百战以有天下，传之子孙。先帝寝疾，诏陛下监国。陛下掩神器[⑩]而取之十余年矣，又欲以三思为后，且母子与姑侄孰亲？陛下立庐陵王，则千秋万岁血食于太庙。三思立宫庙，无祔[⑪]姑之礼。"后感悟，即日遣徐彦伯迎庐陵于房州而立之。

盖王陵、裴炎迎祸乱之锋，欲以一言折之，故不废则死。陈平、狄仁杰待其已衰而徐正之，故身与国俱全。惟吕后无子，亲止子侄，故没身而后变。武后有子，母子之爱，人情之所同，故老而自复。由此观之，陈、狄之所以成功者，皆以缓得之也。然庐陵既立，而张易之昌宗未去。仁杰置之不问，复授之张柬之，俟其恶稔[⑫]而后取。岂以祸乱之根生于母子之间？不如是，则必至于毁伤故耶！老氏有言："将欲歙[⑬]之，必固张之；将欲弱之；必固强之；将欲废之，必固兴之；将欲夺之，必固与之，是谓微明，柔胜刚，弱胜强。鱼不可以脱于渊，国之利器[14]不可以示人。”二公得之矣。

此文先从吕后当政写起，再写到武后当政。许多大臣过于刚直极谏而被黜被杀，独有狄仁杰为宰相，未尝一言。直到最后，武后在权衡立其侄武三思还是立其子庐陵王李显时，狄仁杰才站出来说话，最终说服武后归还国家于李姓，改变了唐王朝的命运。文章最后赞扬了狄仁杰等人这种以柔克刚的策略。

【注释】

①不克：不能，办不到。

②欲王诸吕：想使诸吕成为君王。

③不见省：不被理解。

④旋踵：比喻很快，时间很短。

⑤以伺其间：以等待时机。间，夹缝，间隙，引申为机会。

⑥武后革命称帝：武则天于唐永徽六年立为皇后，代决政事，由此掌握国政。唐高宗死，她废黜中宗、睿宗，天授元年自称神圣皇帝，改国号为周，成为我国历史上惟一的女皇，前后执政达四十余年。神龙元年，宰相张柬之等发动政变，拥立中宗复位，武则天于同年死于宫中。革命，指武则天取消李姓王朝，自立为帝。

⑦三思：指武三思，武则天的侄子。

⑧不旬浃：不到一旬（十天）的时间。浃，周、遍。

⑨双陆：古代的一种游戏。

⑩神器：指帝位。

⑪祔：新死者附祭于先祖。

⑫稔：成熟，到了晚期。

⑬歙：收敛。

⑭利器：比喻国家的权利。

唐玄宗宪宗

唐玄宗、宪宗，皆中兴之主也。玄宗继中、睿[①]之乱，政紊于内。而外无藩镇分裂之患，约己任贤，而贞观之治可复也。宪宗承代、德[②]之弊，政偾[③]于朝，而畿甸之外皆为畔国，将以求治，则其势尤难。虽然，二君皆善其始，而不善其终，所以失之者一道也。

齐桓公用管仲、隰朋，九合诸侯，一匡天下，为五伯首[④]。及管仲死，用竖刁、易牙，身死不得葬，五公子争立，伯业随毁。盖中人可以上下，此三君者，皆中主耳[⑤]。方其起于忧患厄困之中，知贤人之可任以排难，则勉强而从之，然非其所安也。及其祸难既平，国家无事，则其心之所安者佚乐，所悦者谀佞也，故祸发皆不旋踵，若合符节。

昔太宗既平天下，始任房玄龄、杜如晦、魏征，终用长孙无忌、岑文本、褚遂良，帝亦恭俭节用，去冗官，节浮费，内无宫掖侈靡之奉，旁无近幸赐予之失。贞观之治，斯已过半矣。持书御史权万纪尝言："宣饶部中凿山冶银，岁可取数百万缗以佐国用。"帝怒骂曰："吾所乏忠言嘉谟[⑥]，有益于民者耳！汝为御史，不能进贤退不肖，而訹[⑦]吾以利，岂谓我汉桓、灵[⑧]耶？"斥去不用。于是士莫敢以利言者。故房、杜诸人得效其忠力，以致贞观之盛。及玄宗初用姚崇、宋璟、卢怀慎、苏颋，后用张说、源乾曜、张九龄；宪宗初用杜黄裳、李吉甫、裴垍、裴度、李绛，后用韦贯之、崔群。虽未足以方驾[⑨]房、杜，然皆一时名臣也，故开元、元和之初，其治庶几于贞观。

然玄宗方用宋璟，而宇文融以括田幸[⑩]，遽至宰相，后虽以公议罢去，而思之不已，谓宰相曰："公等暴[⑪]融恶，朕已罪之矣。然国用不足，将奈何？"裴光庭等不能答。融既死，而言利者争进。韦坚、杨慎矜、王鉷日以益甚，至杨国忠而聚敛极矣。故天宝之乱，海内分裂，不可复合。宪宗方平淮蔡，裴度未及还朝，而程异、皇甫鎛皆以利进。度三上书极论不可。帝以天下略平，欲崇台池宫观以自娱乐，异、鎛揣知其意，数贡羡财[⑫]以顺所欲。故度卒逐去，而异、鏄皆相。不三年而祸发于宦官。

盖玄宗在位岁久，聚敛之害遍于天下，故天下遂分。宪宗之世，其害未究，故祸止于其身。然方镇之强，宦官之横，遂与唐相终始，可不哀哉！呜呼！太宗之恭俭，所忍无几耳，而福至于不可胜尽；玄、宪之淫佚，所获无几耳，而祸至于不可胜言。而世主终莫之悟，覆车相寻，不绝于世，盖未之思欤？

苏辙认为，唐玄宗、唐宪宗一开始都励精图治，但可惜的是“皆善其始，而不善其终”，他们的过失都在一个“道”上。接下来，列举他们所以失“道”的种种现象，以及后来国家的混乱状况。文章的最后，苏辙感叹“而世主终莫之悟，覆车相寻，不绝于世。”他希望君主们都应以此为戒，认真反思。

【注释】

①中、睿：指唐中宗、唐睿宗，皆为武则天所废除。

②代、德：指唐代宗、唐德宗。

③偾：跌倒，仆倒。引申为不理顺。

④为五伯首：为（春秋）五霸之首。

⑤中主：中兴之君主。

⑥嘉谟：好的计谋，谋略。

⑦訹：引诱。

⑧桓、灵：汉朝的桓帝、灵帝。

⑨方驾：并驾齐驱。与……相同。

⑩而宇文融以括田幸：宇文融由于采取了括田的措施，而得到了皇帝的宠爱。

⑪暴：暴露，显露。

⑫羡财：余财。

兵 民

事固有出于不得已，而为后世之利者，分兵、民一也，割燕、蓟二也。何谓分兵、民之利？人生而天畀[①]之才，畀之才，则付之禄，随其精粗，适其高下，使食其技而资其身，是未有知其所由然者也。故士大夫读《诗》《书》，执射御，习书计[②]，高可以治人，下可以为役，而禄从之矣。农工商贾，服田畴，通货贿，运机巧，上可以雄里闾，下可以养亲戚，则利从之矣。有人于此，才力过人，操行凡鄙[③]，上不能为吏，下不能为民，天畀之才，而无以资之，婴[④]之以劳苦，迫之以饥馑，不群起为盗，则无以求济其欲，此势之所必至。

自秦、汉以来，天下未尝无是患也。唐衰而府卫之兵[⑤]废，朝廷有禁兵，蕃镇有卫兵。兵、民判[⑥]矣。使民出其赋以养兵，兵尽其力以卫民。民有耕耨之勤，而后人征戍之劳，更相为用，而不以相德，此固分兵、民之本意也，至于山林之材武、田里之凶悍、放荡无著之人，一隶于伍符尺籍[⑦]，食其粟，衣其帛，俯首受笞而不敢肆，居则学弓剑，出则效首级，积岁月以取禄位，有其才必得其养，气类相从。凡凶人勇夫，皆萃于军中，然后人人各得其归。故虽凶旱水溢，天下小小不宁，而盗贼不起，较之汉、唐之间，十不三四，天下阴享其利，而不知其故也。

然儒者方且攘臂而言民兵之便[⑧]。民力既尽于养兵，而又较版图，数丁口，使之执干戈，习战阵，夺其农时，而齐之以鞭朴。民有怨心，而责其效死以报国。求信其私说而不恤后害。呜呼！其亦未之思欤？

这篇《兵民》与下篇《燕蓟》本是一篇文章，但作者分题进行论述。

《兵民》一篇，主要是反驳一些儒者所提出的民、兵合一有利的说法。他认为兵、民分开，各专其职，各司其责，则天下会享受其利。相反，兵民合一则会使民有怨心，难以使他们誓死报国。

【注释】

①畀:给,送。

②执射御,习书计:练习射箭驾御,学习文字计算。

③操行凡鄙:品德行为平凡低下。

④婴:束缚。

⑤府卫之兵:即府兵,一种兵制名称。创建于西魏大统年间,到唐代,全国共置六百三十四府,兵士征行及上长安宿卫,皆以远近分番。出征时,由临时任命的主将统率,战争结束,将归于朝,兵散于府。至天宝年间,府兵制仅存虚名。

⑥兵、民判矣:兵与民相分离了。判,分离。

⑦一隶于伍符尺籍:一旦隶属于军籍。伍符尺籍,即指军籍。

⑧民兵之便:民与兵合一的好处。

燕　蓟

何谓割燕、蓟之利？石晋[①]始以燕、蓟之地赂契丹，高祖思援兵之惠[②]，屈体以奉之，虽号为创业，而日不遑给，出帝[③]不胜其诟，未有以待之，而轻犯其怒，遂以亡国。是时，割地之害深矣；至于本朝，乃见其利。

真宗皇帝亲御六师，胜虏于澶渊[④]。知其有厌兵之心，稍以金帛啖之[⑤]。虏欣然听命，岁遣使介，修邻国之好。逮今百数十年，而北边之民，不识干戈。此汉、唐之盛，所未有也。古者戎狄迭盛迭衰，常有一族为中国之敌。汉文帝待之以和亲，而匈奴日骄。武帝御之以征伐，而中原日病。谓之天之骄子，非一日也。今朝廷之所以厚之者，不过于汉文帝，而虏弭耳驯服。则石氏之割燕、蓟利见于此。夫熊、虎之搏人，得牛而止。契丹据有全燕，擅桑麻枣栗之饶，兼玉帛子女之富，重敛其人，利尽北海，而又益之以朝廷给予之厚。贾生所谓三表五饵[⑥]，兼用之矣。被毡饮乳之俗，而身服锦绣之华，口甘曲蘖[⑦]之美，至于茗药橘柚，无一不享，犬羊之心，醺然而足，俯首奉约，习为礼义。吾无割地之耻，而独享其利，此则天意，非人事也。

昔唐天宝之乱，朔方、河陇之兵起而东征，吐蕃乘虚袭据郡县。唐内苦藩镇皆叛，置而不问，百年之间，兽心狂猖，无复顾忌。理极而变，部族内溃，而唐土遗黎解辫内向[⑧]，中原未尝血刃，而壤土自复。今吾不忍涂炭生民，而以皮币犬马结异类之欢，推之天理，傥[⑨]亦有唐季吐蕃之变乎？

五代时，石氏所创的后晋将燕、蓟之地割让给契丹，一直到宋代，非议者不绝。而苏辙在此文中却认为这是很有利的。利处何在？干戈停息，邻国修好，民众得以休息养生。宋朝无割地之耻而独享其利，这有什么不好的呢？另外，还存在着“中原未尝血刃而壤土自复”的可能性。

这篇文章敢道前人所不敢道，实需作者的真知灼见和勇气。

【注释】

①石晋:指五代的后晋,石敬瑭创立。

②高祖思援兵之惠:后晋高祖石敬瑭想到在创立后晋时契丹曾出援兵相助的恩惠。

③出帝:后晋的第二位,也是最后一位君主石重贵。

④真宗皇帝亲御六师,胜虏于澶渊:宋真宗景德元年(1004年),辽萧太后与圣宗亲率大军南下,深入宋境。宋真宗畏敌,欲迁都南逃,因宰相寇准的坚持,勉强到澶州(今河南濮阳)督战。宋军坚守辽军背后城镇,又在澶州城下打了胜仗,射死辽军大将萧挞凛。辽恐腹背受敌,提出和议,宋真宗应允。由宋每年输辽银十万两,绢二十万匹,史称"澶渊之盟"。

⑤啖之:给……吃,引申为利诱,引诱。

⑥贾生所谓三表五饵:贾谊所说的三表五饵。贾生,指汉代的贾谊。三表五饵,出自《汉书·贾谊传赞》:"施五饵三表以系单于"。大意是说要作出表率,再施以诱饵,这样才能使匈奴单于归附。

⑦曲糵:在这里当指茶。

⑧而唐土遗黎解辫内向:而唐朝故土上的亡国之民都解开辫子,朝向中原。

⑨傥:或许。

夏　论

圣人之道,苟可以安于天下,不求夫为异也[①]。尧舜传之贤,而禹传之子。天下以为禹无圣人而传之,而后授之其子孙也。夫圣人之于天下,不从其所安而为之,而求异夫天下之人,何其用心之浅邪?

昔者汤有伊尹,武王有周公,而周公,文王之子,武王之弟也。汤之太甲,武之成王,皆可以为天下[②],而汤不以与其臣,武王不以与其弟,诚以为其子之才,不至于乱天下者,则无事乎授之他人而以为异也。而天下之人,何独疑夫禹哉?今夫人之爱其子,是天下之通义也。有得焉而思以予其子孙,人情之所皆然也。圣人以是为不可易,故从而听之,使之父子相继而无相乱。以至于尧,尧举天下而授之舜,舜得尧之天下而又授之禹。举天下而授之人,此圣人之所以大过人,而天下后世之所不能也。天下后世之所不能,而圣人独为之,岂以为异哉?夫天下之人不能皆贤而有异人焉,为异而震之[③],则天下皆将喜其名而失其真,故夫尧舜之传贤者,是不得已而然也。使尧之丹朱[④],舜之商均[⑤],仅可以守天下,而尧肯传之舜,舜肯传之禹,以为异而疑天下哉?然则禹之不以天下授益[⑥],非以益为不足受也。使天下复有禹,予知禹不以天下授之矣,何者?启[⑦]足以为天下故也。启为天下,而益为之佐,是益不失为伊尹、周公,而其功犹可以及天下也,盖圣人之不喜异也如此。

昔者尝闻之:鲁人之法,赎人[⑧]者受金于府。子贡[⑨]赎人而不受赏。夫子叹曰:"嗟夫!使鲁之不复赎人者,赐也。"夫赎人而不以为功,此君子之所以异于众人者,而其弊乃至于不赎。是故圣人不喜为异,以其有时而穷也。闵子[⑩]终三年之丧,见于夫子,援琴而歌,戚戚而不乐,作而曰:"先王制礼,弗敢过也。"子夏[⑪]终三年之丧,见于夫子,取琴而鼓之,其乐衎衎然[⑫],作而曰:"先王制礼,不敢不及也。"而夫子皆以为贤。由此观之,圣人之行,岂求胜夫天下之人哉!亦有所守而已矣。

宋仁宗嘉祐五年，苏辙二十二岁时，来到京城应制举，献文五十篇。其中包括《进论》二十五篇。除五篇外，其余二十篇都是史论。《进策》二十五篇。《夏论》是《进论》中的第一篇，所说的“进论”就是专门写给皇帝看的文章。

《夏论》主要是为禹传位于子进行辩解。

在禹之前，都是禅让制，而到了禹，开始实行世袭制。禹建立了夏，并将其位传给他的儿子启。

苏辙认为尧、舜没有将帝位传给他们的儿子，而是选贤而传之，是不得已而为之；而禹将帝位传给儿子，儿子又能守国治国，这是自然而然的事，并非有意去标新立异。

【注释】

①为异：做出与别人不同的行为举止。

②为天下：治理好天下。为，此处是治理，统治之意。

③震之：使之感到震动。

④丹朱：尧之子。

⑤商均：舜之子。

⑥益：禹时一位贤人。

⑦启：禹之子。

⑧赎人：用财物换回抵押的人。

⑨子贡：孔子弟子。姓端木，名赐，字子贡。能言善辩，善于经商，家累千金，所到之处与王侯贵族分庭抗礼，曾任鲁国、卫国相。

⑩闵子：孔子弟子。

⑪子夏：孔子弟子，长于文学。

⑫衎衎：快乐的样子。

周　论

《传》云："夏之政尚[①]忠，商之政尚质，周之政尚文[②]。"而仲尼亦云："周监于二代[③]，郁郁乎文哉！吾从周。"予读《诗》《书》，历观唐虞，至于商周。盖尝以为自生民以来，天下未尝一日而不趋于文也。文之为言，犹曰万物各得其理云尔。父子君臣之间，兄弟夫妇之际，此文之所由起也。

昔者生民之初，父子无义，君臣无礼，兄弟不相爱，夫妇不相保，天下纷然而淆乱，忿斗而相苦。文理不著，而人伦不明，生不相养，死不相葬，天下之人，举皆戚然，有所不宁于其心。然后反而求其所安，属其父子而列其君臣[④]，联其兄弟而正其夫妇。至于虞夏之世，乃益去其鄙野之制。然犹以天子之尊而饭土熘[⑤]，啜土铏[⑥]，土阶三尺，茆茨而不翦[⑦]。至于周而后大备，其粗始于父子之际，而其精布于天下，其用甚广而无穷。盖其当时莫不自以为文于前世，而其后之人乃更以为质也。是故祭祀之礼，陈其笾豆[⑧]，列其鼎俎，备其醪醴[⑨]，俯伏以荐思，其饮食醉饱之乐而不可见也。于是灌用郁鬯，藉用白茆[⑩]，既沃而莫之见。以为神之缩[⑪]之也。体魄降于地，魂气升于天，恍惚诞谩，而不知其所由处，声音气臭之类，恐不能得当也。于是终祭于屋漏，绎祭于祊[⑫]，以为人子之心无所不至也。荐之以滋味，重之以脍炙，恐鬼神之不屑也；荐之以血毛，重之以体荐，恐父祖之不吾安也。于是先黍稷，而后稻粱，先大羹而后庶羞[⑬]，以为不敢忘礼，亦不敢忘爱也。丁宁反复[⑭]，优游而不忍去，以为可以尽人子之心，而人子之心亦可以少安矣。故凡世之所谓文者，皆所以安夫人之所不安，而人之所安者，事之所当然也。

仲尼区区于衰周之末，收先王之遗文，而与曾子推论礼之所难处，至于毫厘纤悉[⑮]之际，盖以为王道之盛其文理当极于此焉耳。及周之亡，天下大坏，强凌弱，众暴寡，而后世乃以为用文之弊。夫自唐虞以至于商，渐而入于文。至于周，而文极于天下。当唐虞、夏商之世，盖将求周之文，而其势有所未至，非有所谓质与忠也。自周而下，天下习于文，非文则无以安天下之所不足，此其势然也。今夫冠婚丧葬而不为之礼，墓祭而不庙，室祭而无所，仁人君子有所不安于其中而曰不文，以从唐虞、夏商之质。夫唐虞、夏商之质，盖将以求周之文而未至者，非所以为法也。

《周论》是苏辙所作《进论》中的第三篇。

这篇文章着重说明，周代崇尚礼教（尚文）是势所必然。“夏之政尚忠，商之政尚质”，但是自有生民以来，天下未尝一日而不趋向于礼教。有了礼教，万物才能各得其理，父子、君臣、兄弟、夫妇之间的关系才能理顺，才能各有其序，各有职份，社会才有稳定的秩序。至于夏、商两代所崇尚的忠厚、质朴，是因为他们求文而未至，并不足以效法。

【注释】

①尚：崇尚。下同。

②文：文化，包括礼乐典章制度。

③周监于二代：周代借鉴于夏、商二代。

④属其父子而列其君臣：使父子关系明确，君臣关系有序。

⑤饭土增：用土增吃饭。土增，盛食物的瓦器。

⑥啜土铏：用土铏喝羹。土铏，也写作“土形”，盛羹的瓦器。

⑦茆茨而不翦：用茅草盖的屋顶。茆茨，用茅草或芦苇盖的屋顶，茆，同茅。

⑧笾豆：古代祭祀和宴会时盛食品的器皿。笾，是竹器，豆，是木器。

⑨醪醴：酒类。醪，汁滓混合的酒。醴，甜酒。

⑩灌用郁鬯，藉用白茆：用郁鬯浇灌，用白茆当垫子。郁鬯，古代祭祀用的浓烈的香酒。郁，香气浓烈。鬯，祭祀用的香酒。白茆，同“白茅”，白色的草。

⑪缩：将酒过滤。

⑫终祭于屋漏，绎祭于祊：最后在屋子的西北角祭祀，次日又祭于宗庙门内设祭的地方。屋漏，房子的西北角，绎，次日再祭。祊，宗庙门内设祭的地方。

⑬庶羞：众多的美味佳肴。庶，多。羞，佳肴。

⑭丁宁反复：反复叮嘱。丁宁，通“叮咛”。

⑮毫厘纤悉：形容特别细微。

六国论

尝[1]读六国世家[2]，窃怪天下之诸侯[3]，以五倍之地，十倍之众，发愤西向，以攻山西千里之秦[4]，而不免于灭亡。常为之深思远虑：以为必有可以自安之计，盖未尝不咎其当时之士[5]，虑患之疏[6]，而见利之浅，且不知天下之势也[7]。

夫秦之所与诸侯争天下者，不在齐、楚、燕、赵也，而在韩、魏之郊[8]。诸侯之所与秦争天下者，不在齐、楚、燕、赵也，而在韩、魏之野。秦之有韩、魏，譬如人之有腹心之疾也。韩、魏塞秦之冲[9]，而蔽山东之诸侯[10]，故夫天下之所重者，莫如韩、魏也。

昔者范雎用于秦而收韩[11]，商鞅用于秦而收魏[12]，昭王未得韩、魏之心[13]，而出兵以攻齐之刚、寿[14]，而范雎以为忧，然则，秦之所忌者，可以见矣。秦之用兵于燕、赵，秦之危事也。越韩过魏而攻人之国都，燕、赵拒之于前，而韩、魏乘之于后[15]，此危道也。而秦之攻燕、赵，未尝有韩、魏之忧，则韩、魏之附秦故也[16]。夫韩、魏，诸侯之障[17]，而使秦人得出入于其间，此岂知天下之势耶？委区区之韩、魏[18]，以当虎狼之强秦，彼安得不折而入于秦哉[19]？韩、魏折而入于秦，然后秦人得通其兵于山东诸侯[20]，而使天下遍受其祸。

夫韩、魏不能独当秦，而天下之诸侯，藉之以蔽其西，故莫知厚韩、亲魏以摈秦[21]，秦人不敢逾韩、魏以窥齐、楚、燕、赵之国，而齐、楚、燕、赵之国，因得以自完于其间矣[22]，以四无事之国，佐当寇之韩、魏[23]，使韩、魏无东顾之忧，而为天下出身以当秦兵，以二国委秦，而四国休息于内，以阴助其急[24]，若此可以应夫无穷，彼秦者将何为哉？不知出此，而乃贪疆埸尺寸之利[25]，背盟败约[26]，以自相屠灭，秦兵未出，而天下诸侯已自困矣，至使秦人得伺其隙以取其国。可不悲哉！

这篇文章是苏辙《进论》中的第四篇。文章着重探讨了六国当时所应采取的自安之计。但他所提出的六国自安之计，无非是六国合从、联合抗秦等早已被人提过的老路子。其中所提出的齐、楚、燕、赵应“厚韩亲魏以摈秦”的主张也并非他的独见，早已有人提出。但尽管如此，这篇文章运笔的简练明快，说理的透彻机敏，还是令人读后耳目一新。

【注释】

①尝：曾经。

②六国世家：六国，指战国时除秦以外的六个诸侯强国，它们是：齐、楚、韩、赵、魏、燕。这六国，在《史记》中都有“世家”。世家是记诸侯世系的文章。

③窃怪天下之诸侯：窃，私下，用作表示个人意见的谦词。天下诸侯，指秦以外的六国。

④山西：即“关西”。战国时，称崤山或华山以西为“山西”。

⑤咎：怪罪。

⑥疏：粗忽。

⑦势：大势、形势。

⑧郊：邑外为郊野。周制，离都城五十里为近郊，百里为远郊。后泛指城外、野外，与下句“韩、魏之野”的“野”同义，都是田野、国土的意思。

⑨塞秦之冲：塞，阻塞，挡住。冲，要冲，军事要道。

⑩蔽山东之诸侯：蔽，遮挡，隐蔽，山东之诸侯，这里指齐、楚、燕、赵四个诸侯国。山东，战国时称崤山或华山以东为“山东”，即“关(函谷关)东”。

⑪范雎：战国时魏国人。更名改姓为张禄以入秦，说服秦昭王采用“远交近攻”的策略，使秦国强大起来，征服了韩国。雎，也写用“且”。

⑫商鞅：战国时卫国人，入秦后实行变法，征服了魏国。

⑬昭王：秦昭王，公元前306年至前251年在位。

⑭刚、寿：刚，故刚城，今山东省宁阳县。寿，今山东省郓城县。

⑮乘：乘势攻击。

⑯附：依附。

⑰障：屏障。

⑱委区区之韩、魏：委，委弃，听任。区区，小，少。《左传·襄公十七年》：“宋国区区。”

⑲折：挫折，服从。

⑳山东诸侯：山东的诸侯，这里指齐、楚、燕、赵。

㉑摈:拒斥。

㉒完:全。这里指保全国家的完整。

㉓寇:敌寇,侵略者。这里指秦国。

㉔阴助:暗中帮助。

㉕埸:边界。《诗·小雅·南山》:"疆埸有瓜。"

㉖背盟败约:即"背败盟约"。背,背弃,败,破坏。

秦　论

秦人居诸侯之地，而有万乘之志，侵辱六国，斩伐天下，不数十年之间，而得志于海内。至其后世，再传而遂亡。刘季起于匹夫[①]，斩艾[②]豪杰，蹶秦诛楚，以有天下。而其传子孙，数十世而不绝。盖秦、汉之事，其所以取者不同，而其所以取之者无以相远也。

然刘、项[③]奋臂于闾阎之中，率天下蜂起之兵西向以攻秦，无一成之聚，一夫之众，驱罢弊[④]适戍之人，以求所非望，得之则生，失之则死，以匹夫而图天下，其势不得不疾战以趋利，是以冒万死求一生而不顾。今秦拥千里之地，而乘累世之业。虽闭关而守之，畜威养兵，拊循[⑤]士民，而诸侯谁敢谋秦？观天下之衅，而后出兵以乘其弊，天下夫谁敢抗，而惠文、武昭之君[⑥]，乃以万乘之资，而用匹夫，所以图天下之势，疾战而不顾其后，此宜其能以取天下，而亦能以亡也。夫刘、项之势，天下皆非吾有，起于草莽之中，因乱而争之，故虽驱天下之人，以争一旦之命，而民犹有待于戡定[⑦]，以息肩于此。故以疾战定天下，天下既安，而下无背叛之志。若夫六国之际，诸侯各有分地，而秦乃欲以力征，强服四海，不爱先王之遗黎，以为子孙之谋，而竭其力以争邻国之利，六国虽灭，而秦民之心已散矣。故秦之所以谋天下者，匹夫特起之势，而非所以承祖宗之业以求其不失者也。

昔者尝闻之：周人之兴数百年，而后至于文武。文武之际，三分天下而有其二，然商之诸侯犹有所未服，纣之众，未可以不击而自解也。故以文武之贤，退而修德，以待其自溃。诚以为后稷、公刘、太王、王季[⑧]勤劳不懈，而后能至于此。故其发之不可轻，而用之有时也。嗟夫！秦人举累世之资，一用而不复惜，其先王之泽，已竭于取天下，而尚欲求以为国，亦已惑矣。

在这篇文章中，苏辙总结了秦朝迅速灭亡的根本原因在于，不恤国力、不爱民众，疾战而求胜。这样，"六国虽灭，而秦民之心已散矣。"当然，秦朝在那么短时间就灭亡了，还有推行暴政等诸多因素，但苏辙所言不可不谓切中要害。

【注释】

①刘季起于匹夫：刘邦从一介平民起家。刘季，即刘邦，字季。匹夫，平民，庶民。

②斩艾：斩杀的意思。艾，通"刈"，割。

③刘、项：指刘邦，项羽。

④罢弊：疲劳困乏。

⑤拊循：安托。

⑥惠文、武昭之君：指秦国的惠文王，武王和昭王。

⑦戡定：平定。

⑧后稷、公刘、太王、王季：后稷，周的先祖，为舜的农官。公刘，古代周部族的祖先，相传为后稷的曾孙。太王，周先祖古公亶父，周武王时追尊为太王。王季，周太王古公亶父的末子，周文王之父，名季历。

汉 论

古之圣人，制为君臣之分[①]。天子以其一身，立乎天下之上，安受天下之奉己而不辞；天下之人，奇才壮士，争也其力，自尽[②]于天子之下，而无所逃循。此二者何为如此也？

天下之事，固其贤者为之也。仁人君子尽其心，以制天下之事，而无所不成；武夫猛士竭其力，以翦天下之暴乱，而无所不定。此其类非不智且勇也，然而不得其君，则其心常鳃鳃然[③]，旷四海而不能以自安，功成事立，缺然反顾，而莫之能受。是以天下之贤才，其才虽足以取之，而常喜天下之有贤君者，利其有以受之也。盖古之人君，收天下之英雄，而不失其心，故天下皆争归之。而英雄之士，因其君之资[④]，以用力于天下，功成求得，而不敢为背叛之操[⑤]。故上下相守，而可以至于无穷。惟其君臣相戾[⑥]，而不能以相用，君以为无事乎其臣，臣以为无事乎其君，君无所用，以至于天下之不亲，臣无以用之，以至于茕茕而无所底丽[⑦]，而天下始大乱矣。且彼不知夫天下之意也。天下之人，皆人臣也，而谁能以相从？惟其因天子之权而用之，是以虽其比肩之人，而莫敢抗。彼见天下之莫吾抗也，则以为天下之畏我，而不知己之戴君之威而行也。故或狃[⑧]天下之畏己，而反以求去其君。其君既去，而天下之人，孰畏而不为变哉？

昔者西汉之衰，王莽窃取其人君之权而执之，以求取其天下。方其执之而未取也，天下不知其将取之，是以俯首而奉其所为。何者？天下之心，犹以为汉役之也。至于天下在莽，而其英雄之士，遂起而共攻之，不数年，而莽以大败。何者？天下不服亡汉之王莽也。其后东汉之乱，献帝奔走于草莽之中，曹操出之[⑨]以为帝王。当是之时，天下已无汉矣，而唯曹氏之为听。然天下之英雄，犹以为名，皆起而争之，终曹公之身，而不能以自安。犹幸其当时之人，皆知汉之天下已去，而操收之也，是以心服曹氏而安为之臣。故孔子曰："天下有道，礼乐征伐自天子出；天下无道，礼乐征伐自诸侯出。自诸侯出，盖十世希不失矣[10]；自大夫出，五世希不失矣；陪臣执国命[11]，三世希不失矣。”盖天下之情，居下而干其上之政者，以为己之享其利也，而不知天下之争心皆将嚣然[12]而不平。是以其素所服者愈狭，则其失之也愈速。何则？其不平者众也，故曰：“禄之去公室[13]五世矣，政在大夫四世矣，而三桓之子孙微矣[14]。”呜呼！公室既微，则三桓之子孙，天下之所谓宜盛者也，而终以衰弱而不振，则夫君臣之分可知也已。

此文主要以汉代为例来说明君臣名分的关系。

天子以某一身立于天下之上，心安理得地享受天下供奉；而天下的奇才壮士也争先恐后为天子效力，这是很自然的。一旦天子被臣子所取代，则天下人就会不服生乱，而取代天子的臣子们的最后结局也不会很好。因为在苏辙看来，作大臣，权威再大，也是戴君之威而行。百姓并不是畏他们，而是畏君。其君既去，那么天下人谁还会畏惧大臣而不变心呢？

【注释】

①制为君臣之分：制定出了君臣的等级职分。

②自尽：自我尽力。

③鳃鳃然：恐惧的样子。

④因其君之资：凭借其君主的资望。

⑤操：操作，行为。

⑥相戾：相背，不相合。

⑦底丽：依附。

⑧狃：习惯。

⑨出之：驱逐他。

⑩希不失矣：很少有不失败的。希，很少。

⑪陪臣执国命：大夫执行国家的权利。陪臣，诸侯的大夫，对天子自称为陪臣。

⑫嚣然：喧哗，吵闹的样子。

⑬公室：春秋战国时诸侯的家族。

⑭而三桓之子孙微矣：而鲁国三桓的子孙衰败了。三桓，指春秋大夫孟孙（仲孙）、叔孙、季孙，他们都是鲁桓公的后代。故称三桓。文公死后，三桓势力日强，分领三军，实际掌握了鲁国的政权。

三国论

天下皆怯[①]而独勇，则勇者胜；皆暗而独智[②]，则智者胜。勇而遇勇，则勇者不足恃也[③]。智而遇智，则智者不足用也。夫唯智勇之下足以定天下，是以天下之难，蜂起而难平[④]。

盖尝闻之，古者英雄之君，其遇智勇也，以不智不勇，而后真智大勇，乃可得而见也。悲夫，世之英雄，其处于世，亦有幸不幸耶！汉高祖[⑤]、唐太宗[⑥]，是以智勇独过天下[⑦]而得之者也。曹公[⑧]、孙[⑨]、刘[⑩]，是以智勇相遇而失之者也。以智攻智，以勇击勇，此譬如两虎相捽[⑪]，齿牙气力，无以相胜，其势足以相忧，而不足以相毙。当此之时，惜乎无有以汉高帝之事制之者也[⑫]。昔者项籍[⑬]，乘百战百胜之威，而执诸侯之柄[⑭]，咄嗟叱咤[⑮]，奋其暴怒，然西向以逆高祖。其势飘忽震荡，如风雨之至。天下之人，以为遂无汉矣[⑯]。然高帝以其不智不勇之身，横塞其冲，徘徊而不得进。其顽钝椎鲁[⑰]，足以为笑于天下，而卒能摧折项氏而待其死，此其故何也？夫人之勇力，用而不已[⑱]，则必有所耗竭，而其智虑久而无成，则亦必有所倦怠而不举，彼欲用其所长，以制我于一时，而我闭门而拒之，使之失其所求，逡巡求去而不能去[⑲]，而项籍固已惫矣[⑳]。

今夫曹公、孙权、刘备，此三人者，皆知以其才自取，而未知以不才取人也。世之言者曰：孙不如曹，而刘不如孙。刘备惟智短而勇不足，故有所不若于二人者，而不知因其所不足以求胜，则亦已惑矣。盖刘备之才，近似于高祖，而不知所以用之之术[㉑]。昔高祖之所以自用其才者，其道有三焉耳。先据势胜之地，以示天下之形；广收信[㉒]、越[㉓]出奇之将，以自辅其所不逮[㉔]；有果锐刚猛之气而不用，以深折项籍猖狂之势。此三事者，三国之君，其才皆无有能行之者。独有一刘备，近之而未至，其中犹有翘然自喜之心[㉕]，欲为椎鲁而不能钝，欲为果锐而不能达。二者交战于中，而未有所定，是故所为而不成，所欲而不遂[㉖]，弃天下而入巴、蜀[㉗]，则非地也。用诸葛孔明治国之才[28]，而当纷纭征伐之冲[29]，则非将也。不忍忿忿之心[30]，犯其所短，而自将以攻人[31]，则是其气不足尚也。嗟夫，方其奔走于二袁之间[32]，困于吕布[33]，而狼狈于荆州[34]，百败而其志不折，不可谓无高祖之风矣，而终不知所以处自用之方。夫古之英雄，惟汉高帝为不可及也夫[35]。

这篇文章也是苏辙的进论之一。

文章的中心论点是：作为国君，他不见得必须有过人的才智和勇气。他只要善于用人，使别人的才智都为他所用，这就足够了。文章以曹操、孙权、刘备为主要对象进行论述，以刘邦、项羽二人作为衬托。

全文议论风生，用语形象生动。

【注释】

①怯：怯懦，胆小。

②暗：愚昧，糊涂。与"智"相反。

③恃：依仗。

④蜂起：如群蜂齐飞，纷纷而起。《史记·项羽本纪》："陈涉首难，豪杰蜂起。"

⑤汉高祖：刘邦。

⑥唐太宗：李世民（599—649），唐高祖李渊第二子，十八岁起兵，对推翻隋朝统治起了重要作用，被尊为太宗文武大圣大广孝皇帝。

⑦过：超过。

⑧曹公：曹操。

⑨孙：孙权，字仲谋，三国时吴国国王。

⑩刘：刘备，字玄德，三国时蜀国国王。

⑪捽：搏斗，冲突。

⑫汉高帝：即汉高祖刘邦。

⑬项籍：项羽。

⑭柄：权柄。

⑮咄嗟叱咤：怒斥，呼喝。咄嗟，同"叱咤"。

⑯遂：就。

⑰顽钝椎鲁：顽钝，愚笨。椎鲁，愚钝，与"顽钝"同义。

⑱已：止。

⑲逡巡:欲进不进,迟疑不决的样子。

⑳惫:疲惫,倦乏。

㉑用之之术:运用自己才能的方法。前一个“之”,代词,它,代刘备的才能。后一个“之”结构助词,“的”。

㉒信:韩信。

㉓越:彭越,字仲,昌邑(今山东省金乡县人)。原是强盗,陈胜起义后,聚众起兵,后依附刘邦,被封为梁王,终因谋反被杀。

㉔不逮:不及。逮,到,及。

㉕翘然:出众自傲的样子。

㉖遂:顺利成功。《礼记·月令》:“百事乃遂”。

㉗巴、蜀:今四川省一带。巴,我国古代民族名及其所建地方政权名,主要分布在今川东、鄂西一带。蜀,我国古代民族名及其所建地方政权名,主要分布在今川西一带。

㉘诸葛孔明:即诸葛亮。

㉙纷纭:多而杂乱。

㉚忿忿:心里不平。

㉛自将以攻人:指关羽死后,刘备非常悲愤,亲自领兵攻吴而大败。

㉜二袁:指袁氏兄弟。袁绍,字本初,东汉末年冀州牧。占有冀、青、并、幽四州(今辽宁、河北、山东、山西一带)。其从弟袁术,字公路,据南阳郡(今河南省南阳市),称帝于寿春(今安徽省寿县),被曹操击败,病死。

㉝吕布:字奉先,东汉九原人,善骑射,有勇力,曾投靠董卓,誓为父子。后又与司徒王允合谋,杀董卓,封为温侯,后依袁术,投袁绍,被曹操所杀。

㉞荆州:州治在襄阳,即今湖北省襄樊市。

㉟不可及:赶不上,达不到。

晋 论

御天下有道：休之以安，动之以劳。使之安居而能勤，逸处而能忧，其君子周旋揖让不失其节，而能耕田射驭，以自致其力，平居习为勉强而去其惰傲，厉精而日坚，勤劳而日强，冠冕佩玉之人而不惮执天下之大劳。夫是以天下之事，举皆无足为者，而天下之匹夫，亦无以求胜其上[①]。何者？天下之乱，盖尝起于上之所惮而不敢为，天下之小人，知其上之有所惮而不敢为，则有以乘其间而致其上之所难。

夫其上之所难者，岂非死伤战斗之患，匹夫之所轻而士大夫之所不忍以其身试之者邪？彼以死伤战斗之患邀我，而我不能应，则无怪乎天下之至于乱也。故夫君子之于天下，不见其所畏，求使其所畏之不见，是故事有所不辞，而劳苦有所不惮。

夫晋室之败，非天下之无君子也。其君子皆有好善之心，高谈揖让，泊然冲虚[②]，而无慷慨感激之操[③]，大言无当，不适于用，而畏兵革之事。天下之英雄，知其所忌而窃乘之，是以颠沛陨越，而不能以自存。且夫刘聪、石勒、王敦、祖约[④]，此其奸诈雄武，亦一世之豪也。譬如山林之人，生于草木之间，大风烈日之所咻[⑤]，而霜雪饥馑之所劳苦，其筋力骨节之所尝试者，亦已至矣。而使王衍、王导之伦[⑥]，清淡而当其冲，此譬如千金之家，居于高堂之上，食肉饮酒，不习寒暑之劳，而欲以之捍御山林之勇夫，而求其成功，此固奸雄之所乐攻而无难者也。是以虽有贤人君子之才，而无益于世；虽有尽忠致命之意，而不救于患难。此其病起于自处太高，而不习天下之辱事，故富而不能劳，贵而不能治。盖古之君子，其治天下，为其甚劳而不失其高；食其甚美而不弃其粝。使匹夫小人，不知所以用其勇，而其上不失为君子。至于后世，为其甚劳而不知以自复，而为秦之强，食其甚美而无以自实，而为晋之败。夫甚劳者，固非所以为安；而甚美者，亦非所以自固。此其所以丧天下之故也哉！

在这篇文章中，苏辙总结了晋朝之所以亡败的原因，一是过于崇尚清谈，二是惧怕战争。有此两点，一些奸诈雄武之人便群起攻之，最终导致亡国。这篇文章的长处不在于总结晋朝亡败的两点原因，最重要的是由此而引发出来的教训，那就是治理国家的人，对待民众在“休之以安”的同时，要“动之以劳”，要有很强的驾驭能力，这样才不会引起天下动乱。

【注释】

①亦无以求胜其上：对君主皇上也不敢有什么非分之想。

②泊然冲虚：淡泊空虚。

③操：操守，品行。

④刘聪、石勒、王敦、祖约：刘聪，汉(前赵)的一位君主。石勒，后赵的一位君主。王敦，公元266—324年。晋元帝渡江，他与从兄王导同心拥戴，被授以重任。后拥兵不朝，意欲挟制朝廷。永昌元年，他以诛帝亲信刘隗等为名，起兵反，东下攻陷石头城，入朝为丞相。元帝死，他退屯姑孰。晋明帝太宁二年再反，兵入江宁，途中病死，众溃，被戮，悬首于市。祖约，东晋人，祖逖之弟。祖逖死，他代之为豫州刺史，后反叛朝廷，兵败，投奔石勒。石勒看不起他的为人，杀之。

⑤咻：搅扰。

⑥王衍、王导：王衍，公元256—311年。王衍有盛才，常自比子贡，名倾一时。他又善玄言，以谈老庄为事，义理若有不通顺处，随即更改，世号“口中雌黄”。王衍官至宰辅之位，周旋诸王间，唯求自全之计，东海王司马越死，众推衍为元帅，全军为石勒所破，被杀。王导，公元276—339年。晋人，少有识量，才智过人。他知天下已乱，勤王招揽贤俊以结人心。政务清静，户口殷实，朝野依赖，号为仲父，及帝即位，以王导为宰相，历事晋元帝、明帝、成帝三朝，出将入相，官至太傅。

隋　论

人之于物，听其自附，而信其自去[①]，则人重而物轻。人重而物轻，则物之附人也坚。物之所以去人，分裂四出而不可禁者，物重而人轻也。古之圣人，其取天下，非其驱而来之也；其守天下，非其劫而留之也。使天下自附，不得已而为之长[②]，吾不役[③]天下之利，而天下自至。夫是以去就之权在君，而不在民，是之谓人重而物轻。且夫吾之于人，己求而得之，则不若使之求我而后从之。己守而固之，则不若使之不忍去我，而后与之。故夫智者或可[④]与取天下矣，而不可与守天下。守天下则必有大度者也。何者？非有大度之人，则常恐天下之去我，而以术[⑤]留天下。以术留天下，而天下始去之矣。

昔者三代之君[⑥]，享国长远，后世莫能及。然而亡国之暴，未有如秦、隋之速，二世而亡者也。秦、隋之亡，其弊果安在哉？自周失其政，诸侯用事，而秦独得山西之地，不过千里。韩、魏压其冲[⑦]，楚胁其肩，燕、赵伺其北，而齐掉[⑧]其东。秦人被甲持兵，七世而不得解，寸攘尺取，至始皇然后合而为一。秦见其取天下若此其难也，而以为不急持[⑨]之，则后世且复割裂以为敌国。是以销名城，杀豪杰，铸锋镝，以绝天下之望。其所以备虑而固守之者甚密如此，然而海内愁苦无聊，莫有不忍去之意。是以陈胜、项籍因民之不服，长呼起兵，而山泽皆应。由此观之，岂非其重失天下而防之太过之弊欤？

今夫隋文之世，其亦见天下之久不定，而重失其定也。盖自东晋以来，刘聪、石勒、慕容、苻坚、姚兴、赫连[⑩]之徒，纷纷而起者，不可胜数。至于元氏，并吞灭取，略已尽矣，而南方未服。元氏自分而为周、齐。周并齐而授之隋。隋文取梁灭陈[⑪]，而后天下为一。彼亦见天下之久不定也，是以全得天下之众，而恐其失之；享天下之乐，而惧其不久；立于万民之上，而常有猜防不安之心。以为举世之人，皆有曩者英雄割据之怀，制为严法峻令，以杜[12]天下之变。谋臣旧将，诛灭略尽，而独死于杨素[13]之手，以及于大故终于炀帝[14]之际，天下大乱，涂地而莫之救。由此观之，则夫隋之所以亡者，无以异于秦也。

悲夫！古之圣人，修德以来天下，天下之所为去就者，莫不在我，故其视失天下甚轻。夫惟视失天下甚轻，是故其心舒缓，而其为政也宽。宽者生于无忧，而惨急者生于无聊耳。昔尝闻之：周之兴，太王避狄于岐[15]，豳[16]之人民扶老携幼，而归之岐山之下，累累而不绝，丧失其旧国，而卒以大兴。及观秦、隋，惟不忍失之而至于亡，然后知圣人之为是宽缓不速之行者，乃其所以深取天下者也。

此文虽为隋论，但并未只写隋朝，实际上是写了隋朝和秦朝共同灭亡的原因。

在苏辙看来，隋朝与秦朝一样，得到天下，惟恐失去，常有猜防不安之心，因而制定严法峻令，以防天下之变。因将控制天下看得太重，故此操之过急，这反倒欲速而不达，很快就失去了天下。苏辙认为，治国之道在于：不要将天下看得太重，应实行宽缓不速的政策，这样才能深得天下。

这篇文章论点颇为新颖。许多史家都论及隋、秦之亡是刑罚过严所致，而苏辙能够更进一步地看问题，认为主要原因还在于他们把天下看得过重，"以术留天下，而天下始去之矣"。

【注释】

①听其自附，而信其自去：听任他们归附而对于他们是否会离去充满自信。

②长：统治者。

③役：役使。

④或可：或许可以。

⑤术：权术，计谋。

⑥三代之君：指夏商周三代君主。

⑦冲：要冲，要道。

⑧掉：摇摆。

⑨持：控制，挟制。

⑩刘聪、石勒、慕容、苻坚、姚兴、赫连：刘聪，汉（前赵）君主。石勒，后赵君主。慕容，

指慕容皝，创立了前燕。苻坚，前秦君主。姚兴，后秦君主。赫连，指赫连勃勃，创立了夏。

⑪隋文取梁灭陈：隋文帝消灭了南朝的梁朝和陈朝。

⑫杜：防止。

⑬杨素：少落拓有大志，长于文章。初事周武帝，官至车骑大将军，后跟隋文帝打天下，居群臣之首，以功加上柱国，封越国公，掌据朝政。素以智诈自立，贵盛无比。隋炀帝立，拜他为司徒，但对他是外示殊礼，内实猜忌，卒谥景武。

⑭炀帝：隋朝的末代皇帝，淫乱无度，终至亡国。

⑮太王避狄于岐：太王（古公亶父）为周族领袖，原来居于豳，因戎、狄族逼侵，迁居于岐山（今陕西）下，建筑城郭，设置官吏，开垦荒地，发展生产，使周逐渐强盛。

⑯豳：周人迁往岐山前居住地。

唐论

天下之变，常伏于其所偏重而不举之处，故内重则为内忧，外重则为外患。古者聚兵京师，外无强臣，天下之事，皆制于内。当此之时，谓之内重。内重之弊，奸臣内擅而外无所忌，匹夫横行于四海而莫之能禁。其乱不起于左右之大臣，则生于山林小民之英雄。故夫天下之重，不可使专在内也。古者诸侯大国，或数百里，兵足以战，食足以守，而其权足以生杀，然后能使四夷、盗贼之患不至于内，天子之大臣有所畏忌，而内患不作[①]。当此之时，谓之外重。外重之弊，诸侯拥兵，而内无以制。由此观之，则天下之重，固不可使在内，而亦不可使在外也。

自周之衰，齐、晋、秦、楚[②]，绵地千里，内不胜于其外，以至于灭亡而不救。秦人患其外之已重而至于此也，于是收天下之兵而聚之关中，夷灭其城池，杀戮其豪杰，使天下之命皆制于天子。然至于二世之时，陈胜、吴广大呼起兵，而郡县之吏，熟视而走，无敢谁何。赵高[③]擅权于内，颐指如意，虽李斯[④]为相，备五刑而死于道路。其子李由守三川，拥山河之固，而不敢校[⑤]也。此二患者，皆始于外之不足而无有以制之也。至于汉兴，惩秦孤立之弊，乃大封侯王。而高帝之世，反者九起，其遗孽余烈。至于文景而为淮南、济北、吴、楚之乱[⑥]。于是武帝分裂诸侯，以惩大国之祸，而其后百年之间，王莽遂得以奋其志于天下，而刘氏子孙无复龃龉[⑦]。魏晋之世，乃益侵削诸侯，四方微弱，不复为乱，而朝廷之权臣、山林之匹夫，常为天下之大患。此数君者，其所以制其内外轻重之际，皆有以自取其乱而莫之或知也。

夫天下之重，在内，则为内忧；在外，则为外患。而秦汉之间，不求其势之本末，而更相惩戒，以就一偏之利[⑧]，故其祸循环无穷而不可解也。且夫天子之于天下，非如妇人孺子之爱其所有也。得天下而谨守之，不忍以分于人，此匹夫之所谓智也，而不知其无成者，未始不自不分始。故夫圣人将有所大定于天下，非外之有权臣，则不足以镇之也。而后世之君，乃欲去其爪牙，翦其股肱，而责其成功，亦已过矣。愚尝以为天下之势，内无重，则无以威外之强臣；外无重，则无以服内之大臣而绝奸民之心。此二者，其势相持而后成，而不可一轻者也。

昔唐太宗既平天下，分四方之地，尽以沿边为节度府[9]，而范阳、朔方之军，皆带甲十万，上足以制夷狄之难，下足以备匹夫之乱，内足以禁大臣之变。而其将帅之臣常不至于叛者，内有重兵之势，以预制之也。贞观之际，天下之兵八百余府，而在关中者五百，举天下之众，而后能当关中之半。然而朝廷之臣亦不至于乘间衅以邀大利者，外有节度之权以破其心也。故外之节度，有周之诸侯外重之势，而易置从命，得以择其贤不肖之才。是以人君无征伐之劳，而天下无世臣暴虐之患。内之府兵，有秦之关中内重之势，而左右谨饬[10]，莫敢为不义之行，是以上无逼夺之危，下无诛绝之祸。

盖周之诸侯，内无府兵之威，故陷于逆乱而不能以自止。秦之关中，外无节度之援，故胁于大臣而不能以自立。有周秦之利，而无周秦之害。形格势禁[11]，内之不敢为变，而外之不敢为乱，未有如唐制之得者也。而天下之士不究利害之本末，猥以成败之遗踪而论计之得失，徒见开元之后，强兵之将皆为天下之大患，而遂以太宗之制为猖狂[12]不审之计。

夫论天下，论其胜败之形，以定其法制之得失，则不若穷其所由胜败之处。盖天宝之际，府兵四出，萃于范阳；而德宗之世，禁兵皆戍赵、魏，是以禄山、朱泚[13]得至于京师，而莫之能禁，一乱涂地，终于昭宗，而天下卒无宁岁。内之强臣，虽有辅国、元振、守澄、士良之徒，而卒不能制唐之命，诛王涯，杀贾餗，自以为威震四方，然刘从谏为之一言，则震慑自敛，不敢复肆。其后崔昌遐倚朱温之兵以诛宦官[14]，去天下之监军，而无一人敢与抗者。由此观之，唐之衰，其弊在于外重。而外重之弊，起于府兵之在外，非所谓制之失，而后世之不用也。

这篇文章中心是讨论如何控制军权的问题，但在写作上采用了“言在此意在彼”的手法。

文章先是大段论述了周、秦等朝在军权控制上的作法，为论述唐代设下伏笔。文章论述了唐代“府兵制”的作用，而意在宋朝，希望宋朝能向唐朝学习，实行“府兵制”，摆脱在兵权上“内重”大于“外重”的弊端。

这篇文章含蓄巧妙，环环相扣，层层推进，引人入胜。

【注释】

①作：发生。

②齐、晋、秦、楚：皆东周时诸侯国。

③赵高：公元前？—前207年，秦时宦者。秦始皇崩于沙丘，赵高与丞相李斯矫诏赐长子扶苏死，立胡亥为二世皇帝，很快他又将李斯杀死，自为丞相，独揽大权。后又杀二世，立子婴，子婴立，诛杀赵高。

④李斯：公元前？—前208年。战国末楚国人，从荀卿学。他认为六国皆弱，不足有为，乃入秦，秦始皇统一六国，李斯为丞相。后赵高欲专朝政，诬告李斯欲反，被腰斩于咸阳市中。

⑤校：计较。

⑥淮南、济北、吴、楚之乱：淮南之乱，指淮南王刘长于文帝时谋反的事。济北之乱，指汉文帝时济北王谋反事。吴、楚之乱：汉景帝三年，为了巩固中央集权，朝廷采用晁错的削藩政策，削诸王封地。吴王濞遂约楚等诸国以诛晁错为名，起兵叛乱，为汉将周亚夫所平定。

⑦龃龉：比喻不合，相抵触。

⑧以就一偏之利：意思是偏执于一个方面（或内重，或外重）的好处。

⑨节度府：节度使的官府名。唐初，武将行军称总管，本道则称都督。唐中微以后，都督带使持节者称节度使，不带节者不称。唐景云二年，贺拔延嗣为凉州都督，充河西节度使，自此才有节度使之号。节度使封郡王，总掌军旅，专诛杀。最初，仅于边地才有，后来遍设国内。

⑩谨饬：谨慎。

⑪形格势禁：被形势阻止。格，阻止，阻碍。

⑫猖狂：狂妄而放肆。

⑬禄山、朱泚：禄山，指安禄山。李隆基（玄宗）时，他官至平卢范阳河东三镇节度使。天宝十四年冬在范阳起兵叛乱，先后攻陷洛阳、长安，称雄武皇帝，国号燕，后为其子安庆绪所杀。朱泚，曾任卢龙节度使。唐建中三年，其弟叛唐，泚被免职，赴长

安，以太尉衔留京师。次年，泾原兵哗乱，唐德宗奔奉天，朱泚被乱军拥为皇帝，后为部将所杀。

⑭其后崔昌遐倚朱温之兵以诛宦官：曾参加黄巢起义后反叛归唐任宣武节度使的朱温，于唐天复二年入长安，朝廷重臣崔昌遐依靠朱温的力量尽杀诸宦官。

周公论

伊尹既立太甲，不明而放诸桐[1]，天下不以为不义。武王既没，成王幼，周公摄天子之位，朝诸侯于明堂，而召公不说，管叔、蔡叔咸叛[2]，天下几至于不可救。二者此其故何也？

太甲既立矣，而不足以治天下，则夫伊尹犹有以辞于后世也。盖周公之事，其迹无以异于伊尹，然天下之人举皆疑而不信，此无足怪也。何者？天下未知夫成王之不明，而周公摄，则是周公未有以服天下之心而强摄焉，以为之上也。且夫伊尹之摄其事，则有所不得已而然尔。太甲虽废，而伊尹未敢有所复立，以召天下之乱，故宁以己摄焉，而待夫太甲之悔，是以天下无疑乎其心。今夫周公之际，其势未至于不得已也。使成王拱手以居天下之上，而周公为之佐，以成王之名号于天下，而辅之以周公，此所谓其势之未至于不得已者矣。而周公不居，则夫天下之谤，周公之所自取也。

然愚以为不然。挟天子以令天下，此诸葛孔明之事耳，而周公岂不足以知之？盖夫人臣惟无执天子之权，人臣而执天子之权，则必有忠于其心，而后可以自免于难[3]。何者？人臣而用天子之事，此天子之所忌也。以一人之身，上为天子之所忌，而下为左右之大臣从而媒蘖其短[4]，此古之忠臣所以尽心而不免于祸，而世之奸雄之士所以动其无君之心而不顾者也。使成王用事于天下，而周公制其予夺之柄[5]，则愚恐成王有所不平于其心，而管、蔡之徒乘其隙而间之[6]，以至于乱也。使成王有天子之虚名，而不得制天下之政，则愚恐周公有所不忍于其志，赧然其有不安之心也。是以宁取而摄之，使成王无与乎其间，以破天下谗慝之谋，而绝其争权之心，是以其后虽有管、蔡之忧，而天下不摇。使其当时立于群臣之间，方其危疑扰攘[7]而未决也，则愚恐周公之祸，非居东[8]之所能免，而管、蔡得志于天下，成王将遂不立也。呜呼！其思之远哉！

这篇文章主要是为周公摄政进行辩护。

苏辙认为:周公摄政是经过深思远虑才做出的决定。假使让成王用事于天下,而周公掌握实权,恐怕成王会心中不平,别人再乘机离间,就可能会出乱子;假使令成王只有天子虚名,而不得管理天下之政,恐怕周公也会不安于心。所以周公宁肯亲自摄政,也不让别人有离间之机,这样既保自身,也使成王最终能够自主。

文章条理畅达,曲尽其微,具有很强的说服力。

【注释】

①伊尹既立太甲,不明而放诸桐:伊尹立太甲为王,因其不明智而放逐到桐宫。伊尹,商汤的大臣,名挚,是汤妻陪嫁的奴隶。后跟汤伐夏桀,被尊为阿衡(宰相)。汤死后,其孙太甲破坏商汤法制,伊尹把他放逐到桐宫,三年后迎之复位。

②而召公不说,管叔、蔡叔咸叛:召公,姓姬,名奭,周的支族,周武王之臣,因封地在召,故称召公或召伯。成王时,与周公旦分陕而治。自陕而西,召公主之,自陕而东周公主之。说,通“悦”。管叔、蔡叔,二人皆为武王之弟。古史相传,武王死,成王幼,周公摄政。管、蔡在国中散布流言说:“公(周公旦)将不利于孺子(成王)。”周公闻言惧而避居东都。其后,成王迎周公归,管、蔡于是挟纣子武庚叛乱,周公出兵征讨,杀武庚、管叔,流放了蔡叔,叛乱被平息。咸,都,全。

③难:疑难,责难。

④媒蘖其短:诬陷说他有短处。媒蘖,比喻诬陷。

⑤制其予夺之柄:意思是周公掌握着成王的权力,制,控制,掌握。予夺之柄,给予或剥夺的权力。

⑥间之:离间。

⑦扰攘:混乱,纷乱。

⑧居东:居于东都。

老聃论(上下)

老聃论(上)

善与人言者,因其人之言而为之言,则天下之为辩者服矣。与其里人[①]言,而曰:“吾父以为不然”,则谁肯信以为尔父之是是[②]?故不若与之论其曲直,虽楚人可以与秦人言之而无害。故夫天下之所为多言,以排夫异端而终以不明者,唯不务其是非利害,而以父屈人也。

夫圣人之所为尊于天下,为其知夫理之所在也。而周公、仲尼之所为信于天下,以其弟子而知之也。故非其弟子,则天下有不知周公之为周公,而仲尼之为仲尼者矣。是故老聃、庄周[③]其为说不可以周、孔辩也。何者?彼且以为周、孔之不足信也。夫圣人之于言,譬如规矩[④]之于方圆尔。天下之人信规矩之于方圆,而以规矩辩天下之不方不圆,则不若示求其至方极圆,以阴合于规矩。使规而有不圆,矩而有不方,则亦无害于吾说,若此则其势易[⑤]以折天下之异论。

昔者天下之士,其论老聃、庄周与夫佛之道者,皆未尝得其要也。老聃之说曰:“去仁义,绝礼乐,而后天下安。”而吾之说曰:“仁义礼乐,天下之所待以治安者。”佛之说曰:“弃父绝子,不为夫妇,放鸡豚,食菜茹[⑥],而后万物遂[⑦]。”而吾之说曰:“父子夫妇,食鸡豚,以遂万物之性。”夫彼且以其说,而吾亦以吾说,彼之不吾信,如吾之不彼信也。盖天下之不从,莫急于未信而强劫之。故夫仁以安人,而行之以义,节之以礼,而播之以乐,守之以君臣,而维之以父子兄弟,食肉而饮酒,此明于孔子者之所知也,而欲以谕其所不知之人,而曰:“孔子则然”。嗟夫,难哉!

愚则不然,曰:天下之道,唯其辩之而无穷,攻之而无间[⑧]。辩之而有穷,攻之而有间,则是不足以为道。果孔子而有穷也,亦将舍而他之。惟其无穷,是以知其为道而无疑。盖天下有能平其心而观焉,而不牵夫仲尼、老聃之名,而后可与语此也。

老聃是道家学派的创始人。苏辙所作的老聃上下篇,对老聃及庄周的学术思想进行了一番评论,又将道家学说与孔子所创立的儒家学说进行了一番比较,总体上还是尊儒家贬道家的。

【注释】

①里人:邻里同乡。

②则谁肯以为尔父之是是:谁又肯相信你父亲所说对的就是对的呢?尔,你。这句里的两个"是"连用,都是肯定的意思,但前一个"是"用作名词,后一个"是"用作动词。

③老聃、庄周:老聃,即老子,春秋战国时人,曾为周藏书室史官,相传著《老子》(又称《道德经》)五千余言,为道家学派的代表人物。庄周。约公元前369—前286年,战国时宋蒙人。曾为漆园吏。相传楚威王闻其名,厚币以迎之。许以为相,辞不就。著书十余万言,往往以寓言来表达。主张清静无为,独尊老子而屏斥儒家墨家,也是道家重要代表人物,后人将老、庄并称。

④规矩:规,用来画圆形的工具,矩,用来画方形的工具。

⑤易:容易。

⑥茹:蔬菜的总称。

⑦遂:成就。顺利做到,引申为顺利成长。

⑧无间:没有间隙。

老聃论(下)

天下之道,惟其辩之而无穷,攻之而无间。辩之而有穷,攻之而有间,则是不足以为道。

昔者六国之际,处士横议,以荧惑[①]天下。杨氏[②]"为我",而墨氏[③]"兼爱"。凡天下之有以君臣父子之亲而不相顾者,举皆归于杨子;而道路之人皆可以为父兄子弟者,举皆归于墨子也。夫天下之人,不可以绝其相属之亲而合其无故之欢,此其势然矣。故老聃、庄周知夫天下之不从也,而起而承之。以为"兼爱""为我"之不足以收天下,是以不为"为我",不为"兼爱",而处乎"兼爱""为我"之际。此其意以为,不"兼爱"则天下讥其无亲,不"为我"则天下议其为人。故两无所适处,而泛泛焉浮游其间,而我皆无所与，以为是足以自免而逃天下之是非矣。

夫天下之人，惟是其所是，而非其所非，是以其说可得而考其终。今夫老、庄无所是非，而其终归于无有，此其思之亦已详矣。杨氏之“为我”，墨氏之“兼爱”，此其为道莫不有所执也。故“为我”者，为“兼爱”之所诋；而“兼爱”者，为“为我”之所毁。是二者，其地皆不可居也。然而得其间而固守之，则可以杜天下之异端而绝其口。盖古之圣人，惟其得而居之，是以天下大服，而其道遂传于后世。今老聃、庄周不得由其大道，而见其隙，窃入于其间，而执其机[4]，是以其论纵横坚固而不可破也。

且夫天下之事，安可以一说治也。彼二子者，欲一之以“兼爱”，断之以“为我”，故其说有时焉而遂穷。夫惟圣人能处于其间而制其当，然“兼爱”“为我”亦莫弃也，而能用之以无失乎道，处天下之纷纭而不失其当，故曰：“伯夷，叔齐[5]不降其志，不辱其身；而柳下惠、少连[6]降志而辱身。言中伦，行中虑；虞仲[7]夷逸隐居放言，身中清，废中权，我则异于是，无可无不可。”夫无可无不可，此老聃、庄周之所以为辩也，而仲尼亦云。则夫老聃、庄周，其思之不可以为不深矣。盖尝闻之，圣人之道，处于可、不可之际，而遂从而实之，是以其说万变而不可穷。老聃、庄周从而虚之，是以其说汗漫[8]而不可诘。今将以求夫仲尼、老聃之是非者，惟能知虚实之可用与否而已矣。

盖天下固有物也，有物而物相遭，则固亦有事矣。是故圣人从其有而制其御有之道，以治其有实之事，则天下夫亦何事之不可为？而区区焉求其有以纳之于无，则其用力不已甚劳矣哉！夫老聃、庄周则亦尝自知其穷矣，夫其穷者何也？不若从其有而有之之为易也。故曰：“常无欲以观其妙”，而又曰：“常有欲以观其徼[9]；既曰“无之以为用”，而又曰：“有之以为利”。而至于佛者，则亦曰“断灭”，而又曰“无断无灭”。夫既曰无矣，而又恐无之反以为穷。既曰“断灭”矣，而又恐断灭之适以为累，则夫其情可以见矣。仲尼有言曰：“君子之中庸也，君子而时中；小人之中庸也，小人而无忌惮也。”夫老聃、庄周，其亦近于中庸而无忌惮者哉！

【注释】

①荧惑：炫惑。

②杨氏:指杨朱,战国时魏人,字子居,又称杨子、阳子或阳生。其说重在爱己,不以物累,不拔一毛以利天下,与墨子"兼爱"说相反,同为当时的儒家斥为异端,著述不传。

③墨氏:指墨子,名翟,春秋、战国之际的思想家,墨家学派的创始者,鲁国人,作过宋国大夫,死于楚国。他主张兼爱、非攻、尚贤等,反对儒家的繁礼厚葬,提倡薄葬,非乐。

④机:时机,机会。

⑤伯夷、叔齐:商孤竹君的两个儿子。相传其父遗命要立次子叔齐为继承人。孤竹君死后,叔齐让位给伯夷,伯夷不受,叔齐也不愿登位,先后都逃到周国。周武王伐纣,两人叩马谏阻。武王灭商后,他们耻食周粟,逃到首阳山,采薇而食,后双双饿死。

⑥柳下惠、少连:柳下惠,即春秋时鲁大夫展禽,因食邑柳下,谥惠,故称柳下惠。任士师时,三次被黜,与伯夷并称夷惠。少连,亦古时屈志而辱身的人。

⑦虞仲:即仲雍,周先人古公亶父的次子,相传古公亶父欲立少子季历,以便再传给历子昌(文王)。仲雍与其兄太伯一同避往楚越间,自号句吴。太伯死,由他继位。

⑧汗漫:阔大不着边际的样子。

⑨徼:求,求取。

燕赵论

昔者三代之法，使天下立学校而教民，行乡射[1]饮酒之礼。于岁之终，田事既毕，而会其乡党之耆老[2]，设其笾豆酒食之荐，而天子之大夫亲为之行礼。盖以为田野之民，裸裎[3]其股肱，而劳苦其筋力，长幼杂作，以趋一时之利，习于鄙野之俗，而不知孝悌之节，顽冒无耻，不可告语，而易与为乱。是以因其休息而教之以礼，使之有所不忘于其心。故三代之民，虽耕田荷任[4]之贱，其所有为者甚鄙，而其中必有所守，其心甚朴，而亦不至于无知以犯非义，何者？其上之人不以为鄙而不足教，而其民亦喜于为善也。

至于后世之衰，天下之民，愚者不知君臣父子之义，而天下之风俗日已败乱。今夫轻扬而剽悍、好利而多变者，吴、楚之俗也；劲勇而沉靖[5]、椎钝[6]而少文者，燕、赵之俗也。以轻扬剽悍之人，而有好利多变之心，无三代王者之化，宜其起而为乱矣。若夫北方燕、赵之国，其劲勇沉靖者，可以义动，而椎鲁少文者，可以信结也。然而燕、赵之间，其民常至于自负其勇以为盗贼，无以异于吴、楚者，何也？其劲勇近于好乱，而其椎钝近于无知。上失其道，而燕、赵之良民，不复见于当世，而其暴戾之夫每每乱天子之治。仲尼曰："君子好勇而无义，则为乱；小人好勇而无义，则为盗。"故古之圣人止乱以义，止盗以义，使天下之人皆知父子君臣之义，而谁与为乱哉？

昔者唐室之衰，燕、赵之人，八十年之间，百战以奉[7]贼臣，竭力致死，不顾败亡，以抗天子之兵，而以为忠臣义士之所当然。当此之时，燕、赵之士，惟无义也，故举其忠诚专一之心，而用之天下之至逆，以拒天下之至顺，而不知其非也。孟子曰："无常产[8]而有常心者，惟士为能。若夫民无常产，因无常心。苟无常心，放僻邪侈[9]，无不为已。"故夫燕、赵之地，常苦夫士大夫之寡也。

此文认为，北方燕、赵之国的人民大多勇敢沉静，忠诚专一而讲义气，但缺点是鲁莽而少礼教，容易为盗为乱。苏辙提出应对燕、赵之人施以教化，以礼义来防止他们为盗为贼。

【注释】

①乡射：古代以射选士，其制有二：一为州长于春秋两季以礼会民，射于州之学校；二为乡大夫三年大比，献贤能之书于王，行乡射之礼，射礼前，先行乡饮酒礼。

②耆老：老年人。

③裎：裸体。

④荷任：负荷，负担，背负。

⑤沉靖：深沉安静。

⑥椎钝：朴实迟钝。

⑦奉：遵从，遵守。

⑧常产：固定资产。

⑨放僻邪侈：放纵邪恶。

蜀　论

匹夫匹妇，天下之所易[1]也。武夫任侠，天下之所畏也。天下之人，知夫至刚之不可屈，而不知夫至柔之不可犯也。是以天下之乱，常至于渐深而莫之能止。盖其所畏者，愈骄而不可制，而其所易者，不得志而思以为乱也。秦、晋之勇，蜀、汉之怯，怯者重犯禁，而勇者轻为奸，天下之所知也。当战国之时，秦、晋之兵弯弓而带剑，驰骋上下，咄嗟[2]叱咤，蜀、汉之士所不能当[3]也。然而天下既安，秦、晋之间，豪民杀人以报仇，椎埋发冢[4]以快其意，而终不敢为大变也。蜀人畏吏奉法，俯首听命。而其匹夫小人，意有所不适，辄起而从乱，此其故何也？观其平居无事，盗入其室，惧伤而不敢校[5]，此非有好乱难制之气也。然其弊常至于大乱而不可救，则亦优柔不决之俗，有以启之耳。

今夫秦、晋之民，倜傥[6]而无所顾，负力而傲其吏。吏有不善，而不能以有容也，叫号纷呶[7]，奔走告诉，以争毫厘曲直之际，而其甚者，至有怀刃以贼[8]其长吏，以极其忿怒之节，如是而已矣。故夫秦、晋之俗，有一朝不测之怒，而无终身戚戚不报之怨也。若夫蜀人，辱之而不能竞[9]，犯之而不能报，循循[10]而无言，忍诟而不骤发也。至于其心有所不可复忍，然后骤而为群盗，散而为大乱，以发其愤懑不泄之气。故虽秦、晋之勇，而其为乱也，志近而祸浅；蜀人之怯，而其为变也，怨深而祸大。此其勇怯之势，必至于此而无足怪也。是以天下之民，惟无怨于其心。怨而得偿[11]，以快其怒，则其为毒也，犹可以少解。惟其郁郁而无所泄，则其为志也远，而其毒深，故必有大乱，以发其怒而后息。

古者君子之治天下，强者有所不惮，而弱者有所不侮，盖为是也。《书》曰："无虐茕独[12]，而畏高明。"《诗》曰："不侮鳏寡，不畏强御[13]。"此言天下之匹夫匹妇，其力不足以与敌，而其智不足以与辩，胜之不足以为武，而徒使之怨以为乱故也。嗟夫，安得斯人者，而与之论天下哉！

本文先用对比手法，写蜀汉之人与秦、晋之人大不相同。秦、晋之人勇敢而蜀汉之人怯懦。秦、晋之人易怒，而蜀汉之人善忍。但两相比较，秦晋之勇，其为乱也，志近而祸浅；蜀人怯懦，如有变故，则怨深而祸大。苏辙希望治国者能不畏强者，不侮弱者，使民众的怨气时时得以发泄，这样才不会因怨深而大乱。

【注释】

①易：轻视。
②咄嗟：叹词。表示呵叱悲叹。
③当：匹敌。
④椎埋发冢：打开坟墓，槌打埋在里边的死人。椎，用槌子打。发，挖开。
⑤校：对抗。较量。
⑥倜傥：不拘于俗。
⑦呶：喧哗。
⑧贼：残害。
⑨竞：争逐。此处引申为反抗。
⑩循循：顺从的样子。
⑪偿：赔偿。抵偿。
⑫茕独：孤独无援的人。
⑬强御：横暴有势力者。

北狄论

北狄[①]之人，其性譬如禽兽，便于射猎，而习于驰骋。生于斥卤[②]之地，长于霜雪之野，饮水食肉，风雨饥渴之所不能困，上下山坂，筋力百倍，轻死而乐战，故常以勇胜中国。然至于其所以拥护亲戚，休养生息，畜牛马，长子孙，安居佚乐，而欲保其首领者，盖无以异于华人也。而中国之士，常惮其勇，畏避而不敢犯。毡裘之民[③]，亦以此恐愒[④]中国而夺之利。此当今之所谓大患也。

昔者汉武[⑤]之世，匈奴绝和亲，攻当路塞，天下震恐。其后二十年之间，汉兵深入，不惮死亡，捐命绝幕[⑥]之北，以决胜负，而匈奴孕重[⑦]堕坏，人畜疲敝，不敢复战。何者？勇士壮马，非中国之所无，有而穷追远逐。虽匈奴之众，亦终有所不安也。故夫敌国之盛，非邻国之所深忧也，要在养兵结士而集其勇气，使之不慑而已。

方今天下之势，中国之民，优游缓带，不识兵革之劳，骄奢怠惰，勇气消耗。而戎狄之赂，又以百万为计，转输天下，甘言厚礼，以满其不足之意，使天下之士，耳熟所闻，目习所见，以为生民之命，寄于其手，故俯首柔服，莫敢抗拒。凡中国勇健豪壮之气，索然无复存者矣。

夫战胜之民，勇气百倍；败兵之卒，没世[⑧]不复。盖所以战者，气也；所以不战者，气之畜[⑨]也；战而后守者，气之余也。古之不战者，养其气而不伤。今之士不战，而气已尽矣。此天下之所大忧者也。

昔者六国之际，秦人出兵于山东，小战则杀将，大战则割地，兵之所至，天下震栗。然诸侯犹帅其罢散[⑩]之兵，合从以击秦，砥砺战士，激发其气。长平之败[⑪]，赵卒死者四十万人，廉颇[⑫]收合余烬，北摧栗腹[⑬]，西抗秦兵，振刷磨淬[⑭]，不自屈服。故其民观其上之所为。日进而不挫，皆自奋怒以争死敌。其后秦人围赵邯郸，梁王使将军新垣衍如赵，欲遂帝秦，而鲁仲连[15]慷慨发愤，深以为不可。盖夫天下之士，所为奋不顾身，以抗强虎狼之秦者，为非其君也。而使诸侯从而帝之，天下尚谁能出身以拒其君哉？故鲁仲连非徒惜夫帝秦之虚名，而惜夫天下之势有所不可也。

今尊奉夷狄无知之人，交欢纳币，以为兄弟之国，奉之如骄子，不敢一触其意，此适足以坏天下义士之气，而长夷狄豪横之势耳。今诚养威而自重，卓然特立，不听夷狄之妄求，以为民望，而全[16]吾中国之气。如此数十年之间，天下摧折之志复壮，而北狄之勇，非吾之所当畏也。

北狄之人勇敢强悍，轻死乐战；中国之民优游缓带，勇气几无。苏辙在这篇文章中呼吁国家应养威自重，振奋民心；应向古代那些慷慨激愤之士学习，恢复人民的斗志，这样北狄之勇，就不可畏了。

这篇文章，言辞激越，对北宋斗志涣散，忍辱苟安的现状痛心疾首，恳切忧思之情，溢于言表。

【注释】

①北狄：古代北方少数民族的总称。

②斥卤：盐碱地。

③毡裘之民：指北方少数民族，他们铺毡穿裘，故代称之。

④恐愒：恐吓。

⑤汉武：指汉武帝。

⑥绝幕：极远的沙漠地带。幕，通“漠”。

⑦孕重：怀孕。

⑧没世：终身，永久。

⑨畜：积聚，储藏。

⑩罢散：疲劳散乱。

⑪长平之败：秦将白起于长平（战国时赵国的一个邑，在今山西高平县西北）大败赵军，活埋赵降卒四十万。

⑫廉颇：战国时赵国的大将。

⑬栗腹：人名，战国时燕将。

⑭振刷磨淬：振奋自强的意思。

⑮鲁仲连：战国时齐人，亦称鲁连。游于赵，秦围赵急，魏派垣衍为使请求帝秦。鲁仲连力言不可。后燕将据聊城，齐攻之岁余不下，鲁仲连遗书燕将，聊城才下，齐王欲为之封爵，鲁仲连逃隐海上。

⑯全：保全。

西戎论

戎狄[1]之俗，畏服大种[2]，而轻中国。戎强则臣狄，狄强则臣戎。戎狄皆弱，而后中国可得而臣；戎狄皆强，而后侵略之患不至于中国。盖一强而一弱，中国之患也。彼其弱者，不敢独战，是以争附强国之余威，以趋利于中国，而后无所惧。强者并将弱国之兵，荡然南下，而无复反顾之忧，然后乃敢专力于中国而不去。此二者以势相从而不可间，是以中国之士，常不得解甲而息也。

昔者冒顿老上之盛[3]，惟西戎之无强国也，故匈奴之人，得以尽力而苦吾中国。使西戎有武力战胜之君，则中国之祸，将有所分而不专。何者？彼畏西戎之乘其后也。故北狄强，则中国不得不厚西戎之君，而西戎之君，亦将自托于中国。然而，西戎非有强力自负之国。则其势亦将折而入于匈奴。惟其国大而好勇，其君之意，欲区区自立于一隅，而不畏北狄之众，而后中国可得而用也。

然天下之人，皆以为北方有强悍不屈之匈奴，而又重之以西戎之大国。则中国将不胜其困，此何其不思之甚也！夫戎狄之人，惟其愚陋而多怨，是故可与共忧也；惟其强狠而好胜，是故可以激而壮也。使之自相攻击，而不能相下，则其势必走于中国。中国因而收之，而其不服者，乃可图也。

然天下之议，又将以为戎狄之俗，不喜自相攻斗，而喜击中国之众，此其势固不可得而合也。盖亦以为不然。夫四夷[4]之所以喜攻中国者，为夫吾兵之不能苦战，而金玉锦绣之所交会[5]也。今使吾兵精而食足，据险阻，明烽燧，吏士练习而不敢懈，彼虽壮骑，无所施设[6]，则其利不在于攻中国。坚坐而相守，不出十年，彼外无所掠虏，将不忍而热中，将反而求以相诟，以为起兵之名。彼兵交于匈奴而怨结于中国，则何以自固。故中国举而收之，必将得其欢心。然天下之心，常畏其强而莫或收之，而使为北狄之用,此何其不识戎狄之情也!

这篇文章主要是分析西戎北狄等少数民族之间的关系,阐述了中国所应对之采取的策略。文章认为,西戎北狄相互依存,专门攻击中国。中国应因势利导,分化利用他们。中国只需坚坐相守,等待他们的内乱,然后举而收之。这篇文章分析入理,阐述透彻,对于令北宋头痛的边疆问题,不失为一计良策。

【注释】

①戎狄:指战国西部和北部的少数民族。

②大种:大的种族。

③冒顿老上之盛:指冒顿单于的兴盛。冒顿(公元前?—前174)。公元前209年他杀父自立,有战士号称三十万,东灭东胡,西破月氏,进占今河套地,威胁新建立的西汉政权。

④四夷:东夷,西戎,南蛮,北狄旧时统称为四夷。

⑤交会:聚集。

⑥施设:施展。

西南夷论

古者九夷八蛮[1]，无大君长，纷纷籍籍[2]，不相统制。惟北狄[3]之种，常为大国，以抗中夏。然蛮夷之俗，种姓分别，千人为部，百家为党，见利则聚，轻合易散，族类不一，其心终莫相爱，故其兵利于疾战，而不利于迟久。北狄之人，绵地千里，控弦[4]百万，侯王君长通为一家，人畜富庶，蔓延山谷之间，其心常有所爱重而不忍去，故其兵利于迟久，而不利于疾战。此二者其大小之势，各有所便，宜乎中国之所以待之者，各有道也。

今夫北狄之人，伏于阴山之下，养兵休士，久居而不战，此其志岂尝须臾[5]忘中国也？然其心以为：战而胜人，犹不若不战而屈人之兵。战而不胜，民之死者未可知也。故常大言虚喝而不进，以谋敝[6]中国。盖其所爱者愈大，故其谋之愈深，而发之愈缓，以求其不失也。若夫西戎、南蛮、西南夷[7]之民，悉其众庶[8]，尚不能当狄人之半，而其酋豪，每每为乱不能自禁，此诚无爱于其心，而侥幸于一战，以用其乌合之众而已。故夫蛮夷之人，扰边求利，其中非有大志者，其类皆可以谋来也。

愚尝观于西南徼外[9]，以临蛮夷之众，求其所以为变之始，而遂至于攻城郭，杀人民，纵横放肆而不可救者，其积之莫不有渐也。夫蛮夷之民，宁绝而不之通，今边鄙之上，利其货财而纳之于市，使边民凌侮欺谩而夺其利，长吏又以为扰民而不之禁。穷恚[10]无聊，莫可告诉，故其势必至于解仇结盟，攻剽蹂践，残之于锋镝之间，而后其志得伸也。嗟夫！为吏如此，亦见其不知本矣。通关市，我吏民待之如中国之人，彼尚谁所激怒而为此哉？然事不患乎不知，而患乎人之不能用。昔班超处西域数十年，西破龟兹，北伏匈奴[11]。及将东归，或以为必有奇谋，乃就问其计。然其言止曰："察见渊中鱼不详，屯戍之士皆非忠臣孝子，不可尽绳以法，"当是时，莫不皆笑，以为不足用。然及西域之乱，终亦以此故。夫谋非必奇而后可用，而在乎当否则已。古者四夷皆置校尉，而益州有蛮夷骑都尉以治其事。使其强者不能内侵，而弱者不为中国之所侮，盖为是也。

文章首先分析了北狄和西南夷的不同。北狄之人，绵地千里，控弦百万，对于中国，野心甚大。而西南夷人数较少，内乱不断，他们对于中国，也仅仅是扰边求利，没有什么大志。中国应对他们采取不同方法，区别对待。对于西南夷来说，中国不应欺侮他们，而应与之互通关系，以求长期和好。

【注释】

①九夷八蛮：泛指我东、西南一带的少数民族。

②纷纷籍籍：杂乱的样子。

③北狄：我国北方的一支少数民族。

④控弦：拉弓，引申为士兵。

⑤须臾：一会儿，很短时间。

⑥敝：蒙蔽，欺骗。

⑦西戎、南蛮、西南夷：都是我国当时边远地区的少数民族。

⑧众庶：全部人。庶，人民。

⑨徼外：边界之外，边疆之外。

⑩恚：恼怒，发怒。

⑪昔班超处西域数十年，西破龟兹，北伏匈奴：班超(33—103)，汉代班固之弟。父死，家贫，为官府抄书以养母。曾投笔叹曰："当效傅介子、张骞立功异域以取封侯，安能处事笔砚间乎？"汉明帝永平十六年，率三十六人出使西域，使西域五十余城国获得安宁。班超在西域三十一年，官至西域都护，后其妹班昭为之上书乞归。至洛阳，拜射声校尉，同年病卒。

王者不治夷狄论

儒者必慎其所习。习之不正，终身病之。《公羊》之书[1]，好为异说而无统，多作新意以变惑天下之耳目。是以汉之诸儒治《公羊》者，比于他经，是为迂阔。至于何休[2]，而其用意又甚于《公羊》，盖其势然也。

经[3]书："公及戎盟于潜。"《公羊》犹未有说也，而休以为王者不治夷狄，录戎来者不拒，去者不追也。夫公之及戎盟于潜也，时有是事也。时有是事，而孔子不书可乎？故《春秋》之书，其体有二：有书以见褒贬者，有书以记当时之事，备史记之体，而其中非必有所褒贬予夺者。公之及戎盟于潜，是无褒贬予夺者也，而休欲必为之说，是以其说不得不妄也。

且王者岂有不治夷狄者乎？王者不治夷狄，是欲苟安于无事者之说也。古之所以治夷狄之道，世之君子尝论之矣。有用武而征伐之者，高宗、文王[4]之事是也；有修文而和亲之者，汉之文、景[5]之事是也；有闭拒而不纳之者，光武[6]之谢西域、绝匈奴之事是也。此三者皆所以与夷狄为治之大要也。今曰来者必不可拒，则是光武之谢西域，以息中国之民者非乎？去者必不可追，则是高宗、文王凡所以征其不服而讨其不庭[7]者皆非也。凡休之说，施之于中国强盛、夷狄暴横之时，则将养寇以遗子孙之忧；施之于中国新定、休息自养之际，则为夷狄之所役，使以自劳敝而不得止。凡此二者，休之说无施而可也。

盖愚闻之，圣人之于戎狄也，吾欲来之则来之，虽有欲去者，不可得而去也；吾欲去之则去之，虽有欲来者，亦不可得而来也。要以使吾中国不失于便，而置夷狄于不便之地，故其屈伸进退，莫不在我。而休欲其自来而自去也耶，此其尤不可者也。治休之学者曰《春秋》托始以治天下，当隐公之际，未暇远略，故先书晋灭夏阳[8]，不书楚灭谷、邓[9]。夫谷、邓之不书，是楚之未通而不告也。如使圣人未欲与夷狄交通，则虽有欲至，尚可得而至哉？愚故曰：《春秋》之书"公及戎盟于潜"，是记事之体，而无休之说也。

这篇文章主要针对何休提出的“王者不治夷狄”的观点进行驳论。作者运用大量史实说明，古之王者治理夷狄有用武征伐的，有修文和亲的，有闭拒不纳的等等，而且在对待夷狄的关系上，常常掌握主动权。

这篇文章，看似学术问题，实际上具有很强的实用性，是针对北宋与少数民族的关系，“有的放矢”的。

【注释】

①《公羊》之书：指《春秋公羊传》，为战国时齐人公羊高所著。

②何休：为董仲舒四传弟子，精研六经，曾因太傅陈蕃推荐而参政，蕃失败后受连累罢官。他以十七年的时间撰写成了《春秋公羊解法》。

③经：指孔子所著的《春秋》。

④高宗、文王：高宗，指商代君主武丁，为中兴之主，死后称高宗。文王，指周文王。

⑤文、景：指汉文帝、汉景帝。

⑥光武：指汉光武帝刘秀。

⑦庭：通“廷”，朝见。

⑧夏阳：春秋时梁国。战国时为魏之梁地。

⑨谷、邓：谷，地名，即塞门，故地在今陕西礼泉县东北。邓，南方近楚国的诸侯小国，庄公十六年为楚国所灭。故地在今河南邓县一带。

形势不如德论

三代[1]之时，法令宽简，所以堤防禁固其民而尊严其君者，举皆无有。而其所都之地[2]，又非有深山大河之固，然而历岁数百，长久而安存者何耶？秦之法令可谓峻矣，而其所都，又关中天府之固，古之所谓百二[3]者也。然而二世而亡者何耶？太史公[4]曰："权势法制所以为治也，地形险阻所以为固也。"然而二者犹未足恃也。故曰：形势虽强，犹不如德也。

天下之形势，愚尝论之矣。读《易》至于《坎》，喟然而叹曰：嗟夫！圣人之所以教人者，盖详矣夫。《坎》之为言，犹曰险也。天之所以为险者，以其不可升；而地之所以为险者，以其有山川丘陵。天地之险，愚闻之矣，而人之险，愚未之闻也。或曰：王公设险，以守其国，此人之险，而高城深池之谓也。曰：非也。高城深池，此无以异于地之险。而人之险，法制之谓也。天下之人，其初盖均是人也，而君至于为君之尊，而民至于为民之卑。君上日享其乐而臣下日安其劳，而不敢怨者，是法制之力也。然犹未也，可以御小害，而未可以御大害也。大盗起，则城池险阻不可以固而留，众叛亲离，则法制不可以执而守。是必有非形之形，非势之势，而后可也。

故至《坎》之六四而曰："樽酒簋贰，用缶，纳约自牖，终无咎[5]。"夫六四处刚柔相接之时，而乃用一樽、二簋、土盎、瓦缶相与拳曲俯仰于户牖之下，而终获无咎，此岂非圣人知天下之不可以强服，而为是优柔从容之德，以和其刚强难屈之心，而作其愧耻不忍之意故耶？嗟夫！秦人自负其强，欲以斩刖齐天下之民[6]，而以山河为社稷之保障，不知英雄之士开而辟之，刑罚不能绳，险阻不能拒。故圣人必有以深结天下之心，使英雄之士有所不可解者，则《坎》之六四是也。

文章一开始就提出了所要论述的中心问题：三代之时，法令宽简，又没有深山大河之固，但能长治久安；秦朝，法令严峻，又有天险之地，但很快就灭亡了。两相比较,原因就在于:形势(这里指外在的条件)虽强,但不如有德。接下来,文章层层深入进行剖析、证明:光靠外在的形势好,不足以统治天下;而真正能治理天下的人,必须具备优柔从容之德,以此深结天下人之心,使英雄之士牢牢地依附于他们,而不思异图。

【注释】

①三代:指夏、商、周三代。

②所都之地:所建立首都的地方。

③百二:百分之二。《史记·高祖记》:"秦,形胜之国,带河山之险,县隔千里,持戟百万,秦得百二焉。"这里百二,是指得百中之二,意思是:秦地险固,二万人足当诸侯百万人。

④太史公:指西汉著名史学家司马迁。

⑤樽酒簋贰,用缶,纳约自牖,终无咎:此句的大意是,当刚柔相接的时候,用一樽酒,二个簋及土盎瓦缶,相互应酬盘桓于户牖之下,而终于平安无事。簋,缶,皆为古代盛器,牖,窗户。咎,害,灾害。

⑥欲以斩刖齐天下之民:想通过斩刖等刑罚来平定天下人民。刖,古代一种把脚砍掉的酷刑。齐,使……平齐,一致。

礼以养人为本论

君子之为政，权[①]其轻重，而审其小大，不以轻害重，不以小妨大，为天下之大善。而小有不合焉者，君子不顾也。立天下之大善，而以小有不合而止，则是天下无圣人，大善终不可得而建也。

自周之亡，其父子君臣冠昏丧祭之礼，日以沦废。至于汉兴，贤君名臣，比比而出，皆知礼之足以为治也，然皆拱手相视，而莫敢措[②]，非以礼为不善也，以为不可复也，是亦自轻而已。故元成之间[③]，刘向[④]上书，以为礼以养人为本。如有过差，是过而养人也。刑罚之过，或至于死伤，然有司请定法令，笔则笔，削则削[⑤]，是敢于杀人而不敢于养人也。然而为是者，则亦有故。律令起于后世，而礼出于圣人。敢变后世之刑，而不敢变先王之礼，是亦畏圣人太过之弊也。《记》曰："礼之所生，生于义也。故礼虽先王未之有，可以义起也。"故因人之情，而为之节文[⑥]，则亦何至于惮之而不敢邪？

今夫冠礼[⑦]，所以养人之始，而归之正也；昏礼[⑧]，所以养人之亲，而尊其祖也；丧礼[⑨]，所以养人之孝，而为之节也，祭礼[⑩]，所以养人之终，而接之于无穷也，宾客之礼[⑪]，所以养人之交，而慎其渎也；乡礼[⑫]，所以养人之本，而教之以孝悌也。凡此数者，皆待礼而后可以生。今皆废而不立，是以天下之人，皇皇然无所折衷，求其所从而不得，则不能不出其私意，以自断其礼。

私意既行，故天下之弊起。奢者，极其奢以伤其生；俭者，极其俭以不得其所欲。财用匮而饥寒作，饥寒作而盗贼起，盗贼起而民之所恃以为养者，皆失而不可得。虽日开仓廪、发府库以赡百姓，民犹未可得而养也。故古之圣人，不用财，不施惠，立礼于天下，而匹夫匹妇，莫不自得于闾阎之中，而无所匮乏，此所谓知本者也。

这篇文章极力渲染了礼教对人的重要性:礼教失而饥寒作,盗贼起;礼教兴,不施财惠,而匹夫匹妇也会各安其所,无所匮乏。作者对当时废弃礼教的作法,深表忧虑。

【注释】

①权:权衡,衡量。

②措:废置、搁置。

③故元成之间:因此汉代元帝、成帝之间。

④刘向:公元前77—前6年。原名更生,皇族。汉宣帝时任散骑谏大夫。元帝时因反对宦官弘恭石显,被捕下狱。成帝时更名向,任光禄大夫,校阅经传诸子诗赋等书籍,写成《别录》一书,为我国最早的分类目录。

⑤笔则笔,削则削:该记的记,该删的删。笔,记载。削,删除。

⑥节文:节制修饰。

⑦冠礼:古代的一种礼仪,男子二十举行冠礼,表示已经成人。

⑧昏礼:婚娶之礼。古代娶妻之礼,于黄昏举行,故称昏礼。

⑨丧礼:旧时举办丧事的仪节。

⑩祭礼:古时祭祀的礼仪。

⑪宾客之礼:迎接招待宾客的礼仪。

⑫乡礼:乡里举行乡射等礼仪活动。

刑赏忠厚之至论

古之君子立于天下，非有求胜[①]于斯民也。为刑以待天下之罪戾[②]，而唯恐民之入于其中以不能自出也；为赏以待天下之贤才，而唯恐天下之无贤而其赏之无以加之也。盖以君子先天下，而后有不得已焉。夫不得已者，非吾君子之所志也，民自为而召之也。故罪疑者从轻，功疑者从重，皆顺天下之所欲从。

且夫以君临民，其强弱之势、上下之分，非待夫与之争寻常之是非而后能胜之矣。故宁委之于利，使之取其优，而吾无求胜焉。夫惟天下之罪恶暴著而不可掩，别白[③]而不可解，不得已而用其刑。朝廷之无功，乡党之无义，不得已而爱其赏[④]。如此，然后知吾之用刑，而非吾之好杀人也；知吾之不赏，而非吾之不欲富贵人也。使夫其罪可以推而纳之于刑，其迹可以引而置之于无罪；其功与之而至于可赏，排之而至于不可赏。若是二者而不以与民，则天下将有以议我矣，使天下而皆知其可刑与不可赏也。则吾犹可以自解。使天下而知其可以无刑、可以有赏之说，则将以我为忍人[⑤]，而爱夫爵禄[⑥]也。

圣人不然，以为天下之人，不幸而有罪，可以刑，可以无刑，刑之，而伤于仁；幸而有功，可以赏，可以无赏，无赏，而害于信。与其不屈吾法，孰若使民全其肌肤、保其首领而无憾于其上；与其名器之不僭[⑦]，孰若使民乐得为善之利而无望望不足之意。呜呼！知其有可以与之之道而不与，是亦志于残民而已矣。且彼君子之与之也，岂徒曰与之而已也，与之而遂因以劝[⑧]之焉耳。故舍有罪而从无罪者，是以耻劝之也；去轻赏而就重赏者，是以义劝之也。盖欲其思而得之也。故夫尧舜、三代之盛。舍此而忠厚之化[⑨]，亦无以见于民矣。

宋仁宗嘉祐五年，苏辙到京城应制举考试，献文五十篇，此文是其中一篇。

这是一篇应考的政论文，中心是讲"刑"与"赏"应该尽量讲求忠厚之道，这是儒家的仁政思想。这种仁政在对待"刑"与"赏"的问题上，重于赏而轻于刑。设刑的目的不是为了让人坠入刑网不能自拔，而是让人有所警惧，设赏的目的则是让人尽可能地获得它。

文章的最后，苏辙希望"刑赏忠厚"能够具有更积极的意义："舍有罪而从无罪者"是为了使有罪者能够"知耻"。对有功者"去轻赏而就重赏"是以义来鼓励他，最重要的是，刑赏的最终目的，是使人们在思想上有所收益。

【注释】

①胜：胜过，超过。引申为刻意统治。凌驾于……之上。

②罪戾：罪过。

③别白：分辨明白。

④爱其赏：吝惜他们的赏赐。

⑤忍人：容忍，放纵别人。

⑥爵禄：爵位薪俸。

⑦名器之不僭：等级称号和车服仪制等不越分。名器，古代社会称表示等级的称号和车服仪制等为名器。僭，超越本分，过分。

⑧劝：鼓励。促进。

⑨化：教化。

六孙名字说

予三子：伯曰迟，仲曰适，叔曰逊，始各一子耳，予年六十有五，而三人各复二子，于是予始六孙。

昔予兄子瞻[①]命其诸孙皆以竹名，故名迟之子长曰简，幼曰策。《易》曰："乾以易知，坤以简能。易则易知，简则易从。易知则有亲，易从则有功。有亲则可久，有功则可大。可久则贤人之德，可大则贤人之业。"故简之字曰业。《乾》之策[②]二百一十有六，《坤》之策一百四十有四。《易》之始未有策也，文王演而重之，然后策可见。故策之字曰演。适之子长曰籀，幼曰范。书[③]起于篆，而究于隶。史籀始篆，篆隶皆成于滋也，故籀之字曰滋。范，法也。王良与嬖奚乘[④]，不获一禽，曰："我为之范，驰驱终日不获一。为之诡遇[⑤]，一朝而获十。我不贯与小人乘，请辞。"故范之字曰御。逊之子长曰筠，幼曰筑。始予得罪于朝，而放于筠，逊从而筠生。传曰："礼之于人，如松柏之有心也，如竹箭之有筠[⑥]也。"皆其坚者也。故筠之字曰坚。孔子曰："譬如为山，未成一篑，止，吾止也；譬如平地，虽覆一篑，进，吾往也。"为山者必筑。前无所见，则未成一篑而止；苟有见矣，则虽覆一篑而进。进而不止，虽山可成也，故筑之字曰进。

予盖老矣，而三子方壮，将复有子，而予不及见乎则已矣，如犹及见焉，则又将名之，俟其长而示之，使知名之之意焉可也。

这篇文章是苏辙在晚年时对他六个孙子"名"与"字"的由来及含义所作的解释和说明。苏辙六个孙子的"名"与"字"都是由其兄苏轼给起的，含义全部出自儒家的经典之中，可谓"无一字无来处"。

【注释】

①子瞻：苏辙的哥哥苏轼，字子瞻。

②策:占卜用的蓍草。

③书:指书法。

④王良与嬖奚乘:王良与一个叫奚的君王宠臣同坐一辆车。王良,古代一位善于驾御车的人。嬖,君王宠爱的近臣。乘,坐车。

⑤诡遇:指打猎时不按礼法规定而横射禽兽。

⑥筠:竹皮。

上皇帝书

熙宁二年三月日，具位臣[①]苏辙谨冒万死再拜上书皇帝陛下：

臣官至疏贱[②]，朝廷之事非所得言。然窃自惟[③]，虽其势不当进言，至于报国之义，犹有可得言者。昔仁宗亲策[④]直言之士，臣以不识忌讳得罪于有司[⑤]，仁宗哀其狂愚，力排群议，使臣得不遂弃于世。臣之感激，思有以报，为日久矣。今者，陛下以圣德临御天下，将大有为以济斯世，而臣材力驽下[⑥]，无以自效，窃听之道路，得其一二，思致之左右。苟惩创前事[⑦]，不复以闻，则其思报之诚，没世而不能自达，是以辄发其狂言而不知止。

臣闻善为国者，必有先后之次，自其所当先者为之，则其后必举。自其所当后者为之，则先后并废。《书》[⑧]曰："欲登高，必自下。欲陟遐[⑨]，必自迩[⑩]。"世未有不自下而能高，不自近而能远者。然世之人常鄙其下而厌其近，务先从事于高远，不知其不可得也。《诗》曰："无田甫田，维莠骄骄。无思远人，劳心忉忉[⑪]。"以为田甫田而力不给，则田莽[⑫]而不治，不若不田也。思远人而德不足，则心劳而无获，不若不思也。欲田甫田，则必自其小者始。小者之有余，而甫田可启矣。欲来远人，则必自其近者始，近者之既服，而远人自至矣。苟由其道，其势可以自得。苟不由其道，虽强求而不获也。臣愚不肖，盖尝试妄论今世先后之宜，而窃观陛下设施之万一。以为所当先者，失在于不为。而所当后者，失在于太早。然臣非敢以为信然也，特其所见有近于是者，是以因其近似而为陛下深言之。

伏惟陛下即位以来，躬亲庶政[⑬]，聪明睿智，博达宏辩，文足以经治[⑭]，武足以制断[⑮]，重之[⑯]以勤劳，加之以恭俭。凡古之帝王，旷世而不能有一焉者，陛下一旦兼而有之矣。夫以天纵之姿，济之以求治之心，施之于事，宜无为而不成，无欲而不遂。今也为国历年于兹，而治不加进，天下之弊日益于前世。天下之人未知所以适治之路，灾变横生，川原震裂，江河涌沸，人民流离，灾火继作，历月移时，而其变不止。此臣所以日夜思念而不晓，疑其先后之次，有所未得者也。

夫今世之患，莫急于无财而已。财者为国之命，而万事之本。国之所以存亡，事之所以成败，常必由之。昔赵充国[17]论备边之计，以为湟中谷斛八钱，籴三百万斛，羌人不敢动矣。诸葛亮用兵如神，而以粮道不继，屡出无功。由是观之，苟无其财，虽有圣贤，不能自致于跬步[18]。苟有其财，虽庸人可以一日而千里，陛下顷以西夏不臣，赫然发愤，建用兵之策，招来横山[19]之民，将夺其险阻，破坏其国而后已。方是之时，夏人残虐失众，横山之民厌苦思汉，而又乘其荐饥，苟加之以兵，此非计之失者也。然而沿边无数月之粮，关中无终岁之储，而所兴之役，有莫大之费。陛下方且泰然，不以为忧，以为万举而有万全之功。既而边臣失律，先事轻发，亦既入践其国，系虏其民矣。然而陛下得其地而不敢收，获其人而不敢臣，虽有成功，而不能继也，其终卒致于废黜谋臣而讲和好。夫陛下谋之于期年[20]之前而罢之于既发之后，岂以为是失当而悔之哉！诚无财以善其后尔。且夫财之不足，是为国之先务也。至于鞭笞四夷，臣服异类，是极治之余功，而太平之粉饰也。然今且先之，此臣所以知其先后之次有所未得者也。

今者陛下惩前事之失，出秘府[21]之财，徙内郡之租赋，督转漕之吏使，备沿边三岁之畜[22]。臣以此疑陛下之有意乎财矣，然犹以为未也，何者？秘府之财，不可多取，而内郡之民，不可重困[23]。可以纾目前之患，而未可以为长久之计。此臣所以求效其区区而不能自已也。

盖善为国者不然，知财之最急而万物赖焉。故常使财胜其事而事不胜财，然后财不可尽而事无不济。财者车马也，事者其所载物也。载物者常使马轻其车，车轻其物，马有余力，车有余量。然后可以涉涂泥而车不偾[24]，登坂险而马不蹶[25]，今也四方之财，莫不尽取，民力屈矣。而上用不足，平居惴惴[26]，仅能以自完，而事变之生，复不可料。譬如敝车羸马，而引丘山之载，幸而无虞，犹恐不能胜，不幸而有阴雨之变，陵谷之险，其患必有不可知者。故臣深思极虑，以为方今之计，莫如丰财。

然臣所谓丰财者，非求财而益之也，去事之所以害财者而已矣。夫使事之害财者未去，虽求财而益之，财愈不足。使事之害财者尽去，虽不求丰财，然而求财之不丰，亦不得也，故臣谨为陛下言事之害财者三：一曰冗吏，二曰冗兵，三曰冗费。

冗吏之说曰：请原[27]古之所以置吏之意，有是民也，而后有是官，有是官也，而后有是吏，量民而置官，量官而求吏，其本凡以为民而已，是以古者即其官以取人。郡县之职缺而取之于民，府寺之属缺而取之于郡县。出以为守令，久以为卿相。出入相受，中外相贯，一人去之，一人补之，其势不容有冗食之吏。近世以来，取人不由其官，士之来者无穷，而官有限极。于是兼守判知之法生，而官法始坏，浸淫分散，不复其旧，是以吏多于上，而士多于下，上下相窒[28]。譬如决水于不流之泽，前者未尽，来者已至，填咽充满，一陷于其中而不能出。故布衣之士多方以求官，已仕之吏多方以求进，下慕其上，后慕其前，不愧诈伪，不耻争夺，礼义消亡，风俗败坏，势之穷极，遂至于此。夫人情纾则乐易，乐易则有所不为；窘则濊乱[29]，濊乱则无所不至。今使众人相与皆出于隘，足履相蹑，肩肘相逮[30]，傍徨而不得进，又将禁其奔走而争先者。苟将禁之，则莫如止来者而辟其隘。今也驱市人而纳之，不胜其多也，设险于中涂而艰难之，是以法愈设，而争愈甚。惟陛下以时[31]救之，下哀痛之书，明告天下，以吏多之故，与之更立三法。

其一，使进士诸科增年而后举，其额不增，累举多者无推恩[32]。其说曰：凡今之所以至于不可胜数者，以其取之之多也，古之人其择吏也甚精，人知吏之不可以妄求，故不敢轻为士，为士者皆其修洁之人也。今世之取人，诵文书，习程课，未有不可为吏者也。其求之不难而得之甚乐，是以群起而趋之。凡今农工商贾之家。未有不舍其旧而为士者也。为士者日多，然而天下益以不治。举今世所谓居家不事生产，仰不养父母，俯不恤妻子，浮游四方，侵扰州县。造作诽谤者，农工商贾不与也。祖宗之世，士之多少，其比于今不能一二也。然其削平僭乱，创制立法，功业卓然，见于后世，今世之士，不敢望其万一也。士之多不及于今世，而功则过之，无足怪者，取之至少，则人不敢轻为士，其所取者，皆州郡之选人也。故为是法，使人知上意之所向，十年之后，无实之士将不黜而自灭。且夫设科以待天下之士，盖将使其才者得之，不才者不可得也，吾则取之而彼则不能得，犹曰虽不能得而累举多者，必取无弃，则是以官徇[33]人也。且累举之士，类非少年矣，耳目昏塞，筋力疲倦，而后得之，数日而计之，知其不能有所及也，则其为政无所赖矣。今有人畜牛羊而求牧，既取其壮者，又取其老者。取其壮者曰："吾取其力也。"取其老者曰："吾怜其老也。"如怜其老而已，则曷为以累牛羊哉！苟诚以为有遗才焉，则今所谓遗逸之书，有以收之矣。

其二，使官至于任子[34]者，任其子之为后者，世世禄仕于朝，袭簪缨而守祭祀，可以无憾矣。然而为是法也，则必始于二府[35]。法行于贱而屈于贵，天下将不服。天下不服，而求法之行，不可得也。盖矫失以救患者，必有所过而后济。臣非不知二府之不可以齿庶官[36]也。

其三，使百司各损其职掌，而多其出职之岁月。其说曰："百司，臣不得而尽详也。"请言其尤甚者，莫如三司[37]。三司之吏，世以为多而不可损，何也？国计重而簿书众也。臣以为不然。主大计者，必执简以御繁，以简自处，而以繁寄人。以简自处，则心不可乱；心不可乱，则利至而必知，害至而必察。以繁寄人，则事有所分；事有所分，则毫末不遗，而情伪必见。今则不然，举四海之大，而一毫之用必会于三司，故三司者案牍之委[38]也。案牍既积，则吏不得不多。案牍积而吏多，则欺之者众，虽有大利害，不能察也。夫天下之财，下自郡县而至于转运。转相钩较，足以为不失矣。然世常以转运使[39]为不可独信，故必至于三司而后已。夫苟转运使之不可独信而必三司之可任，则三司未有不责成于吏者，岂三司之吏则重于转运使欤？故臣以为天下之财，其详可分于转运使，而使三司岁揽其纲目，既使之得优游以治财货之源，又可颇损其吏，以绝乱法之弊。苟三司犹可损也，而百司可见矣。

然而此三法者，皆世之所谓拂世戾俗[40]，召怨而速谤者也。今且将行之，臣非敢犯众人之怒而行此危事也，以为有可行之道焉。何者？自台省六品、诸司五品，一郊[41]而任一人，自两制[42]以上，一岁而任一人，此祖宗百年之法，相承而不变者也，而仁宗之世则损之；三载而考绩无罪者迁其官，自唐以来，亦未始有变者也，而英宗之世则增之。此二者，夫岂便于世俗哉！然而莫敢怨者，以为吏多而欲损者，天下之公义，其不欲者，天下之私计也。以私计而怨公义，其为怨也不直[43]矣。是以善为国者，循理而不恤[44]怨。非不恤怨，知其无能为也。且今此三法者，固未尝行也，然而天下亦不免于怨，何者？士之出身为吏者，损其生业，弃其田里，以尽力于王事，而今也以吏多之故，积劳者久而不得迁，去官者久而不得调，又多为条约以沮格之，减罢其举官，破坏其考第，使之穷窘无聊，求进而不遂，此其为怨，岂减于布衣之士哉！均之二怨皆将不免，然使新进之士日益多，国力匮竭而不能支，十年之后，其患必有不可胜言者。故臣愿陛下亲断而力行之。

苟日增之吏渐于衰少，则臣又将有以治其旧吏，使诸道职司，每岁终任其所部郡守监郡，各任其属，曰：自今以前，未有以私罪至某，赃罪正入已至若干者，二者皆自上。钧其轻重而裁之，已而以他事发，则与之同罪，虽去官与赦不降也。夫以私罪至某，赃罪正入已至若干，其为恶也著矣。而上不察，则上之不明亦可知矣，故虽与之同罪而不过。

今世之法，任人者任其终身。苟其有罪，终身钧坐之。夫任人之终身，任其未然之不可知者也；任人之岁终而无过，任其已然之可知者也。臣请得以较之[45]：任其未然之不可知，虽圣人有所不能。任其已然之可知，虽众人能之。今也任之以圣人之所不能既不敢辞矣，而况任之以众人之所能，顾不可哉！且按察之吏，则亦不患其不知也，患其知而未必皆按，曰："是无损于我，而徒以为怨云尔。"今使其罪及之，其势将无所不问。陛下诚能择奉公疾恶之臣而使行之，陛下厉精而察之，去民之患如除腹心之疾，则其以私罪至某，赃罪正入已至若干者，非复过误，适陷于深文者也。苟遂放归，终身不齿，使奸吏有所惩，则冗吏之弊可去矣。

冗兵之说曰：臣闻国朝创业之初，四方割据，中国地狭，兵革至少。其后荡灭诸国，拓地既广，兵亦随众。雍熙之间[46]，天下之兵仅三十万。方此之时，屯戍征讨，百役并作，而兵力不屈，未尝有兵少之患也。自咸平、景德以来，契丹内侵，继迁叛逆。每有警急，将帅不问得失，辄请益兵。于是召募日增，而兵额之多，遂倍前世。其后宝元、庆历之间，元昊[47]窃发，复使诸道点民为兵，而沿边所屯至七八十万，自是天下遂以百万为额。虽复近岁无事，而关中之兵，至于二十八万。举雍熙天下之众，适以备方今关中一隅之用，兵多之甚，于此见矣。

然臣闻方今宿迁之兵，分隶堡障，战兵统于将帅者其实无几。每一见贼，贼兵常多，我兵常少，众寡不敌，每战辄败。往者将帅失利，未有不以此自解者也。夫祖宗之兵至少，而常若有余。今世之兵至多，而常患于不足。

此二者不可不察也。兵法有之曰:兴师十万,出征千里。百姓之费,公家之奉,日费千金,内外骚动。怠于道路者,七十万家。而受爵禄百金,不能知敌之情者,不仁之至也。故三军之事,莫亲于间[48],赏莫重于间。间者,三军之司命也。臣窃惟祖宗用兵,至于以少为多,而今世用兵至于以多为少。得失之原,皆出于此。何以言之?臣闻太祖[49]用李汉超、马仁瑀、韩令坤、贺惟忠、何继筠等五人使备契丹,用郭进、武守琪、李谦溥、李继勋等四人使备河东,用赵赞、姚内斌、董遵诲、王彦升、冯继业等五人使备西羌,皆厚之以关市之征,饶之以金帛之赐,其家属之在京师者,仰给于县官,贸易之在道路者,不问其商税。故此十四人者皆富厚有余,其视弃财如弃粪土,赒人之急如恐不及。是以死力之士,贪其金钱,捐躯命,冒患难,深入敌国,刺其阴计[50]而效之。至于饮食动静无不毕见,每有入寇辄先知之。故具所备者寡而兵力不分,敌之至者举皆无得而有丧。是以当此之时,备边之兵多者不过万人,少者五六千人。以天下之大,而三十万兵足为之用。今则不然,一钱以上,皆籍[51]于三司,有敢擅用,谓之自盗。而所谓公使钱,多者不过数千缗,百须[52]在焉,而监司又伺其出入而绳之以法。至于用间,则曰"官给茶彩"。夫百饼之茶,数束之彩[53],其不足以易人之死也明矣。是以今之为间者,皆不足恃,听传闻之言,采疑似之事,其行不过于出境,而所问不过于熟户,苟有借口以欺其将帅则止矣,非有能知敌之至情者也。敌之至情,既不可得而知,故常多屯兵以备不意之患,以百万之众而常患于不足,由此故也。陛下何不权其轻重而计其利害,夫关市之征比于茶彩则多,而三十万人之奉,比于百万则约[54]。众人知目前之害,而不知岁月之病。平居不忍弃关市之征以与人,至于百万则恬而不知怪。昔太祖起于布衣,百战以定天下,军旅之事其思之也详,其计之也熟矣。故臣愿陛下复修其成法,择任将帅,而厚之以财,使多养间谍之士,以为耳目。耳目既明,虽有强敌而不敢辄近,则虽雍熙之兵,可以足用于今世。

陛下诚重难之,臣请陈其可减之实。何者?今世之强兵,莫如沿边之土人。而今世之惰兵,莫如内郡之禁旅。其名愈高,其廪愈厚。其廪愈厚,其材愈薄。往者,西边用兵,禁军不堪其役,死者不可胜计。羌人每出，闻多禁军，辄举手相贺；闻多土兵，辄相戒不敢轻犯。以实较之，土兵一人，其材力足以当禁军三人。禁军一人，其廪给足以赡土兵三人。使禁军万人在边，其用不能当三千人，而常耗三万人之畜。边郡之储，比于内郡，其价不啻数倍。以此权之，则土兵可益，而禁军可捐[55]；虽三尺童子知其无疑也。陛下诚听臣之谋，臣请使禁军之在内郡者，勿复以戍边。因其老死与亡，而勿复补，使足以为内郡之备而止。去之以渐[56]，而行之以十年，而冗兵之弊可去矣。

冗费之说曰：世之冗费，不可胜计也。请言其大与臣之所知者，而陛下以类推之。

臣闻事有所必至，恩有所必穷[57]。事至而后谋，则害于事。恩穷而后迁，则伤于恩。昔者太祖、太宗，敦睦九族，以先天下。方此之时，宗室之众无几也，是以合族于京师，久而不别。世历五圣，而太平百年矣，宗室之盛未有过于此时者也。禄廪之费多于百官，而子孙之众宫室不能受。无亲疏之差，无贵贱之等，自生齿[58]以上皆养于县官，长而爵之[59]，嫁娶丧葬无不仰给于上，日引月长，未有知其所止者。此亦事之所必至，而恩之所必穷者也。然而未闻所以谋而迁之，古者天子七庙[60]，三昭三穆[61]，与太祖而七。以人子之爱其亲，推而上之，至于其祖，由祖而上，至于百世，宜无所不爱。无所不爱，则宜无所不庙。苟推其无穷之心，则百世之祖，皆庙而后为称也。圣人知其不可，故为之制。七庙之外，非有功德则迭毁，春秋之祭不与。莫贵于天子，莫尊于天子之祖，而庙不加于七。何者？恩之所不能及也，何独至于宗室而不然。臣闻三代之间，公族有以亲未绝而列于庶人[62]者，两汉之法，帝之子为王，王之庶子犹有为侯者，自侯以降，则庶子无复爵土。盖有去而为民者，有自为民而复仕于朝者，至唐亦然。故臣以为，凡今宗室，宜以亲疏贵贱为差[63]，以次出之[64]，使得从仕比于异姓，择其可用而试之以渐。凡其禄秩之数、迁叙[65]之等、黜陟之制，任子之令，与异姓均。临之以按察，持之以寮吏，威之以刑禁。以时察之，使其不才者不至于害民，其贤者有以自效。而其不任为吏者则出之于近郡，官为庐舍而廪给之[66]，使得占田治生，与士庶比[67]。今聚而养之，厚之以不訾[68]之禄，尊之以莫贵之爵，使其贤者老死郁郁而无所施，不贤者居处隘陋，戚戚而无以为乐，甚非计之得也。昔唐武德之初，封从昆[69]弟子，自胜衣[70]以上皆爵郡王。太宗即位，疑其不便，以问大臣，封德彝曰："爵命崇则力役多，以天下为私奉，非至公之法也。"于是疏属王者降为公。夫自王而为公，非人情之所乐也，而犹且行之。今使之爵禄如故而获治民，虽有内外之异，宜无有怨者。然臣观朝廷之议，未尝敢有及此。何者？以宗室之亲，而布之于四方，惧其启奸人之心，而生意外之变也。臣窃以为不然，古之帝王，好疑而多防，虽父子兄弟不得尺寸之柄。幽囚禁锢，齿于匹夫者，莫如秦、魏。然秦、魏皆数世而亡。其所以亡者，刘氏、项氏与司马氏，而非其宗室也。故为国者，苟失其道，虽胡越之人皆得谋之。苟无其衅，虽宗室谁敢觊者？惟陛下荡然与之无疑，使得以次居外，如汉、唐之故。此亦去冗费之一端也。

臣闻汉、唐以来，重兵分于四方，虽有末大之忧，而馈运之劳不至于太甚。祖宗受命，惩其大患而略其细，故敛重兵而聚之京师。根本既强，天下承受而服。然而转漕之费遂倍于古。凡今东南之米，每岁溯汴而上，以石计者，至五六百万。山林之木尽于舟楫，州郡之卒敝于道路，月廪岁给之奉不可胜计。往返数千里，饥寒困迫，每每侵盗，杂以他物，米之至京师者率[71]非完物矣。由此观之，今世之法，直以其力致之而不计其患，非法之良者也。臣愿更为之法，举今每岁所运之数而四分之。其二即用旧法，官出船与兵而漕[72]之，凡皆如旧。其一募六道之富人，使以其船及人漕之，而所过免其商税，能以若干至京师，而无所欺盗败失者，以今三司军大将之赏与之。方今滨江之民以其船为官运者，不求官直[73]，盖取官之所入，而不覆较者得其赢以自润，而富民之欲仕者，往往求为军大将，以此推之，宜有应募者。其一官自置场，而买之京师，京师之兵，当得米而不愿者，计其直以钱偿之。夫物有常数，取之于南，则不足于北。舍之于东，则有余于西，此数之必然，而不可逃者也。今官欲买之，其始不免于贵。贵甚，则东南之民倾而赴之，赴之者众，则将反于贱。致贱必以贵，致贵必以贱，此亦必然之数也。故臣愿为此二者与旧法皆立，试其利害而较其可否，必将有可用者。然后举而从之，此又去冗费之一端也。

臣闻富国有道，无所不恤者，富之端也。不足恤者，贫之源也。从其可恤而收之，无所不收，则其所存者广矣。从其无足恤而弃之，无所不弃，则其所亡者多矣。然而世人之议者则不然，以为天下之富，而顾区区之用，此有司之职，而非帝王之事也。此说之行于天下，数百年于兹矣，故天下之费，其可已者常多于旧。臣不敢远引前世，请言近岁之事。自嘉祐以来，圣人迭兴，而天下之吏，京秩以上，再迁其官，天下郡守职司，再补其亲戚。自治平京师之大水，与去岁河朔之大震，百役并作，国有至急之费，而郊祀之赏不废于百官。自横山用兵，供亿[74]之未定，与京西流民劳徕[75]之未息，官私乏困，日不暇给，而宗室之丧不俟岁月而葬。臣以此观之，知朝廷有无足恤之义。臣诚知事之既往无可为者，然苟自今从其可恤而收之，则无益之费犹可渐减。此又去冗费之一端也。

臣不胜拳拳私忧过计，为是三冗之说以献。伏惟陛下思深谋远，听断详尽，于天下之事无所不瞩，臣之所陈，何足言者。然臣愚以为，苟三冗未去，要之十年之后，天下将益衰耗，难以复治。陛下何不讲求其原而定其方略？择任贤俊而授之以成法，使皆久于其官而后责其成绩。方今天下之官，泛泛乎皆有欲去不久之心，侍从之臣逾年而不得代，则皇皇而不乐。今虽不能使之尽久，然至于诸道之职司，三司之官吏，沿边之将佐，此皆与天子共成事者也。天下之事，将责成之而不久其任，开其源者不见其流，发其谋者不见其成功。此事之所以不得成也。陛下诚择人而用之，使与府皆久于其官。人知不得苟免而思长久之计，君臣同心，上下协力，磨之以岁月，如此而三冗之弊乃可去也。

然而为此犹有所患。何者？今世之士大夫，好同而恶异，疾成而喜败，事苟不出于己，小有龃龉不合，则群起而排之。借如今使按察之官，任其属吏，岁终而无过，此其势必将无所不按，得罪者必将多于其旧。然则天下之口，纷然非之矣。不幸而有一不当，众将群指以罪，法一不当，不能动，不幸而至于再三，虽上之人亦将不免于惑。众人非之于下，而朝廷疑之于上，攻之者众，而持之者不坚，则法从此败矣。盖世有耕田而以其耜杀人者，或者因以耕田为可废。夫杀人之可诛与耕田之不可废，此二事也。安得以彼而害此哉！故夫按人而不以其实者，罪之可也，而法之是非，则不在此。苟陛下诚以为可行，必先能破天下之浮议[76]，使良法不废于中道。如此而后，三冗之弊可去也。

三冗既去，天下之财得以日生而无害，百姓充足，府库盈溢，陛下所为而无不成，所欲而无不如意。举天下之众，惟所用之，以攻则取，以守则固，虽有西戎北狄不臣之国，宥[77]之则为汉文帝，不宥则为唐太宗，伸缩进退，无不在我。今陛下不事其本，而先举其末，此臣所以大惑也。臣不胜愤懑，越次言事，雷霆之谴，无所逃避。臣辙诚惶诚恐，顿首，顿首，谨书。

这篇《上皇帝书》，写于熙宁二年三月。当时宋神宗即位的时间还不长，苏辙上此书，希望神宗能够一改朝廷多年的积弊，振奋图强，使国家很快昌盛起来。

苏辙认为，今世之患，莫急于无财而已。那么，怎样才能使国家财政充裕起来呢？他提出了要减少冗吏、冗兵、冗费的“三冗”问题。苏辙指出了它们形成的过程，造成危害及解决的办法。

此书结构庞大，但条理清楚，论述有力，是篇切中北宋时弊的力作。

【注释】

①具位臣：也作具臣。意思是备位充数，不称职守之臣。是一种自谦的说法。

②官至疏贱：官位特别疏远低贱。至，特别。

③然窃自惟：然而私下里自己想一想。窃，私下，背地。惟，思考，想。

④策：策问，策试。从汉代起，皇帝为选拔人才举行考试，事先把问题写在竹简上，叫“策”。后来皇帝出题考试便沿称此名。

⑤臣以不识忌讳得罪于有司：苏辙参加制科考试，对宫廷禁中之事言辞激烈地予以批评，有的考官认为他犯了忌讳，一定要废黜他，最后宋仁宗说：“以直言召人，而以直言弃之，天下其谓我何？”这样苏辙最终被录用。

⑥材力驽下：才学能力低下。驽，劣马，比喻才能低下。

⑦苟惩创前事：假如以原来制科考试的教训为借鉴。

⑧《书》：特指《尚书》。

⑨遐：远。

⑩迩：近。

⑪无田甫田，维莠骄骄。无思远人，劳心忉忉：这几句诗的大意是：不要种大田，就让它长满了莠草吧。不要思念远方的人，以免内心不宁，忧劳不止。无，不要。甫，大。莠，一种有害于农作物生长的杂草。忉忉，忧劳的样子。无田甫田中的前一个田为动词，种田的意思。

⑫茀：草很多。

⑬庶政：众多繁忙的政务。

⑭经治:治国的制度。
⑮制断:裁断、决断。
⑯重之:再加上。
⑰赵充国:公元前137—前52年,汉代人。他善于骑射,通兵法,为人沉勇有方略。汉武帝时,因破匈奴有功,拜为中郎将。汉宣帝时,因功封营平侯,西羌起事,赵充国年七十多,犹驰马疆场,大获全胜。他所提出的屯田、寓兵于农等措施,在当时,有利于地方的安定和开发。
⑱跬步:半步。
⑲横山:北宋时西夏与宋边界附近的一个地方。
⑳期年:一周年。
㉑秘府:古代宫中收藏秘籍的地方,此处当指宫中财库。
㉒畜:通“蓄”,积蓄。
㉓重困:再加之以困难。
㉔偾:倒。此处应引申为车陷进泥中。
㉕踬:仆倒。跌倒。
㉖惴惴:心中不安的样子。
㉗原:还原,恢复。
㉘窒:阻塞,不通。
㉙窘则㦟乱:窘迫则烦乱。㦟:烦乱。
㉚逮:及,达到。
㉛以时:及时,按时。
㉜累举多者无推恩:宋代科考,屡试多次仍没考上,朝廷便予以恩惠,赐予一定的出身名分。此句是苏辙劝皇帝废除这种办法。推恩,(朝廷)施恩惠于人。
㉝徇:通“殉”,为了达到某种目的而死。
㉞任子:因父兄的功绩,得以授予官职的人。
㉟二府:宋代中书省和枢密院称二府。
㊱齿庶官:与众官并列。齿,并列。庶官,众官,百官。
㊲三司:宋代专掌财赋的机构。
㊳委:委积,堆积。
㊴转运使:宋代设置诸路转运使,掌一路或数路军需粮饷,后并兼军事、刑名、巡视地方之职,为府州以上行政长官,权任甚重。以其有兵权,故也称漕帅。
㊵拂世戾俗:与世俗相违背。拂、戾,都是相反、违背的意思。
㊶一郊:每一次郊祀。古代皇帝每年冬至在南郊祭天。

㊷两制:指内制和外制。宋代,翰林学士带知制诰的叫内制,其他官员带知制诰的叫外制。后来也称翰林学士为内制。
㊸直:有道理。
㊹恤:安抚。
㊺较之:比较。
㊻雍熙之间:指雍熙年间。雍熙,宋太宗赵匡义的年号。
㊼元昊:指赵元昊,宋代时西夏主。
㊽间:间细,间谍。
㊾太祖:指宋太祖赵匡胤。
㊿阴计:秘密的计划,计谋。
51籍:登记,记录在案。
52百须:各种各样的需要(花钱的事情)。
53彩:彩色的丝织品。
54约:节俭。
55捐:裁减。
56渐:逐渐,慢慢来。
57穷:尽。
58生齿·儿童。特指刚刚出牙的儿童。
59爵之:封之以爵位。
60七庙:历代帝王为进行宗法统治,设七庙供奉七代祖先。后来也以"七庙"代称王朝。
61三昭三穆:周代规定,天子设置七庙祭祀祖先。太祖的庙设在当中。二世,四世,六世祖先的庙设在左边,叫做"昭"。三世、五世、七世的庙设在右边,叫做"穆"。左、右各有三位祖先,因此称为"三昭三穆"。
62庶人:百姓。
63差:差别。
64以次出之:按先后次序排除。
65迁叙:废黜等级。迁,废黜,叙,等级。
66廪给之:官方供给粮食。
67比:相同。
68訾:计算,估量。
69从昆:从兄。昆,兄。
70胜衣:指稍长一点的儿童。儿童稍长,体形足以撑得起成人的衣服。

⑦率:大体上。

⑦漕:通过水道运送粮食。

⑦直:通“值”,价值。

⑦供亿:按需要而供应。也指供应的东西。

⑦劳徕:双声字,勤勉的意思。

⑦浮议:流传而没有根据的议论。

⑦宥:宽恕,赦免。

上枢密韩太尉书

太尉[1]执事[2]：辙生好为文，思之至深[3]。以为文者气之所行[4]；然文不可以学而能，气可以养而致[5]。孟子曰："我善养吾浩然之气[6]。"今观其文章，宽厚宏博，充乎天地之间，称其气之大小[7]。太史公行天下，周览四海名山大川，与燕、赵间豪俊交游，故其文疏荡，颇有奇气[8]。此二子者，岂尝执笔学为如此之文哉？其气充乎其中而溢乎其貌，动乎其言而见乎其文，而不自知也[9]。

辙生十有九年矣。其居家所与游者，不过其邻里乡党[10]之人，所见不过数百里之间，无高山大野，可登览以自广；百氏之书[11]，虽无所不读，然皆古人之陈迹，不足以激发其志气。恐遂汩没[12]，故决然舍去[13]，求天下奇闻壮观，以知天地之广大。过秦、汉之故都[14]，恣观终南、嵩、华之高[15]，北顾[16]黄河之奔流，慨[17]然想见古之豪杰。至京师[18]，仰观天子宫阙[19]之壮，与仓廪[20]、府库、城池[21]、苑囿[22]之富且大也，而后知天下之巨丽。见翰林欧阳公，听其议论之宏辩，观其容貌之秀伟，与其门人贤士大夫游，而后知天下之文章聚乎此也[23]。

太尉以才略冠天下[24]，天下之所恃[25]以无忧，四夷之所惮以不敢发[26]，入则周公、召公[27]，出则方叔、召虎[28]，而辙也未之见焉。且夫[29]人之学也，不志[30]其大，虽多而何为[31]？辙之来也，于山见终南、嵩、华之高，于水见黄河之大且深，于人见欧阳公，而犹以未见太尉也，故愿得观贤人之光耀[32]，闻一言以自壮，然后可以尽天下之大观而无憾[33]者矣。

辙年少，未能通习吏事[34]。向[35]之来，非有取于斗升之禄[36]，偶然得之，非其所乐。然幸得赐归待选[37]，使得优游[38]数年之间，将归益治其文，且学为政。太尉苟以为可教而辱教之，又幸矣[39]。

这封书信是苏辙十九岁进京赴考时写给当时的枢密使韩琦的。

宋代的枢密使，掌管全国的军事大权，而秦、汉时的太尉，也是掌管全国军事大权的，二者的作用很相似，所以，苏辙在这里尊称韩琦为韩太尉。韩琦是北宋重臣，文武兼备，在抵御西夏的战争中，功勋卓著。

苏辙写这封书信的目的，主要是想得到韩琦的重视和关照。但行文气势充沛，绝无谄媚之态，陈词委婉恭敬而不失风度。

【注释】

①太尉：指当时的枢密使(韩琦)。因宋代的枢密使与秦汉时的太尉官职相似，故称。

②执事：办事的人。旧时书信中表示谦敬的套语，意思是不敢将书信直接送致对方，而通过对方的执事人员转达，用法与“左右”相同。

③思之：思考作文的道理。之，代词，它，指“为文”。

④以为文者气之所行：我认为文章是气的显现。气，气质和精神。

⑤然文……而致：但是，离开了“养气”，舍本逐末地去习文，文章是写不好的，而气质可以通过修养而获得。能，善。致，达到，获得。

⑥孟子曰：“我养吾浩然之气”：孟子的话原是指思想修养而言的，这里引申到作文方面。

⑦称其气之大小：意思是说孟子的文章和他的浩然之气是相称的。称，相称，符合。

⑧太史天下……颇有奇气：《史记·太史公自序》：“迁生龙门，耕牧河山之阳。年十岁则诵古文。二十而南游江、淮，上会稽，探禹穴，闚九疑，浮于沅、湘，北涉汶、泗，讲业齐、鲁之都，观孔子之遗风，乡射邹、峄，戹困鄱、薛、彭城，过梁、楚以归。”又，《史记·五帝本纪》：“太史公曰：‘余尝西至空峒，北至涿鹿，东渐于海，南浮江、淮矣。’”太史公，西汉杰出的史学家和文学家司马迁，曾任太史令，因称太史公。燕、赵，战国时两个侯国名，地处今河北省、山西省一带，这里借以泛指北方。豪俊，才能杰出的人。这里指田仁、董仲舒、徐乐等人，皆与司马迁交游。疏荡，疏朗奔放、洒脱跌宕。奇气，新颖、奇特的风格。

⑨其气……知也：充，充满。乎，同“于”。中，心中。貌，外表。动乎其言，发出或跃动在语言之间。见，同“现”，表现。而不自知也，全在不知不觉之间自然而然形成的，意思是并非有意如此的。

⑩邻里乡党：古代社会基层组织的一些名称。据《周礼·地官》：五家为邻，二十五家为里，一万二千五百家为乡，五百家为党。

⑪百氏之书：诸子百家的著作。

⑫恐遂汩没：担心自己因而被埋没。恐，恐怕，担心。遂，因。汩没，沉沦、埋没，引申

为没有成就。

⑬故决然舍去：所以果断地舍弃“百氏之书”，离开家乡。指苏辙于宋仁宗嘉祐元年(1056)随同父兄经成都、长安、洛阳，赴汴京应试。决然，断然。舍，抛弃。去，离开。

⑭秦、汉之故都：秦都咸阳(今陕西省咸阳市)，西汉都长安(今陕西省西安市)，东汉迁都洛阳(今河南省洛阳市)。

⑮恣观终南、嵩、华之高：恣观，尽情观览。终南，山名，在今西安市南。嵩，五岳之一，中岳嵩山，在今河南省登封县北，海拔一千三百多米。华，五岳之一，即西岳华山，在今陕西省华阴县南，也叫太华山，海拔二千四百多米。

⑯北顾：北，向北望。顾，望。

⑰慨：感慨、叹息。

⑱京师：京城。北宋都汴京(今河南省开封市)。

⑲宫阙：宫殿。阙，王宫。又，宫廷门外的望楼也叫阙。

⑳仓廪：粮仓。

㉑池：这里指护城河。

㉒苑囿：皇家花园。苑，帝王育花木养动物的园子。囿，动物园。

㉓见翰……此也：翰林欧阳公，指欧阳修，官任翰林学士。宋仁宗嘉祐二年(1057)，欧阳修兼知贡举(主考官)，苏氏兄弟同在这一次科考中进士。秀伟，秀美魁伟。门人贤士大夫，指梅尧臣、苏舜钦、曾巩、徐无党等人。聚乎此，聚集在这里。乎，于。此，这里，指欧阳修处。欧阳修是北宋新古文运动的领导者，文坛领袖。

㉔才略冠天下：才略，才能谋略，雄才大略。冠天下，天下第一。

㉕恃：依仗。

㉖四夷之所惮以不敢发：四夷，指四方边境上的少数民族。惮，畏惧。发，发动，侵扰。

㉗周公、召公：周公，姓姬名旦，周文王之子。召公，姓姬名奭，文王之子。二人都是助武王开国，佐成王立朝的重臣。

㉘方叔、召虎：方叔，周宣王时的大臣，受命南征有功。《诗·小雅·采芑》：“方叔元老，克壮其猷。”召虎，即召穆公，周宣王时，平定淮夷(淮水沿岸的部族)有功。《诗·大雅·江汉》：“江汉之浒，王命召虎。”在本文中，作者借用周公等四名周代贤臣，来比喻、赞颂韩琦有将相之才。

㉙且夫：发语词，况且。

㉚志：用作动词，有志于。

㉛虽多而何为：虽，即使。何为，干什么用？

㉜光耀：光彩、荣耀。

㉝憾:遗恨。

㉞吏事:做官的业务。

㉟向:不久以前,前些时候。

㊱斗升之禄:微薄的俸禄,这里指品级不高的小官。语见《汉书·梅福传》:“民有上书求见者,辄使诣尚书,问其所言;言可采取者,秩以升斗之禄,赐以一束之帛。”禄,俸禄,官吏的薪俸。

㊲赐归待选:准许我暂时回家,等候吏部选用。

㊳优游:从容,空闲。

㊴太尉……又幸矣:太尉您如果认为我这个人可以教育,并且屈尊教导我,更是我的幸运了。苟,如果。辱教之,屈尊教导我。之,代词,我。

上昭文富丞相书

辙[1]西蜀之人[2]，行年二十有二，幸得天子一命之爵[3]，饥寒穷困之忧不至于心，其身又无力役劳苦之患，其所任职不过簿书米盐之间，而且未获从事以得自尽。方其闲居，不胜思虑之多，不忍自弃，以为天子宽惠与天下无所忌讳，而辙不于其强壮闲暇之时早有所发明以自致其志，而复何事？恭惟天子设制策之科，将以待天下豪俊魁垒[4]之人。是以辙不自量，而自与于此[5]。

盖天下之事，上自三王以来以至于今世，其所论述亦已略备矣，而犹有所不释于心。夫古之帝王，岂必多才而自为之？为之有要[6]，而居之有道，是故以汉高皇帝之恢廓慢易[7]，而足以吞项氏之强；汉文皇帝之宽厚长者，而足以服天下之奸诈。何者？任人而人为之用也，是以不劳而功成。至于武帝，材力有余，聪明睿智过于高、文，然而施之天下，时有所折而不遂[8]。何者？不委之人而自为用也。由此观之，则夫天子之责亦在任人而已。

窃惟当今天下之人，其所谓有才而可大用者，非明公[9]而谁？推之公卿之间而最为有功；列之士民之上而最为有德；播之夷狄之域而最为有勇。是三者亦非明公而谁？而明公实为宰相，则夫吾君之所以为君之事，盖已毕矣。

古之圣人，高拱无为，而望夫百世之后，以为明主贤君者，盖亦如是而可也。然而天下之未治，则果谁耶？下而求之郡县之吏，则曰："非我能。"上而求之朝廷百官，则曰："非我责。"明公之立于此也，其又将何辞？嗟夫！盖亦尝有以秦越人[10]之事说明公者欤？昔者秦越人以医闻天下。天下之人皆以越人为命。越人不在，则有病而死者，莫不自以为吾病之非真病，而死之非真死也。他日，有病者焉，遇越人而属之曰："吾捐身以予子，子自为子之才治之，而无为我治之也。"越人曰："嗟夫，难哉！夫子之病，虽不至于死，而难以愈。急治之，则伤子之四支[11]；而缓治之，则劳苦而不肯去。吾非不能去也，而畏是二者。夫伤子之四支，而后可以除子之病，则天下以我为不工；而病之不去，则天下以我为非医。此二者，所以交战于吾心而不释也。”既而见其人，其人曰：“夫子则知医之医，而未知非医之医欤？今夫非医之医者，有所冒行而不顾，是以能应变于无穷。今子守法密微而用意于万全者，则是子犹知医之医而已。”天下之事，急之则丧，缓之则得，而过缓则无及。孔子曰：“道[12]之难行也，我知之矣。知者过之，不肖者不及也。”夫天下患于不知，而又有知而过之者，则是道之果难行也。

昔者，世之贤人，患夫世之爱其爵禄，而不忍以其身尝试于艰难也。故其上之人，奋不顾身以搏天下之公利而忘其私。在下者亦不敢自爱，叫号纷呶，以攻讦其上之短。是二者可谓贤于天下之士矣，而犹未免为不知。何者？不知自安其身之为安天下之人，自重其发之为重君子之势，而轻用之于寻常之事，则是犹匹夫之亮[13]耳。

伏自明公执政，于今五年，天下不闻慷慨激烈之名，而日闻敦厚之声。意者明公其知之矣，而犹有越人之病也。辙读《三国志》，尝见曹公与袁绍相持久而不决[14]，以问贾诩[15]，诩曰：“公明胜绍，勇胜绍，用人胜绍，决机胜绍。绍兵百倍于公，公画地而与之相守，半年而绍不得战，则公之胜形已可见矣。而久不决，意者顾万全之过耳。”夫事有不同，而其意相似。今天下之所以仰首而望明公者，岂亦此之故欤？明公其略思其说，当有以解天下之望者。不宣。辙再拜。

这是苏辙二十二岁应制科考试前写给富弼的一封书信。

富弼是北宋重臣，仁宗时与韩琦同在中书省主政，至和二年与文彦博同任丞相。后因反对王安石变法而被罢相，死后谥文忠。

苏辙写这封书信的目的是想向富弼自我推荐，一开始对富弼也是大加赞扬，但写着写着竟不由自主地批评起富弼来了。认为他执政五年以来，“天下不闻慷慨激烈之名，而日闻敦厚之声”。言外之意，希望富弼不要过分因循保守，应有所振作，以不负名望。

文中采用的“秦越人之事”，“贾诩谏曹公之事”，妥帖精当，具有很强的说服力。

【注释】

①辙:苏辙自称。

②西蜀之人:苏辙生于四川眉山县,此县地处四川西部,故苏辙自称西蜀之人。

③一命之爵:意思是得了一个小官。苏辙与其兄苏轼同年进士,苏轼被任命为河南福昌县主簿,苏辙为渑池县主簿。但由于欧阳修等人推荐他们参加制科考试,故兄弟二人皆未赴任。

④魁垒:雄伟。

⑤自与于此:自己参加了(制科考试)。与,参与参加。

⑥要:要领,关键。

⑦恢廓慢易:宽宏怠忽,散漫轻侮。

⑧时有所折而不遂:常常受到挫折而达不到目的。

⑨明公:指富弼,是一种尊称。

⑩秦越人:古代的一位名医。

⑪支:同"肢"。

⑫道:意为主张,思想,学说。

⑬亮:指三国时政治、军事家诸葛亮。

⑭曹公与袁绍相持久而不决:指东汉末年曹操与袁绍的官渡之战。建安五年,曹操与袁绍相持很长时间,后曹操大破袁绍军,于官渡创造了以少胜多的典范战例。

⑮贾诩:汉末著名谋士。

上曾参政书

辙闻之：士不更变，不可与图远[1]。新胜之家，知得而不知丧，知存而不知亡，始若可喜，而终不可久。

昔者辙读《书》[2]至《秦誓》而得之，曰“番番良士，旅力既愆[3]，我尚有之。仡仡[4]勇夫，射御不违，我尚不欲。”夫昔之为此言者，盖亦已知之矣。孟明视、西乞术、白乙丙，此三人者，秦之豪俊有决之士。而百里奚、蹇叔子，此秦之所谓老耄而不武者也。穆公欲袭郑，孟明以为可，而蹇叔以为不可，则蹇叔之说无乃远于事情而近于怯哉。然而要其成败得失之终而责其思虑之长短，则蹇叔不可谓迂，而孟明不可谓是也。故曰：“如有一个臣，断断[5]兮，无他技，其心休休[6]焉，其如有容焉。人之有技，若己有之；人之彦圣[7]，其心好之；不啻如自其口出，实能容之。以保我子孙黎民，尚亦有利哉！”

嗟夫！穆公至此而后知蹇叔之非庸人欤？今夫立于百官之上而宰天下之事者，亦何以其他技为哉！温良博爱而能容天下之士，斯可矣。往者辙之东游，而明公适为京兆。当此之时，明公之声上震于朝廷而下慑于闾里，行道之人为之不敢妄视，盗贼屏息而不作，可谓才有余矣。然至于参决大政而日韬其光，务为敦厚，不欲以才盖天下。上承二公，下拊百官，周旋揖让，而士大夫莫不雍容和穆以相与也。嗟夫！明公何以及此哉！

辙，西蜀之匹夫，往年偶以进士得与一命之爵，今将为吏峭黾之间[8]，闲居无事，闻天子举直言之士，而世之君子以其山林朴野之人不知朝廷之忌讳，其中无所隐蔽，故以应诏。而辙也，复不自度量而言当世之事，亦不敢为莽卤不详之说，其言语文章，虽无以过人，而其所论说，乃有矫拂切直之过。窃独悲古者深言之人，遭时之不祥，一有所触，而其言不复见录于世。方今群公在朝，以君子长者自处，而优容天下彦圣有技之士。士之有言者，可以安意肆志而无患，然后知士之生于今者之为幸；而辙亦幸者之一人也。素所为文，家贫不能尽致，有历代论十二篇，上自三王而下至于五代，治乱兴衰之际可以概见，于此观其略可也。

苏辙参加科考中选，被任为渑池县主簿，但并未赴任，与其兄苏轼一道，暂居京城，准备再参加制科考试。这封信就是他这一时期写给时任参知政事的曾公亮的。

曾公亮累官至吏部侍郎同中书门下平章事，晚年推荐王安石于神宗，共同辅政。

这封信的目的也是为了自荐，希望曾公亮能广开言路，锐意选才，使士人知道“生于今者之为幸”。

【注释】

①图远：有更远大的企求。

②《书》：指《尚书》。

③旅力既愆：失去了行军打仗的能力。旅力，参加军旅的能力。愆，失去。

④仡仡：壮勇的样子。

⑤断断：专诚守一。

⑥休休：宽容，容量大。

⑦彦圣：才德杰出的人。

⑧今将为吏崤黾之间：苏辙与其兄同科中进士，苏轼被任命为河南福昌县主簿，苏辙为渑池县主簿，二人皆未赴任，以待制科考试。此句中的崤黾之间，指的就是渑池县，在今河南省宜阳县一带。

上两制诸公书

辙读书至于诸子百家[①]纷纭同异之辩，后世工巧组绣钻研离析之学，盖尝喟然太息，以为圣人之道，譬如山海薮泽之奥，人之入于其中者，莫不皆得其所欲，充足饱满，各自以为有余，而无慕乎其外。

今夫班输、共工[②]，旦而操斧斤[③]以游其丛林，取其大者以为楹，小者为桷，圆者以为轮，挺者以为轴，长者扰云霓，短者蔽牛马，大者拥丘陵，小者伏蓁莽，芟夷蹶取[④]，皆自以为尽山林之奇怪矣。而猎夫渔师，结网聚饵，左强弓，右毒矢，陆攻则毙象犀，水伐则执鲛鮀，熊罴虎豹之皮毛，鼋龟犀兕之骨革，上尽飞鸟，下及走兽昆虫之类，纷纷籍籍，折翅捩[⑤]足，鳞鬣委顿[⑥]，纵横满前，肉登鼎俎，膏润砧几，皮革齿骨，披裂四出，被于器用。求珠之工，随侯夜光[⑦]，间以颣玭[⑧]，磊落的砾[⑨]，充满其家。求金之工，辉赫晃荡[⑩]，铿锵交戛[⑪]，遍为天下冠冕佩带饮食之饰。此数者皆自以为能尽山海之珍，然山海之藏，终满而莫见其尽。

昔者夫子及其生而从之游者，盖三千余人。是三千人者，莫不皆有得于其师，是以从之周旋奔走，逐于宋、鲁，饥饿于陈、蔡[⑫]，困厄而莫有去之者，是诚有得乎尔也。盖颜渊见于夫子，出而告人曰："吾能知之。"子路、子贡、冉有出而告人亦曰："吾知之。"下而至于邦巽、孔忠、公西舆、公西箴，此数子者，门人之下第者也，窃窥于道德之光华，而有闻于议论之末，皆以自得于一世。其后田子方、段干木之徒，讲之不详，乃窃以为虚无淡泊之说。而吴起、禽滑釐之类，又以猖狂于战国。盖夫子之道，分散四布，后之人得其遗波余泽者至于如此。而杨朱、墨翟、庄周、邹衍、田骈、慎到、韩非、申不害之徒，又不见夫子之大道，皇皇惑乱，譬如陷于大泽之陂[⑬]，荆榛棘茨，蹊隧灭绝，求以自致于通衢[⑭]而不可得，乃妄冒蒺藜，蹈崖谷，崎岖缭绕，而不能自止。何者？彼亦自以为己之得之也。

辙尝怪古之圣人，既已知之矣，而不遂以明告天下而著之六经[⑮]。六经之说皆微见其端，而非所以破天下之疑惑，使之一见而寤者，是以世之君子纷纷至此而不可执也。今夫《易》者，圣人之所以尽天下刚柔喜怒之情、勇敢畏惧之性，而寓之八物。因八物之相遇，吉凶得失之际，以教天下之趋利避害，盖亦如是而已。而世之说者，王氏、韩氏至以老子之虚无，京房、焦贡至以阴阳灾异之数。言《诗》者不言咏歌勤苦酒食燕乐之际，极欢极戚而不违于道，而言五际子午卯酉之事。言《书》者不言其君臣之欢，吁俞[16]嗟叹，有以深感天下，而论其《费誓》《秦誓》之不当作也。夫孔子岂不知后世之至此极欤？其意以为后之学者，无所据依感发以自尽其才，是以设为六经而使之求之，盖又欲其深思而得之也，是以不为明著其说，使天下各以其所长而求之。故曰："仁者见之谓之仁，智者见之谓之智。"而子贡亦曰："在人，贤者识其大者，不贤者识其小者。"夫使仁者效其仁，智者效其智，大者推明其大，而不遗其小，小者乐致其小，以自附于大，各因其才而尽其力，以求其至微至密之地，则天下将有终身校其说而无倦者矣。至于后世不明其意，患乎异说之多而学者之难明也，于是举圣人之微言而折之以一人之私意，而传疏之学横放于天下。由是学者愈怠，而圣人之说益以不明。

今夫使天下之人因说者之异同，得以纵观博览，而辨其是非，论其可否，推其精粗，而后至于微密之际，则讲之当益深，守之当益固。《孟子》曰："君子深造之以道，欲其自得之也。自得之，则居之安。居之安，则资之深。资之深，则取之左右逢其原。故君子欲其自得之也。"

昔者辙之始学也，得一书，伏而读之，不求其博，而惟其书之知，求之而莫得，则反覆而思之，至于终日而莫见，而后退而求其得。何者？惧其入于心之易，而守之不坚也。及既长，乃观百家之书，从横颠倒，可喜可愕，无所不读，泛然无所适从。盖晚而读《孟子》，而后遍观乎百家而不乱也。而世之言者曰：学者不可以读天下之杂说，不幸而见之，则小道异术将乘间而入于其中。虽扬雄尚然，曰："吾不观非圣之书。"以为世之贤人所以自养其心者，如人之弱子幼弟不当出而置之于纷华杂扰之地，此何其不思之甚也！古之所谓知道[17]者，邪词入之而不能荡，诐[18]词犯之而不能诈，爵禄不能使之骄，贫贱不能使之辱，如使深居自闭于闺闼之中，兀然颓然而曰"知道知道"云者，此乃所谓腐儒者也。古者伯夷隘，柳下惠不恭，隘与不恭，是君子之所不为也。而孔子曰：“伯夷、叔齐不降其志，不辱其身。柳下惠、少连降志而辱身，言中伦，行中虑。虞仲、夷逸隐居放言，身中清，废中权。而我则异于是，无可无不可。”夫伯夷、柳下惠，是君子之所不为，而不弃于孔子，此孟子所谓孔子集大成者也。至于孟子，恶乡原之败俗，而知于陵仲子之不可常也。美[19]禹、稷之汲汲于天下，而知颜氏子自乐之非固也，知天下之诸侯其所取之为盗，而知王者之不必尽诛也，知贤者之不可召，而知召之役之为义也。故士之言学者，皆曰孔孟。何者？以其知道而已。

今辙山林之匹夫，其才术技艺无以大过于中人，而何敢自附于孟子？然其所以泛观天下之异说，三代以来，兴亡治乱之际，而皎然其有以折[20]之者，盖其学出于孟子而不可诬也。

今年春，天子将求直言之士，而辙适来调官[21]京师，舍人杨公不知其不肖，取其鄙野之文五十篇而荐之，俾与明诏之末。伏惟执事[22]方今之伟人而朝之名卿也，其德业之所服，声华之所耀，孰不欲一见以效薄技于左右？夫其五十篇之文，从中而下，则执事亦既见之矣，是以不敢复以为献，姑述其所以为学之道，而执事试观焉。

这封书信是苏辙在参加制科考试前，写给朝廷中的一位高级官员的。苏辙向他们详细介绍了自己的为学之道，请求这些人予以估价评判。信中，他对儒教的沿革发展，以及如何去学，都有独到的认识。

【注释】

①诸子百家：先秦至汉初各种学派的总称。

②班输、共工：班输，古代的巧匠。共工，古代传说中的天神，与颛顼争帝，有触不周山的故事。

③斤：斧子一类的工具。

④芟夷蹶取：铲除平定，竭尽而取。蹶，竭尽，枯竭。

⑤捩：折，折断。

⑥委顿：疲乏狼狈。

⑦夜光：指夜光珠。

⑧纇玼：毛病，缺点。

⑨的砾:鲜明的样子。

⑩晃荡:耀眼生辉的样子。

⑪交戛:交错的响声。

⑫逐于宋、鲁,饥饿于陈、蔡:指孔子周游列国时,被逐于宋国,鲁国,在陈国、蔡国受到饥饿的事。

⑬陂:水边、岸。

⑭通衢:四通八达的大道。

⑮六经:指儒家的六部经典著作:《诗》《书》《礼》《乐》《易》《春秋》。

⑯吁俞:感叹词。

⑰知道:懂得,明白。

⑱詖:不正,邪僻。

⑲美:赞赏,以……为美。

⑳折:驳斥,使对方屈服。

㉑调官:官职迁转。宋制,地方官每三年一调。苏辙曾被授予渑池县主簿一职,但未赴任。

㉒执事:各部门的专职官员。这里指两制诸公。

上刘长安书

辙闻之：物之所受于天者异，则其自处必高，自处既高，则必趯然[①]有所不合于世俗。盖猛虎处于深山，向风长鸣，则百兽震恐而不敢出。松柏生于高冈，散柯布弃[②]而草木为之不殖。非吾则尔拒。而尔则不吾抗也[③]。

故夫才不同则无朋，而势远绝则失众，才高者身之累也，势异者众之弃也。昔者伯夷、叔齐已尝试之矣，与其乡人立，以其冠之不正也，舍而去之。夫以其冠之不正也，舍之而去，则天下无乃无可与共处者耶？举天下而无可与共处，则是其势岂可以久也？苟其势不可以久，则吾无乃亦将病之？与其病而后反也，不若其素与之之为善也。伯夷、叔齐惟其往而不反，是以为天下之弃人也。以伯夷之不吾屑[④]而弃伯夷者，是固天下之罪矣。而以吾之洁清而不屑天下，是伯夷亦有过耳。古语有之曰："大辩若讷[⑤]，大巧若拙。"何者？惧天下之以吾辩而以辩乘我[⑥]，以吾巧而以巧困我。故以拙养巧，以讷养辩，此又非独善保身也，亦将以使天下之不吾忌，而其道可长久也。

今夫天下之士，辙已略观之矣：于此有所不足，则于彼有所长；于此有所蔽，则于彼有所见。其势然矣。仄闻[⑦]执事之风，明俊雄辩，天下无有敌者，而高亮刚果，士之进于前者，莫不振栗而自失，退而仰望才业之辉光，莫不逡巡[⑧]而自愧。盖天下之士已大服矣，而辙愿执事有以少下之[⑨]，使天下乐进于前而无恐，而辙亦得进见左右，以听议论之末。幸幸甚甚。

这篇文章中心意思是说，人若过分地超尘脱俗，那么就很有可能落落寡合，别人很难靠近他。苏辙希望刘长安能够稍稍屈尊下降一点，使天下人乐于进前而无恐。

这封书信实际上也是苏辙的一封自荐信，但大量篇幅都是谈论清高太过所带来的不利因素，实质上，却是为了使刘长安能够接受他所作的铺垫。由此可见，苏辙这封书信的构思是多么的精巧细致，别具一格。

【注释】

①趯然：跳跃的样子。

②散柯布弃：散乱的枝条落下来遍布地上。布，遍布。弃，遗弃，这里是从树上落下来之意。

③非吾则尔拒，而尔则不吾抗也：此句的意思是：不是我拒绝你，而是你无法与我匹敌。抗，匹敌。

④不吾屑：即不屑吾，对我不重视。不屑，不顾，不重视之意。

⑤讷：语言迟钝，不善于讲话。

⑥乘我：压服我。乘，这里当压服，欺压讲。

⑦仄闻：侧面听说，仄，侧面。

⑧逡巡：有顾虑而徘徊或退却。

⑨少下之：稍稍屈尊一些。下，降下。

答黄庭坚书

辙之不肖，何足以求交于鲁直[1]？然家兄子瞻与鲁直往还甚久，辙与鲁直舅氏公择相知不疏，读君之文，诵其诗，愿一见者久矣。性拙且懒，终不能奉咫尺之书，致殷勤于左右，乃使鲁直以书先之，其为愧恨可量也。

自废弃以来，颓然自放，顽鄙愈甚，见者往往嗤笑，而鲁直犹有以取之。观鲁直之书，所以见爱者，与辙之爱鲁直无异也。然则书之先后，不君则我，未足以为恨也。比闻鲁直吏事之余，独居而蔬食，陶然自得。

盖古之君子不用于世，必寄于物以自遣。阮籍以酒，嵇康以琴。阮无酒，嵇无琴，则其食草木而友麋鹿，有不安者矣。独颜氏子[2]饮水啜菽[3]，居于陋巷，无假于外，而不改其乐，此孔子所以叹其不可及也。今鲁直目不求色，口不求味，此其中所有过人远矣，而犹以问人，何也？闻鲁直喜与禅僧语，盖聊以是探其有无耶？渐寒，比日起居甚安，惟以时自重。

黄庭坚是苏辙兄苏轼的门生，与秦观等一道，号称苏门四学士。黄庭坚曾以书问候苏辙，苏辙回以此书，赞赏了黄庭坚安贫乐道的精神。

【注释】

①鲁直：黄庭坚，字鲁直，号山谷道人，与秦观，张耒，晁补之游于苏轼之门，人称苏门四学士。晚年位益黜而名益高，世人以他与苏轼并称苏黄。

②颜氏子：指孔子的学生颜回。春秋时鲁国人。好学，乐道安贫。一箪食，一瓢饮，不改其乐。不迁怒，不贰过，在孔门中以德行著称。后世儒家尊为"复圣"。

③啜菽：吃豆子。啜，吃。菽，豆类的总称。

陈州为张安道论时事书

伏以中外臣庶各有职事，越职而言，国有常宪[①]。臣守土陈州，非有言责而辄言之，计其狂愚，兹实有罪。然臣伏念顷以老疾不任吏事，陛下未忍废弃，亲择便地以遂安养。将辞之日，面奉德音。以为大臣之义，皆当为国谋虑，不宜以中外[②]为嫌，有所不尽。古人有言："虽乃身在外，乃心罔[③]不在王室。"伏惟圣德广大，无所不容，而臣自到任以来于今一岁，心目昏眩，有加无瘳[④]，故尝乞丐余生，求还闾舍，区区之诚久而未获。陛下视臣志气一衰至此，岂复有意别白[⑤]是非而与世俗争议也哉！是以得失之间久无所与。今者窃有所怀，上为陛下参之官吏，下为陛下验之百姓，而安危之机实在于此。自惟受恩累圣，邦[⑥]之休戚，身实同之，志力虽衰，于义不可嘿[⑦]已，然臣之所欲言者，非敢远引前古，逆探未然，以惑陛下之聪明也。凡皆陛下之所尝试，而臣愚之所与闻者耳。

臣伏见陛下即位之始，计虑深远，凡有所建，动合天心，始议山陵[⑧]，深恤费用之广，推明先帝薄葬之命，以诏有司。四方闻之，无不感泣。其后一年之间，诞布号令，劝率宗族惇孝弟之行，勉励州郡先农桑之政，复转对以广言路，议徭役以宽民力。盛德之事，不可具记。是时天下虽大变之后，而无不翘然想闻德音以忘其忧。两宫欢欣，九族亲睦；群臣万民，蒙福而安。纷纭之议，不至于朝廷；谤讟[⑨]之声，不闻于闾里。陛下优游无为，而天下已治矣。为国如此，岂不乐哉！陛下自今视之，当日之政，其可悔恨者凡有几？以臣视之，非独陛下无所悔恨，虽天下之人，亦未有以为失当者也。何者？政令简易而人情之所安耳。《易》曰："易则易知，简则易从。易知则有亲，易从则有功。有亲则可久，有功则可大。"向使陛下推行此道始终不变，则臣以为久大之功可得而致矣。

其后求治太切，用意过当，奸臣缘隙得进邪说，始议开边以中[⑩]上旨。于是延安有横山之谋，保安有招诱之计。陛下饶之以金帛，假之以干戈。

小人贪功，虑害不远，轻发深入，结怨西戎，攘夺尺寸无用之土，空竭内府累世之积。大者疲弊秦、雍[11]，小者身死寇雠，西鄙骚然不宁，而陛下始一悔矣。

然而陛下天姿英果，有汉武宏达之量，虽复兵吏失律，而立功之意未尝少衰，是以左右大臣测知此心，复进财利之说。陛下乐闻其利，而未暇深究其害，于是举而从之，置条例司以讲求天下之遗利，己酉之秋，新政始出。自是以来，凡所变革，不可悉数：其最大者，一出而为常平青苗[12]；再出而为拣兵并营[13]；三出而为出钱雇役[14]；四出而为保甲教阅[15]。四者并行于世，官吏疑惑，兵民愤怨，谏争者章[16]交于朝，诽谤者声播于市。陛下不胜其烦，为之当宁[17]太息，日昃而不食矣。然犹幸其成功，力排众人之议，而固守之，天下方共厌苦，而不知其所止也。而拣兵并营之策，其害先见，武夫凶悍，为怨最深，为患最急。陛下知其不可，于是多支月粮，复收退卒，以顺适其意，而陛下既再悔矣。

然军中之口，犹复匈匈不靖[18]。陛下虽推恩抚之，而终不以为惠，反谓陛下畏之耳。不幸边臣失算，再生戎患。帷幄之臣，谋之不臧[19]，不务安之，而务挠[20]之。临遣执政，付以疆事，多出金币，豫书诰敕，以成其深入之计。当此之时，天下之心，知其必败矣。而陛下与一二臣者方以为万举而万全。既而出兵无人之境，筑城不守之地，因弊腹心，以求无益之功，使秦晋之民，父子流离，肝脑涂地，戎人徼倖[21]受屈。已筑之城，随即倾覆，救援之兵，相继溃叛。四方震动，君臣宵旰[22]。而后下罪己之诏，投窜元宰，以谢二鄙，而陛下既三悔矣。

夫此三者，方其未悔也，陛下亦以为是邪，非邪？陛下犯逆众心，力行而不顾，其必以为是，不以为非也。然而其终卒至于此。然则方今陛下之所是而未悔者，无乃亦类此欤！臣闻众而不可欺者，民也；勇而不可犯者，兵也；险而不可侮者，邻国也。今陛下既已欺民、犯兵而侮邻国矣！夫犯兵，侮邻，变速而祸小。至于欺民，则变迟而祸大。变速而祸小者，瓦解之忧也；变迟而祸大者，土崩之患也。今瓦解之忧陛下既知悔矣，而土崩之患陛下未以为意。此臣之所以寒心也。《易》曰："不远复[23]，无祗悔[24]，元吉。"事之未败也。陛下不悟其非，必俟其败而后悔，如向三者，则陛下之复已远，而悔亦大矣。

且臣观之，方今陛下之所是而未悔者，亦有三而已：青苗、助役、保甲。三者之弊，臣不复言矣。何也？言事者论其不可，非一人也，百姓毁坏支体、熏灼耳目、嫁母分居、贱卖田宅以自脱免，非一家也。陛下其亦知之矣，徘徊而不改，使民无所告诉。加之以水旱，继之以饥馑，积憾之民奋为群盗，侵淫蔓延，灭而复起，英雄乘间[25]而作，振臂一呼，而千人之众可得而聚也，如此而胜、广[26]之形成，此所谓土崩之势也。臣恐陛下至此，虽欲复悔，而无所及矣。

故臣愿陛下取即位之政与今日之事而试观之，天下扰扰不安，孰与今日之甚？群臣交口争辩，孰与今日之众？陛下听览疲倦，孰与今日之多？悔恨自责，孰与今日之切？陛下诚以此较之，则不待臣言之终，而得失可以自决矣。且夫即位之政，陛下之本心也；今日之事，臣下之过计[27]也。陛下弃即位之本心而徇臣下之过计，臣窃以为过也。虽然，臣窃听之道路，方今陛下则亦悔之矣，悔之而不变，非陛下之意也，迫于建议之臣耳。夫人臣进谋于其君，苟事之不遂而变以从众，则人主有以测其深浅。人主有以测其深浅，则其用舍之命在于人主，此人臣之所以不便也。

臣窃痛陛下为社稷之计欲改过以安天下，而怙[28]权固位之臣持之而不释，陛下听明睿知，庞置自我，而独为此郁郁也。汉宣帝与赵充国议击匈奴，魏相[29]非之，以为当与平昌侯、乐昌侯、平恩侯及有识者详议乃可。此三人者，非贤于赵充国也，然而与国同忧乐，无侥幸功名之心与睎望[30]爵赏之意，则过于充国远甚。充国犹不可听，而况不如充国者哉！陛下将安民保国，而与喜功伐、好权利者谋之，臣不知其可也。臣不胜区区忘身忧国之诚，是以势疏[31]而言切，以便陛下察之。

张安道，名方平，字安道，神宗时曾官至参知政事，御史中丞。这封上书是苏辙任陈州学官时，代替当时陈州太守张安道写给神宗皇帝的。

张安道与苏辙一家关系密切，苏洵父子三人都是在他大力举荐下才步入政坛，名声远播的。

在对待王安石新法方面，苏辙与张安道的观点完全一致，都持强烈的反对态度。这封上书，锋芒所向，直指王安石的新法，对当时国政的功过是非进行了客观的分析，力劝皇帝废除新法，表达出了一种忧国忘身的衷情。

【注释】

①常宪:经常性的法令。

②中外:朝廷内外。

③罔:无,没有。

④瘳:病好了。

⑤别白:分辨。

⑥邦:邦国,国家。

⑦嘿:同“默”,沉默。

⑧山陵:皇帝陵寝的代称,即皇帝的墓室。

⑨讟:诽谤,怨言。

⑩中:符合,适合。

⑪秦、雍:秦地、雍地,当时都是宋的边疆。

⑫常平青苗:即青苗法,北宋的新法之一。宋熙宁二年,王安石创青苗法。当青苗不接之际,官贷钱于民,正月放而夏收,五月放而秋收,纳息二分,本名常平钱。

⑬拣兵并营:也是王安石等人创立的新法。大体是挑拣精兵,合并兵营。

⑭雇役:即雇役法,也称免役法等,王安石新法之一。简单说,就是差役改为雇役的役法。宋代平民须服役,成为沉重负担,王安石于熙宁四年推行此法,不服役的人可出钱顶替服役,服役的人可按照役的轻重得到一定数量的酬金。

⑮保甲教阅:即保甲法,也是王安石的新法之一。他主张“变募兵而行保甲”,“什伍其民”而保卫国家。

⑯章:奏章。

⑰当宁:犹当朝,在朝廷上。宁,路门外、门屏之间叫宁,古时天子在此接受诸侯的朝见。“当宁”引申为在朝廷上。

⑱訩訩不靖:汹汹然,不安静。靖,安静。

⑲臧:善,好。

⑳挠:扰乱。

㉑微倦:导致疲惫。

㉒宵旰:即宵衣旰食的省称,意思是天未明就起来穿衣,傍晚才进食,比喻勤于政务。

㉓复:倒回来,回去。

㉔祇悔:只后悔。

㉕乘间:犹言乘机。间,间隙,机会。

㉖胜、广:指秦末农民起义领袖陈胜、吴广。

㉗过计：过分的计谋。

㉘怙：依仗，凭借。

㉙魏相：当时为汉宣帝丞相。

㉚晞望：同希望。

㉛势疏：所处位置疏远。

自齐州回论时事书

臣自少读书，好言治乱。方陛下求治之初，上书言事，陛下不废狂狷，召对便殿，亲闻德音。九品贱官，自此始得登对论事。当此之时，陛下好问之声震动海内。愚贱之人笃信寡虑，以为天下之事可得徐陈遍举，指顾而定矣。既而误蒙恩泽，受职条例，抗论得失，与有司不合，得请外补[①]，于今七年。而天下之治安终未可见，臣窃疑之。

伏惟陛下天纵圣德，聪明睿智，不学而具，其于谋虑措置，曾何足云。然自顷岁[②]以来，每有更张，民率不服。盖青苗[③]行，而农无余财；保甲[④]行，而农无余力；免役[⑤]行，而公私并困；市易[⑥]行，而商贾皆病。上则官吏劳苦，患其难行；下则众庶愁叹，愿其速改。凡此四者，岂陛下之圣明有所不知耶？臣以为非也。陛下之圣明，无所不知。何以言之？二年以来，陛下屡发英断，废置大吏，数其罪愆，明示臣庶，凡天下之所共疾恶者，陛下无一不知。由此观之，凡天下之所共厌苦者，陛下何所不察！今者皇天悔祸，启道圣意，易置辅相，中外踊跃，思睹宽政。而历日弥月，寂寞无闻，众心皇皇，如久饥而不得食。臣虽愚陋，窃独为陛下恨也。

陛下自即位以来，求治之心常若不及，意将以尧、舜之隆平，易汉、唐之浅陋。不幸左右不明，陵迟[⑦]以至于此，天下之人孰不知之？今也，既知其不可用而去之，又循其旧术而不改，将遂代之任咎[⑧]。此臣之所为陛下恨也。

且今天下之安危，智者不再计矣：水旱连年，死者将半；遗民饥困，盗贼满野；疆埸未宁，军旅在外；府库空竭，边馈[⑨]寡少。事之可忧者，何可胜数！术之不效，断可见矣。然陛下独迟迟而不决，意者己为之而己废之，恐天下有以窥其深浅耶。臣闻人主之德如天。天之于物也，炽然而旱，赤地千里，草木皆死，可谓虐矣。然至雷雨时作，膏泽洋溢，百谷奋起，民复粒食，鼓舞盛德而忘旱之虐。何者？度量广大，改过无疑也。如使密云而不雨，既雨而中止，迟疑犹豫，久而不忍，则天之生物尽矣。传[10]曰："君子之过也，如日月之食焉。过也，人皆见之；更也，人皆仰之。"

今陛下诚先治其心，使虚一而静，湛[11]乎彼我，得失莫能婴[12]也。去恶如弃尘垢，迁善如救饥渴，与民一新，罢此四事：青苗之既散者，要之以三岁而不收息；保甲之既团者，存其旧籍而不任事；复差役以罢免役之条；通商贾以废市易之令。行之期年而观之，苟民不安居，水旱复作，盗贼复起，财用复竭，诚有一事以忧陛下，臣请伏罔上[13]之诛，以谢左右。陛下诚不信臣，数年之后，亲受其弊矣。古人有言曰："一惭[14]之而不忍，而将终身惭乎？"惟陛下为社稷筹之。

臣谨列四事之害，画一以献，不胜愚忠愤懑之诚，干犯天威，伏俟鈇钺。臣辙诚惶诚恐昧死上书。

此书作于宋神宗熙宁九年十月。当时，王安石被罢相，苏辙从齐州被召回京师，任著作佐郎。

宋神宗继位后，推行王安石变法，流弊甚多，民不聊生。熙宁七年，王安石被罢相，次年再次被拜为相，熙宁九年十月，王安石再次辞去相位，退居江宁。

苏辙的这篇论时事书，针对王安石新法实施中的某些弊端，向神宗皇帝提出了废置新法的具体措施和一些变通的办法。言辞恳切，办法也比较具体可行。

【注释】

①外补：旧时京官外调叫外补。

②顷岁：近年。顷，时间很短。

③青苗：指王安石推行的青苗法。

④保甲：指王安石推行的保甲法。

⑤免役：指免役法。

⑥市易：指王安石推行的市易法。大致内容是：由朝廷设市易务（后改为市易司），根据市场情况估定物价，向商人收购或出售货物。借贷官钱或赊售货物给商人，以田宅或货物作抵押，利息十分之二。过期不还，便加罚钱百分之二。

⑦陵迟：衰落。

⑧任咎:担当过失或罪责。

⑨边馈:供给边疆的财物。

⑩传:左传。

⑪湛:澄清。

⑫婴:束缚,缠绕。

⑬罔上:欺骗皇上。

⑭惭:惭愧。

⑮伏俟鈇钺:等待受刑,俟,等待。鈇钺,用以行刑的兵器。

为兄轼下狱上书

臣闻困急而呼天，疾痛而呼父母者，人之至情也。臣虽草芥之微，而有危迫之恳，惟天地父母哀而怜之。

臣早失怙恃[①]，惟兄轼一人，相须[②]为命。今者窃闻其得罪逮捕赴狱，举家惊号，忧在不测。臣窃思念，轼居家在官，无大过恶，惟是赋性愚直，好谈古今得失，前后上章论事，其言不一。陛下圣德广大，不加谴责，轼狂狷寡虑[③]，窃恃天地包含之恩，不自抑畏。顷年通判杭州及知密州日，每遇物托兴，作为歌诗，语或轻发，向者曾经臣寮缴进[④]，陛下置而不问。轼感荷恩贷，自此深自悔咎，不敢复有所为。但其旧诗已自传播。

臣诚哀轼愚于自信，不知文字轻易，迹涉不逊，虽改过自新，而已陷于刑辟[⑤]，不可救止。轼之将就逮也，使谓臣曰："轼早衰多病，必死于牢狱，死固分也。然所恨者，少抱有为之志，而遇不世出[⑥]之主，虽龃龉于当年，终欲效尺寸于晚节。今遇此祸，虽欲改过自新，洗心以事明主，其道无由。况立朝最孤[⑦]，左右亲近，必无为言者，惟兄弟之亲，试求哀于陛下而已。"臣窃哀其志，不胜手足之情，故为冒死一言。

昔汉淳于公得罪，其女子缇萦，请没为官婢，以赎其父[⑧]。汉文因之，遂罢肉刑。今臣蝼蚁之诚，虽万万不及缇萦，而陛下聪明仁圣，过于汉文远甚。臣欲乞纳在身官，以赎兄轼，非敢望末减其罪，但得免下狱死为幸。兄轼所犯，若显有文字，必不敢拒抗不承，以重得罪。若蒙陛下哀怜，赦其万死，使得出于牢狱，则死而复生，宜何以报！臣愿与兄轼，洗心改过，粉骨报效，惟陛下所使，死而后已。臣不胜孤危迫切，无所告诉，归诚陛下，惟宽其狂妄，特许所乞，臣无任祈天请命，激切陨越[⑨]之至。

宋神宗元丰二年，苏轼被他的政敌们捏造罪证，关进狱中，引起了轰动一时的"乌台诗案"。为了营救哥哥苏轼，苏辙写下了这篇上书。他言辞凄切，情意真挚，希望皇帝能够开恩，免除哥哥的死罪。只要能救哥哥，他可以“乞纳在身之官”来为兄赎罪。书中还引用了缇萦救父的故事，增强了感染力。据说，神宗皇帝看过这封书信后非常感动，苏轼最后获释也与此有很大关系。

【注释】

①怙恃：扶持，保护。

②相须：相依。

③狂狷寡虑：狂妄急躁而缺少思虑。

④缴进：交进，交上。

⑤辟：法律，法度。

⑥不世出：意思是几世才出现。

⑦立朝最孤：在朝廷中最孤立。

⑧昔汉淳于公得罪，其女子缇萦，请没为官婢，以赎其父：汉文帝四年，淳于意有罪被逮，缇萦随父入长安，上书请入身为官婢，以赎父刑，使之得以自新。文帝悲其意，为除肉刑，淳于意得免.

⑨陨越：颠坠，跌倒。

御试制策

臣谨对曰：臣不佞。陛下过听[①]，策臣于庭[②]，使得竭愚衷以奉大对。臣性狂愚，不识忌讳，伏读陛下制策，凡所以问臣之事数十条者，臣已详闻之矣。然臣内省愚诚，欲先以闻，而后答陛下以所问。

伏惟陛下承先帝之业，即位以来三十余年，四方乂安[③]。陛下守此太平之成基，平日无事，端居静虑，亦尝有忧于此乎，无忧于此乎？陛下策臣曰："朕承祖宗之大统、先帝之休烈[④]，深惟寡昧，未烛于理。"又曰："志勤道远，治不加进，夙兴夜寐，于兹三纪。"此陛下忧惧之言也。然臣以谓陛下未有忧惧之诚耳。往者宝元、庆历之间，西羌作难，陛下昼不安坐，夜不安席。当此之时，天下皆谓陛下忧惧小心如周文王。然而，自西方解兵，陛下弃置忧惧之心而不复思者，二十年矣。古之圣人，无事则深忧，有事则不惧。夫无事而深忧者，所以为有事之不惧也。今陛下无事则不忧，有事则大惧，臣以为陛下失所忧矣。故愿陛下虽天下无事而不忘忧惧之心。陛下诚能用臣此言，则凡所以问臣者，臣虽不言，可得而举也。苟未能用臣此言，则凡所以问臣者，臣虽言之无益也。

制策[⑤]曰："德有所未至，教有所未孚[⑥]，阙政尚多，和气或盭[⑦]。"陛下思虑至此，此则圣人之用心也。臣请为陛下推其本原而极言其故。臣闻之《书》曰："与治同道，罔[⑧]不兴；与乱同事，罔不亡。"昔者夏之衰也，有太康；商之微也，有祖甲；周之败也，有穆王；汉之卑也，有成帝；唐之乱也，有穆宗、恭宗。此六帝王者，皆以天下之治安，朝夕不戒。沉湎于酒，荒耽于色；晚朝早罢，早寝晏起[⑨]；大臣不得尽言，小臣不得极谏；左右前后，惟妇人是侍，法度正直之言不留于心，而惟妇言是听；谒[⑩]行于内，势横于外；心荒气乱，邪僻而无所主；赏罚失次，万事无纪。以至于天下大乱，而其心不知也。是以三代之季，诗人疾而悲伤之曰："匪教匪戒，时惟妇寺[⑪]。""听言则对，诵言如醉[⑫]。"又曰："乱匪降自天，生自妇人。""赫赫宗周，褒姒[13]灭之。”盖伤其不可告教而至于败也。

臣疏贱之臣，窃闻之道路，陛下自近岁以来，宫中贵姬至以千数，歌舞饮酒，欢乐失节，坐朝不闻咨谟[14]，便殿无所顾问。夫三代之衰，汉、唐之季[15]，其所以召乱之由，陛下已知之矣。久而不正，百蠹将由之而出。内则将为蛊惑之所污，以伤和伐性；外则将为请谒之所乱，以败政害事。妇人之情，无有厌足，迭相夸尚，争为侈靡，赐予不足以自给，则不惮于受赂贿。赂贿既至，则不惮于私谒。私谒既行，则内外将乱。陛下无谓好色于内而不害外事也。且臣闻之：“欲极必厌，乐极必反。”方其极甚之时，一陷于其中而不能以自出。然及其觉悟之后，未始不以自悔也。陛下何不试于清闲之时，上思宗庙社稷之可忧，内思疾疢病恙之可恶，下思庶人百姓之可畏。则夫嫔御满前，适足以为陛下忧，而未足以为陛下乐也。伏惟圣心未之思焉，是以迟迟而不去。《诗》云：“颠沛之揭[16]，技叶未有害，本实先拨。”方今承祖宗之基，四方无虞，法令修明，百官缮完，而陛下奈何先自拨其本哉？臣恐如此，德教日以陵迟，阙政将至于败，戾气[17]将至于灾而不可救也。

制策曰：“田野虽辟，民多亡聊[18]；边境虽安，兵不可撤；利入已浚[19]，浮费弥广。”臣以为地有所未辟，是以民不得安其生；边境虽安，而非诚安，是以兵不得彻其备；浮费日广，是以利入浚而不能休。何者？自京以西，近自许、郑，而远至唐、邓，凡数千里，列郡数十，土皆膏腴，古之赋输，太半[20]多出于此。自两汉以来，名臣贤守，所以为民兴利除害，沟洫畎浍[21]之迹往往犹在。而荆棘成林，无尺寸之耕，狐狸豺狼之所嗥，而逃兵罢士之所窜伏。陛下所使守此地者，终无一人为陛下深思极虑，招来流亡以垦化其地。贤才良士，以为此僻远之处而不肯往。陛下何不使大臣举人而守之？亲召而勉励其志，属以此事，而亦以此为殿最之课[22]，不及十年，此将皆为天下之沃壤。臣故曰：地有所未辟，是以民不得安其生也。

臣又闻古之制边备者，外有亭障，内有屯兵。亭障欲繁，屯兵欲简。繁则耳目明，简则气势合。今者边境之患，患在亭障之地而皆屯兵，以待寇至，屯兵之处，兵分力弱，而不足以备御。夫屯兵于亭障之地者，兵必不能甚多也。兵不能甚多，则寇至必不能抗，而徒弃甲兵于无用，此拙守者之计也。然今之人又患夫屯之不密，而岁益增焉。小屯不满百人，大屯不过数百，城垒之广狭，弱弓乏矢，可以越而过者，往往是也。然而前守之所成，后守不敢彻[23]。非不知彻也，恐后之有败事，而以是为过也。兵法曰："善攻者，敌不知所守；善守者，敌不知所攻。"夫敌不知所攻，非连臂而守之也。虽连臂而守之，敌尚可得攻而绝也。古之善守者，置兵于要害之地，则敌人不敢过而为盗。何者？畏吾之乘其背也。过人之城而又遇城焉，则腹背而受敌，此用兵之深忌也。今国家不料敌之不敢过吾城以深入吾地，而惧敌之敢入深也。夫敌之过吾城以深入吾地，是吾利也，而又何患乎？臣故欲收诸小屯无益之兵，而聚之大屯，诸故小屯皆废以为亭障，严斥堠[24]，谨烽燧，以为大屯之耳目。置大屯于要害之地，以形制戎狄，高城深池，精为守备，使可以对敌逾月而不陷。制为诸屯，使其相去之远近，可以轻兵十日而相救。臣读古兵书《战国策》，未尝见有敌人敢越大城，深入而为寇者。臣故曰：边境虽安，而非诚安，是以兵不得彻其备也。

臣又闻人君之于天下，本非有情爱相属如父子兄弟之亲也，上以其势临下，则下以其势奉上。二者相持而行，不相悦则解，不相合则叛。譬如草木之于地也，托之而生，判然二物也，有根而绸缪[25]之，交横相入，而至于不可拔。及其不相入也，木槁于上，而根不下属，地确[26]于下，而气不上接，一夫之力，可拔而取也，飘风暴雨可披而离也[27]。是以古之圣人，于其无事之时，必深结百姓之心，使之欢忻[28]交通，分义[29]积厚，而不忍相弃于缓急之际。昔汉之文、景[30]，优裕天下，时使薄敛，宽田租，宥罪戾。当此之时，虽天下和平，犹未见其利。及至末世，贼臣窃命，国统已绝，而天下之心，犹依依不忍离汉者，徒以文、景之所以爱之者深而不可忘也。国家自祖宗以来，至于陛下四世矣。陛下之所以深结于民者何也？民之所好者生[31]也，所惜者财也。陛下择吏不精，百姓受害于下，无所告诉，则是陛下未得以生结民也；陛下赋敛烦重，百姓日以贫困，衣不盖体，则是陛下未得以财结民也。吏之不仁，尚可以为吏之过；赋敛之不仁，谁当任其咎？且陛下凡所以用财者，果何事乎？上有官吏之俸，下有士卒之廪，外有夷狄之赂。此三者陛下未得省之之术，臣亦未敢以为言也。臣独怪陛下内有宫中赐予玩好无极之费，此何为者？凡今百姓所为，一物以上，莫不有税。茶、盐、酒、铁，关市之征，古之所无者，莫不并行。疲民咨嗟，不安其生，而宫中无益之用，不为限极，所欲则给，不问无有。司会[32]不敢争，大臣不敢谏，执契持敕，迅若兵火。陛下外有北狄西戎，岁邀金缯，而又内自为一阱，以耗其所遗余。臣恐陛下以此获谤，而民心之不归也。故臣愿陛下日夜自损以砺左右，痛为节俭以宽百姓。捐锦绣，弃金玉，以质素为贵。赋税之入，独以供不得已之费。使天下知戴陛下之德，一旦有缓急，则民尚可以使之无叛。臣故曰：浮费日广，是以利入浚而不能止者，此之谓也。

制策曰："军冗而未练，官冗而未澄[33]。"夫军冗未练则为无兵，官冗未澄则为无吏。古者民多则兵众，兵众则国强。今兵众而至于以为冗者，则是不耕而食之过也。然而屯田之利，是当今之至计也。然而屯田之不用，则亦有说：有兵而不可使耕，一也；天下须兵之地，无官田，而闲田之乡不须兵，二也。此二患者臣尝虑之，盖亦以为无难也。有兵而不可使耕，臣亦不敢强使也。计今天下之兵，一岁死亡几何？而以其数募民为兵且屯田，民自将有应此选者，则今不耕之兵，十数岁之后，其存者将有几？此非屯田之所当畏者，一也。天下郡县，未尝无官田，郡县之无官田者尝有之，而官鬻之也。籍没之田，岁岁不绝，举而积之，而田皆在官矣。闲田之乡不过京师之西，虽差远于京畿，然而车驰卒奔，可以不过旬月而至。有欲用之，可以缓急而召，虽禁卫之兵，亦可以循汉之故，发郡县之兵充之，期年而一易。京师可独置天子腹心之军数万人，以制四方之客军，使之独得不耕而食，如周之环人、汉之羽林、佽飞之类[34]。此又非屯田之所当畏者，二也。如此而兵冗之弊可以去矣。

臣又闻：方今用人之弊有二：吏多也，吏杂也。吏多之弊轻，吏杂之弊重。吏多而不杂，则贤不肖犹有辩也；多而不免于杂，既费廪禄，又不得贤也。费廪禄则国贫，不得贤则事不举。均之二弊，事不举者，所当先治也。如臣之意，且可使审官、铨曹、密院[35]三班分别天下之官，其事之为天下之要，而其地之为一方之急者，别之以为一等，而使诸道之职司各第其吏之廉明善事最异者，而上之于审官、铨曹、密院三班，而审官、铨曹、密院三班即任之以此。至于其余不急之官，则又为一等，使碌碌之吏以今先后之法占之。

此法既行，要以世之庸吏，必将群议而聚怨。然臣以为，圣人之为天下，不惮人之有怨心，而问其怨之当否。今世之患，上之人畏下太甚，而下之人持上太过，上以其法御下，而下反以法攻上之失。是以在上者不敢有所兴利除害，而惟法之听。法者，上之所当用耳，而岂亦使天下之人以绳上[36]哉？此太甚也！

臣读《后魏书》，观其始时天下用兵，武夫悍卒，皆得为吏。而当此之时，吏道不杂，何者？其所用者多贤，而不贤者未尝用也。及其后世，患夫不用者之多怨也。是以崔亮从而更之，不问士之贤愚，而专以停解日月为断[37]，沉滞者皆称其能。而魏之失人，自是而始。故臣欲分而别之，以为贤不肖之辨如此，而官冗之弊可除矣。

陛下兴庠序[38]于久亡，悼礼乐之未备，思继可封之俗，欲隆皆让之节，而讼未息。深求其故，归咎在位，以为教化不足，而法律有余，是以民不知避，吏不知惧，咨嗟怨讟并兴而不止，思所以治之，不得其道。臣闻善治天下者，不必有美名，而有亹亹[39]之实功；不善治天下者，其名不必不美，而其实空虚无益于事。陛下自即位以来，登庸俊良，力兴美政以教化天下者，于今凡几矣？庆历之中，劝农桑，兴学校，当此之时，天下以为三代之风可以渐复。然而学校既兴，农桑既劝，而天下之风俗卒何以异于庆历之始？今者陛下又发德音，分遣使者巡行天下，或以宽恤，或以减省，或以均税，名号纷纭而出，天下又皆翕然知陛下之欲速于为治也。然臣以为陛下惑于虚名，而未知为政之纲也。

且陛下以为此数事者，足以致治耶，不足以致治耶？陛下设官置吏，其职亦有治此等事者耶，其未有耶？臣以为：凡陛下之所以分裂海内以为郡县，其中上有守令，下有丞尉，大有会府[40]，次有职司[41]者，凡所以治此数事耳。今陛下欲宽恤百姓，以至于特命使者，则是此等常为暴也。陛下欲减省均税，以至于特命使者，则是此等皆不可使也。臣观陛下之意，不过欲使史官书之，以邀美名于后世耳。故臣以为，此陛下惑于虚名也。今夫诸道之职司，是天下之纲，虽然，尚非陛下之所当择。陛下当择宰相，而宰相当择职司耳。天下诸道，凡十有七，一道之职司，少者三人，而多者不过四人，均之十七道者，其替换迭代不过四五十人也。以士大夫之多，择四五十人而用之，宜其甚足。今乃不择贤否而任之，至于有事，则更命使者。故臣以为陛下未知为政之纲也。夫纲虽大不知举，而何教化之能兴？故臣愿陛下兴教化，自择职司始，而天下可以渐治矣。

陛下戒慎天灾，震惧日食、淫雨、暖气、江河之失度，而思闻告戒消伏之理，推刘向之传，考吕氏之纪。夫刘向之说五行事，各以类感滞于一方，而不得相通。吕氏之书，随其时月而指其必然之灾异，其言皆迂怪而难信，安足为陛下道哉？臣闻灾异之说有二：有可得而推知其所从来者，有不可得而推知其所从来者。可得而推者，人之所为也；不可得而推者，天之所为也。人之所为者，不过盗贼窃发于山林，战败兵破而不得复。盗贼窃发，是衣食不足，政暴吏苛之罪也；战败兵破，是任人不明，将不为用之过也。至于天之所为，凶旱、水溢、蛊蝗、霜雹、日食[42]、地震、星辰陨坠，是安知其所由来哉？譬如人之将病也，五脏失据于中，而变见动于四肢，发于百体。医者切其脉，而观其色曰是"心病也"，"肺病也"，是皆可也。至于鬼啸于梁，捐瓦于堂，而动之曰"是心也"，"是肺也"，则可乎？要以人之神明，精爽消散而不充，是以邪物得而干之[43]，而尚何择乎心肺之间哉？古之儒者其论灾异，则皆有此弊也。今使国家治强，人民乂安，和气充实于天地之间，则天为之明，地为之静，三辰为之光。及其少衰，则天地三辰皆将亏缺而不宁。顷者水冒京城，日食季夏，江河淮汴，破溢为害，地震生毛，水变赤色，此数事者，使董仲舒、刘向之徒出而论之，必将指国政之二，以为其验。

而臣以为不然，盖臣非以为不为灾也，以为天地之远，而至于为之变动，此非一事之所能致。盖天下之政皆失其中，是以其气衰弱挫沮而不振，以至于是。以为陛下历数天下之弊，而使陛下尽修之云耳。非正阳之月，而伐鼓救变[44]，说者以为非经，然而要以胁阴助阳，则虽非正阳而不为失。当盛夏之月，而论囚报重[45]，说者以为非古，然而要以使犯法者无久系之殃，而民睹为恶之速及，则虽当盛夏而亦不为非也。

陛下愍[46]四方之未治，而推其源于京师，知淫巧僭差[47]之失度，而欲各为之节，然而未获所以禁之术。是以欲先治内，则惑于何以为京师之言；欲先擿[48]奸，则惑于不挠狱市[49]之说。今陛下任人，使为京兆，如得赵广汉[50]耶，则安可以不挠狱市而拘其才？如得黄霸[51]耶，则安可以擿奸而责其效？各随其才而用之，则可以至于治矣。

然臣以为，莫若先之以猛，而终之以宽。顷者陛下之所任，皆能猛矣，而不能宽，皆得其始矣，而不知其所以为继之术。是以京兆之政，大则斩戮，小则笞棰，历岁百余，而终无有一人能以仁恕为治者。故其民狃于刑戮而不知惧。然而不先之以猛，臣又恐仁恕之不能折夫强暴也。

陛下深探儒、老之是非，而至于汉文、汉武治乱之际。臣闻老子之所以为得者，清净寡欲，而其失也，弃仁义、绝礼乐。儒者之得也，尊君卑臣，而其失也，崇虚文而无实用。然而道之可以长行而无弊者，莫过于儒术。其所以有弊者，治之过也。汉文取老子之所长而行之，是以行之而天下丰；汉武取儒者之失而用之，是以用之而天下弊。此儒、老得失之辨也。

昔者周公遭变而作《豳》诗，虽言王业之本，而要以自明其身之无罪，是以谓之《国风》[52]。宣王北伐，其事虽大，而其诗非《大雅》[53]之体，是以谓之《小雅》[54]。故夫宽柔敦厚者，《大雅》之风也，慷慨劲正者，《小雅》之文也。以此推之，则可以辨矣。

三代之时，财赋之用，有司掌之，而冢宰特因其岁之凶丰上下而制其用度多少之节，盖亦如此而已。至于有唐正观、开元之际，犹委之郎官。其后四方用兵，而财用之间，亦遂有权时应变之事，郎官有所不能辨，故立使以主之。及其末世，使又不能辨，则又举而归之宰相。是以李德裕之徒，皆治其事，以一有司之职而累天下之宰，由此言之，则夫陈平韦贤之论有不妄矣。若夫泉[55]货之轻重，始于周景王，而后有二品之差；命秩之实，始于魏武帝，而后有六等之号；水旱蓄积之备，莫如李悝之平籴[56]；边陲守御之方，莫如张仁愿之筑城[57]。圜法九府之名[58]，自《天府》《太府》《玉府》《内府》《外府》《职内》《职金》《职岁》《职币》，皆列职于《周官》。乐语五均[59]之义，天子取诸侯之士以为国均，则市不二价，其说见于河间献王之《礼》。此数事者，皆非有益于当世之务，是以不足深论也。

伏惟陛下谘谟国事，丁宁[60]反覆，终而复始，不忍舍去。故于制策之终，则又曰："富人强国，尊君重朝，弭灾致祥，改薄从厚，此皆前世之急政，而当今之要务，子大夫其悉意以陈，毋悼后害[61]。"夫陛下丁宁激切至于如此，而臣何敢不为陛下申重其说。今陛下忧思天下若此其至，而其功不就者，岂非无其人之故耶？臣闻："求贤不如变俗。"俗所不悦，虽有贤者，将不能自立。俗苟好之，虽天下之人将从风而靡。昔太祖好武略，则天下之猛士出而为之兵；太宗好奇谋，则天下计画之士出而为之虑；真宗好文而爱儒，则海内无有不学以待上之所使。今陛下公卿满朝，进趋揖让，文学言语，上可以不愧于古人，而下可以远过于近世者，以陛下诚好之也。

然陛下中夜不寐，起坐而思之，天下之事所未能举者，凡有几何？府库空虚，入不支出，而不能均；兵革怠惰，骄而不为用，而不能制；闲田满野，衣食不足，而不能辟；河水岁决，北人受害，而不能救；戎狄放肆，邀取金币，而不能服。陛下治天下而至使不察。察有如此者，得非陛下所好，非所当用耶？狄仁杰有言："文士中不足快意，要得奇才之士，与共天下。"乃进张柬之以代李峤、苏味道。而臣亦以为，治天下当得浑质刚直、不忌不克、不择剧易[62]之人而任之，如汉之绛侯、条侯、魏之贾逵、邓艾、晋之温峤、周访，唐之娄师德、郝处俊。得此数人，唯陛下所欲用之。致之朝廷之上，则贤人益亲；置之边境之上，则恶言不至。如此人者，陛下岂不欲用之？故臣愿陛下改易所好，以变天下之俗，则当今之文人，皆可使为朴直之士。陛下何惮而久不为也？

臣本布衣书生，陛下授之以爵禄，而又亲策之于廷，陛下罄竭所疑以问之于臣，而臣何敢不尽其中之所怀以输之[63]？陛下凡制策之所以问臣者，臣谨已直率愚意，窃揣而妄论之矣。才智短浅，不足以上塞明诏，无补于聪明之万一，谨俯伏待罪。然臣之微意，所欲丁宁而致之陛下者，终欲为陛下毕尽其说。

臣闻圣人欲有其富，则保之以俭；欲久其尊，则守之以谦；欲安其佚，则行之以劳；欲得其欲，则济之以无欲。此四者，圣人之所以尽天下之利，而人不以为贪，极天下之乐，而不为人所厌者也。《老子》曰："圣人以其无私，故能成其私。"由是观之，则夫欲乐其富，而用之以奢者，其富必亡；欲大其尊，而用之以倨者，其尊必替；欲享其佚，而用之以惰者，其佚必穷；欲获其欲，而用之以肆者，其欲必废。是以圣人处众人之所恶，而使天下无异辞，然后全享天下之利而无所失。故夫斥弃金玉，不贵锦绣，非以为爱财也；畏大臣，礼小臣，非以为尚贤也；鸡鸣而起，日昃不食，非以为集事[64]也。去声色，放犬马，非以为美名也。凡所以深服天下，而消其争心焉耳。伏惟陛下览策之始，以无忘忧惧之心，则又览其终以去其太甚，消天下不平之意。二者既行，则大臣之所言者，举可以渐用而无弊矣。惟陛下慎思之，力行之，无以臣言为妄。盖臣之所见当今天下之事，未有急于此者。陛下幸而留意，天下不胜幸甚。谨对。

宋仁宗嘉祐六年，经欧阳修和谏官杨东道的举荐，苏辙与其兄苏轼一同参加了能言极谏科考试，这是一种由皇帝临时设置的考试科目，不管是否已进入仕途，只要有内外大臣推举即可参加。而在此之前，苏辙与苏轼已中进士考试，都进入了仕途。

苏辙参加这次的制科考试时，年仅二十三岁，血气方刚，锋芒毕露。在这篇制策中，他对宋仁宗从内宫生活，到管理军队、官吏等诸多方面都毫不客气给予了尖锐的批评和劝谏。此文一出，立刻引起轩然大波。主考官司马光主张入三等，考官胡宿则力主黜去。最后宋仁宗说他以直言招人，又以直言去之，恐怕天下人会有想法，最后苏辙被置之下等。

这篇策论笔力纵横奔放，指古论今，驰骋舒放，开阖自如，步步深入。

【注释】

①过听：误听，此处为谦辞。

②策臣于庭：在宫廷中出题考我，策，皇帝出题考试。

③乂安：平安。

④休烈：美善的功业。休，美善。烈，功业。

⑤制策：皇帝所出的考试题目。

⑥未孚：未被人所信服。

⑦盭：乖戾。

⑧罔：没有。

⑨晏起：晚起。

⑩谒：拜见、请见去求情。

⑪匪教匪戒，时惟妇寺：大意是：不教化，不劝诫，只听妇人、宦官的话。寺，宦官。

⑫听言则对，诵言如醉：意思是：有道听途说之言则应答之，见诵诗书之言则冥卧如醉。

⑬褒姒：周幽王所宠幸的女人。为了博取褒姒的一笑，周幽王数次举烽火戏诸侯，最后终至亡国。

⑭咨谟：征询治国谋略。

⑮季：末代。

⑯揭：蹶起，显露，(拔起)见到了树根。

⑰戾气：横暴之气。

⑱亡聊：无所依赖。

⑲浚:榨取。

⑳太半:大半,多半。

㉑沟洫畎浍:田间的水沟,水道,水渠。

㉒殿最之课:考核政绩高低。殿最,古代考核政绩时,以上等为最,下等为殿。

㉓彻:通“撤”,撤去。

㉔斥堠:放哨。也指侦察人员。

㉕绸缪:紧缠密绕。

㉖确:土地瘠薄。

㉗披而离也:即披离,分散的样子。

㉘忻:喜悦,高兴。

㉙分义:恩义情分。

㉚文、景:指汉文帝、汉景帝。

㉛生:生存,活着。

㉜司会:官名,主管财政经济。

㉝澄:澄清。这里的意思是淘汰冗官。

㉞如周之环人,汉之羽林,佽飞之类:此句中的环人,羽林,佽飞,都是古代帝王的近卫军。

㉟审官、铨曹、密院:审官,即审官院,宋代官名。淳化中,宋太宗因中书的权太重,分中书史房置审官院,掌管文武官员考核升迁等事宜。至熙宁三年,另置审官西院,以原院为东院。东院主文选,西院主武选。铨曹,即铨部,旧以吏部专司铨选官吏,故称吏部为铨部。密院,应为枢密院,掌握军事事务。

㊱绳上:(以法)来约束上层的人。

㊲以停解日月为断:以任职的时间长短来断定(是否升迁)。停,滞留。解,离去。

㊳庠序:古代的学校。

㊴亹亹:勤勉不倦的样子。

㊵会府:尚书省为会试之地,也称会府。

㊶职司:主管某种事务的官员。

㊷日食:地球、月、太阳在一条线上,太阳被月亮全部遮蔽,称日食。

㊸干之:干预,涉及。

㊹伐鼓救变:击鼓阻止灾异。伐鼓,击鼓。救,阻止。变,灾异。

㊺论囚报重:意思是给囚犯判以重刑。论,判刑。报,也是判刑,判罪的意思。古代一些朝代,立春阳气至,可以施生,故不给囚徒判刑。

㊻愍:怜悯,哀怜。

㊼僭差:虚假,差错。

㊽擿:揭发。

㊾不挠狱市:不干扰诉讼和交易买卖。挠,干扰。狱,诉讼。市,交易买卖。

㊿赵广汉:汉宣帝时任颍川太守,敢于诛杀豪强。迁为京兆尹,执法不避权贵,有名声于当时。

(51)黄霸:东汉人,汉武帝时曾任河南太守丞。当时官吏崇尚严酷,而黄霸独以宽和闻名。后官至御史大夫,丞相,封建成侯。

(52)《国风》:《诗经》的一部分,采自各地的民间歌谣,有十五国风。豳风,相传为周公旦所作。

(53)《大雅》:《诗经》中的一部分,多为西周初年作品。

(54)《小雅》:《诗经》中的一部分,多数作品年代晚于大雅。

(55)泉:古代钱币的总称。

(56)李悝之平籴:李悝,战国初期魏国人,为魏文侯相,废除世卿世禄,提倡耕作,储粮备荒,实行平籴法。

(57)张仁愿之筑城:张仁愿,唐代人。任朔方军总管时,曾于河北筑三座受降城,置烽候一千八百所,六旬而成。

(58)圜法九府之名:《汉书·食货志》载,太公为周立九府圜法。圜法大意是流通财币的办法。九府,是周代掌管财物的九种官。

(59)五均:管理市场物价的官署。

(60)丁宁:同"叮咛",嘱咐。

(61)毋惮后害:不要惧怕以后会惹来灾害。

(62)剧易:复杂与简单相合一。

(63)而臣何敢不尽其中之所怀以输之:大意是,臣怎么敢不把心中所想的和盘端出送您皇帝呢?输,送给。

(64)集事:召集议事。

君　术

第一道

臣闻天下之事，非宰相不可尽行，非谏官不可尽言。天下之人，谁能必至于谏官、宰相者？惟其少而学之，长而欲行之也，终其身而不当其位，不可以侵官[1]而求尽其意。是故士大夫之间，犹有不能自尽其才于天子者也。

今臣幸而生以天下无事之时，每一间岁[2]，天子常诏两制之大臣，使举天下之士。上自登朝之吏，而下至于山林之匹夫，咸得竭其所怀，以尽天下之利害。非天子出纳耳目之官[3]，而得以言万民之情伪；非天子黜陟赏罚之臣，而得以论百官之长短；非天子武力将帅之士，而得以议兵革[4]之强弱；非天子钱谷大农之吏，而得以榷[5]财用之多少。盖天下之人，必其为宰相、谏官，而后可以尽行而尽言者，使之一旦得以详数而悉说之。此有以见天子之意，所以待之者甚重而不轻也。而臣何敢以无说而处于此？

臣常以为天下之事，虽其甚大而难办者，天下必有能办之人。盖当今之所为大患者，不过曰："四夷强盛，而兵革不振；百姓凋敝，而官吏不饬[6]；重赋厚敛，而用度不足；严法峻令，而奸轨[7]不止。"此数四者，所以使天子坐不安席、中夜太息而不寐者也，然臣皆以为不足忧。何者？天下必有能为天子出力而为之者。而臣之所忧，在乎天下之所不能如之何者也。

臣闻善治天下者，必明于天下之情，而后得御天下之术。术者，所谓道也。得其道，而以智加焉，是故谓之术。古之圣人，惟其知天下之情，而以术制之也，万物皆可得而役其生，皆可得而制其死。牛服于箱[8]，马服于辕，鹰隼服于韦鞲[9]。牛不可以有所触，马不可以有所踶[10]，鹰隼不可以背[11]而高翔。此三者惟其喜怒好恶之情，发于外而见于人也。是以因其所忌，而授之以其术，至于终身制于人而不去。且治天下何异于治马也？马之性刚狠而难制，急之则敝而不胜，缓之则惰而不趋。王良、造父[12]为之先后而制其迟速，驱之有方而掣之有时，则终日蹀躞[13]而不知止。此术之至也。

古之圣人驱天下之人而尽用之，仁者使效其仁，勇者使效其勇，智者使效其智，力者使效其力。天下之人虽杂然皆列于前，安得仁人君子而后任之？且虽有天下之善人，与之处而不知其性，御之而不中其病，则虽有好善之心，而不获好善之利。何者？彼不徒为吾用也，而况乎天下之英雄，欲收其功而不制其心哉！

昔者秦汉之际，奸宄[14]猛悍之人，所在而为寇。高祖[15]发于丰沛之间，行而收之。黥布、彭越[16]之伦，皆抚而纳诸其中。所以制之者甚备也。玉帛子女、牛羊犬马，以极其豪侈之心；轻财好施，敦厚长者，以服其趑趄[17]之怀；倨肆傲岸，轻侮凌辱，以折其强狠之气。其视天下之英雄，不啻若匹夫孺子，然皆得其欢心而用其死力。至于元、成[18]之世，天下久于太平，士大夫生于其间，无复英雄难制之风。天下之士，皆书生好儒，其才气勇力无足畏者，俯首下气求为之用而不暇。元、成、哀、平[19]亦欲得天下之贤才而用之，然而不知其性，不获其术。贤人君子，避谗畏讥，远引而去，而小人宦竖，纵横放肆，而制其事，此甚可悯也。

夫人之平居朋友之间、仆妾之际，莫不有术以制其变，盖非有深远难见之事也。欲其用命，而见其所害；欲其乐从，而见其所利；欲其喜，而致其所悦；欲其惧，而致其所忌；欲其开心见诚，而示之以无所恐；欲其守死不去，而示之以无所往。此天下之人皆能知之，而至于治天下则不能用，且此过矣。天下以为天子之尊，无所事术也，而不知天下之事，惟其英雄而后能有大功，而世之英雄，常苦豪横太过而难制。由此观之，治天下愈不可以无术也。

《君术》是一篇策论，中心是论述君主治理天下的方式方法，全文共分五个部分。

第一道，论述国君治理天下不可无术，也就是要有一定的方式方法。

【注释】

①侵官:越犯他人的职守。

②每一间岁:每隔一年。

③出纳耳目之官:皇帝身边的一些大臣。出纳,魏晋以后指中书、门下省的官员。出,把帝王诏命向下宣布。纳,把下面意见向帝王报告。耳目,比喻辅佐帝王的人,也指帝王信任亲近的人。

④兵革:军队。

⑤榷:商榷,商量。

⑥饬:整顿,整治。

⑦轨:通"宄",犯法作乱的人。

⑧箱:车箱。

⑨鞲:臂套。这里指束缚鹰隼的脚套。

⑩踶:踢。

⑪背:反过来。

⑫工良、造父:都是古代善御马的人。

⑬蹀躞:马勤于干活的样子。

⑭奸宄:奸诈违法者。

⑮高祖:指汉高祖刘邦。

⑯黥布,彭越:都曾是刘邦手下的得力战将。

⑰趑趄:走动困难,不能前进。这里引申指不满足。

⑱元、成:指汉元帝、成帝。

⑲元、成、哀、平:指汉元帝、成帝、哀帝、平帝。

第二道

臣闻将求御天下之术,必先明于天下之情。不先明于天下之情,则与无术何异?夫天下之术,臣固已略言之矣,而又将窃言其情。今使天下皆得贤人而任之,虽可以无忧乎其为奸,然犹有情焉,而不可以不知。

盖臣闻之:人有好为名高者,临财推之,以让其亲;见位去之,以让其下。进而天子礼焉,则以为欢;进而不礼焉,则虽逼之,而不食其禄,力为廉耻之节,以高天下①。若是而天子不知焉,而豢之以厚利,则其心赧然有所不平。人有好为厚利者,见禄而就之,以优其身,见利而取之,以丰其家。良田大屋,惟其与之,则可以致其才。如是而天子不知焉,而强之以名高，则其心缺然，有所不悦于其中。人惟无好自胜也，好自胜而不少[②]柔之，则忿斗而不和；人惟无所相恶也，有所相恶而不为少避之，则事其私怒而不求成功。素刚则无折之也，素畏则无强之也。强之则将不胜，而折之则将不振。凡此数者，皆所以求用其才，而不伤其心也。然犹非所以制天下之奸雄。

盖臣闻之；天下之奸雄，其为心也甚深，而其为迹也甚微。将营[③]其东，而形[④]之于西；将取其右，而击之于左。古之人，有欲得其君之权者，不求之其君也，优游翱翔而听其君之所欲为，使之得其所欲而油然自放，以释天下之权。天下之权既去，其君而无所归，然后徐起而收之，故能取其权，而其君不之知。古之人有为之者，李林甫[⑤]是也。

夫人之既获此权也，则思专而有之。故常恐其下之人从而倾焉。夫人惟能自固其身，而后可以谋人。自固之不暇，而欲谋人也实难。故古之权臣，常合[⑥]天下之争。天下且相与争而不解，则其势无暇及我，是故可以久居而不去。古之人有为之者，亦李林甫是也。

世之人君，苟无好善之心。幸而有好善之心，则天下之小人，皆将卖之以为奸。何者？有好善之名，而不察为善之实。天下之善，固有可以谓之恶，而天下之恶，固有可以谓之善者。彼知吾之欲为善也，则或先之以善，而终之以恶。或有指天下之恶，而饰之以善。古之人有为之者，石显[⑦]是也。

人之将欲为此衅也，将欲建此事也，必先得于其君。欲成事，而君有所不悦，则事不可以成。故古之奸雄，劫之以其所必不能，其所必不能者，不可为也，则将反而从吾之所欲为。古之人有为之者，骊姬之说献公[⑧]，使之老而避祸是也。

此数者，天下之至情。故圣人见其初而求其终，闻其声而推其形。盖惟能察人于无故之中，故天下莫能欺。何者？无故者，必有其故也。古者明王在上，天下之小人伏而不见。夫小人者，岂其能无意于天下也？举而见其情，发而中其病，是以愧耻退缩而不敢进。臣欲天子明知君子之情，以养当世之贤公名卿，而深察小人之病，以绝其自进之渐[⑨]，此亦天下之至明也。

本文论述国君在确定治理天下的方式方法之前，必须先搞清楚天下的情况以及人心所想。

【注释】

①以高天下：以此使天下人认为他高。

②少：稍稍。

③营：谋求。

④形：这里用如动词，意思是“表现出的”。

⑤李林甫：公元？—752年，唐宗室，小字哥奴。唐玄宗时宰相，封晋国公。厚结宦官妃嫔，迎合玄宗意旨，任职十九年，排除异己，政事败坏。其为人往往表面上对人好，而背地里却阴谋中伤，无所不至。世称之为“口蜜腹剑”。

⑥合：合拢，撮合。

⑦石显：公元前？—前32年，汉宣帝时，以中书官为仆射，元帝时为中书令。他为人外巧慧而内阴险，常以诡辩中伤人，先后谮杀萧望之等人。贵幸倾朝，结党营私，天子赏赐及下属贿赂的资财达到一万万。成帝时迁长信中太仆，后免官，徙归故郡，忧懑不食，途中病死。

⑧骊姬之说献公：骊姬，春秋时骊戎国君之女。晋献公灭骊戎，纳为夫人，甚得宠信，生奚齐，谮杀太子申生，公子重耳、夷吾皆出奔。献公死，立奚齐，后为晋大夫里克所杀。

⑨渐：逐步发展。

第三道

臣闻天子之道，可以理得，而不可以名推[①]。其于天下，不取其形，而独取其意。其道可以为善，而亦可以为不善。何者？其道无常。其道无常者，不善之所从生也。夫天下之人，惟知不忍杀人之为仁也，是故不忍杀人以自取不仁之名；惟知果于杀人之为义也，是故不敢不杀以自取不义之名。是二者，其所以为仁者有形，而其所以为义者有状。其进也，有所执其规；而其退也，有所蹈其距。故其为人也，不失为天下之善人，而终不至于君子。有所甚而不堪，有所蔽而不见，此其为人是自全之人也。今夫君子，有所杀人以为仁，而有所不杀以为义。义不在于杀人，而仁不在于不杀。其进也，无所据依；而其退也，无所底厉。故其成也，天下将皆安之；而其不成也，将使天下至于大乱。是以天下恶其难明，而畏其难就[②]，人臣以是戒其君，而人君者亦以自戒曰："姑为无杀人以为仁，而姑为果于杀人以为义。"是其仁可以全身，而其义可以无谤于天下，斯足以为无过也已矣。《孟子》有言曰："责难于君谓之恭，陈善闭邪谓之有礼，而谓吾君不能者谓之贼[③]。"且夫为人臣而诏[④]其君，不曰必为大人之仁义，而曰姑为其易者，以苟避天下之谤，此非恐其君不能之故欤？

盖臣闻之圣人之道，惟其不可以名称而迹求[⑤]者，其为道也甚深而难成，而其成也，亦不若小道之浅而无功。所御甚广而所处甚约[⑥]，握之甚微而播之无极。故孔子曰："吾非多学而识之，吾一以贯之。"夫一者何也？知天下万物之理而制其所当处，是谓一矣。而能得吾一者甚难，故夫天下之畏之者，亦不足怪也。古之圣人，己能知之，则行之而无疑；己不能知之，则不敢以己之私意而破天下之公义。使己而不好杀人，则安可尽无杀以成仁之形？使己而好杀人，则安可尽杀以成义之状？盖必有大臣救其已甚[⑦]而补其不足，使义不在于杀人，而仁不在于不杀。方今天下之治，所不足者非仁也。吏闻有以入人之罪抵重罚，而未闻有以失人之罪抵深法者。民闻有以赦除其罪，而未闻有以不义得罪于法之外者。此亦足以见天子之用心矣。

古者君臣之间，和而不同。上有宽厚之君，则下有守法之臣，上有急切之君，则下有推恩之臣。凡以交济其所不足而弥缝其阙[⑧]。今也君臣之风，上下如一而无以相济，是以天下苦于宽缓怠惰，而不能自振。此岂左右之大臣，务以顺从上意为悦，而岂亦天子自信以为好仁之美，而不喜臣下之有所矫拂[⑨]哉！

方今之制，易于行赏而重于用罚。天下之以狱上者，凡与死比[⑩]，则皆蹙额而不悦，此其为意夫岂不善？然天下之奸人，无以深惩而切戒之者，此无乃为仁而至于不仁欤？臣愚以为辅君之善而补其不足，此诚大臣之事。苟天子自信以为善，欲以一人之私好，而破天下之公议，则夫大臣者，犹不可为也。惟知天子之仁义，而无务其迹以成匹夫之节，使大臣得参于其间而救其所短，此不亦近于天子之道欤？

本文论述国君治理天下的方法不见得有常道，有定势，也不要刻意地去求仁求义以破坏天下的公议。

【注释】

①而不可以名推：而不能用本身的名称来推求。

②难就：难以达到。

③贼：害。

④诏：告诫，教诲。

⑤惟其不可以名称而迹求：只是因为叫不出名称、找不到踪迹。

⑥约：简明，简要。

⑦甚：过分。

⑧凡以交济其所不足而弥缝其阙：大体上是互相补充他们的不足而弥补他的缺欠。交济，互相帮助。弥缝，弥补。阙，通“缺”，缺欠的意思。

⑨矫拂：矫正。

⑩凡与死比：凡是与死差不多的(刑罚)。

第四道

臣闻古者君臣之间，相信如父子，相爱如兄弟，朝廷之中，优游悦怿，欢然相得而无间。知无所不言，言无所不尽；开心平意，表里洞达，终身而不见其隙。当此之时，天下之人出身以事君，委命于上而无所忧惧，安神定气以观天下之政，荡然肆志，有所欲为，而上不见忌，其所据者甚坚而无疑，是以士大夫皆敢进而博天下之大功。至于后世，君臣相虞[①]，皆有猜防之忧，君不敢以其诚心致诸其臣，而臣亦不敢直己以行事。二者相与龃龉而不相信，上下相顾，鳃鳃[②]然而不能以自安，而尚何暇及于天下之利害？故天下之事，每每扰败而无所成就。臣窃伤之，而以为其蔽在于防禁之太深而督责之太急。

夫古之圣人，至严而有所至宽，至易而有所至险，使天下有所易信而有所不可测，用之各当其处而不失节，是以天下畏其严而乐其宽。至于后世之君，徒知天下之不可以甚宽也，而用之其君臣之际，使其公卿大臣终日忧惧，不得安意肆志以自尽于其上，而以为畏威。徒知天下之不可甚严也，而用之其法律之事，使其天下之官吏欺其长上，得以苟免取容，不畏天下之法，则以为行惠。盖其所以用之之术甚悖而不顺者，至于如此。

夫天下之人，上自百官，而下至于庶民，其为数安可穷尽？而天子者，以其一身寄乎其中。论其众寡之势，则天下至众，而天子至寡。论其智诈巧伪之术，则天下之众，固必有过于天子者。吾欲临之以天子之威，则彼有畏惮而不敢言。多为之堤防，以御其变诈，则彼之智，将有以出于堤防之所不能及。是以古之圣人，推之以至诚，而御之以至威；容之以至宽，而待之以至易。以君子长者之心待天下之士，而不防其为诈，谈笑议论，无所不及，以开其欢心。故天下士大夫皆欣然而入于其中，有所愧耻而不忍为欺诈之行，力行果断而无忧惧不敢之意。其所任用，虽其兄弟朋友之亲，而不顾徇私之名；其所诛戮，虽其仇怨睚眦[3]之人，而不恤报怨之嫌。何者？君臣相信之笃，此所谓至严而有所至宽者也。然至大吏纵横放肆，犯法而无所忌，天下之所指目，律令之所当取，则虽天子有所不可辄释，使之一人而不可解，而后天下知有所畏，此所谓至易而有所至险。二者其事不同，而相与为用。

夫是以至宽而天下无颓惰靡迤之风；至险而君臣无猜防逼迫之虑。夫惟能通其君臣之欢而尽行其刑法之所禁，而后可以及此也。

本文论述国君应与臣属保持良好的关系，要相信臣属，使之为君主出谋划策，竭尽全力。

【注释】

①相虞：相欺骗。

②鳃鳃：不安的样子。

③睚眦：原意为怒目而视，引申为有小的仇恨。

第五道

臣闻事有若缓而其变甚急者，天下之势是也。天下之人，幼而习之，长而成之，相咻[1]而成风，相比而成俗，纵横颠倒，纷纷而不知以自定。当此之时，其上之人刑之则惧，驱之则听，其势若无能为者。然及其为变，常至于破坏而不可御。故夫天子者，观天下之势而制其所向，以定其所归者也。

夫天下之人，驰而纵之，拱手而视其所为则其势无所不至。其状如长江大河，日夜浑浑，趋于下而不能止，抵曲则激，激而无所泄则咆勃溃乱，荡然而四出，坏堤防，包陵谷，汗漫②而无所制。故善治水者，因其所入而导之，则其势不至于激怒坌涌而不可收。既激矣，又能徐徐而泄之，则其势不至于破决荡溢而不可止。然天下之人常狎其安流无事之不足畏也，而不为去其所激，观其激作相蹙③，溃乱未发之际，而以为不至于大惧，不能徐泄其怒，是以遂至横流于中原而不可卒治。

昔者天下既安，其人皆欲安坐而守之，循循以为敦厚，默默以为忠信。忠臣义士之气愤闷而不得发，豪俊之士不忍其郁郁之心，起而振之。而世之士大夫好勇而轻进、喜气而不慑者④，皆乐从而群和之，直言忤世而不顾，直行犯上而不忌。今之君子累累而从事于此矣。然天下犹有所不从，其余风故俗犹众而未去，相与抗拒，而胜负之数未有所定，邪正相搏，曲直相犯，二者溃溃而不知其所终极，盖天下之势已小激矣。而上之人不从而遂决其壅，臣恐天下之贤人，不胜其忿而自决之也。夫惟天子之尊，有所欲为，而天下从之。今不为决之于上，而听其自决，而天下之不同者，将悻然而不服。而天下之豪俊，亦将奋踊不顾而决之，发而不中，故大者伤，小者死，横溃而不可救。譬如东汉之士，李膺、杜密、范滂、张俭⑤之党，慷慨议论，本以矫拂世俗之弊，而当时之君，不为分别天下之邪正以快其气，而使天下之士发愤以自决之，而天下遂以大乱。由此观之，则夫英雄之士，不可以不少遂其意也。

是以治水者，惟能使之日夜流注而不息，则虽有蛟龙鲸鲵之患，亦将顺流奔走，奋迅悦豫⑥，而不暇及于为变。苟其潴畜⑦浑乱。壅闭而不决，则水之百怪皆将勃然放肆，求以自快其意而不可御。故夫天下亦不可不为少决，以顺适其意也。

本篇论述国君治天下要因势利导，适当时，应让天下人有所发泄，以利长治久安。

【注释】

①咻：争吵，乱说话。

②汗漫：水势广大的样子。

③蹙：紧迫。

④喜色而不慑者：喜欢义气而不畏惧的。

⑤李膺、杜密、范滂、张俭：都是东汉刚直义愤之士。

⑥悦豫：喜乐。

⑦潴畜：水停积的地方。

臣事上

第一道

臣闻天下有权臣[①]，有重臣，二者其迹相近而难明。天下之人知恶夫权臣之为，而世之重臣亦遂不容于其间。夫权臣者，天下不可一日而有；而重臣者，天下不可一日而无也。天下徒见其外。而不察其中，见其皆侵天子之权，而不察其所为之不类[②]，是以举皆嫉之而无所喜。此亦已太过也。

今夫权臣之所为者，重臣之所切齿，而重臣之所取者，权臣之所不顾也。将为权臣耶，必将内悦其君之心，委曲听顺，而无所违戾；外窃其生杀予夺之柄，黜陟天下，以见己之权，而没[③]其君之威惠。内能使其君欢爱悦怿，无所不顺，而安为之上；外能使其公卿大夫、百官庶吏无所归命，而争为之腹心。上爱下顺，合而为一，然后权臣之势遂成而不可拔。

至于重臣则不然，君有所为，不可以必争；争之不能，而其事有所必不可听，则专行而不顾。待其成败之迹著[④]，则上之心将释然而自解。其在朝廷之中，天子为之踧然[⑤]而有所畏，士大夫不敢安肆怠惰于其侧。爵禄庆赏，己得以议其可否，则不求以为己之私惠；刀锯斧钺[⑥]，己得以参[⑦]其轻重，而不求以为己之私势。要以使天子有所不可必为，而群下有所震惧，而己不与[⑧]其利。

何者？为重臣者，不待天下之归己，而为权臣者，亦无所事天子之畏己也。故各因其行事而观其意之所在，则天下谁可欺者？臣故曰：为天下安可一日而无重臣也？且今使天下而无重臣，则朝廷之事，惟天子之所为而无所可否。虽使天子有纳谏之明，而百官畏惧战栗，无平昔尊重之势，谁肯触忌讳，冒罪戾，而为天下言者？惟其小小得失之际，乃敢上章欢哗而无所惮，至于国之大事、安危存亡之所系，则将卷舌而去，谁敢发[⑨]而受其祸？此人主之所大患也。悲夫！后世之君，徒见天下之权臣出入唯唯[10]，以其有礼，而不知此乃所以潜溃其国；徒见天下之重臣，刚毅果敢，喜逆其意，则以为不逊，而不知其有社稷之虑。二者淆乱于心而不能辨其邪正，是以丧乱相仍[11]而不悟，何足伤也！

昔者卫太子聚兵以诛江充[12]，武帝震怒，发兵而攻之京师，至使丞相、太子相与交战，不胜而走，又使天下极其所往，而翦灭其迹。当此之时，苟有重臣，出身而当之，拥护太子，以待上意之少解，徐发其所蔽[13]而开其所怒，则其父子之际，尚可得而全也。惟无重臣，故天下皆能知之而不敢言。臣愚以为，凡为天下，宜有以养其重臣之威，使天下百官有所畏忌，而缓急之间，能有所坚忍持重而不可夺者。

窃观方今四海无变，非常之事宜其息而不作，然及今日而虑之，则可以无异日之患。不然者，谁能知其果无有也，而不为之计哉！抑臣闻之：今世之弊，弊在于法禁太密，一举足不如律令，法吏且以[14]为言，而不问其意之所属。是以虽天子之大臣，亦安敢有所为于法律之外以安天下之大事？故为天子之计，莫若少宽其法，使大臣得有所守，而不为法之所夺。

昔申屠嘉[15]为丞相，至召天子之幸臣邓通[16]，立之堂下而诘责其过。是时通几至于死而不救，天子知之，亦不为怪。而申屠嘉亦卒非汉之权臣。由此观之，重臣何损于天下哉！

《臣事》是一篇构制庞大的策论，分上下篇，每篇各有五部分。中心意思是论述国君应如何处理与大臣们的关系以及文臣武将应如何事奉国君等问题。

第一道论述了权臣与重臣的区别以及各自对朝廷构成的利害关系。

【注释】

①权臣：靠玩弄权术而专横于朝的大臣。

②不类：不相似，不相同（指重臣与权臣的所为是不相同的）。

③没：吞没，隐藏的意思。

④迹著：业绩显著。

⑤蹴然：紧迫，窘迫的样子。蹴，通“蹙”。

⑥刀锯斧钺：用以行刑的器具，这里代指刑罚。

⑦参：参考，权衡。

⑧与：参与，得。

⑨发：发表意见。

⑩唯唯：答应声，比喻小心顺从的样子。

⑪相仍：相连接。

⑫昔者卫太子聚兵以诛江充：江充，西汉人，本名齐，因畏罪潜逃，改名充。以告发赵太子丹事起家，汉武帝任他为直指绣衣使者，负责镇压三辅盗贼，禁察贵贱奢僭，得到了武帝信任。他与太子据有嫌隙，乘武帝患病之际，诬陷太子据行巫蠱。太子据感到难以自安，遂起兵诛杀江充。后来太子据事败，自缢而死。

⑬蔽：被蒙蔽。

⑭且以：将以此……

⑮申屠嘉：西汉人，初从刘邦击项羽、黥布有功，累迁御史大夫。文帝时任丞相，幸臣邓通在殿上戏闹，申屠嘉欲杀之，为文帝所赦免。

⑯邓通：汉文帝的幸臣。

第二道

臣闻：仲尼之称管仲曰："夺伯氏骈邑三百，饭蔬食，没齿无怨言。"[①]又读《蜀志》，其言诸葛孔明迁[②]李平、殛[③]廖立，及孔明既死，而此二人皆哭泣有至死者。臣每读书至此，未尝不嗟叹古人之不可及，而窃愍今世之不能也。夫为天下国家，惟刚者能守其法，而公者能以刚服天下。曾子曰："士不可以不弘毅[④]，任重而道远。"天下者，天子之天下也。赏罚之柄、予夺之事，其出于天子，本无敢言者。惟其不公，故有一人焉，受戮而去，虽其当罪，而亦勃然有不服之心。而上之人虽其甚公于此，而亦畏其不服，而不敢显然明斥其罪。故夫天下之不公，足以败天下之至刚，而天下之不刚，亦足以破天下之至公。二者相与并行，然后可以深服天下之众。

臣尝窃悲唐季五代之乱，外有执兵强忿之臣，威盖天下，而以其力内胁天子。天子不敢辄忤其意[⑤]。意有所不悦，则其上下不能自保。当此之时，人主务为安身之政，不敢以其刚心而守其公事，此其势不得不然耳。方今海内治安，外无诸侯之虞，而内无执政之患。然臣切观之于政令刑赏之际，常若有所畏而不敢自必[⑥]者。此其故何也？夫朝廷之臣，无罪而留，有罪而黜，此为臣之常也。故其有罪，以为当黜，则官必削；以为不当黜，则无故而置之外地，犹为不可也。今有罪而推之于外，反从而增其爵秩，是将以为赏耶？为刑耶？是不可得而知也。盖曰："姑以镇抚其耿耿之意。"彼其失为近臣而去也，虽赐之千金，而犹有所慊然于其心[⑦]。且天下之罪人，而皆欲满其所怀，则为天子安可以有所刑戮哉？然而事之所不平者，又非特如此也。黜之者一人，则必有折而辨之者一人[⑧]，以为黜者之有所不悦乎其辨之者也，而使与之皆黜。夫此二人，其罪果谁在乎？以其言而黜人，亦以其言而黜之，是为黜者报仇耳。是以天下虽无强臣之灾，而臣下窃惴天子之心，皆有所持而邀之，此其弊始于执之不刚，而成于守之不公矣。

朝廷之事，臣安得知其有所不公者？然窃怪每有所除[⑨]，吏民间莫不切切口语，以为此谁人之亲戚故旧而得之者；每有所措置[⑩]，亦莫不以为此谁人之所欲而行之者。使上之人，凡果如此，则宜乎人之受罪而不服，而吾亦不敢以加于人也。《诗》云："人亦有言，柔则茹之，刚则吐之[⑪]。唯仲山甫，柔亦不茹，刚亦不吐。不侮鳏寡，不畏强御。"夫人惟能不侮鳏寡也，而后能不畏强御。臣故曰：惟无私者以刚服天下，此其势然也。且夫古之为君者，有所大乐，而今世不知也。人君之乐，非乐夫有天下，而乐得与天下去恶而奖善以快吾志。今使天下有不义之臣，诛之不获，而又从而尊之。尊之不足以为悦，而又从而黜其所怨[⑫]，以慰其盛怒。此二事者，夫岂为君之乐哉？

盖事有所不可并从，而欲不可以皆得。今夫人之有所私爱而不公者，是亦人之所乐焉耳。然其为乐，有所害于为君之乐，是以不若弃彼而全此也。且事之利害，有知之而患不可为者，有患不之知而知之而可行者。今欲洁然无私而行吾法之所至，有罪而黜，黜而无所姑息，使天下皆知赏之为赏，罚之为罚。此非有所勤苦而难成者，而顾患不肯为夫管仲、孔明，惟其为之而已矣。

此文论述了国君对待臣下一要公，二要刚。公、刚并重，然后可以服天下之众。

【注释】

①臣闻：仲尼之称管仲曰："夺伯氏骈邑三百，饭蔬食，没齿无怨言"：臣听说，孔子称道管仲说："夺取哥哥骈邑三百，哥哥只吃蔬菜粗食，但终生没有怨言。"伯氏，哥哥。骈邑，春秋邑名，在今山东临朐县东南。没齿，终生。

②迁：放逐，流放。

③殛：诛戮。

④弘毅：刚强果断。

⑤辄忤其意：就违背他的意愿。

⑥自必：坚持。

⑦慊然于其心：心中有嫌恨不满。

⑧黜之者一人，则必有折而辨之者一人：此句的大意是，每有一个人被废黜，则肯定会有一个参奏弹劾他的人。

⑨除：任命，受职。

⑩措置：安放，处理。

⑪柔则茹之，刚则吐之：柔软的则吃之，刚硬的则吐出来。

⑬而又从而黜其所怨：此句大意是：又从而罢黜了弹劾不义之臣而被不义之臣所怨恨的人。

第三道

臣闻天下有无穷之才，不叩则不鸣，不触则不发。是以古之圣人，迎其好善之端，而作其勉强之气，洗濯磨淬[①]，日夜不息，凡此将以求尽天下之无穷也。

夫天下譬如大器焉。有器不用，而置诸牖下，久则虫生其中。故善用器者，提携不去，时濯而溉之，使之日亲于人而获尽其力，以无速败。有小丈夫，徒知爱其器，而不知所以为爱也。知措诸地之安，而不知不释吾手之为不坏也。是以事不得成，而其器速朽。

且夫天下之物，人则皆用其形，而不求其神也。神者何也？物之精华果锐[②]之气也。精华果锐之气，其在物也，烨然而有光，确然[③]而能坚。是气也，亡则物皆枵然[④]无所用之。夫是气也，时叩而存之，则日长而不衰；置而不知求，则脱去而不居。是气也，物莫不有也，而人为甚。《孟子》有言曰:“人之日夜之所息,与平旦之气,昼日之所为,有以梏[5]亡之矣。梏之反覆,则其夜气[6]不足以存。”夫夜气者,所谓精华果锐之气也。天下乱,则君子有以自养而全之;而天下治,则天子养之以求其用。今朝廷之精明、战阵之勇力、狱讼之所以能尽其情、而钱谷之所以能治其要、处天下之纷纭而物莫能乱者,皆是气之所为也。

盖古者英雄之君,惟能叩天下之才而存之,是以所求而必从,所欲而必得。汉武帝、唐太宗国富而兵强,所欲如意,而天下之才,用之不见其尽。当其季年[7],元臣宿将,死者太半[8],而新进之士,亦自足以办天下。由此观之,则天下固有无穷之才,而独患乎上之不叩不触,而使其神驰放而不张也。

臣窃观当今之人,治文章,习议论,明会计,听狱讼,所以为治者,其类莫不备具,而天下之所少者,独将帅武力之臣。往者,天下既安,先世老将已死,而西寇作难。当此之时,天子茫然反顾,思得奇才良将以属之兵[9],而终莫可得。其后数年,边鄙日蹙[10],兵势日急,士大夫始渐习兵,而西夏臣服。以至于今又将十有余年,而曩之所谓西边之良将者亦已略尽矣。而天下之人,未知谁可任以为将?此甚可虑也。夫天下之事,莫难于用兵,而今世之所畏,莫甚于为将。责之以难事,强之以其所畏,而不作其气,是以将帅之士,若此不可得也。盖尝闻之,善用兵者,虽匹夫之贱,亦莫不养其气,而后求其用。方其未战也,使之投石超距以致其勇[11],故其后遇敌而不惧,见难而效死。何者?气盛故也。

今天下有大弊二:以天下之治安,而薄天下之武臣;以天下之冗官,而废天下之武举。彼其见天下之方然[12],则摧沮退缩而无自喜之意。今之武臣,其子孙之家往往转而从进士矣。故臣欲复武举,重武臣,而天子时亦亲试之以骑射,以观其能否而为之赏罚,如唐正观之故事[13],虽未足以尽天下之奇才,要以使之知上意之所悦,有以自重而争尽其力,则夫将帅之士,可以渐见矣。

此篇论述国君应想办法,定措施,尽收天下人才以为国家所用。作者还认为,当务之急要培养、重用武将。

【注释】

①而作其勉强之气，洗濯磨淬：而振作他们努力自强的勇气，培养磨炼他们。

②果锐：果断，锐利。

③确然：坚固的样子。

④枵然：空虚的样子。

⑤梏：木制的手铐，这里引申为监禁，禁锢之意。

⑥夜气：这里所说的“夜气”，就是此篇中前文和下文所说的精华果锐之气。

⑦季年：末年。

⑧太半：大半，多半。

⑨属之兵：统领军队。

⑩边鄙日蹙：边境形势日益紧迫。

⑪使之投石超距以致其勇：此句的大意是，使军人练兵习武以增加勇气。投石超距，古代军中习武的一种方式。投石，投石头打人。超距，跳跃的意思。

⑫方然：如此，这样。

⑬如唐正观之故事：指唐太宗李世民在贞观年间的一段故事。五代时人王定保在他所著的《唐摭言一·述进士》中记载：唐太宗尝私幸端门，见新进士缀行而出，喜曰：“天下英雄入吾彀中矣。”彀中，指弓弩射程所及的范围。文中所说的正观，即为贞观，唐太宗李世民的年号。

第四道

臣闻天下之患，无常处也。惟见天下之患而去之，就其所安而从之，则可久而无忧。有浅丈夫[①]见其生于东也，而尽力于东，以忘其西；见其起于外也，而锐意于外，以忘其中。是以祸生于无常，而变起于不测，莫能救也。

昔者西汉之祸，当文景之世，天下莫不以为必起于诸侯之太强也。然至武帝之时，七国之余，日以渐衰。天下坦然，四顾以为无虞。而陵夷[②]至于元、成之间，朝廷之强臣实制其命，而汉以不祀。世祖、显宗既平天下，以为世之所患，莫不在乎朝廷之强臣矣，而东汉之亡，其祸乃起于宦官。由此观之，则天下之患安在其防之哉？人之将死也，或病于太劳，或病于饮酒。天下之人见其死于此也，而曰必无劳力与饮酒，则是不亦拘而害事哉[③]？彼其死也，必有以启之，是以劳力而能为灾，饮酒而能为病，而天下之人，岂必皆死于此！

昔唐季五代之乱，其乱果何在也？海内之兵，各隶[4]其将，大者数十万人，而小者不下数万，抚循鞠养[5]，美衣丰食，同其甘苦而顺其好恶，甚者养以为子，而授之以其姓。故当是时，军旅之士，各知其将，而不识天子之惠。君有所令不从，而听其将。而将之所为，虽有大奸不义，而无所违拒。故其乱也，奸臣擅命，拥兵而不可制。而方其不为乱也，所攻而必降，所守而必固。良将劲兵遍于天下，其所摧败破灭，足以上快天子郁郁之心，而外抗敌国窃发之难。何者？兵安其将，而乐为用命也。

然今世之人，遂以其乱为戒，而不收其功，举天下之兵数百万人，而不立素将[6]，将兵者无腹心亲爱之兵，而士卒亦无所附著而欲为之效命者。故命将之日，士卒不知其何人，皆莫敢仰视其面。夫莫敢仰视，是祸之本也。此其为祸，非有胁从骈起之殃[7]。缓则畏而怨之，而有急，则无不忍之意。此二者，用兵之深忌，而当今之人，盖亦已知之矣。然而不敢改者，畏唐季五代之祸也。

而臣窃以为不然，天下之事，有此利也，则必有此害。天下之无全利，是圣人之所不能如之何也。而圣人之所能，要在不究其利。利未究而变其方，使其害未至而事已迁，故能享天下之利，而不受其害。昔唐季五代之法，岂不大利于世？惟其利已尽而不知变，是以其害随之而生。故我太祖、太宗以为，不可以长久而改易其政，以便一时之安。为将者去其兵权，而为兵者使不知将。凡此皆所以杜天下之私恩而破其私计，其意以为足以变五代豪将之风，而非以为后世之可长用也。故臣以为，当今之势，不变其法，无以求成功。

且夫邀天下之大利，则必有所犯天下之危，欲享大利而顾其全安，则事不可成。而方今之弊，在乎不欲有所摇撼[8]，而徒得天下之利，不欲有所劳苦，而遂致天下之安。

今夫欲人之成功，必先捐兵以与人。欲先捐兵以与人，则先事于择将。择将而得将，苟诚知其忠，虽举天下以与之而无忧，而况数万之兵哉！昔唐之乱，其为变者。非其所命之将也，皆其盗贼之人，所不得已而以为将者。故夫将帅岂必尽疑其为奸，要以无畏其择之之劳，而遂以破天下之大利，盖天下之患，夫岂必在此也？

本文论述国君必须慎重选择将领，因为这是国家安危所系。

【注释】

①浅丈夫：目光短浅，才能低下的人。

②陵夷：衰落，衰败。

③则是不亦拘而害事哉：这样不是很拘泥而对事情有害吗？

④隶：归属。

⑤抚循鞠养：这句话是抚育、养育的意思。

⑥素将：经常性的将领。

⑦胁从骈起之殃：被迫跟随而并起的灾祸。

⑧摇撼：比喻大的动作，重要举措，或引起震动的事情。

第五道

臣闻天下之勇士，可使用兵，而不可使主兵；天下之智士，可使主兵，而不可使养兵。养兵者，君子之事也。故用兵之难，而养兵尤难。何者？士气之难伏也。举兵而征行，三军之士，其心在号令，而其气在战；息兵而为营，三军之士，其心在垒壁，而其气在御[①]；陈兵而遇敌，三军之士，其心在白刃，而其气在胜。气之所在者，毒之所向也。故兵在外，士气在敌，而不在其上，是故抚之而易悦，予之而易足，诛之而易定，动之而易使。其上之人，御之以勇而驱之以智，则百万之众可以无足忧者。及夫天下既安，三军之士各反其家，美衣甘食，优游无为。投石超距。不足以泄其怒，而各求其上之所短。当此之时，军中之士，环视四顾，而始不可忍矣。是故久于不用，则其意不欲复战；久于不使，则其意不欲复役。夫惟不欲而强使之，与之出战则不乐，而与之从役则为乱，此必然之势也。

夫古者兵出于农，其欲动之尤难。然当周之季[②]，诸侯之强，天下之民日起而操兵。齐、晋、秦、楚[③]，以其兵车徜徉[④]天下，万里而后反，而天下之民不敢言病。至于后世，平居无事，常竭天下以养士卒，一旦有急，当得其力，乃反傲睨[⑤]邀赏，不肯即去。夫其平时衣食其上，有难而起，起而斗死，有事而役，役而尽力，此其势宜若愈于三代之农夫矣。而当今之病其不然，此岂非其养之之过欤？

臣观天下之兵，其数莫如京师之多，而士卒赵趄[6]难制，亦莫如京师之甚。何者？天子在位，以仁御兵士，不知教而狃[7]于赏，令之稍急，则瞋目攘臂而言不逊，此甚可恶也。且京师，宗庙禁闱之所在，而使不义之徒周环布列于其左右，而尚何以为安？臣闻养兵而兵骄戾，其责在将。方今京师之将，所在者谁乎？匹夫小人以次当迁，而为之什百之长。此其为名，尚未离乎卒伍也。而其上之所统，独有三太尉。推而上之，则至于枢密使。此四大臣者，非在什伍部曲之间以日夕训练之者也。且夫卒未亲附而罚之，则不服。不服，则难用也。今使大臣独制其上，恩意不交而德泽不洽，上下不相信，特以势相从，而无以义附者，则是未可以法治也。使朝廷大臣而曲躬伛偻，亲问疾苦，如异时出兵行阵之间，此则其势有所不给矣。古者南北军有监军御史，有护军诸校，各有军正、正丞，是以任安、胡建[8]之徒，忠信守节之士，得以出入军中，获其欢心，而后训之以礼，绳之以法，有所诛灭，而士卒皆服。如此而后，兵可用也。今奈何独使狼戾[9]之人自相临御，而天子独以贪暴无知之匹夫，为左右之卫哉？

臣愚以为宜略如汉制，设为诸校，使常处军中，既以抚之，且渐诛戮其豪横，而训之知礼。《传曰》："晋悼公知栾纠之能御，以和于政也，以为戎御，使训诸御知义。"知荀宾之有力而不暴也，以为戎右，使训勇力之士时使。故军中之吏，非其近之则不能得其欢心。不得其心，则虽有法而不能用。有法不能用，则士不可以劳苦，而兵不可以应卒[10]。有兵不能以应卒，而有将不能以使众，此最天下之大患也。

本文论述的主要问题是：应改变宋代这种兵将分离的做法，使军队的将领常处军中，树立威信，然后方可御敌。

【注释】

①御：抵御（敌人）。

②周之季：指东周末年。季，末。

③齐、晋、秦、楚：都是周朝的诸侯国。

④徜徉：徘徊，到处游荡。

⑤傲睨：傲慢地看人。

⑥趑趄：走路不稳。此处指士卒放荡不羁的样子。

⑦狃：习惯。

⑧任安、胡建：任安，汉代人，字少卿，尝为大将军卫青舍人。后来卫青门下人多离开卫青，投奔霍去病，很容易得官，只有任安不肯走。后为益州刺史，因事下狱诛死。胡建，汉代人，孝武帝时任守军正丞。当时监军御史为奸，穿北军垒垣以为商区，胡建诛之，治军甚有名声。后因事自杀。

⑨狼戾：凶残狠毒。

⑩应卒：应付突然发生的事情。卒，通“猝”，突然（发生）。

臣事下

第一道

臣闻圣人之治天下，常使人有孜孜不已之意。下自一介之民与凡百执事之人[①]，咸愿竭其筋力以自附于上；而上至公卿大夫，虽其甚尊，志得意满，无所求望，而亦莫不劳苦其思虑，日夜求进而不息。至有一沐而三握、一饭而三吐[②]、食不暇饱、卧不暇暖、汲汲于事常若有所未足者，是以天下之事，小大毕举[③]，无所废败。而上之人，可以不劳力而万事皆理。

昔者世之隆替[④]，臣常已略观之矣。尧舜之时，洚水[⑤]横流，民不粒食[⑥]，事变繁多，灾害并兴，而尧舜之身至于垂拱[⑦]而无为。何者？天下之人，各为之用力而不辞也。至于末世，海内乂安，四方无虞，人生于其间，其势皆有荒怠[⑧]之心。各安其所而不愿有所兴作，故天下渐以衰惫而不振。《诗》曰："周虽旧邦，其命维新。"夫国之所以至于亡者，惟其旧而无以新之欤？天下旧而不复新，则其事业有所断而不复续。当此之时，而不知与之相期于长久不已之道[⑨]，而时作[⑩]其怠惰之气，则天下之事几乎息[⑪]矣。

嗟夫！道路之人，使之趋十里，而与之百钱，则十里而止，使之趋百里而与之千钱，则百里而止。何者？所与期者，止于十里与百里，而其利亦止于此而已。今世之士。何以异此？出于布衣者，其志不过一命[⑫]之禄。既命，则忘其布衣之学。仕于州县者，其志不过于改官之宠。官既改，则丧其州县之节。自是以上，因循递迁[⑬]，十有余年之间，则其势自至于郡守，此不待有所修饰而至者，其志极矣。幸而其间有欲持自奋厉之心，然后其意稍广，而不肯自弃于贪污之党，外自漕刑[⑭]，内自台谏馆阁，而至于两制，亦又极矣。又幸而有求为宰相者，则其志又益广。至于宰相而极矣。盖天子之所以使天下慕悦，而乐为吾用者，下自一命之臣，而上至于宰相，其节级相次者，有四而已。彼其一命者，或无望于改官；郡守者，或无望于两制；两制者，或无望于宰相；而为宰相者，无所复望。则各安于其所，而谁肯为天子尽力者？

且夫世之士大夫，如此其众也，仁人君子，如此其不少也。而臣何敢妄有以诋之哉？盖臣闻之，方今之人，其已改官者有廉隅节干之效[15]，常不若其在州县之时；而为两制者，其慷慨劲挺之操，常不若其为漕刑、台谏之日。虽其奇才伟人，卓然特异、不为利变者，固不在此，而世之为此者，亦已众矣。

夫以爵禄而劝天下，爵禄已极，则人之怠心生；以术使天下，则天下之人，终身奔走而不知止。昔者，汉之官吏，自县令而为刺史，自刺史而为郡守，自郡守而为九卿[16]，自九卿而为三公[17]，自下而上，至于人臣之极首，亦有四而已。然当此之时，吏久于官而不知厌。方今朝廷郡县之职，列级分等，不可胜数，从其下而为之，三岁而一迁，至于终身，可以无倦矣。而人亦各自知其分之所止。而清高显荣者，虽至老死而不可辄入，是以在位者，懈而不可自奋。何者？彼能通其君臣之欢，坦然其无高下峻绝不可扳援之势，而吾则不然。

今天下之小臣，因其朝见而劳其勤苦，丁宁访问以开导其心志，且时择其尤勤劳者，有以赐予之，使知朝廷之不甚远，而容有冀[18]于其间。上之大吏时召而赐之，闲燕与之讲论政事，而勉之于功名，相邀于后世不朽之际，与夫子孙皆享其福之利。时亦有以督责其荒怠驰废之愆，使之有所愧耻于天子之恩意，而不倦于事。此岂非臣所谓奔走天下[19]之术欤？

本文中心是论述国君应采取措施，激励臣属们奋发向上，有所作为，而不应使之因循保守，无所事事。

【注释】

①百执事之人：管理各种各样事物的大小官员。百，在这里是泛指。

②一沐而三握，一饭而三吐：周武王的弟弟周公旦勤勉于国事，往往一次沐浴而三次握发处理事务，吃一顿饭要三次吐出嘴里嚼的东西与人交谈，交代事情。三握，三次握。三吐，三次吐哺。哺，嘴里吃的东西。

③大小毕举：大事小事都步入正轨。十分兴盛。
④隆替：兴盛，衰败。
⑤洚水：洪水。
⑥粒食：是指以谷物为食。
⑦垂拱：即垂衣拱手，形容无所事事，不费力气。
⑧荒怠：荒废松懈。
⑨而不知与之相期于长久不已之道：而不知道与他们相互寄希望于长治久安之道。
⑩作：兴起。
⑪息：完了。
⑫一命：一道任命。
⑬递迁：递次升迁。
⑭漕刑：主管漕运粮食和刑罚的机构，此句指这两种机构中的官员。
⑮廉隅节干之效：行为品性端方不苟，有节操才干。廉隅，棱角，比喻人的品行端正。节，节操。干，才干。
⑯九卿：古时中央政府的九个高级官职。周以少师，少傅，少保，冢宰，司徒，宗伯，司马，司寇，司空为九卿。其后各代，职位虽同，但名称多有不同。
⑰三公：辅助国君掌握军政大权的最高官员。周代，太师、太傅、太保为三公，东汉以太尉、司徒、司空为三公。
⑱冀：希望。
⑲奔走天下：使天下奔走，即天下人各尽其力，各尽其职的意思。

第二道

臣闻圣人之于人，不恃其必然，而恃吾有以使之①；不恃其皆贤，而恃吾有以驱之。夫使天下之人皆有忠信正直之心，则为天下安俟乎？圣人惟其不然，是以使之有方，驱之有术，不可一日而去也。

今夫天下之官，莫不以为可任而后任之矣。上自两府②之大臣，而下至于九品③之贱吏，近自朝廷之中，而远至于千里之外，上下相伺，而左右相觉，不为不密也。然又内为之御史，而外为之漕刑，使督察天下之奸人而纠其不法，如此则天下何恃其皆贤，而期之以必然哉？然尚有所未尽者。

盖天下之事，任人不若任势，而变吏不如变法。法行而势立，而天下之吏，虽其非贤，而皆欲勉强以求成功，故天子可以不劳而得忠良之臣。

今世之弊，任弊法而用不便之势，劳苦于求贤，而不知为法之弊。是以天下幸而得贤，则可以侥幸于治安；不幸而无贤焉，则遂靡靡而不振。且御史、漕刑，天子之所恃以知百官之能否者也。今不为之立法，而望其皆贤，故臣所谓有所未尽者，谓此事也。

夫此二官，虽其内外之不同，而其于击搏群下，权势轻重，本无以相远也。而自近岁以来，为御史者，莫不洗濯磨淬以自见其圭角[④]，慷慨论列，不顾天下之怨。是以朝廷之中，上无容奸而下无宿诈。正直之人莫不相庆，以为庶几[⑤]可以大治。

然臣愚以为：方今内肃而外不振。千里之外，贪吏昼日取人之金而莫之或禁。远人咨嗟，无所告诉，莫不饮泣太息仰而呼天者。深惟国家所以设漕刑之意，正以天下有此等不平之故耳。今海内幸无变，而远方之民戚然皆苦贪吏之祸，则所谓漕刑者，尚何以为？然人之性不甚相远，岂其为御史则皆有嫉恶之心，而至于漕刑则皆得卤莽苟容[⑥]之人？盖上之所以使之者未至也。臣观御史之职，虽其属吏之中，苟有能出身尽命，排击天下之奸邪，则数年之间，可以至于两制而无难。而其不能者，退斥罢免，不免为碌碌之吏，是以御史皆务为讦直[⑦]之行。而漕刑之官，虽端坐默默无所发擿[⑧]，其终亦不失为两制。而其抗直不挠者亦不过如此，而徒取天下之怨。是以皆好为宽仁，以收敦厚之名。岂国家知用之御史，而不知用之漕刑哉？

臣欲使两府大臣详察天下漕刑之官，唯其有所举按[⑨]，不畏强御者，而后使得至于两制。而其不然者，不免为常吏。变法而任势，与之更新，使天下之官吏，各从其势之所便而为之，而其上之人得贤而任之，则固已大善。如其不幸而无贤，则亦不至于纷乱而不可治，虽庸人亦可使之自力而为政。如此则天下将内严而外明，奸吏求以自伏而不得其处，天下庶乎可以为治矣。

本文主要是批评与御史们行为大相径庭的漕刑二官不思有为而坐等升官的做法，同时也希望朝廷能采取措施，改变这种情况。

【注释】

①有以使之:有能够驱使他的东西。

②两府:宋代称中书省、枢密院为两府。文事出中书,武事出枢密,两府最高长官与宰相分秉朝政。

③九品:古代官职的九个等级。魏晋开始立九品之制。北魏时每品分正、从,共十八品;四品以下每品正、从又各分上、下阶,共三十阶。唐、宋时,文职官员与北魏同,武职三品起,分上、下阶。

④圭角:圭的棱角,犹言锋芒。圭,古代帝王、诸侯举行隆重仪式时所用的玉制礼器,上尖下方。

⑤庶几:差不多。

⑥苟容:意思是且容身于世。

⑦讦直:揭发别人短处的正直行为,"讦"揭发别人短处。

⑧擿:揭发。

⑨举按:举报巡察。

第三道

臣闻天下惟其有权者可以使人,有利者可以得众。权者,天下之所为去就也;利者,天下之所为奔走也。能是非可否者之谓"权",能贫富贵贱者之谓"利"。天子者,收天下之权而自执之,敛天下之利而亲用之者也。故天下之人,上自公卿大夫之尊,而下至于闾阎匹夫之贱、府史胥徒、僮仆奴妾,以次相属而相役。至于疲弊劳苦,老死而不去,缓急可以使之相救,危难可以使之相死,蹈白刃,赴深谷,可使用命,而不敢辞。何者?彼利于人者①,固役于人也。千金之家,持其赢余,以丐贷邻里之贫民,薄息缓取,而可以豪横于乡党。刺客武士为之效死,而莫之能制。此权利之所致也。

臣闻天子者,执天下之权,而擅四海九州之利。爵禄庆赏、金玉钱币,此其富非特②千金之利也;予夺可否,刑戮诛灭,此其势非特千金之权也。古之人君,得天下之权利而专之,是故所为而成,所欲而就。谋臣猛将为之尽力,有死而无二。社稷之臣,可使死宗庙;郡县之臣,可使死封疆;文吏,可使死其职;武吏,可使死其兵。天下之人,其存心积虑,皆以为当然。是以寇至而不惧,难生而无变。方其平居无事之际,天子衣食而养之,以待天下之事。故有事而死，亦其势然也。

当今天下之人，食天子之禄，被[3]天子之爵，衣青紫[4]，佩印绶，从吏卒，纵横赫奕[5]者常遍天下，一旦有急，皆莫肯死者，此甚可怪也。往年广南之乱，大吏据城拥兵；贼至而莫敢击，逃遁奔走，伏于草莽之间，以避兵革之祸。至使蛮夷之人，得以横行于中原。人民流离，方数千里，几为丘墟，而无一死战之吏。国家每岁收天下之士。士之发于饥寒，取官而去者，动以数百为辈。六年之间，考足而无过，则又为之改爵而增其禄秩。幸而有超群拔类之才，则公卿大臣又得荐之于天子而特宠贵之，翱翔朝廷之间，不出十年，可以安坐谈笑而为两制。此其为法，尚何所负于天下，而士大夫终莫肯奋而为之用何也？夫明哲之君，以其法邀[6]天下。而其不能者，天下之人反以其法邀之。故邀在我，则奔走者人也；邀在人，则奔走者我也。

今世之法，夫岂不欲以邀人哉？莅官六七考，求举者五六人，凡此皆备具而无所过失，然后为之改爵而增其禄秩。夫此岂诚足以邀人哉？为法而不足以邀人，则人将反以吾法而相邀。今人自吏，考足而无过，且有举者，则天子宁有以却之邪[7]？是不得不从而予之矣。如此则是天子之爵禄，非天子之惠，而天下之势也。士大夫以势取爵禄，是以举皆不德其上。凡今天子之权，反而入于下，而天子之利，变而为轻取易得之物矣。盖臣闻天下有二弊：有法乱之弊，有法弊之弊。法乱，则使人纷纭而无所执；法弊，则使人牵制而不自得。古之圣人，法乱则以立法救之；而法弊则受之以无法。夫无法者，非纵横放肆之谓也，上之人，投弃规矩，而使天下无所执以邀其君，是之谓无法。

今夫官吏之法，其亦无曰举者与考而已。使一二大臣，得详其才与不才，举者具而考，足才者与之，而不才者置之[8]，虽有考不足而举者，不具其可与者[9]，则亦与之也。凡皆务与天下为所不可测。使吏无所执吾法以邀我，收天子之权利而归之于上。如此，则议者将以为荡然无法，则大吏易以为奸，臣闻人惟不为奸也，而后任以为大吏。苟天下之广，而无一二大臣可信者，则国非其国矣。且自唐季以来，世之设法者，始皆务以防其大臣。盖唐之盛时，其所以试天下之士，与调天下之选人者，皆无一定之法，而惟有司之为听。夫是以下不得邀其上，而上有以役其下。

臣故曰:惟有权者,可以使人;有利者,可以得众。此不可不深察也。

此文中,苏辙认为天子权利下降,因而导致许多太吏临事不肯尽力。他建议朝廷应收回权利,选取一二忠心大臣,对官吏进行严格考察,使之尽力事君。

【注释】

①彼利于人者:那些从别人那里得利的人,利于,从……处得利益,好处。

②特:只,仅。

③被:受。

④衣青紫:戴青紫色绶带,衣,此处为动词,当穿戴讲。青紫,汉制,丞相、太尉皆金印紫绶。御史大夫银印青绶。这三个官职位最高,最为崇贵。后来也称贵官之服为青紫。

⑤赫奕:显赫而神气十足。

⑥邀:求取,希望得到。

⑦则天子宁有以却之邪:那么天子难到能有什么理由推辞吗?宁有,难道有。却,推辞,不接受。

⑧置之:放弁(不升迁)他。

⑨不具其可与者:不完全具备可以升迁条件的人。

第四道

臣闻圣人之为天下,不务逆人之心。人心之所向,因而顺之;人心之所去,因而废之。故天下乐从其所为。惟其一人之所欲,不可以施于天下,不得已而后有所矫拂而不用,盖非以为天下之人皆不可以顺适其意也。

昔生民之初,生而有饥寒牝牡[①]之患,饮食男女之际,天下之所同欲也。而圣人不求绝其情,又从而为之节文,教之炮燔[②]烹饪、嫁娶生养之道,使皆得其志,是以天下安其法而不怨。后世有小丈夫,不达其意之本末,而以为礼义之教,皆圣人之所作为以制天下之非僻[③],徒见天下邪放之民,皆不便于礼义之法,乃欲务矫天下之情,置其所好而施其所恶,此何其不思之甚也!且虽圣人,不能有所施设[④]以驱天下。盖因天下之所安,而遂成其法，如此而已。如使圣人而不与天下同心，违众矫世，以自立其说，则天下几何其不叛而去也？今之说者则不然，以为天下之私欲，必有害于国之公事，而国之公事亦必有所拂于天下之私欲。分而异之，使天下公私之际，譬如吴越之不可以相通，不恤人情之所不安，而独求见其所为至公而无私者。盖事之不通，莫不由此之故。

今夫人之情，非其所乐而强使为之，则皆有怏怏不快之心，是故所为而无成，所任而不称其职。臣闻方今之制，吏之生于南者，必置之北；生于东者，必投之西。岭南、吴越之人，而必使冒苦寒、践霜雪以治燕、赵之事；秦陇、蜀汉之士，而必使涉江湖，冲雾露以守扬、越之地。虽其上之人逼而行之，无所不从而行者，望其所之，怨叹咨嗟，不能以自安。吏卒送迎于道路，远者涉数千里，财用殚竭，困弊于外。既至，而好恶不相通，风格不相习，耳目之所见，饮食之所便，皆不得其当。譬如侨居于他乡，其心常屑屑[⑤]而不舒，数日求去，而不肯虑长久之计。民不喜其吏，而吏不喜其俗，二者相与龃龉而不合，以不暇有所施设。而吏之生于其地者，莫不自以为天下之所不若[⑥]。而今之法，为吏者不得坏处其乡里，虽数百里之外，亦辄不可。而又以京师之所在，而定天下远近之次。凡京师之人所谓近者，皆四方之所谓至远；而京师之所谓远者，或四方之所谓近也。今欲以近优累劳之吏，而不知其有不乐者，为此之故也。且夫人生于乡闾之中，其亲戚坟墓，不过百里之间。至于千里之内，则譬如道路之人，亦何所施其私？而又风俗相安，上下相信，知其利害，而详其好恶，近者安处其近，而远者乐得其远。二者各获其所求，而无汲汲之心，耳目并明，而心不乱，可以容有所立。凡此数者，盖亦无损于国矣。而特守此区区无益之公，此岂王者之意哉？

且三代之时，九州之中，建国千有八百，大者不过百里，而小者数十里。数十里之间，其民之为士者有之，为大夫者有之。凡所以治其国人者，亦其国人也，安得异国之人而后用哉？

臣愚以谓如此之类可一切革去，以顺天下之欲。今使天下之吏皆同为奸，则虽非其乡里，而亦不可有所优容[⑦]。苟以为可任，则虽其父母之国，岂必多置节目[⑧]以防其弊，而况处之数百千里之间哉！

本文中，作者对朝廷规定的调任官吏远离故乡任职的作法提出了异议，认为官吏任职之地，还是顺乎自然，效果更好。

【注释】

①牝牡：雌雄两性。在这里指男女相互追逐。
②炮燔：炮，烧烤。燔，炙，烤（肉食）。
③非僻：不正，邪僻。
④施设：设施，安排。
⑤屑屑：忙乱，烦乱的样子。
⑥不若：不如，不如（当地好）。
⑦优容：宽容。
⑧节目：条目，项目。

第五道

臣闻大人之道，行之而可名，名之而可言，布之天下而无疑，施之后世而无愧。堂堂乎立于四海，虽一介之士，而无所不安，此其所以为大人之道欤？

今夫天下之人，天子谁不役其力者，而天下皆不敢以为非，此诚得其可役之名而役之。是以天子安坐于上，而士大夫为之奔走于下，大者为之运筹画策，治百官以济[1]其大事，而小者为之按[2]米盐、视鞭棰，以奉其小职。文吏为之簿书会计[3]，详其出内[4]取予之数，而使天下不敢欺；武吏为之擐金被革，习其战阵攻斗之事，而使天下不敢犯。劳苦其筋力，而竭其思虑，甚者捐首领、暴骨肉于原野而不知避。何者？食其禄也。至于田野之民，耕田而食，或生而不至市井，然及其有税而可役，趋走于县吏之前，恭谨有礼，不教而自习。而其尤难者，至使之斩捕盗贼，挽弓巡徼[5]，疲弊而不敢求免，此岂非食其地之故欤？故夫天下之人，凡天子之所得而使令者，皆可得而名也。

而臣窃怪，府史胥徒[6]，古者皆有禄以食其家，而其不足者，皆得计口而受田，以补其不给。夫是以能使之尽力于公事，而不恤其私计。盖周之所谓官田者，府史胥徒之田也。而今世不法，收市人而补以为吏，无禄以养其身，而无田以畜其妻子，又有鞭朴戮辱之患。而天下之人，皆喜为之。

其所以责之者甚烦且难，而其所以使之者无名而可言。而其甚者，又使之入钱而后补，虽得复役[7]，而其所免不足以偿其终身之劳。此独何也？天子以无名使之，而天下之人亦肯以无名而为之。此岂可不求其情哉？

且夫天子举四海而寄之其臣，郡县之官又举而寄之其郡县之小吏。刑法之轻重，财用之多少，无所不在。是以掌仓库者，得以为盗；而治狱讼者，得以为奸。为奸之利，上足以养父母，而下足以畜妻子。其所以无故而安为之者，为此之故也。是以虽无爵禄之劝[8]，而可得而使；虽有刑戮耻辱之患，而不肯舍而去。而其上之人，驱其无禄之身，而遇[9]之以有禄之法，恬不为怪。此乃公使之为奸，以当其所得之禄，而遂以为可得而使之也。如此则尚何以示天下？

臣愚以为：凡人之在官，不可以无故而用其力，或使以其税，而或使以其禄。故夫府史胥吏不可以无禄使也。然臣观之，方今天下苦财用之不给，而用度有所不足，其势必无以及此。而古者周官之法，民之为讼者入束矢[10]，为狱者入钧[11]金，视其不直[12]者，而纳其所入。盖自秦汉以来，其法始废而不用。故欲使天下之至于狱者，皆有所入于官，以自见其直，而其不直者，亦皆没其所入，以为胥吏之俸禄。辨其等差而别其多少，以时给之，以足其衣食之用。其所以取之于民者不苛，而其所以为利者甚博。盖上之于民，常患其好讼而不直，以身试法而无所畏忌。刑之而又使之有入于官，此所以深惩其心，而又其所得止以厚吏。此有以见乎非贪民之财也，而为吏者可以无俟为奸，而有以自养，名正而言顺。虽其为奸，从而戮之，则亦无愧乎吾心。呜呼！古之所谓正名者，犹此类也夫。

本文中心是建议朝廷应给予官吏以足够的俸禄以养其廉，这样才能有望避免贪污。

【注释】

①济：成，成功。

②按：巡视，检察。

③簿书会计：文书和管理账务一类的事情。

④内：通“纳”。

⑤巡徼：巡察。

⑥胥徒：小官吏。

⑦复役：免除赋税或劳役。

⑧劝：奖励。

⑨遇：对，对待。

⑩束矢：一束之矢。矢，箭。古代，物达到十则束之，如束帛等。惟有束矢，一束有的是五十个矢，也有说是一百个矢或十二个矢一束的。

⑪钧：古代重量单位，三十斤为一钧。

⑫不直：直，有道理，不直，即无理的意思。

民政上

第一道

臣闻王道[1]之至于民也，其亦深矣。贤人君子，自洁于上，而民不免为小人；朝廷之间，揖让如[2]礼，而民不免为盗贼。礼行于上，而淫僻邪放之风起于下而不能止。此犹未免为王道之未成也。王道之本，始于民之自喜，而成于民之相爱。而王者之所以求之于民者，其粗始于力田，而其精极于孝悌廉耻之际。力田[3]者，民之最劳，而孝悌廉耻者，匹夫匹妇之所不悦。强所最劳，而使之有自喜之心，劝所不悦，而使之有相爱之意。故夫王道之成，而及其至于民，其亦深矣。

古者天下之灾，水旱相仍[4]，而上下不相保，此其祸起于民之不自喜于力田。天下之乱，盗贼放恣[5]，兵革不息，而民不乐业，此其祸起于民之不相爱，而弃其孝悌廉耻之节。夫自喜，则虽有大劳而其事不迁；相爱，则虽有强很[6]之心，而顾其亲戚之乐，以不忍自弃于不义。此二者，王道之大权也。方今天下之人，狃于工商之利，而不喜于农，惟其最愚下之人，自知其无能，然后安于田亩而不去。山林饥饿之民，皆有盗跖趑趄[7]之心，而闺门之内，父子交忿而不知友。朝廷之上，虽有贤人，而其教不逮[8]于下。是故士大夫之间，莫不以为王道之远而难成也。

然臣窃观三代之遗文，至于《诗》，而以为王道之成，有所易而不难者。夫人之不喜乎此，是未得为此之味也。故圣人之为诗，道其耕耨播种之勤，而述其岁终仓廪丰实，妇子喜乐之际，以感动其意，故曰："畟畟良耜，俶载南亩。播厥百谷，实函斯活。或来瞻女，载筐及莒。其饷伊黍，其笠伊纠。其鎛斯赵，以薅荼蓼[9]。"当此时也，民既劳矣，故为之言其室家来馌[10]而慰劳之者，以勉卒其业。而其终章曰："荼蓼朽止，黍稷茂止。获之挃挃，积之栗栗。其崇如墉，其比如栉。以开百室，百室盈止。妇子宁止。

杀时犉牡。有捄其角，以似以续，续古之人[11]。”当此之时，岁功既毕，民之劳者，得以与其妇子皆乐于此，休息闲暇，饮酒食肉，以自快于一岁。则夫勤者有以自忘其勤，尽力者有以轻用其力，而狼戾无亲之人有所慕悦，而自改其操。此非独于诗云尔，导之使获其利，而教之使知其乐，亦如是也。且民之性固安于所乐，而悦于所利。此臣所以为王道之无难者也。

盖臣闻之诱民之势，远莫如近，而近莫如其所与竞[12]。今行于朝廷之中，而田野之民无迁善之心，此岂非其远而难至者哉？明择郡县之吏，而谨法律之禁，刑者布市，而顽民不悛[13]。夫乡党之民，其视郡县之吏，自以为非其比肩之人，徒能畏其用法，而袒背受笞于前，不为之愧。此其势可以及民之明罪，而不可以及其隐慝。此岂非其近而无所与竞者邪？惟其里巷亲戚之间，幼之所与同戏，而壮之所与共事，此其所与竞者也。

臣愚以为，古者郡县有三老、啬夫[14]，今可使推择民之孝悌、无过、力田不惰、为民之素所服者为之。无使治事，而使讥诮教诲其民之怠惰而无良者。而岁时伏腊[15]，郡县颇置礼焉以风[16]天下，使慕悦其事，使民皆的愧耻勉强不服之心。今不从民之所与竞而教之，而从其所素畏。夫其所素畏者，彼不自以为伍，而何敢求望其万一？故教天下自所与竞者始，而王道可以渐至于下矣。

这篇策论是苏辙到京城应制举时所献五十篇文章中的一部分。《民政》分上下两部分，每一部分各包括五篇文章。中心是论述国君治理民众的方法。

第一道主要论述国君的治民之道，就是要采取各种措施，使小民安于劳作，同时让他们懂得孝悌廉耻，有相爱之意。

【注释】

①王道：原指先王所行的正道，这里的王道是指儒家所说的“王道”，以“仁义”治天下，与“霸道”相对。

②如：按照，依照。

③力田：努力耕田。

④相仍：连续不断。

⑤放恣：放纵恣肆。

⑥强很：强壮凶狠，很，通"狠"。

⑦趑趄：走路不稳的样子，这里是形容横行不法的样子。

⑧逮：达到。

⑨畟畟良耜，俶载南亩。播厥百谷，实函斯活。或来瞻女，载筐及筥。其饷伊黍，其笠伊纠。其镈斯赵，以薅荼蓼：这一段诗词的大意是：（农夫）带着锋刃锐利的好耜（古人的一种农具，类似现在的锹）到田野上开始劳作，起土翻草。播下百谷，实在是想让它孕育成活，常有女人前来给他们送饭，带着筐和竹篮。她们送来了饭食，远远望去她们带的草笠相连成片。（男人们）用镈（古时一种农具）扒地，除草，田间上的荼蓼等野草、野菜全被铲掉。这段诗词出自《诗经·周颂·良耜》。畟畟，耜的锋刃锐利。俶，起土。载，翻草。函，包含，有孕育的意思。纠，集中，很多的意思。镈，古时一种农具。赵，扒地，除草。荼，蓼，两种草菜。

⑩馌：送饭到田里吃。

⑪荼蓼朽止，黍稷茂止。获之挃挃，积之栗栗。其崇如墉，其比如栉。以开百室，百室盈止，妇子宁止，杀时犉牡。有捄其角，以似以续，续古之人：这一段诗词也是出自《诗经·周颂·良耜》，是最后一章。大意是：田里的野菜野草被铲掉死去了，庄稼长得很茂盛，丰收的果实堆积如山，各家各户都十分丰盛，妇人孩子其乐融融，他们休息闲暇，饮酒食肉，享乐一年的丰收，延续着古老的传统。

⑫竞：竞相，竞相（向善）。

⑬悛：悔改。

⑭三老、啬夫：三老，汉代在乡，县，郡分别设三老，以帮助地方官推行政令。啬夫，乡里的小官。秦制，乡置啬夫，职掌听讼，收取赋税等。

⑮岁时伏腊：秦、汉时，夏天的伏日，冬天的腊日，都是祭祀的名称，合称伏腊。

⑯风：通"讽"，劝告，引导。

第二道

臣闻三代之盛时，天下之人，自匹夫以上，莫不务自修洁[①]，以求为君子。父子相爱，兄弟相悦，孝悌忠信之美，发[②]于士大夫之间，而下至于田亩，朝夕从事，终身而不厌。至于战国，王道衰息，秦人驱其民，而纳之于耕耘战斗之中，天下翕然而从之。南亩之民而皆争为干戈旗鼓之事，以首争首，以力搏力，进则有死于战，退则有死于将[③]，其患无所不至。夫周秦之间，其相去不数十百年。周之小民皆有好善之心，而秦人独喜于战攻，虽其死亡而不肯以自存,此二者臣窃知其故也。

夫天下之人,不能尽知礼义之美,而亦不能奋不自顾以陷于死伤之地。其所以能至于此者,其上之人实使之然也。然而闾巷之民,劫而从之[4],则可以与之侥幸于一时之功,而不可以望其久远。而周秦之风俗,皆累世而不变,此不可不察其术也。盖周之制,使天下之士孝悌忠信,闻于乡党而达于国人者,皆得以登于有司。而秦之法,使其武健壮勇,能斩捕甲者者[5],得以自复其役[6],上者优之以爵禄,而下者皆得役属其乡里[7]。天下之人,知其利之所在,则皆争为之,而尚安知其他?然周以之兴,而秦以之亡,天下遂皆尤[8]秦之不能,而不知秦之所以使天下者,亦无以异于周之所以使天下。何者?至便之势所以奔走天下,万世之所不易也。而特论其所以使之者,何如焉耳?今者天下之患,实在于民昏而不知教。然臣以为,其罪不在于民,而上之所以使之者,或未至也。

且天子之所求于天下者,何也?天下之人,在家欲得其孝,而在国欲得其忠,弟兄欲其相与为爱,而朋友欲其相与为信,临财欲其思廉,而患难欲其思义,此诚天子之所欲于天下者。古之圣人,所欲而遂求之,求之以势而使之自至。是以天下争为其所求[9],以求称其意。

今有人使人为之牧其牛羊,将责之以其牛羊之肥,则因其肥瘠,而制其利害,使夫牧者趋其所利而从之,则可以不劳而坐得其所欲。今求之以牛羊之肥瘠,而乃使之尽力于樵苏[10]之事,以其薪之多少而制其赏罚之轻重,则夫牧人将为牧邪?将为樵邪?为樵,则失牛羊之肥,而为牧,则无以得赏。故其人举皆为樵,而无事于牧。吾之所欲者牧也,而反樵之为得,此无足怪也。

今夫天下之人,所以求利于上者,果安在哉?士大夫为声病剽略[11]之文,而治苟且记问之学。曳裾束带、俯仰周旋,而皆有意于天子之爵禄。夫天子之所求于天下者,岂在是也!然天子之所以求之者惟此,而人之所由以有得者,亦惟此。是以若此不可却也。

嗟夫!欲求天下忠信孝悌之人,而求之于一日之试,天下尚谁知忠信孝悌之可喜,而一日之试之可耻而不为者?《诗》云:"无言不酬,无德不报。"臣以为欲得其所求,宜遂以其所欲而求之,开之以利而作其怠[12],则天下必有应者。今间岁而一收天下之才,奇人善士,固宜有起而入于其中。然天下之人，不能深明天子之意，而以其所为求之者，止于其目之所见。是以尽力于科举，而不知自反于仁义。臣欲复古者孝悌之科，使州县得以与今之进士同举而皆进，使天下之人，时获孝悌忠信之利，而明知天子之所欲。如此则天下宜可渐化，以副[13]上之所求。然臣非谓孝悌之科必多得天下之贤才，而要以使天下知上意之所在，而各趋于其利，则庶乎其不待教而忠信之俗可以渐复。此亦周秦之所以使人之术欤！

苏辙在这篇文章中认为：朝廷欲求孝悌忠信的人才，只凭“一日之试”的科举制是解决不了的。他建议朝廷恢复古时“孝悌之科”的考试，使天下人都知道皇帝的用意，渐渐趋向于孝悌。

【注释】

①修洁：修身养性，纯洁心灵。

②发：发生，始发。

③死于将：为将领所杀。

④劫而从之：强迫服从。劫，强迫。

⑤甲者：第一的人。

⑥复其役：免除其赋税徭役。复，免除。

⑦役属其乡里：可以役使他的乡里人。

⑧尤：指责。

⑨是以天下争为其所求：因此天下争相按他要求的那样去做。

⑩樵苏：砍柴割草的人。

⑪剽略：剽窃掠夺。

⑫作其怠：使他从怠惰之中振作起来。作，从……中振作起来。

⑬副：符合

第三道

臣闻圣人将有以夺之，必有以予之；将有以正之，必有以柔之。纳之于正，而无伤其心；去其邪僻，而无绝其不忍之意[1]。有所矫拂天下，大变其俗，而天下不知其为其变也。释然而顺，油然而化，无所龃龉[2]，而天下遂至于大正[3]矣。盖天下之民邪淫不法、纷乱而至于不可告语者，非今世而然也。

夫古者三代之民，耕田而后食其粟，蚕缫而后衣其帛。欲享其利，而勤其力；欲获其报，而厚其施；欲求其父子之亲，则尽心于慈孝之道；欲求兄弟之和，则致力于友悌之节；欲求夫妇之相安、朋友之相信，亦莫不务其所以致之之术。故民各治其生，无望于侥幸之福，而力行于可信之事。凡其所以养生求福之道，如此其精也。至其不幸而死，其亲戚子弟又为之死丧祭祀、岁时伏腊之制，所以报其先祖之恩而安恤孝子之意者，甚具[4]而有法，笾豆簠簋[5]、饮食酒醴之荐[6]，大者于庙，而小者于寝[7]，荐新时祭，春秋不阙。故民终三年之忧，而又有终身不绝之恩爱，惨然若其父祖之居于其前而享其报[8]也。

至于后世则不然。民怠于自修，而其所以养生求福之道，皆归于鬼神冥寞[9]之间，不知先王丧纪祭祀之礼。而其所以追养其先祖之意，皆入于佛老虚诞之说。是以四夷之教，交于中国，纵横放肆。其尊贵富盛拟于王者，而其徒党遍于天下，其宫室栋宇、衣服饮食，常侈于天下之民。而中国之人、明哲礼义之士，亦未尝以为怪。幸而其间有疑怪不信之心，则又安视[10]而不能去。此其故何也？彼能执天下养生报死之权，而吾无以当之，是以若此不可制也。

盖天下之君子尝欲去之，而亦既去矣。去之不久而还复其故，其根之入于民者甚深，而其道之悦于民者甚佞[11]。世之君子，未有以解其所以入，而易其所以悦，是以终不能服天下之意，天下之民以为养生报死皆出于此，吾未有以易之，而遂绝其教。欲纳之于正而伤其心，欲去其邪僻而绝其不忍之意。故民之从之也甚难。闻之曰："川竭而谷虚，丘夷而渊实。作乎此者，必有以动乎彼也[12]。"夫天下之民，非有所悦乎佛老之道，而悦乎养生报死之术。今能使之得其所以悦之实，而去其所悦之名，则天下何病而不从？盖先王之教民养生有方，而报死有礼。凡国之赏罚黜陟，各当其处，贫富贵贱，皆出于其人之所当然。力田而多收，畏法而无罪，行立而名声发，德成而爵禄至。天下之人皆知其所以获福之因，故无惑于鬼神。而其祭祀之礼，所以仁其祖宗[13]而慰其子孙之意者，非有卤莽不详之意也。故孝子慈孙有所归心，而无事于佛老。

臣愚以为：严赏罚，敕官吏，明好恶，慎取予，不赦有罪，使佛老之福不得苟且而惑其生；因天下之爵秩，建宗庙，严祭祀，立尸祝[14]，有以塞人子之意，使佛老之报不得乘隙而制其死。盖汉、唐之际，尝有行此者矣，而佛老之说未去；尝有去者矣，而赏罚不详、祭祀不谨，是以其道牢固而不可去，既去而复反其旧。今者国家幸而欲减损其徒，日朘[15]月削将至于亡。然臣愚恐天下尚犹有不忍之心。天下有不忍之心，则其势不可以久去。故臣欲夺之而有以予之，正之而有以柔之，使天下无憾于见夺，而日安其新。此圣人所以变天下之术欤！

苏辙认为佛老之教深入民心甚久，这与儒家思想是大相径庭的，长此以往，会导致国家“纷乱而至于不可告语者”。他在此文中建议，朝廷应采取严厉措施扼制佛老之教的发展。同时“有以夺之，必有以予之”，大力弘扬儒教礼仪，“以正祛邪”，最终使天下人不再遗憾被夺走佛老之教，而对推行的儒教渐渐接受下来。

【注释】

①不忍之意：不愿意狠心舍弃（某些传统东西）的意愿。

②龃龉：抵触。

③大正：意思是一切都通顺合适，井然有序。

④具：完备。

⑤笾豆簠簋：这四种东西都是古代祭祀用的器皿。笾，盛食品的竹器。豆，也用来盛食物，形似高脚盘。簠，盛食物的方形器具。簋，盛食物的圆形器具。

⑥荐：即献的意思，进献祭品。

⑦寝：寝室，所居之处。

⑧报：报答。

⑨冥寞：晦暗静寂。

⑩安视：熟视，习以为常。

⑪佞：大意为能说会道，这里引申为巧言谄媚。

⑫川竭而谷虚，丘夷而渊实，作乎此者，必有以动乎彼也：水到枯竭而山谷里一定空虚，山丘被夷平而深渊则会填满，这里有什么变化，别的地方就一定会有所动。

⑬仁其祖宗：以其祖宗为仁。

⑭尸祝：尸，代表鬼神受享祭祀的人。祝，传告鬼神言辞的人。

⑮朘：剥，剥离。

第四道

臣闻管子[①]治齐，始变周法，使兵民异处。制国为二十一乡，工商之乡六，而士乡十五。制鄙以为五属[②]，立五大夫，使各治一属之政，国中之士为兵，鄙野之民为农。农不知战而士不知稼，各治其事而食其力。兵以卫农，农以资兵。发兵征行，暴露战斗，而农夫不知其勤；深耕疾耨，沾体涂足，而士卒不知其劳。当是之时，齐桓公南征伐楚、济汝，逾方城，望汶山；北伐山戎，刜零支，斩孤竹；西攘白狄，逾大行，渡辟耳之溪。九合诸侯，筑夷仪[③]，城楚丘[④]，徜徉四方。国无罢敝[⑤]之民，而天下诸侯往来应接之不暇。

及秦孝公欲并海内，商君为之唱谋[⑥]，使秦人莫不执兵以事战伐，而不得反顾而为农。阴诱六国之民，使专力以耕关中之田，而无战攻守御之役。二者更相为用，而天下卒以不抗[⑦]，何者？我能累累出兵不息，而彼不能应；我能外战而内不乏仓[⑧]，而彼必不战而后食可足。

此二者管仲、商鞅之深谋也。自管仲死，其遗谋旧策，后世无复能用，而独其分兵与民之法，遂至于今不废。何者？其事诚有以便天下也。

今夫使农夫竭力以辟天下之地，醵[⑨]其所得以衣食天下之武士，而免其死亡战斗之患。此人之情，谁不可者？

然当今天下之事，与管仲、商鞅之时则已大异矣。古者霸王在上，仓廪丰实，百姓富足，地利已尽，而民未乏困，当此之时，谓之人有余。今天下之田，疾耕不能遍，而蓬蒿藜莠实尽其利，人不得以为食，禽兽之所蕃息[⑩]，当此之时，谓之地有余。古之圣人，人有余，则务在于使人，是以天下之人虽其甚蕃[⑪]，而举无废功。地有余，则务在于辟地，是以天下之地，虽其甚宽，而举无遗力。今也海内之田，病于有余，而上之人务在于使人，不已过哉！

臣观京师之兵，不下数十百万，沿边大郡，不下数万人，天下郡县千人为辈[⑫]，而江淮漕运之卒，不可胜计，此亦已侈于使人矣。且夫人不足，而使人之制不为少减，是谓逆天而违人。昔齐桓之世，人力可谓有余矣，而十五乡之士不过三万，车不过八百乘。何者？惧不能久也。

方今天下之地,所当厚兵之处,不过京师与西边、北边之郡耳。昔太祖、太宗既平天下,四方远国或数千里,以为远人险詖[13],未可以尽知其情也,故使关中之士往而屯焉,以镇服其乱心。及天下既安,四海一家,而因循久远,遂莫之变。

夫天下之兵,莫如各居其乡,安其水土而习其险易,而特病其不知战。故今世之患,在不教乡兵,而专任屯戍之士,为抗贼之备。且天下治平,非缘边之郡,则山林匹夫之盗,及其未集而诛之,可以无事于大兵。苟其有大盗,则其为变,故亦非戍兵数百千人之所能制。若其要塞之地,不可无备之处,乃当厚其士兵以代之耳。

闻之古者良将之用兵,不求其多,而求其乐战。今之为兵之人,夫岂皆乐乎为兵哉?或者饥馑困踬,不能以自存,而或者年少无赖,既入而不能以自脱。盖其间常有思归者矣。故臣欲罢其思归之士,以减屯戍之兵,虽使去者太半,臣以为处者犹可以足于事也。盖古者有余则使之以宽,而不足则使之以约。苟必待其有余,而后能办天下之事,则无为贵智[14]矣。

在这篇文章中,苏辙批评了朝廷布兵不合理,冗兵过多,开支过大的弊端,主张减兵裁员,以省费用。

【注释】

①管子:指管仲,?—公元前645年。春秋齐国颍上人,名夷吾,字仲,初事公子纠,后为齐桓公相。主张通货积财,富国强兵。他九合诸侯,一匡天下,使齐桓公成为春秋五霸之首。

②制鄙以为五属:将边疆划分为五个辖区。鄙,边远地带,边疆。属,隶属,归属,这里指辖区。

③筑夷仪:夷仪,春秋时地名。左传闵二年:僖之元年,齐桓公迁刑(小国名)于夷仪。在这里筑城,又称随宜城,故城在今河北邢台县西。

④城楚丘:在楚丘筑城。楚丘,春秋时魏国的地方,左传僖二年载:在齐桓公的倡导下,诸侯在楚丘建城而封卫国。

⑤罢敝:疲劳困乏。

⑥商君为之唱谋:商鞅为之带头策划。商鞅,约公元前390—前338年。战国时卫国人,姓公孙,名鞅,以其封于商,也称商鞅,商君。为秦相十九年,辅助秦孝公变法。

他提出“治世不一道，便国不法古”的主张，弃井田制，开阡陌，奖励耕战，使秦国富强。秦孝公死，公子虔等诬陷商鞅谋反，被车裂而死。唱，首先倡导。

⑦抗：抵抗，抗衡。

⑧仓：仓库里积蓄里的物资。

⑨醵：原意是凑钱买酒喝，这里当凑集讲。

⑩蕃息：繁衍生息。

⑪蕃：生长旺盛，这里指人口众多。

⑫辈：批，一批。

⑬险詖：邪谄不正。

⑭贵智：大智。贵，上等。这里引申为“大”。

第五道

臣闻近代以来，天下之变备矣。世之君子随其破败而为之立法，补苴缺漏，疏剔棼秽[①]，其为法亦已尽矣，而后世之弊常不为之少息。其法既立而旋亡，其民暂享其利而不能久。因循维持至于今世，承百王之弊，而独受其责[②]，其病最为繁多，而古人已行之遗策，又莫不尽废而不举，是以为国百有余年而不至于治平者，由此之故也。

盖天下之多虞，其始自井田之亡。田制一败，而民事大坏，纷纷而不可止。其始也，兼并之民众，而贫民失职，贫者无立锥之地，而富者连阡陌[③]，以势相役，收太半之税。耕者穷饿，而不耕者得食。以为不便，故从而为之法曰：限民名田[④]，贵者无过若干，而贫者足以自养。此董生之法也。

天下之人，兼并而有余，则思以为骄奢。骄奢之风行于天下，则富者至于破其资畜，而贫者耻于不若，以争为盗而不知厌。民皆有为盗之心，则为之上者甚危而难安，故为之法曰：立制而明等[⑤]，使多者不得过，而少者无所慕也，以平风俗。此贾生[⑥]之法也。

民之为性，丰年食之而无余，饥年则转死沟壑而莫之救。富商大贾乘其不足而贵卖之，以重其灾，因其有余而贱取之，以待其敝。予夺之柄归于豪民，而上不知收，粒米狼戾而不为敛，藜藿[⑦]不继而不为发，故为之法曰：贱而官为籴[⑧]之，以无伤农，贵而官为发之，以无伤末。小饥则发小熟[⑨]之敛[⑩]，中饥则发中熟之敛，大饥则发大熟之敛，此李悝[⑪]之法也。

古者三代之兵，出而为兵，入而为农。出兵临敌，则国有资粮之忧；而兵罢役休，则无复养兵之费。及至后世，海内多故，而征伐不息，以为害农，故特为设兵以办天下之武事。其始若不伤农者，而要其终衣食之奉，农亦必受其困，故为之法曰：不战，则耕以自养，而耕之闲暇，则习为击刺，以待寇至。此赵充国[12]之法也。

盖古之遗制，其不可施于今者甚多。而臣不敢复以为说，而此四者皆天下之所共知而不行者也。未知之而不行，此其故何欤？臣闻事固有可以无术而行者，有时异事变，无术而不可行者。均民以名田，齐众以立制，是无术而可以直行者也。平籴以救灾，屯田以宽农，是无术而不可行者也。

古者，贤君在上，用度足而财不竭，捐其有余，以备民之所不足，而不害于岁计[13]；今者，岁入不足以为出，国之经费犹有所不给，而何暇及于未然之备？古者将严而兵易使，其兵安于劬劳[14]，故虽使为农而不敢辞；今者，天下之兵，使之执劳者，皆不知战，而可与战者，皆骄而不可使，衣食丰溢，而筋力罢惫，且其平居自处甚倨[15]，而安肯为农夫之事？故屯田平籴之利，举世以为不可复者，由此之故也。

曷亦思其术矣？臣尝闻之：贾人[16]之治产也，将欲有为而无以为资者，不以其所以谋朝夕之利者为之也。盖取诸其不急之处而蓄之，徐徐而为之，故其业不伤而事成。夫天子之道，食租衣税，其余之取于民者，亦非其正矣。茶盐酒铁之类，此近世之所设耳。夫古之时，未尝有此四物者之用也，而其为国亦无所乏绝。臣愚以为可于其中择取一焉，而置之用度之外，岁以为平籴入资，且其既已置之用度之余，则不复有所顾惜，而发之也轻。发之也轻，而后民食其利，其与今之所谓常平者，亦已大异矣。

抑尝闻之：人之牧马者，不可使之畜豚彘[17]。马彘之相去未能几也，而犹且不可使。今世之兵，以兵募之，而欲强之以为农，此其不从，固无足怪者。今欲以兵屯田，盖亦告之以将屯田而募焉。人固有无田以为农而愿耕者，从其愿而使之，则虽劳而无怨。苟屯田之兵既多而可用，则夫不耕而食者，可因其死亡而勿复补，以待其自衰矣。

嗟夫！古之人其制天下之患，其亦已略尽矣，而其守法者，常至于怠惰而不举。是以世之弊常若近起于今者，而不求古之遗法而依之以为治，可不大悲矣哉!

苏辙认为:古代的许多遗策,如井田制、平抑法、平籴法、兵民合一等,都值得今世效法和运用,不可“尽废而不举”。苏辙还论述了这些遗策在今世的具体运用办法。

【注释】

①补苴缺漏,疏剔荞秽:这两句话的大意是填补缺漏之处,疏理纷乱的事情。苴,包,包裹。荞秽,杂乱无章的意思。

②责:通“债”,欠下的东西。

③阡陌:田间小路。这里比喻土地很多。

④名田:以私人名义占用土地。

⑤立制而明等:立下制度,明确等级。

⑥贾生:指汉代的贾谊。

⑦藜藿:贫者所食的野菜。

⑧籴:买进粮食。

⑨小熟:小的收成。熟,庄稼有收成。下文的“中熟”“大熟”分别指“中等收成”和“大丰收”。

⑩敛:收取。

⑪李悝:战国初魏国人,为魏文侯相,废除世卿世禄,提倡耕作,奖励开荒,以尽地力,储粮备荒,实行平籴,使魏国强盛。

⑫赵充国:汉代著名战将,善于屯田。他所说的屯田十二便,寓兵于农,颇有利于地方开发。

⑬岁计:按年度进行计算。这里指朝廷每年的财政计划。

⑭劬劳:劳苦。

⑮倔:傲慢。

⑯贾人:商人。

⑰豚彘:猪。

民政下

第一道

臣闻三代之时，无兵役之忧。降及近世，有养兵之困，而无兴役之患。至于今，而养兵兴役之事，皆不得其当，而可为之深忧。

盖古者兵出于农，而役出于民，有农则不忧无兵，而有民则不忧无役。五口之家，常有一人之兵，而二十之男子，岁[①]有三日之役。故其兵强而费不增，役起而人素具[②]，虽有大兵大役，而不忧事之不集。至于兵罢役休，而无日夜不息之费。其后周衰，井田破坏，陵夷至于末世，天下无复天子之田，皆民之所自有。天下之民不食天子之田，是故独责其税，而不任之以死伤战斗之患。天子有养兵之忧，而天下无攻守劬劳之民，以为大忧，故调[③]其财以为养兵之用。而天下之役，凡其所以转输漕运、营建兴筑之事，又皆出于民。

当此之时，民之所以供上之令者三：曰"租"，曰"调"，曰"庸"。租者，地之所当出；调者，兵之所当费；庸者，岁之所当役也。故使之纳粟于官，以为田之租。人人布帛以为兵之调。岁役其力，不役，则出其力之所直[④]，以为役之庸。此三者农夫皆兼为之，而游惰末作之民，亦不免于庸调。运重漕运，天子不知其费，而一出于民。民岁役二旬，而不役者，当帛六十尺，民亦不至于大苦。故隋、唐之间，有养兵之困，而无兴役之患。此其为法，虽不若三代之兵不待天子之养，然天下之役犹有可赖者，皆民为之也。

及其后世，又不能守，乃始变法而为"两税"[⑤]，以至于今。天下非有田者不可得而使，而有田者之役，亦不过奔走之用，而不与天子之大事。天下有大兴筑，有大漕运，则常患无以为使。故募冗兵以供力役之急，不知击刺战陈[⑥]之法，而坐食天子之奉。由是国有武备之兵，而又有力役之兵，此二者其所以奉养之具，皆出于农也。而四海之游民，无尺寸之庸调，为农者常使阴出古者游民之所入，而天子亦常兼任养兵兴役之大患。故夫兵役之弊，当今之世，可谓极矣。

臣愚以为，天子平日无事而养兵不息，此其事出于不得已。惟其干戈旗鼓之攻，而后可使任其责[7]。至于力役之际，挽车船，筑宫室，造城郭，此非有死亡陷败之危，天下之民，诚所当任而不辞，不至以累兵革之人，以重费天子之廪食。然当今之所谓可役者，不过曰农也，而农已甚困，盖常使尽出天下之费矣。而工商技巧之民，与夫游闲无职之徒，常遍天下，优游终日，而无所役属。盖《周官》之法，民之无职事者，出夫家之征。今可使尽为近世之法，皆出庸调之赋，庸以养力役之兵，而调以助农夫养武备之士。而力役之兵，可因其老疾死亡，遂勿复补。而使游民之丁[8]，代任其役，如期而止，以除其庸之所当入。而其不役者，则亦收其庸，不使一日而阙。

盖圣人之于天下，不惟重乎苟廉而无求，惟其能缓天下之所不给而节其太幸[9]，则虽有取而不害于为义。今者虽能使游民无劳苦嗟叹之声，而常使农夫独任其困，天下之人皆知为农之不便，则相率而事于末[10]。末众而农衰，则天子之所独任者愈少而不足于用。

故臣欲收游民之庸调，使天下无侥幸苟免之人，而且[11]以纾农夫之困。苟天下之游民自知不免于庸调之劳，其势不耕则无以供亿[12]其上，此又可驱而归之于南亩[13]。要之十岁之后，必将使农夫众多，而工商之类渐以衰息。如此而后，使天下举皆从租庸调之制，而去夫所谓两税者，而兵役之忧，可以稍缓矣。

苏辙在此文中论述了当今之世，养兵兴役的种种不妥之处，为之深感忧虑，并提出了一些解决的具体办法。

【注释】

①岁：每年。

②素具：平时就准备好了。

③调：征调。

④直：通“值”，价值。

⑤两税：夏秋两税。唐初实行租庸调法，到唐德宗建中三年，杨炎制定两税法，把租庸调合并为一，规定用钱纳税。夏税不超过六月，秋税不超过十一月，称为两税，有两税使以总其事。

⑥战陈：战阵，陈，通"阵"。

⑦任其责：担当责任。

⑧丁：成年男子。

⑨太幸：过分侥幸。

⑩末：非根本的，不重要的事情，如从事商业活动等。

⑪且：将。

⑫供亿：按需要而供应。

⑬南亩：古人田土多向南开辟，由于南亩向阳，利于农作物生长。《诗经》中多次提到南亩，后泛指农田为南亩。

第二道

臣闻：古者天下皆天子之人，田亩之利、衣食之用，凡所以养生之具，皆赖于天子。权出于一，而利不分于强族。民有奉上之忧，而无役属附丽[①]之困。是以民德其上，而举天下皆可使奉天子之役使。

至于末世，天子之地转而归于豪民，而天下之游民饥寒朝夕之柄，天子不恤，而以遗天下之富贾。夫天子者，岂与小民争此尺寸之利也哉？而其势则有所不可。何者？民之有田者非皆躬耕之也，而无田者为之耕。无田者非有以属于天子也，而有田者拘之。天子无田以予之，而欲役其力也实难。而有田者授之以田，视之以奴仆，而可使无憾。故夫今之农者，举非天子之农，而富人之农也。至于天下之游民、贩夫贩妇、工商技巧之族，此虽无事乎田[②]，然日食其力，而无以为朝夕之用，则此亦将待人而生者[③]也。而天子不恤其阙，乃使富民持其赢余，贷其所急，以为之父母。故虽游民，天子亦不可得而使，而富者独擅其利，日役其力，而不偿其力之所直。由是观之，则夫天下之民，举皆非天子之人，而天子徒以位使之，非皆得其欢心也。夫天下之人，独其有田者，乃始有以附属于天子。此其为众，岂足以当其下之仰给之民哉？此亦足以见天子之所属者，已甚寡矣。

臣愚以为当今之势，宜收天下之田，而归之于上，以业[④]无田之农夫，恤小民之所急，而夺豪民假贷之利，以收游手之用。故因其所便而为之计，以为莫如收公田而贷民急。夫陈、蔡、荆楚之地，地广而人少，土皆公田，而患无以耕之。而吴、越、巴蜀之间，拳肩侧足[5]，以争寻常尺寸之地。安土重迁[6]，恋恋而不能去，此非官为之画策，因其凶荒饥馑之岁，乘其有愿徙之心，而遂徙之于不耕之公田，则终不能以自去。今欲待其已去，而收其田亩，藉[7]其室庐。田为公田，室为公室，以授无田之民，使天下虽富庶之邦，亦常有天子之田。而又因其籍没，积而勿复鬻[8]，募天下之丁男，使分耕其中。而无使富民端坐而欲收公田之遗利，使天下之农夫稍可以免仆隶之辱，而得上丽[9]于天子。而其新徙之民，耕牛室屋、饮食器皿之类，有所不备，又皆得以贷于国，可以无失其所。

夫所谓贷者，虽其为名近于商贾市井之事，然其为意，不可以不察也。天下之民，无田以为农，而又无财以为工商，禁而勿贷，则其势不免转死于沟壑。而使富民为贷，则有相君臣之心，用不仁之法，而收太半之息。其不然者，亦不免于脱衣避屋以为质，民受其困，而上不享其利，徒使富民执予夺之权以豪役[10]乡里，故其势莫如官贷，以周[11]民之急。《周官》之法，使民之贷者，与其有司辨其贵贱，而以国服为息[12]。今可使郡县尽贷，而任之以其土著之民，以防其逋逃窜伏之奸，而一夫之贷，无过若干，春贷以敛缯帛，夏贷以收秋实，薄收其息而优之，使之偿之无难，而又时免其息之所当入，以收其心。使民得脱于奴隶之中，而获自属于天子。如此则天下之游民可得而使，富民之贷，可以不禁而自息。然臣以为收公田者，其利远非可以岁月之间而待其成也，要之数十百年，则天下之农夫可使太半皆天子之农。若夫所谓贷民急者[13]，则可以朝行而夕获其利，此最当今之所急务也。

此文主要论述了天子应如何抑制富豪，收回权利的问题。苏辙认为，天子之地都归到豪民手中，农民只能从他们那里得到好处，成了富人之农，而非天子之农。他建议皇帝应收回土地，分给普通农民，同时朝廷应借贷给民众，以免他们既受到严重的盘剥，还必须依赖富民。皇帝只有“收公田而贷民急”才能得到民心，树立威信，最终使“举天下皆可使奉天子之役使”。

【注释】

①附丽:附着,依附。

②无事乎田:不从事农业劳动。

③待人而生者:依靠别人而求得生存。

④业:使……就业。

⑤拳肩侧足:形容地方非常狭小。拳肩,屈曲着肩膀。

⑥安土重迁:安于土地而不愿迁移。重,过分看重。

⑦藉:通“籍”,登记其房屋归公。

⑧鬻:卖。

⑨丽:附着,依附。

⑩豪役:豪横役使。

⑪周:周济,救济。

⑫而以国服为息:而以为国家服役作为利息。

⑬贷民急者:贷钱给农民让他们买最急需的东西。

第三道

臣闻:古者建都立邑,相其丘陵原隰[1],而利其水泉之道,通其所无,而导其所有。使民日取而不尽,安居于中而无慕于外利,各安其土,乐其业,无来去迁徙之心。膏腴之乡,民不加多;而贫瘠之处,民不加少。天下之户,平均若一,皆足以供其郡国之役使,而无所乏困。盖今天下所谓通都大邑,十里之城、万户之郭,其阴阳向背与其山林原隰之势,陂池泉水之利,皆秦汉以来所为创置摩画[2],使足以衣食其民,而无乏绝者也。

臣尝读周诗《公刘》之一篇,其言自戎迁豳之际,登高望远,以求其可居之地,与其可用之物,莫不详悉而曲尽。其诗曰:“笃公刘!逝彼百泉,瞻彼溥原。乃陟南冈,乃觏于京。”“笃公刘!既溥既长,既景乃冈;相其阴阳,观其流泉。”“笃公刘!于豳斯馆。涉渭为乱,取厉取锻[3]。”夫古之君子居于其邦,其欲知民之所利与器用之所出,盖如此其详也。及观《史记·货殖列传》,郡国之所有,东方之桑麻鱼盐,南方之竹木鱼稻,与西方之五谷畜牧,北方之枣栗裘马,则凡一方之所有,皆可以备养生送死之具。导之有方,而取之有法,则其民丰乐饶足,老死而无憾。及行天下,览其山林薮泽之所生,与其民之所有,往往与古不类。夫自大江以北、汉水之侧,三代之时列国数十，楚人都于荆州，其在战国，最为强大。外抗群蛮，内御秦、晋，常以其兵横于天下，计其所都，安肯用瘠卤硗埆[4]之地？

而当今自楚之北，至于唐、邓、汝、颍、陈、蔡、许、洛[5]之间，平田万里，农夫逃散，不生五谷，荆棘布野。而地至肥壤，泉源陂泽之迹，迤逦[6]犹在。其民不知水耕之利，而长吏又不以为意，一遇水旱，民乏菜茹。往者因其死丧流亡、废县罢镇者，盖往往是矣。臣闻善为政者，不用甲兵，不斥[7]疆界，兴利除害，教民稼穑，收敛倍称，而获兼地之福。今者举千里之地废之为场，以养禽兽，而不甚顾惜，此与私割地以与人何异？尝闻之于野人[8]：自五代以来，天下丧乱，驱民为兵，而唐、邓、蔡、汝之间，故陂旧堤，遂以堙废而不治，至今百有余年。其间犹未甚远也，盖修败补缺，亦旬月之故耳，而独患为吏者，莫以为事。若夫许州非有洪河大江之冲[9]，而每岁盛夏，众水决溢，无以救御，是以民常苦饥，而不乐其俗。夫许，诸侯之故邦，魏武之所都，而唐节度之所治。使岁辄被水，而五谷不熟，则其当时军旅之费、宗庙朝廷之用，将何以供？此岂非近世之弊，因循不治，以至此哉？然此乃特臣之所见，而天下之广，又安能备知？

尝以为，方今之患，生于太怯，而成于牵俗。太怯，则见利而不敢为；牵俗，则自顾而爱其身。大是以天下之事，举皆不成，而何独在此？臣欲破其牵俗之风，壮其太怯之气，意凡天下贫窭[10]破散之郡县，使皆择善事能干之人而往为之长。因其去也，而天子亲谕[11]，以此使得稍久于其任，而察其人民多田野辟[12]者，书以为课[13]。何者？此非难办之事，是以不待非常之才而后能济。唯其弛放怠惰，是以至此。今诚少严其事，使为吏者知上之属意于此，十岁之后，臣以为此必为富壤之区，而方今天下重征之处，亦为渐减，而取诸此矣。

此篇是建议朝廷在唐、邓、汝、颍等土壤肥沃的地区大力发展农业生产，以备国家之所急需。当今之世，这些地区没有得到很好的开发，农民流离失所。朝廷应派干吏长驻这些地区，使之在十年之后，成为富庶之区，这样其他地方的重征也会因这里的分担而减轻。

【注释】

①原隰：原野。原，平原。隰，低湿地。

②摩画：谋划。

③笃公刘！逝彼百泉，瞻彼溥原。乃陟南冈，乃觏于京。笃公刘！既溥既长，既景乃冈；相其阴阳，观其流泉。笃公刘！于豳斯馆。涉渭为乱，取厉取锻：这首诗歌名《公刘》，出自《诗经·大雅》。周朝始祖后稷，建都于邰（今陕西武功县境内），到了公刘迁都于豳。这首诗讲述了公刘迁到豳的故事，主要内容是出发的情况及到达豳地后如何观察，如何经营，如何定居等情况。这也是一首史诗。上面选的是这首诗中的一些片断，大意是："诚实忠厚的公刘！前往泉水很多的地方，他看到了广阔的原野，登上了南岗，见到了高大的山丘。诚实忠厚的公刘！铺上了褥垫，搭上了帐篷，在山冈上测量方向，相看了山南山北及众多的流泉。诚实忠厚的公刘！在豳地营造宫室，并横流渡过渭水，取来了磨石和捶石等生产劳动用的工具。"

④瘠卤硗埆：土地贫薄，盐碱而坚硬。

⑤唐、邓、汝、颍、陈、蔡、许、洛：都是地名。唐，今山西翼城一带。邓，在今山东滋阳县带。汝，在今河南境内。颍，安徽阜阳县一带。陈，其地约相当于今河南周口地区。蔡，今河南汝南县一带。许，在今河南许昌一带。洛，在今河南洛阳一带。

⑥迤逦：曲折绵延的样子。

⑦斥：开拓。

⑧野人：乡野之人。

⑨冲：冲击，冲撞。

⑩窭：贫寒。

⑪亲谕：亲自告诉。

⑫辟：开辟。

⑬书以为课：记录下来，作为考核其业绩的凭证。课，考核。

第四道

臣闻天下有二病：好战则才竭而民贫，畏战则多辱而无威。欲民之无贫，则无疾夫无威；欲君之无辱，则无望乎财之不竭。此二患者，天下未尝兼有也。古之人君，各从其所安而处其偏[①]，是以不获全享其利。而亦未尝有兼受其病者。

昔者，匈奴之于汉，可以见矣。文景之世，天下治安，民至老死不知征役之劳，府库盈溢，其赋于民者，三十而取一，可谓盛矣，然而匈奴傲慢侵侮，至甚不逊。输金缯，纳锦绣[②]，天子之至辱也，而文景不以为意，以求全其民。至于武帝不忍数世之忿，尽天下之锐而攻之，辟地千里，斩馘[③]百万，匈奴之民，死者太半。洗除先帝之宿耻，而夸大中国之气，得志满意，无以加矣。而内自疲敝，中民之家大抵皆破，无复十金之户。此二者皆有所就其成功，是以有所忍而不顾。而智者之论，已谓非中国之长筭矣。

今者中国之弊，在于畏战，畏战固多辱矣，而民又不免于贫，无所就其利，而遍被其害，重赋厚敛，以为二边[④]之赂，国辱而民困。盖今世之病，病已极矣。贤人君子竭其智虑，以求安其民，而民常为夷狄之所扰。天子欲使其泽下布，而海内常为夷狄之所困。此其弊盖有原矣。二边之赂不绝，是以天下之赋敛，虽知其甚重而不可轻。天下之赋敛甚重而不可轻，是以天下之民，虽知其甚困，而不可得而安也。故臣于民政之终，而特备论其要云。

盖方今天下之议，莫不以为二边之赂，决不可去也。独其勇者则曰："宁战而无赂，战不必败，而赂必至于乏困。"臣窃以为，此古之汉武帝、唐太宗坚忍而不顾者，足以行之。然亦有所犯天下之至危。何者？吾民之不战久矣，用不战之民，而待必战之敌，窃恐世俗之难之也。夫古者霸王之臣，因败而成功，转祸而为福，若反覆手之间耳。桓公见胁于曹沫[⑤]，欲背其盟，管仲因而信之，以自结于诸侯。桓公袭蔡，本以诛少姬之罪，管仲因而伐楚，责苞茅之不入[⑥]，而诸侯大服。

臣窃尟[⑦]之，方今二虏之赂，虽有所不得已而然者，然其势偶有似夫战国之际，以谋相倾而阴相溃者。是故臣欲因而成之，以潜破二虏之国。古语有之曰："将欲取之，必固予之。"昔者晋之取虞，越之取吴，冒顿之取东胡，石勒之取王浚，此四者皆其予之之力也。夫邻国之患，惟其相忌而相伺，以不敢相易。是以其虑详密而难图。今夫中国之不竞[⑧]，亦已久矣。彼其相视以为无能为者，非一日也。然犹未肯释然而无疑。夫惟释然而无疑，而后其国可取。今吾犹有所龃龉于其间，彼以吾为犹有不服之心，是以君臣相亲，而未敢懈。

盖古之英雄，能忍一朝之耻，而全百世之利。臣以为当今之计，礼之当加恭，待之当加厚，使者之往，无求以言胜之，而其使之来者，亦无求以言犯之。凡皆务以无逆其心，而阴堕其志，使之深乐于吾之贿赂，而意不在我。而吾亦自治于内，搜士拣马，择其精锐而损其数[⑨]，以外见至弱之形，而内收至强之实，作内政以寓军令。凡皆务以自损吾强大之势，而见吾衰弱之状，使之安然无所顾忌，而益以怠傲。不过数年，彼日以无备，而吾日以充实。彼犹将以吾为不足与也[10]，而有无厌之求。彼怠而吾备，彼骄而吾怒。及此而与之战，此所谓败中之胜而弱中之强者也。

嗟夫！方今之事其势亦有二而已矣：能奋一朝之劳，而尽力以攻之，则其后可以大安，而其始也，不免有岁月[11]之勤；能忍一朝之辱，而自损以骄之，则其后可以骤胜，而其始也，不免有岁月之耻。此二策者，皆足以谋人之国，败人之兵，而有胜矣。而臣窃谓：今世之所安者，必其予之而骄之者也。嗟夫！智能攻之，以洗天下之大惭；不能攻之，则骄之而图其后。未有不能攻之又不能骄之，拱手以望其成功者。方今每岁委百万之资以予人，而不能使人无疑其有不服之心，罄竭四海，而其终不能以成事。特幸其一时之安，而欲得其间隙之际以治天下，天下可得而治哉？

此篇论述了朝廷对边患所应采取的策略。苏辙认为当今朝廷的弊病在于畏战，畏战则必然受辱。需要给敌国以贿赂，而百姓就难免于贫困。他建议皇上表面现出弱相，而内地里抓紧富民强兵，有朝一日，骤然取胜。

【注释】

①偏：一部分。

②输金缯，纳锦绣：向(匈奴)输送缴纳金缯，锦绣。缯，丝织品的总称。

③馘：战争中割取敌人的左耳(用以计算报功)。

④二边：指北宋两个邻国，西夏和辽。宋朝每年要向他们送赂，以求和平。

⑤曹沫：春秋时鲁国人。齐桓公伐鲁，鲁庄公请和，会盟于柯，曹沫以匕首劫持齐桓公，迫使其尽归所侵之地。

⑥责苞茅之不入：责怪楚国不向周天子进贡苞茅，致使天子无以滤酒。苞茅，同“包茅”，古代祭祀时，用以滤酒去滓的束成捆的青茅草。

⑦韪：是，对，善。

⑧竞：相争逐，较量。

⑨数：数量。

⑩不足与也：不足与之较量，不足为虑。

⑪岁月：比喻长时间。

第五道

臣闻御戎有二道，屯兵以待其来，出兵以乘其虚。方今二边固常已屯重兵矣，而天下之议，以为中国之兵，无由而出。而臣以为不然。何者？敛天下之财以奉夷狄，彼求之无厌，则吾之应之将有所不称其意。大抵不过数十年之间，用兵之衅，不发于彼之不悦，则发于吾之不忍。此亦其势之不可逃者也。方其无事之时，中国既不得不畜兵于边，而及其有间[①]，又必将出兵而乘其敝。此二者不可不素为之所也。今每岁发郡县之兵以戍边，此其未战之谋也，而臣未知其所以为战之术。

臣闻古者三代之制，未有戍边之役，六国之际，燕、赵最被边患，而当其时，西备秦，东备齐，南备楚，内备韩、魏。千里之国，而其四境，莫不皆有所备，则其所以备胡者，安得戍卒而用之？计亦不过沿边之民自为卒伍，以制其侵略而已。戍边之谋，始于秦汉，内无敌国之虞，而郡县之兵，材官蹶张[②]，皆出于民之为役，其法月为更卒，已复为正。一岁屯戍，一岁力役，以次相承，而迭相更代。边鄙之民不可使常为兵。是以不得不驱中原之民而纳之塞下，以捍寇虏。故其边戍之兵，岁初而来，终岁而去，寒暑不相安，险易不相习，勇怯不相程[③]，志气不相企[④]；上无顾于坟墓，而下无爱于妻子；平居忧愁无聊，无乐土之心，而缓急苟免，无死战之意，不可求得其用。古之谋臣晁错、陆贽[⑤]之徒盖常以为言矣。

今世之兵，皆天子之所廪食[⑥]，以终其身。在秦则廪于秦，在赵则廪于赵，不可一日而阙。非如汉之戍卒，有休罢更代之期也。然犹守此区区既往之陈迹，岂不惑哉？且举中原之士而屯之于边。虽无死伤战斗之患，而其心常自以为出征行役，苦寒冒露，为国劳苦，凡国家之所以美衣丰食以养我者，止为此等事也。故士卒百万，端坐而食，实不知行阵之劳，不见锋刃之危，而皆已自负，以为有劳于国，其势不可有所复使。此其弊在于使之不得其道耳。今夫阴伺二虏之怠，而出兵以逐利于塞外，此诚今世之至计也。而臣窃恐缓急之际，士卒皆已自负而不可用。

且夫人之情，当已用其力，则其心自满，而不复求报其上。士无求报之心，则不可以与之犯大难而涉大劳。惟其饱食而无所试，优游无为以观夫人之成功而不得自效者[⑦]，则其气刚锐，而其心不倦。古之善用兵者，惟能及其心之未倦而用其锐气，是以其兵无敌于天下。

臣愚以为方今之计，内郡之兵，当常在内，而不以戍边。戍边之兵，当常戍边，而不待内郡之戍卒。募内郡之兵，其乐徙边者，而稍厚之。不足，则边民之乐为边兵者以足之。使二边有一定不迁之兵，而颇损内郡之众，计其内外之数，相通如旧而止。平居无事，以此备边；而一旦欲有所攻夺掩袭，则独发内郡之卒，使二者各思致其勇力以报其上。锐而用之；堕而置之，屯兵历年，而士无所怨其劳；出兵千里，而士无所憾其远。兵入，则出者得以休息，而无乘塞[⑧]之苦；兵出，则守者闲暇，而无行役之困。交相为用，如循环之无端而不可竭。此其与今世之法，竭天下以养兵。守亦使此。战亦使此，未战而士卒皆怠者，其亦少异矣。

这一篇主要是批评朝廷布置调动兵力不当。苏辙向皇上建议：内郡之兵，当常在内，而不用他们戍边；戍边之兵，当常戍边，而不用依靠内郡的戍卒。这样可以免除他们经常换防之苦，得以休息，战时再发内郡之卒，他们必会“思致其勇力以报其上”。

【注释】

①有间：有机会。

②材官蹶张：指勇猛的士卒。材官，山阻用材官。蹶张，以脚踩弓使之张开。这里指能开弓的士卒。

③程：衡量。

④企：仰望，盼望。

⑤晁错、陆贽：晁错，西汉人，治申、商刑名之学。汉文帝时，从伏生学尚书，后为太子家令，称为“知囊”。屡屡上书言事。汉景帝即任，贵幸用事，迁为御史大夫，请削诸侯封地以尊京师。后吴楚七国借口诛晁错起兵反叛。景帝听从袁盎的话，斩晁错于东市。陆贽，唐代人，唐德宗召为翰林学士，朱泚之乱，从帝至奉天，召书多出自陆贽所拟，时号内相。后为裴延龄所谮，被贬，避谤不著书，惟考校医方。所作奏议数十篇，指陈时病，论辩明彻，为后世所重。

⑥廪食：靠官仓供应粮食。

⑦不得自效者：自己不能去效仿。

⑧乘塞：登上边塞。引申为镇守边塞。

齐州闵子祠堂记

历城之东五里，有兵焉，曰闵子[1]之墓。坟而不庙[2]，秩祀[3]不至，邦人不宁。守土之吏有将举焉而不克者[4]。熙宁七年，天章阁待制右谏议大夫濮阳李公来守济南。越明年，政修事治，邦之耋老相与来告曰：“此邦之旧，有如闵子而不庙食，岂不大阙！公唯不知，苟知之，其有不饬[5]？”公曰：“噫！信[6]。其可以缓[7]！”于是庀工[8]为祠堂，且使春秋修其常事。堂成，具三献[9]焉，笾豆有列，傧相有位，百年之废，一日而举。

学士大夫观礼祠下，咨嗟涕洟。有言者曰：“惟夫子生于乱世，周流齐、鲁、宋、卫之间，无所不仕，其弟子之高第，亦咸仕于诸国。宰我仕齐[10]，子贡、冉有、子游仕鲁，季路仕卫，子夏仕魏。弟子之仕者亦众矣。然其称德行者四人，独仲弓尝为季氏宰[11]。其上三人，皆未尝仕。季氏尝欲以闵子为费宰。闵子辞曰：‘如有复我者，则吾必在汶上矣[12]。’且以夫子之贤，犹不以仕为污也。而三子之不仕，独何欤？”言未卒，有应者曰：“独不见夫适东海者乎？望之茫洋不知其边，即之汗漫不测其深，其舟如蔽天之山，其帆如浮空之云。然后履风涛而不偾[13]，触蛟蜃而不詟[14]。若夫以江河之舟楫而跨东海之滩，则亦十里而返，百里而溺，不足以经万里之害矣。方周之衰，礼乐崩驰，天下大坏。而有欲救之，譬如涉海，有甚焉者。今夫子之不顾而仕，则其舟楫足恃也。诸子之汲汲而忘返，盖亦有陋舟而将试焉，则亦随其力之所及而已矣。若夫三子，愿为夫子而未能，下顾诸子，而以为不足为也，是以止而有待。夫子尝曰：‘世之学柳下惠者，未有若鲁独居之男子。’吾于三子亦云。”众曰：“然。”退而书之，遂刻于石。

这篇文章是苏辙为齐州闵子祠堂建成而写的一篇刻石记文。文中叙述了孔子高徒闵子骞鄙视功名利禄，不为世俗所动的高尚情操。苏辙借对闵子骞的赞赏，表达了自己对仕途厌倦，希图超然物外的情结。

文章构思新颖别致，境界开阔，情趣浪漫。

【注释】

①闵子：指闵损，孔子弟子，字子骞，春秋鲁国人。少时，后母虐待他，冬天，后母给亲生的两个孩子穿棉衣，而给闵子骞和他的弟弟穿芦花做的衣服。父亲知道后，欲赶出其后母，闵子骞说："母在一子单，母去四子寒。"其父遂不赶其后母。后来后母悔改，待四子如一。

②坟而不庙：只有坟而没有可供祭祀的庙。

③秩祀：按次序祭祀。

④守土之吏有将举焉而不克者：当地的官吏有想为他恢复庙祀的而没办成。

⑤饬：整顿，整治。

⑥噫！信：噫，语气词。信，是这样的。

⑦其可以缓：意思是稍等一下，马上就办。

⑧庀工：具备动工条件，开始动工。

⑨三献：三种祭品，即"腥、焨、熟"三献。

⑩宰我仕齐，子贡、冉有、子游仕鲁，季路仕卫，子夏仕魏：此句中所提及的宰我、子贡、冉有、子游、季路、子夏都是孔子的学生，曾分别在齐、卫、鲁、魏等国做官。

⑪独仲弓尝为季氏宰：只有仲弓为季氏作过家臣。仲弓，春秋时鲁人冉雍的字，孔子的学生，孔子称他德行最好。季氏，春秋鲁桓公之子季友的后裔，又称季孙氏。自文公以后，季孙行父、季孙宿等世为大夫，专国政，权势日重，公室日卑。鲁昭公出兵伐之，不胜，出奔于齐。其后家臣阳虎专权，季氏始衰。

⑫如有复我者，则吾必在汶上矣：如再来找我，我就一定到汶水之上去。汶水，即汶水流域，古代在齐地。

⑬偾：仆倒。

⑭詟：恐惧。

上高县学记

古者以学为政[①],择其乡闾之俊而纳之胶庠[②],示之以《诗》《书》《礼》《乐》,揉而熟之,既成使归,更相告语,以及其父子兄弟。故三代之间,养老,飨宾,听讼,受成,献馘[③],无不由学。习其耳目,而和其志气,是以其政不烦,其刑不渎,而民之化之也速。

然考其行事,非独于学然也,郊、社、祖庙、山川、五祀[④],凡礼乐之事皆所以为政,而教民不犯者也。故其称曰:"政者,君之所以藏身。"盖古之君子,正颜色,动容貌,出词气,从容礼乐之间,未尝以力加其民。民观而化之,以不逆其上,其所以藏身之固如此。至于后世不然,废礼而任法,以鞭朴、刀锯力胜其下[⑤]。有一不顺,常以身较之[⑥]。民于是始悍然不服,而上之人亲受其病,而古之所以藏身之术亡矣。子游为武城宰[⑦],以弦歌为政。曰:"吾闻之夫子,君子学道则爱人,小人学道则易使也。"夫使武城之人,其君子爱人而不害,其小人易使而不违,则子游之政,岂不绰然有余裕哉!上高,筠之小邑,介于山林之间。民不知学,而县亦无学以诏民。县令李君怀道始至,思所以导民,乃谋建学宫。县人知其令之将教之也,亦相帅出力以缮其事,不逾年而学以具。奠享有堂,讲劝有位,退习有斋,膳浴有舍[⑧]。邑人执经而至者数十百人。于是李君之政不苛而民肃,赋役狱讼不诿[⑨]其府。李君嘉学之成而乐民之不犯,知其为学之力也,求记其事,告后以不废。予亦喜李君之为邑有古之道,其所以得于民者,非复世俗之吏也。故为书其实,且以志上高有学之始。元丰五年三月二十日,眉山苏辙记。

上高县是山西的一个偏僻小县,北宋以前,这里没有学校。元丰年间,李怀道任县令后,开始在这里创办了学校。苏辙写这篇论文,就是赞扬李怀道的兴学之举,论述了"从学"与"为政"之间的关系。文笔精练,言简意深。

【注释】

①以学为政:施政的重要内容是使民向学。

②胶庠:周朝的学校名。胶为周之大学,在国中王宫之东。庠为小学,在国之西部。

③献馘:献上敌人的左耳。古时,杀敌之后,割下其左耳,以便计数请功。

④五祀:古代祭礼名。有多种说法,通常的说法是"禘、郊、宗、祖、报"五种。

⑤以鞭朴、刀锯胜其下:靠鞭打、刀锯等刑罚压服(百姓)。

⑥较之:给人上刑具。较,古代一种拘束犯人的刑具。这里用如动词。

⑦子游为武城宰:子游,春秋吴人,姓言名偃,字子游,孔子弟子。长于文学,仕鲁,曾为武城宰。宰,邑宰。

⑧膳浴有舍:用餐洗浴有房舍。

⑨诿:推托,推卸。

齐州泺源石桥记

泺水[①]之源，发于城之西南山下，北流为湟[②]，其浅可揭[③]。城之西门，跨而为桥。自京师走海上者，皆道于其上。每岁霖雨[④]，南山水潦暴作，汇于城下，桥不能支，辄败[⑤]。

熙宁六年，七月不雨。明年夏六月乃雨，淫潦继作[⑥]，桥遂大坏。知历城施君辩言于府曰[⑦]："水岁为桥害，请为石桥，以纾其役。距城之东十五里，有废河败堰焉，其弃石铁可取以为用。"府用其言，以告转运使，得钱二十七万，以县工廪之费[⑧]。取石于山，取铁于府，取力于兵。自九月至十一月而桥成，民不知焉。三跌二门，安如丘陵，惊流循道，不复为虐。

方其未成也，太守李公日至于城上，视其工之良窳[⑨]与其役之劳佚，而劝相之。知历城施君实具其材，兵马都监张君用晦实董其事。桥之南五里，有大沟焉。属于[⑩]四涧，以杀暴水之怒，久废不治，于是疏其堙塞，筑其缺而完之。桥之西二十步有沟焉，居民裴氏以石壅之，而屋于其上，水不得泄，则桥受其害，亦使去之，皆如其旧而止。又明年，水复至，桥遂无患。

从事[⑪]苏辙言曰：桥之役虽小也，然异时郡县之役，其利与民共者，其费得量取于民，法令宽简，故其功易成；今法严于恤民，一切仰给于官，官不能尽办，郡县欲有所建，其功比旧实难。非李公之老于为政与二君之敏于临事，桥将不就。夫桥之役虽小，然其劳且难成于旧则倍[⑫]，不可不记也。遂为之记。

此文论述了齐州泺源石桥的兴建过程以及给百姓带来的便利，同时，还将过去与现在徭役的难易进行了比较，表达了对现状的不满。

【注释】

①泺水：水名，在今山东境内。

②埠：通“隍”，城墙下的沟。

③揭：提起衣服过河。

④霖雨：久下不停的雨。

⑤败：破坏。

⑥淫潦继作：雨水大量涌来。

⑦知历城施君辩言于府曰：历城知县施君在（齐州）府中辩明说。

⑧以具工廪之费：作为施工的费用。

⑨良窳：好坏。

⑩属于：连接。

⑪从事：苏辙时为齐州从事。

⑫然其劳且难成于旧则倍：它的劳动量和难度都比过去成倍增加。

光州开元寺重修大殿记

古之循吏[①]，因民而施政，有余者损之，不足者与之，兴其所欲，而废其所患苦，顺其风俗之宜，而吾无作焉[②]。故文翁治蜀，立之学官[③]；龚遂治渤海，督之耕牛[④]；卫飒治桂阳，教之嫁娶[⑤]；茨充代飒，诲之织屦[⑥]。此四人者，非其强民也。民之所欲，而莫为之劝[⑦]，盼盼相视，不能以自致。非得贤长吏以时挈持而振理之[⑧]，使之得其所愿以相生养，则民至老死不见风俗之备。

然而蜀之学官，施于齐、鲁之邦则玩[⑨]；渤海之耕牛，试于邠、郜之野则厌；卫之嫁娶，茨之织屦，行之华夏之国，亦未免于非且笑也。故为治者，亦观其俗，乘其时，使民宜之。盖无所必为，亦无所必置也。

弋阳郡居长淮之西，地僻而事少，田良而民富。朝散大夫彭城曹公受命作守，因俗为政，安而不扰，诛其豪强而佑其善良，民化服之[⑩]。始至，访其士民，问其所欲为。咸曰："吾郡既庶且富，所不足者非财也。而浮屠、老子[⑪]之宫室，貌象庳陋废圮，民不信向。父兄窃议，以不若四邻为愧，而莫或先也。"公曰："是无难也。民所不欲，吾不敢为；苟诚欲之，不成，非患也。"乃召其徒而语之。故民劝其令[⑫]，相帅从事，不三年而有成。天庆道士治三清、北极、圣祖诸殿，清净严肃，朝谒有所。而开元僧明偕新其大殿，趋功勤力，先告工具[⑬]。栋楹峻峙，瓦甓致密，为佛菩萨众像，尊严盛丽，俨若在世。士女和会，耋孺咸喜，稽首祈福，如慰如慕。

盖殿始作于至道[⑭]丙申，而复新于元丰[⑮]癸亥，中间寂寥八十八年，然后民获就其志。呜呼！循吏之疏阔，而政之难成，其久如此！明偕知民之悦，故以告于公，请记其事而刻诸石。公以书来属余[⑯]，余考之循吏传，以为当书，故记之不辞。五月初五日记。

此文赞扬了曹公顺从民愿重修光州开元寺大殿的举措，认为他这种因俗为政的做法是难能可贵的。

【注释】

①循吏:奉职守法的官吏。

②而吾无作焉:而我不用刻意去干什么。

③故文翁治蜀,立之学官:因此文翁治理蜀地时,在那里设立学官。文翁,汉代人。汉景帝末,任蜀郡守。于成都市中起官学,招属县子弟入学。入学者免除徭役,成绩优秀者,补郡县吏,汉武帝时,令天下郡国立学校官自文翁为始。

④龚遂治渤海,督之耕牛:龚遂,汉代人。汉宣帝时,龚遂为渤海太守,时值饥荒,他单车至郡,开仓济贫,劝民农桑,民皆卖剑买牛,卖刀买犊,境内大治。

⑤卫飒治桂阳,教之嫁取:卫飒,汉代人,曾任桂阳太守,教民以嫁娶礼仪,在此后十年,桂阳礼教大行。

⑥茨充代飒,诲之织屦:卫飒离任后,茨充代替他任桂阳太守,教当地百姓织屦。

⑦劝:鼓励,奖励。

⑧以时挈持而振理之:及时帮助、鼓励和治理他们。

⑨玩:被轻视。

⑩民化服之:民从受教化,服从治理。

⑪浮屠、老子:浮屠,这里指佛教。老子,道教创始人。

⑫劝其令:受到其命令的鼓舞。

⑬工具:即竣工的意思。

⑭至道:宋太宗年号。

⑮元丰:宋神宗年号。

⑯属余:托付我。

筠州圣寿院法堂记

高安郡本豫章[①]之属邑，居溪山之间，四方舟车之所不由，水有蛟蜃[②]，野有虎豹。其人稼穑渔猎，其利粳、稻、竹、箭、梗、楠、茶、楮。民富而无事。然以其险且远也，士之行乎当时者，不至于其间。元丰三年，余以罪迁焉。既至，幸其风气之和，饮食之良，饱食而安居，忽焉不知险远之为患。然以有罪故，法不得释官而游[③]，间独取郡之图书，考其风俗人物之旧，然后信其宜为余之居也。

昔东晋太宁之间，道士许逊与其徒十有二人，散居山中，能以术救民疾苦，民尊而化之。至今道士比他州为多，至于妇人孺子，亦喜为道士服。唐仪凤中，六祖[④]以佛法化岭南，再传而马祖[⑤]兴于江西。于是洞山有价[⑥]，黄蘗有运[⑦]，真如有愚[⑧]，九峰有虔[⑨]，五峰有观[⑩]。高安虽小邦，而五道场在焉。则诸方游谈之僧接迹于其地，至于以禅名精舍[⑪]者二十有四。此二者，皆他方之所无，予乃以罪故，得兼而有之。

余既少而多病，壮而多难，行年四十有二，而视听衰耗，志气消竭。夫多病则与学道者宜，多难则与学禅者宜。既与其徒出入相从，于是吐故纳新，引挽屈伸，而病以少安。照了诸妄[⑫]，还复本性，而忧以自去，洒然不知网罟之在前与桎梏之在身，孰知夫险远之不为予安，而流徙之不为予幸也哉！

然郡之诸山，近者数十里，远者数百里，皆非余所得往。独圣寿者近在城东南隅，每事之间，辄往游焉。其僧省聪，本绵竹人，少治讲说，晚得法于浙西本禅师。听其言，亹亹不倦。郡人有吴智讷者，治生有余，辄尽之于佛。既为僧堂之后室，又为聪治其法堂，皆极壮丽。凡材甓金漆皆具于智讷。堂成，聪以余游之亟也，求余为记。余亦喜聪之能以其法助余也，遂为记其略。四年六月十七日。

此文以为筠州圣寿院兴建法堂作记为由头，抒发了作者超然物外，随遇而安，苦中求乐的思想。

【注释】

①豫章：地名，在今江西南昌一带。

②蛟蜃：蛟龙和蛤蜊。

③法不得释官而游：按朝廷法律规定，不得舍去官职而前往游历。

④六祖：佛教的禅宗，在中国衣钵相传共六世。初祖达摩，二祖慧可，三祖僧璨，四祖道信，五祖弘忍。弘忍有慧能、神秀二弟子。慧能为六祖，其教行于南方，称为南宗。神秀之教行于北方，称北宗。

⑤马祖：公元709—788年，即僧道一，唐代人。学习禅法于衡岳怀让禅师，曾在建阳临川、南康等处传法，唐贞元年间圆寂于建昌石门山。唐宪宗赐谥大寂禅师，因其俗姓马，故称马祖。

⑥价：价值。

⑦运：运气。

⑧愚：不智慧。

⑨虔：诚实。

⑩观：观赏。

⑪精舍：道士、僧人修炼居住之所。

⑫照了诸妄：照见了各种荒谬，使种种荒谬现形。

庐山栖贤寺新修僧堂记

元丰三年，余得罪迁高安。夏六月，过庐山，知其胜而不敢留。留二日，涉其山之阳，入栖贤谷。谷中多大石，岌嶪[①]相倚。水行石间，其声如雷霆，如千乘车行者，震掉[②]不能自持，虽三峡之险不过也。故其桥曰三峡。渡桥而东，依山循水，水平如白练。横触巨石，汇为大车轮，流转汹涌，穷水之变[③]。院据其上流，石倚石壁，左俯流水，石壁之趾[④]，僧堂在焉。狂峰怪石，翔舞于檐上。杉松竹箭，横生倒植，葱茜相纠[⑤]。每大风雨至，堂中之人，疑将压焉。问之习庐山者，曰："虽兹山之胜，栖贤盖以一二数矣。"

明年，长老智迁使其徒惠迁谒余于高安，曰："吾僧堂自始建至今六十年矣。瓦败木朽，无以待四方之客，惠迁能以其勤力新之，完壮邃密，非复其旧[⑥]，愿为文以志之。"

余闻之，求道者非有饮食、衣服、居处之求，然使其饮食得充，衣服得完，居处得安，于以求道而无外扰，则其为道也轻。此古之达者所以必因山林筑室庐，蓄蔬米，以待四方之游者，而二迁[⑦]之所以置力而不懈也。夫士居于尘垢之中，纷纭之变，日遘[⑧]于前，而中心未始一日忘道。况乎深山之崖，野水之垠，有堂以居，有食以饱，是非荣辱不接于心耳，而忽焉不省也哉！孔子曰："朝闻道，夕死可矣。"今夫骋骛[⑨]乎俗学，而不闻大道，虽勤劳没齿，余知其无以死也。苟一日闻道，虽即死无余事矣。故余因二迁之意，而以告其来者，夫岂无人乎哉！四年五月初九日，眉阳苏辙记。

这篇文章写于苏辙四十二岁那一年，他因受到哥哥苏轼"乌台诗案"的牵连而被贬为监筠州（今江西九江市）盐酒税。为此，他有机会游历庐山，写下了这篇记文。文章构思精巧，描述生动，语言自然畅达。

【注释】

①岌嶪:高大的样子。

②震掉:震颤。

③穷水之变:穷尽水之变化。

④趾:下边。

⑤葱茜相纠:绿色和红色相互掩映。

⑥非复其旧:并非仅仅恢复旧观。

⑦二迁:指长老智迁和其徒弟惠迁。

⑧遘:遇,遭遇。

⑨骋骛:驰骋,奔走。

杭州龙井院讷斋记

钱塘有大法师曰辩才，初住上天竺山[1]，以天台法化吴越。吴越人归之如佛出世，事之如养父母，金帛之施不求而至。居天竺十四年，有利其富者，迫而逐之[2]。师忻然[3]舍去，不以为恨。吴越之人，涕泣而从之者如归市[4]。天竺之众分散四去，事闻于朝。明年，俾复其旧。师黾俛[5]而还，如不得已，吴越之人争出其力以成就废缺，众复大集。无几何，师告其众曰："吾虽未尝争也，不幸而立于争地。久居而不去，使人以己是非彼，非沙门也[6]。天竺之南山，山深而木茂，泉甘而石峻。汝舍我，我将老于是。"言已，策杖而往，以茅竹自覆，声动吴越。人复致其所有，镵险堙圮[7]，筑室而奉之。不期年，而荒榛岩石之间，台观飞涌，丹垩[8]炳焕，如天帝释宫[9]。师自是谢事，不复出入。高邮秦观太虚[10]，名其所居曰"讷斋"。道潜师参寥[11]属予为记。

予闻之，师始以法教人，叩之必鸣，如千石钟，来不失时，如沧海潮，故人以"辩"名之。及其退居此山，闭门燕坐[12]，寂默终日。叶落根荣，如冬枯木，风止波定，如古涧水，故人以"讷"名之。虽然，此非师之大全也。彼其全者，不大不小，不长不短，不垢不净，不辩不讷，而又何以名之？虽然，乐其出而高其退[13]，喜其辩而贵其讷，此众人意也，则其以名斋也亦宜。系之以词曰：

以辩见我，既非见我。以讷见我，亦几于妄。有叩而应，时止而止。非辩非讷，如如不动[14]。诸佛既然，我亦如是。

这篇文章刻画了一位名叫辩才的钱塘大法师的高洁形象。这位大法师超然物外，从容自得，不与世人相争而终得世人厚爱。

【注释】

①上天竺山：山名，在今浙江省杭州市西湖西，旧为佛教名山。

②迫而逐之：强迫赶走他。

③忻然：喜悦、高兴的样子。

④归市：拥向市集。形容人多而且踊跃。

⑤黾俛：努力。

⑥非沙门也：非佛教徒所为。沙门，僧徒。

⑦镵险堙圮：铲平险阻，填平坍塌的地方。

⑧丹垩：红白相间。指寺院房屋墙壁被涂成红色或白色。

⑨释宫：佛教宫殿。

⑩高邮秦观太虚：秦观，宋朝扬州高邮人，字少游，又字太虚，出于苏轼门下，为苏门四学士之一。

⑪参寥：宋代高僧，苏轼的挚友。

⑫燕坐：安静的打坐。

⑬高其退：认为他能退隐是高明之举。

⑭如如不动：常在而不动。如如，佛教指真如常住、圆融而不凝滞的境界。引申为常在。

东轩记

余即以罪谪监筠州盐酒税[①]，未至，大雨。筠水泛溢，蔑[②]南市，登北岸，败[③]刺史府门。盐酒税治舍，俯江之濆[④]，水患尤甚。既至，敝不可处[⑤]。乃告于郡，假部使者府以居。郡怜其无归也[⑥]，许之。岁十二月，乃克支其欹斜[⑦]，补其圮[⑧]缺，辟厅事堂之东为轩，种杉二本[⑨]，竹百个[⑩]，以为晏休[⑪]之所。然盐酒税旧以三吏共事，余至，其二人者，适[⑫]皆罢去，事委于一。昼则坐市区，鬻盐沽酒税豚鱼[⑬]，与市人争寻[⑭]尺以自效，暮归，筋力疲废，辄昏然就睡，不知夜之既旦[⑮]，旦则复出营职，终不能安于所谓东轩者。每旦暮出入其旁，顾之，未尝不哑然[⑯]自笑也。

余昔少年读书，窃尝怪以颜子箪食瓢饮，居于陋巷，人不堪其忧，颜子不改其乐[⑰]。私以为虽不欲仕，然抱关击柝[⑱]，尚可自养，而不害于学，何至困辱贫窭[⑲]自苦如此。及来筠州，勤劳盐米之间，无一日之休，虽欲弃尘垢，解羁絷[⑳]，自放于道德之场，而事每劫而留之。然后知颜子之所以甘心贫贱，不肯求斗升之禄以自给者，良以[㉑]其害于学故也。嗟夫！士方其未闻大道，沈酣[㉒]势利，以玉帛子女自厚，自以为乐矣。及其循理以求道，落其华[㉓]而求其实。从容自得，不知夫天地之为大，与死生之为变，而况其下者乎！故其乐也，足以易穷饿而不怨，虽南面之王不能加之，盖非有德不能任也。余方区区[㉔]欲磨洗浊污，睎[㉕]圣贤之万一，自视缺然[㉖]，而欲庶几[㉗]颜氏之福，宜其不可得哉？

若夫[㉘]孔子周行天下，高为鲁司寇[㉙]，下为乘田[㉚]、委吏[㉛]，惟其所遇，无所不可。彼盖达者之事，而非学者之所望也。余既以谴来此，虽知桎梏[㉜]之害而势不得去，独幸岁月之久，世或哀而怜之，使得归复田里[㉝]，治先人之敝庐[㉞]，为环堵[㉟]之室而居之。然后追求颜氏之乐，怀思东轩，优游[㊱]以忘其老，然而非所敢望也。元丰三年十二月初八日，眉山苏辙记。

王安石于熙宁九年被罢相后，围绕着变法与反变法的政治斗争已演变成残酷的倾轧和报复。苏轼被变法派一些极端分子从他的诗句中搜罗了一些罪名，关进监狱，苏辙也因此受到牵连，从南京签书判官贬谪到筠州监盐酒税。这个差事对苏辙来说不啻于刑罚，一天到晚在市场上与人计较斤两，夜里一回到自己那简陋的东轩里倒头便睡。环境如此之苦，苏辙还是勉励自己要向孔子的学生颜渊学习，居于陋巷而自得其乐，并希望自己有一天能得到哀悯，允许回到故乡，到那时，优哉游哉，也会时时怀思这里的东轩。

这篇文章就是记录了这样一段生活和感受，字字平易，但字字酸楚。

【注释】

①余即以罪谪监筠州盐酒税：苏辙因其兄苏轼的"乌台诗案"被贬谪到筠州监盐酒税。

②蔑：毁灭。

③败：坏，这里是大水冲坏之意。

④江之漘：锦江边上。江，蜀江，今名叫锦江，在高安县北流过。漘，水边。《诗·魏风·伐檀》："置之河之漘兮。"

⑤敝不可处：敝，破坏，毁坏。处，置身，居住。

⑥无归：无处安身。

⑦乃克支其欹斜：克，能。欹，倾斜，向一边歪倒。

⑧圮：坍塌。

⑨种杉二本：种两株杉树。杉，又名沙木，常绿乔木，干高而直，木材耐朽。

⑩竹百个：一百来株竹子。

⑪晏休：安闲休息。晏，逸乐，闲居。

⑫适：正，恰巧。

⑬鬻盐沽酒税豚鱼：鬻，卖。沽，通"酤"，买或卖。豚，小猪。

⑭寻：长度单位，八尺为寻。

⑮旦：天亮。

⑯哑然：笑声。

⑰余昔句：颜子，即颜回，孔子的弟子，其事见于《论语·雍也》："子曰：'贤哉回也！一箪食，一瓢饮，在陋巷，人不堪其忧，回也不改其乐。贤哉回也！'"箪食瓢饮，引申为"安贫乐道"的意思。箪，竹制或苇制的盛器，常用以盛饭。圆形的叫"箪"，方形的叫"笥"。《左传·哀公二十年》："与之一箪珠。"杜预注："箪，小笥"。饮，这里用作

名词，用于饮用的酒水类。陋巷，简陋的街巷，贫民居住的地方。不堪，忍受不了。

⑱抱关击柝：守关巡夜的人，喻地位低微的小吏。《荀子·荣辱》："或监门御旅，抱关击柝，而不自以为寡。"抱关，守关。击柝，巡夜。柝，古代巡夜者击以报更的木梆。

⑲窭：贫寒。《诗·邶风·北门》："终窭且贫。"

⑳羁絷：束缚。羁，马络头。絷，绊马索。

㉑良以：确实因为。良，副词，确实，实在。

㉒沉酣：沉醉于。酣，饮酒尽量，引申为沉湎畅快。

㉓华：同"花"。

㉔区区：义同"姁姁"，喜悦自得的样子。

㉕睎：仰慕。

㉖缺然：不足，不如的样子。

㉗庶几：副词，表示希望。

㉘若夫：发语词，用在一句或一段话的开头，引起论述。

㉙鲁司寇：鲁，春秋战国时的一个诸侯国，地在今山东省。司寇，古代官名，主管刑狱，为六卿之一，春秋诸国都设有司寇官。

㉚乘田：春秋时鲁国管理牧场饲养的小吏。《孟子·万章下》："（孔子）尝为乘田矣。"

㉛委吏：古代负责仓库保管、会计事务的小官。《孟子·万章下》："孔子尝为委吏矣，曰：'会计当而已矣'。"

㉜桎梏：脚镣手铐，古代用来拘系罪人手脚的刑具。《周礼·秋官》："中罪桎梏。"郑玄注："在手曰梏，在脚曰桎。"比喻一切束缚人的东西，这里是比喻义。

㉝田里：家乡。

㉞敝庐：破旧房屋，"家园"的谦虚说法。

㉟环堵：周围环着四堵墙，中无所有。形容居室隘陋。

㊱优游：悠闲自得的样子。

武昌九曲亭记

子瞻[1]迁于齐安[2]，庐[3]于江上。齐安无名山，而江之南武昌诸山，陂陁蔓延[4]，涧谷深密[5]。中有浮图精舍[6]。西曰西山，东曰寒溪[7]，依山临壑[8]，隐蔽松枥[9]，萧然绝俗[10]，车马之迹不至。每风止日出，江水伏息[11]，子瞻仗策载酒[12]。乘渔舟乱流[13]而南，山中有二三子，好客而喜游，闻子瞻至，幅巾[14]迎笑，相携徜徉[15]而上，穷山之深[16]，力极而息[17]，扫叶席草[18]，酌酒相劳[19]，意适忘反[20]，往往留宿于山上。以此居齐安三年，不知其久也。

然将适[21]西山，行于松柏之间，羊肠九曲而获少平[22]，游者至此必息。倚怪石，荫[23]茂木，俯视大江，仰瞻陵阜[24]，旁瞩[25]溪谷，风云变化，林麓向背[26]，皆效[27]于左右。有废亭焉，其遗址甚狭，不足以席众客。其旁古木数十，其大皆百围千尺，不可加以斤斧[28]。子瞻每至其下，辄睥睨[29]终日。一旦大风雷雨，拔去其一，斥[30]其所据，亭得以广。子瞻与客入山视之，笑曰："兹欲以成吾亭耶[31]？"遂相与营[32]之，亭成而西山之胜[33]始具，子瞻于是最乐。

昔余少年，从子瞻游。有山可登，有水可浮，子瞻未始不褰裳先之[34]。有不得至，为之怅然移日[35]。至其翩然[36]独往，逍遥[37]泉石之上，撷林卉[38]，拾涧实[39]，酌水而饮之，见者以为仙也。盖天下之乐无穷，而以适意[40]为悦。方其得意，万物无以易之[41]；及其既厌[42]，未有不洒然[43]自笑者也。譬[44]之饮食，杂陈于前，要之[45]一饱，而同委[46]于臭腐。夫孰[47]知得失之所在？惟其无愧于中，无责于外，而姑寓焉[48]，此子瞻之所以有乐于是也。

武昌九曲亭位于湖北鄂城县西的九曲岭上，为三国时孙权所建，后废弃。苏轼被贬谪到这里，重新加以修建。

元丰五年，苏辙四十四岁时被贬高安，路过苏轼所在的齐安，专程看望哥哥，并写下了这篇记文。文中描述了哥哥苏轼适意旷远、放情山水间的豪迈情趣。字里行间,洋溢着苏辙对哥哥苏轼为人品行的赞许和仰慕之情。

【注释】

①子瞻:苏辙哥哥苏轼的字。

②迁于齐安:迁,贬官远调。苏轼是在宋神宗元丰三年(公元1080年)春被贬齐安的。齐安,即黄州,今湖北省黄冈县。

③庐:这里用作动词,结庐、居住。

④陂陁蔓延:山势起伏,连绵不断。《广韵》:"陂陀,不平之貌。"陁,同"陀"。

⑤涧谷深密:涧,夹在两山间的水沟。谷,山谷,两山之间的深沟,深密,多而幽深。

⑥浮图精舍:佛教徒居住的房子。浮图,佛教名词,梵语(印度古代的一种语言)"Buddha"(佛陀)的译音,也写作"浮屠"或"佛图",意思是"觉者""智者",本指"佛",因称佛教徒为佛图氏,佛经为浮图经。"佛塔"也叫"浮图",这是将"佛塔"的音"窣堵波"误译作"浮图"所致。精舍,即僧舍,寺院,修行的人所住的房子,因修炼要精心,故名精舍,并非"精美的房舍"。《艺文类聚》:"非由其舍精妙,良由精炼行者所居也。"

⑦西曰西山,东曰寒溪:西山,即樊山。这里指西山寺。寒溪,指寒溪寺。《清一统志》:"樊山在武昌县西,一名袁山,一名来山,一名西山,一名寿昌山,一名樊冈,上有九曲岭。寒溪在武昌县樊山下,有寺又名西山寺,在武昌县西。晋(晋朝)建寒溪寺,在武昌寒溪上,一名资圣寺。"

⑧壑:山沟。

⑨枥:同"栎",俗名"柞树",落叶乔木,叶可饲柞蚕。

⑩萧然绝俗:萧然,清静的样子。绝俗,隔绝尘世。

⑪伏息:平息。这里形容水波不兴,缓缓流动。

⑫杖策载酒:杖,用如动词,拄着。策,手杖。载,装。

⑬乱流:横度。乱,横截水流而渡。《尔雅·释水》:"正绝流曰乱。"

⑭幅巾:长条形的布巾,古代男以绢一幅(广二尺二寸)裹头,不戴帽子,表示儒雅不俗,有隐士风度。

⑮徜徉:漫步、徘徊,形容自由自在、无拘无束地游玩。

⑯穷山之深:走进山的深处。穷,尽。

⑰力极而息:力量用尽了,就停下来休息。极,尽。

⑱席草:以草地为席,即坐在草地上。席,用作动词,"以……为席"。

⑲劳:慰劳。

⑳意适忘反：心情舒畅，忘了回家，适，舒适畅快。反，同“返”，回家。

㉑适：往，动词。

㉒羊肠九曲而获少平：羊肠九曲，比喻道路曲折而狭窄。少平，小块平地。

㉓荫：用作动词，掩蔽。

㉔阜：土山。

㉕瞩：注视，看。

㉖林麓向背：树林和山脚，有的面对这块小平地，有的背朝它。麓，山脚。

㉗效：显现，献出。

㉘斤斧：斧头。斤，斧头一类的砍伐工具。

㉙睥睨：斜着眼睛看，这里是“观察”的意思。《广雅·释诂》：“睥睨，视也。”

㉚斥：开拓扩大。

㉛兹欲以成吾亭耶：这是要我修成我的亭子吧？

㉜遂相与营：遂，就、于是。相与，共同，一齐，营，营造。

㉝胜：名胜。

㉞未始不褰裳先之：未始，未尝，不曾。褰，同“攓”，把衣裳提起来。《说文》：“攓，抠衣也。”裳，下衣。

㉟怅然移日：一整天不高兴。怅然，愁闷不乐的样子。移日，即愈日，过了一天。

㊱翩然：轻快的样子。

㊲逍遥：这里指自由自在地游玩。

㊳撷林卉：撷，摘取。卉，草，这里指花草。

㊴实：这里指落在山涧的果子。

㊵适意：合于心意，自得而乐。

㊶“方其”句：当他得意的时候，任何事物都不能与他对换。方，当。易，换。

㊷既厌：已经厌倦。

㊸洒然：吃惊的样子。陆德明《经典释文》：“洒……惊貌。”

㊹譬：比如，打比方。

㊺要之：总之。

㊻委：归、付。

㊼孰：谁。

㊽“惟其”句：只要内心无愧，外人又无从责备，而姑且寄托心意于此就可以了。姑，姑且。“寓焉”后省略了“斯可矣”之类的文字。

吴氏浩然堂记

新喻吴君，志学而工诗，家有山林之乐，隐居不仕，名其堂曰“浩然”。曰：“孟子，吾师也，其称曰：‘我善养吾浩然之气。’吾窃喜焉，而不知其说，请为我言其故。”

余应之曰：子居于江，亦尝观于江乎？秋雨时至，沟浍[1]盈满，众水既发，合而为一。汪濊淫溢，充塞坑谷。然后滂洋[2]东流，蔑洲渚，乘丘陵，肆行而前，遇木而木折，触石而石陨，浩然物莫能支。子尝试考之，彼何以若此浩然也哉？今夫水无求于深，无意于行，得高而渟[3]，得下而流，忘己而因物，不为易勇[4]，不为险怯。故其发也，浩然放乎四海。古之君子，平居以养其心，足乎内，无待乎外，其中潢漾[5]，与天地相终始。止则物莫之测，行则物莫之御[6]。富贵不能淫，贫贱不能忧。行乎夷狄患难而不屈，临乎死生得失而不惧，盖亦未有不浩然者也。故曰：“其为气也，至大至刚，以直养而无害，则塞乎天地。”今余将登子之堂，举酒相属，击槁木[7]而歌，徜徉乎万物之外，子信以为能浩然矣乎？

元丰四年七月九日，眉山苏辙记。

苏辙在贬居筠州时结识了文中所提的吴君即吴厚秀才。吴秀才仰慕孟子，以孟子所说的“吾善养吾浩然之气”的意思来取作亭堂的名字，但不知“浩然”之意怎样解释，请苏辙来回答。苏辙便在此文中以水为喻，进行了一番形象的论述。

【注释】

①浍：田间水沟。

②滂洋：滂湃汪洋。

③渟：水停滞。

④不为易勇：不因为容易就变得勇敢。

⑤潢漾：水大的样子。

⑥御：抵御，抵挡。

⑦槁木：枯木。

黄州快哉亭记

江[①]出西陵[②]，始得平地：其流奔放肆大[③]，南合沅湘[④]，北合汉沔[⑤]，其势益张[⑥]；至于赤壁[⑦]之下，波流浸灌[⑧]，与海相若[⑨]。清河张君梦得[⑩]，谪居齐安[⑪]，即其庐之西南为亭[⑫]，以览观江流之胜[⑬]；而余兄子瞻名之曰"快哉"。盖亭之所见，南北百里，东西一舍[⑭]，涛澜汹涌，风云开阖[⑮]；昼则舟楫出没于其前，夜则鱼龙悲啸于其下；变化倏忽[⑯]，动心骇目，不可久视，——今乃得玩之几席[⑰]之上，举目而足；西望武昌诸山，冈陵[⑱]起伏，草木行列[⑲]，烟消日出，渔夫樵父[⑳]之舍，皆可指数[㉑]，此其所以为"快哉"者也。

至于长洲之滨[㉒]，故城之墟[㉓]，曹孟德、孙仲谋之所睥睨[㉔]，周瑜、陆逊之所骋骛[㉕]，其流风遗迹，亦足以称快世俗[㉖]。昔楚襄王从宋玉、景差于兰台之宫，有风飒然至者，王披襟当之曰："快哉此风！寡人所与庶人共者耶？"宋玉曰："此独大王之雄风耳，庶人安得共之？"玉之言，盖有讽焉[㉗]，夫风无雄雌之异，而人有遇不遇之变[㉘]：楚王之所以为乐，与庶人之所以为忧，此则人之变也，而风何与焉[㉙]？

士生于世，使其中不自得[㉚]，将何往而非病[㉛]；使其中坦然，不以物伤性[㉜]，将何适[㉝]而非快？今张君[㉞]不以谪为患，窃会计之馀功[㉟]，而自放山水之间，此其中宜[㊱]有以过人者：将蓬户瓮牖[㊲]，无所不快；则况乎濯[㊳]长江之清流，揖[㊴]西山之白云，穷耳目之胜以自适也哉[㊵]？不然，连山绝壑[㊶]，长林古木，振之以清风，照之以明月，此皆骚人思士之所以悲伤憔悴而不能胜者[㊷]，乌睹其为快也哉[㊸]！元丰六年十一月朔日，赵郡苏辙记[㊹]。

快哉亭的建造者叫张梦得，即张怀民。元丰六年他被贬官齐安(即黄州)，与他命运很相似的苏轼当时也贬官于此，任黄州团练副使。张梦得也是生性放达，与苏轼是至交。他于住地附近建了一座亭子，用以观览山川胜景，自适愉怀，苏轼为他的这个亭子取名为快哉亭。

苏辙在这篇记文中，描述了快哉亭周围壮丽的景色，赞赏了张梦得不以政治上得失萦怀，旷达不羁的品操，同时也隐含着对哥哥苏轼的劝慰。

【注释】

①江：这里专指长江。

②西陵：西陵，西陵峡，又名“夷陵峡”“巴峡”，是长江三峡（其他两峡是巫峡、瞿塘峡）中最长的一个，自巴东至宜昌，约一百千米。

③奔放肆大：奔放，指江流奔腾迅疾。肆大，形容水热浩大而无阻。肆，展开、无阻。

④南合沅湘：合，汇合、纳入。沅，沅江。湘，湘江。两水都在湖南省，流经洞庭湖，注入长江。

⑤汉沔：即汉水，源出陕西省宁羌县，称漾水，流经沔县，称沔水，又东经褒城县，纳褒水，流经汉中，称汉水，经汉口入长江。

⑥益张：更加盛大。益，更加、越发。张，开阔，大。

⑦至于赤壁：至于，到了。赤壁，即赤鼻矶，并非周瑜破曹兵的赤壁。

⑧浸灌：流注。形容水势浩荡。

⑨相若：相似。若，似。

⑩清河张君梦得：清河，今河北省清河县，张梦得的家乡。古人常将家乡的县名冠在名字之首。张梦得，即张怀民。

⑪齐安：即黄州，今湖北省黄冈县。

⑫即：就在。

⑬胜：名词，胜景。

⑭一舍：三十里。《左传·僖公二十三年》：晋、楚治兵，遇于中原，其辟（避）君三舍。贾逵注：“三舍，九十里。”

⑮风云开阖：指风云变化，天气阴晴。开，云开雾散，指天晴。阖，乌云闭合，指天阴。阖，闭。

⑯倏忽：迅速，忽然。

⑰玩之几席：玩，赏玩。几，小桌。

⑱冈陵：冈，山脊。陵，大阜，丘陵。

⑲行列：用作动词，成行成列。

⑳樵父:打柴的老汉。

㉑指数:指点历数。意指看得很清楚。

㉒长洲之滨:长洲,长江中长条形的沙洲。滨,水边。

㉓故城之墟:故城,指孙权所建吴国的都城。墟,废墟。

㉔曹孟德、孙仲谋之所睥睨:曹孟德,即曹操。孙仲谋,即孙权。两人是三国赤壁之战时敌对双方的统帅。睥睨,斜着眼睛看,这里有傲视对方以争雄之意。

㉕周瑜、陆逊之所骋骛:周瑜,孙吴名将,字公瑾,庐江舒(今安徽省舒城县)人,赤壁之战中吴军的主将。陆逊,孙吴名将,字伯言,吴郡(今江苏省苏州市)人,曾两次驻节黄州。骋骛,奔走、追逐。

㉖世俗:社会风俗。这里指社会上一般的人。

㉗昔楚襄王……有讽焉:此数句见宋玉《风赋》。"快哉"一词源出于此。楚襄王,楚怀王之子。宋玉,战国时楚国大夫,郢都(今湖北省江陵县)人,屈原的弟子,著名的文学家,擅长辞赋。景差,楚国大夫,文学家。兰台,楚国宫苑,在今湖北省钟祥县。飒然,形容风声。披襟当之,敞开衣襟迎着吹来的风。披,开。当,迎着。寡人,诸侯自称。庶人,老百姓。共,共同享有。独,只是。耳,而已,罢了。安得,怎能。盖,大概。讽,讽喻。

㉘遇:遇时,碰到好机会。指得到赏识,重用。

㉙风何与焉:与风有什么相干?与,参与。

㉚使其中不自得:假使他心中不畅快。使,假使。中,心里。自得,得意畅快。

㉛病:忧愁,苦恨。

㉜不以物伤性:不因为外物的影响而损害性情。以,因为。物,外物,环境。性,性情、精神。

㉝适:往。

㉞张君:指张怀民。

㉟窃会计之馀功:窃,这里有"利用""偷闲"之意。会计,征收钱粮等公务。馀功,剩余的时间。

㊱宜:应当。

㊲将蓬户瓮牖:将,即令。蓬户瓮牖,指穷苦人的住处。语见《礼记·儒行》孔颖达疏:"蓬户,谓编蓬为户。又以蓬塞门谓之蓬户。瓮牖者,谓牖窗圆如瓮口也。又云以败瓮口为牖。"瓮,坛子,牖,窗户。

㊳濯:洗。

㊴揖:以礼相待。

㊵穷耳目之胜以自适也哉:穷,尽。胜,美妙。自适,自求安乐。适,安适快乐。

㊶壑：山沟。

㊷骚人思士：伤感的文人和深思善感的文人。

㊸乌睹：乌，哪里，怎么。睹，看。

㊹元丰句：元丰六年，公元 1084 年。元丰，宋神宗赵顼的年号。朔，阴历每月的初一日。赵郡，今河北省赵县。苏辙祖籍赵郡栾城，所以他自称“赵郡苏辙。”

黄州师中庵记

师中，姓任氏，讳伋，世家眉山，吾先君子[①]之友人也，故余知其为人。尝通守齐安，去而其人思之不忘，故齐安之人知其为吏。师中平生好读书，通达大义，而不治章句，性任侠喜事，故其为吏通而不流[②]，猛而不暴。所至，吏民畏而安之，不能欺也。始为新息令，知其民之爱之，买田而居。新息之人亦曰："此吾故君也。"相与事之不替。及来齐安，常游于定惠院。既去，郡人名其亭曰"任公"。

其后余兄子瞻以谴迁齐安，人知其与师中善也，复于任公亭之西为师中庵。曰："师中必来访子，将馆于是[③]。"明年三月，师中没于遂州。郡人闻之，相与哭于定惠者凡百余人，饭僧于亭，而祭师中于庵。盖师中之去，于是十余年矣。

夫吏之于民，有取而无予，有罚而无恩，去而民忘之，不知所怨，盖已为善吏矣。而师中独能使民思之于十年之后，哭之皆失声，此岂徒然者哉！朱仲卿为桐乡啬夫[④]，有德于其民，死而告其子："必葬我桐乡。后世子孙奉尝我不如桐乡民。"既而桐乡祠之不绝。今师中生而家于新息，没而齐安之人为亭与庵以待之，使死而有知，师中其将往来于新息、齐安之间乎？余不得而知也。元丰四年十二月日，眉山苏辙记。

任师中与苏辙是同乡，与苏轼是密友，为新息令时，深受民众爱戴。后来到齐安（即黄州）常游定惠院，因与苏轼友善，人们为他建了师中庵。他死后，人们相与哭于定惠院，对他表示了深切的悼念。

苏辙在此文中赞扬任师中为吏善治，对他深受民众厚爱到如此程度赞叹不已。

【注释】

①先君子:指亡父。这里指苏辙的父亲苏洵。

②通而不流:善于变通而不随意。通,灵活,变通。流,原指水的流动。这里引申为随意,任意。

③将馆于是:将在这里下榻。馆,此处用为动词,住在……地方。

④啬夫:乡官,职掌听讼,收取赋税。

南康直节堂记

南康太守听事[①]之东，有堂曰“直节”，朝请大夫徐君望圣[②]之所作也。庭有八杉，长短巨细若一，直如引绳，高三寻而后枝叶附之。岌然如揭太常之旗[③]，如建承露之茎[④]，凛然如公卿大夫高冠长剑立于王廷，有不可犯之色。堂始为军六曹吏所居。杉之阴，府史之所蹲伏，而簿书之所填委，莫知贵也。君见而怜之，作堂而以“直节”命焉。夫物之生，未有不直者也。不幸而风雨挠之，岩石轧之，然后委曲随物，不能自保。虽竹箭之良，松柏之坚，皆不免于此。惟杉能遂其性，不扶而直。其生能傲冰雪而死能利栋宇者，与竹柏同，而以直过之。求之于人，盖所谓不待文王而兴者耶？

徐君温良泛爱，所居以循吏称[⑤]，不为皦察[⑥]之政，而行不失于直。观其所说，而其为人可得也。《诗》曰：“惟其有之，是以似之[⑦]。”堂成，君以客饮于堂上。客醉而歌曰：

吾欲为曲，为曲必屈，曲可为乎？吾欲为直，为直必折，直可为乎？有如此杉，特立不倚，散柯布叶，安而不危乎？清风吹衣，飞雪满庭，颜色不变，君来燕嬉[⑧]乎？封植灌溉，剪伐不至，杉不自知，而人是依乎？庐山之民，升堂见杉，怀思其人，其无已乎？

歌阕[⑨]而罢。元丰八年正月十四日，眉山苏辙记。

这篇记文借赞赏直节堂前杉树为名，称颂了徐望圣为官正直和高尚的人品。

【注释】

①听事：听堂。指官府处理政事的地方。

②徐君望圣：即徐望圣。君，加在姓名中间，表示一种尊称。

③岌然如揭太常之旗：高高挺立如举起太常大旗。揭，举，举起。太常，旗名。古时天

子旌旗上画着日月，叫太常。

④如建承露之茎：如树起承露盘的直茎。建，树起。承露，指承露盘。汉武帝迷信神仙，于神明台上作承露盘，立铜仙人舒掌以接甘露，以为饮之可以延年。

⑤以循吏称：以奉职守法的官吏而被称道。

⑥皦察：考察特别分明。引申为管理特别严格的意思。

⑦惟其有之，是以似之：意思是一个人的一些外在表现能反映出一个人内在的修养品性。

⑧燕嬉：宴饮喜乐。

⑨阕：歌曲或乐曲终止。

洛阳李氏园池诗记

洛阳古帝都，其人习于汉唐衣冠之遗俗，居家治园池，筑台榭，植草木，以为岁时游观之好[①]。其山川风气，清明盛丽，居之可乐。平川广衍，东西数百里，嵩高少室，天坛王屋[②]，冈峦靡迤，四顾可挹[③]，伊、洛、瀍、涧[④]，流出平地。故其山林之胜，泉流之洁，虽其闾阎之人与公侯共之。一亩之宫，上瞩青山，下听流水，奇花修竹，布列左右，而其贵家巨室园囿亭观之盛，实甲天下[⑤]。

若夫李侯之园，洛阳之一二数者也。李氏家世名将，大父[⑥]济州，于太祖皇帝为布衣之旧，方用兵河东，百战百胜。烈考[⑦]宁州，事章圣皇帝，守雄州十有四年，缮守备，抚士卒，精于用间，其功烈尤奇。李侯以将家子，结发从仕，历践父祖旧职[⑧]，勤劳慎密，老而不懈，实能世其家。既得谢，居洛阳，引水植竹，求山谷之乐，士大夫之在洛阳者，皆喜从之游，盖非独为其园也。

凡将以讲闻济、宁之余烈[⑨]，而究观祖宗用兵任将之遗意，其方略[⑩]远矣。故自朝之公卿，皆因其园而赠之以诗，凡若干篇。仰以嘉其先人，而俯以善其子孙。则虽洛阳之多大家世族，盖未易以园囿相高也。熙宁甲寅，李侯之年既八十有三矣，而视听不衰，筋力益强，日增治其园而往游焉。将刻诗于石，其子遵度官于济南，实从予游[⑪]，以侯命求文以记。予不得辞，遂为之书。熙宁七年十一月十七日记。

洛阳从汉代开始就成了帝王将相集会之处，园池众多。苏辙应李遵度之请，为他的洛阳李氏池园写下了这篇记文。文中既没有写这个池园的兴建过程，也没有写园中的美景，而是着重追溯了洛阳名园兴盛的原因，赞颂了李遵度的祖德家风。

【注释】

①好：喜好，爱好。

②嵩高少室，天坛王屋：嵩高少室，指五岳之一中岳嵩山，在河南登封县北。古称外方，又名嵩高，因处四方之中，山形高大，故称。东边的叫太室，西边的叫少室，统称嵩高。天坛、王屋，也是两座山名。

③挹：舀，把液体盛出来。

④伊、洛、瀍、涧：四个水名。

⑤实甲天下：确实是天下第一。

⑥大父：祖父。

⑦烈考：对已故先人的美称。

⑧历践父祖旧职：担任了父、祖所担当过的各种职务。

⑨余烈：遗留的功业。

⑩方略：策略。

⑪实从予游：与我交友游玩。

太子少保赵公诗石记

高安太守朝请大夫毛公，与资政殿大学士太子少保赵公，里人也①。公始以老归故乡，大夫适方家居，与公出入相从，为山林之游，朝夕无间。公好为诗，而大夫以诗自名，遇其得意，辄以诗相属②。

元丰三年，大夫来守高安，簿书期会，非其意也。间与客语，有归欤之叹③，曰："要当从公于松石之间，逍遥以忘吾老。"时又出公之诗，以夸其坐人④。公诗清新律切，笔迹劲丽，萧然如其为人，盖老而益精，不见衰惫之气。卒然观之，不知其既老之为也。

辙昔少年，始见公于成都，中见公于京师，其容晬然⑤以温，其气肃然以清。十年之间，富贵炜烨，谈笑于廊庙⑥，而其所以为公者，湛然无毫发之异。自不见公，今又十余年。间而闻之公之乡人，见之公之诗书，其风力骨骼有加而无损，亦与始见无异。然后知公之所以过人者远甚。盖人必有不可变者，然皆汩没⑦于尘垢，与物流转而不返。于是索然茫然，与发皆白，与齿皆落，忽然失之而不自知也。若夫公之不可变者，辙亦安足识之，盖亦见其见于外者而已。大夫将刻公诗于石，而属辙为记。

此文在赞赏赵公诗的同时，还对赵公及毛公相与唱和，流连山水，乐而忘老的行为品德给予了很高的评价。

【注释】

①里人也：同乡人。

②相属：相托付。

③有归欤之叹：返璞归真之感叹，有摆脱官场束缚回归民间的意思。欤，语气词。

④以夸其坐人：向在座的人夸耀。

⑤晬然：润泽的样子。

⑥廊庙：朝廷。

⑦汩没：沉没。

汝州龙兴寺修吴画殿记

予先君宫师[①]平生好画，家居甚贫，而购画常若不及。予兄子瞻少而知画，不学而得用笔之理。辙少闻其余，虽不能深造之，亦庶几[②]焉。

凡今世自隋晋以上，画之存者无一二矣；自唐以来，乃时有见者。世之志于画者，不以此为师，则非画也。予昔游成都，唐人遗迹遍于老佛之居[③]。先蜀之老有能评之者曰："画格[④]有四，曰能、妙、神、逸。"盖能不及妙，妙不及神，神不及逸。称神者二人，曰范琼、赵公佑[⑤]，而称逸者一人，孙遇[⑥]而已。范、赵之工，方圜不以规矩，雄杰伟丽，见者皆知爱之。而孙氏纵横放肆，出于法度之外，循法者不逮其精，有从心不逾矩之妙。于眉之福海精舍，为行道天王。其记曰："集润州高座寺张僧繇[⑦]。"予每观之，辄叹曰："古之画者必至于此，然后为极欤！"其后东游至岐下，始见吴道子[⑧]画，乃惊曰："信矣，画必以此为极也！"盖道子之迹，比范、赵为奇，而比孙遇为正，其称画圣，抑以此耶？

绍圣元年四月，予以罪谪守汝阳，间与通守李君纯绎游龙兴寺，观华严小殿，其东西夹[⑨]皆道子所画，东为维摩、文殊[⑩]，西为佛成道[⑪]，比岐下所见，笔迹尤放。然屋瓦弊漏，涂栈缺弛，几侵于风雨。盖事之精不可传者，常存乎其人，人亡而迹存，达者犹有以知之。故道子得之隋晋之余，而范、赵得之道子之后。使其迹亡，虽有达者，尚谁发之？时有僧惠真方葺寺大殿，乃喻使先治此。予与李君亦少助焉，不逾月，坚完如新。于殿危[⑫]之中得记曰："治平丙午苏氏惟政所葺[⑬]。"众异之曰："前后葺此皆苏氏，岂偶然也哉！"惠真治石请记，五月二十五日。

这篇记文由作者父亲、兄长善画谈起，对前代的一些画家进行了评论。文章运用曲笔，层层深入，引人至深。

【注释】

①宫师：苏辙的父亲苏洵曾任试秘书省校书郎，掌管校勘秘书监文籍，故称宫师。

②庶几：差不多。

③老佛之居：道教、佛教的居所。

④画格：画的风格。

⑤范琼、赵公佑：皆唐代画家，工于佛教壁画。善画佛鬼神，作画不拘行迹，以神似见长。

⑥孙遇：即孙位，晚唐东越人，后遇异人，得度世之法，改名为遇。他长于画水，神技超群，性情疏野，襟怀超然。好饮酒，但未曾沉醉。善画人鬼杂相，常与禅僧道士往来。豪贵相请，礼有少慢，纵赠千金，难留一笔。

⑦于眉之福海精舍，为行道天王。其记曰："集润州高座寺张僧繇。"：大意是：作者于老家四川眉山的福海寺院，见到了一幅名为"行道天王"的画，落款是："集润州高座寺张僧繇。"精舍，僧人所居处，即寺院。行道天王，神话传说中人物。张僧繇，南北朝时期的著名画家，尤其善于画道教、佛教人物。每每画龙，都不敢点睛，唯恐其飞去。

⑧吴道子：唐代人，名道玄，唐开元中召入供奉，为内教博士。他的画，笔法超妙，尤其擅长画道释人物及山水，有画圣之称。

⑨夹：两旁。这里指两边的墙壁。

⑩维摩、文殊：维摩，即维摩诘，释迦牟尼同时人，曾向佛教弟子舍利佛、弥勒、文殊师利等讲说大乘教义。文殊，即文殊师利，称文殊菩萨，与普贤常侍于释迦牟尼佛之左右。

⑪佛成道：指佛祖修炼的事。

⑫殿危：殿脊之上。

⑬治平丙午苏氏惟政所葺：意思是宋英宗治平丙午年苏氏为政于此时所修葺。

遗老斋记

庚辰之冬，予蒙恩归自南荒，客于颍川，思归而不能。诸子忧之曰："父母老矣，而居室未完，吾侪[①]之责也。"则相与卜筑，五年而有成。其南修竹古柏，萧然如野人之家。乃辟其四楹，加明窗曲槛，为燕居之斋。斋成，求所以名之，予曰："予颍滨遗老也，盍以'遗老'名之？汝曹志之[②]。予幼从事于诗书，凡世人之所能，茫然不知也。年二十有三，朝廷方求直言，有以予应诏者。予采道路之言，论宫掖之秘，自谓必以此获罪，而有司果以为不逊。上[③]独不许曰：'吾以直言求士，士以直言告我。今而黜之，天下其谓我何？'宰相不得已，置之下第[④]。自是流落，凡二十余年。及宣后临朝，擢为右司谏[⑤]。凡有所言，多听纳者。不五年，而与闻国政，盖予之遭遇者再，皆古人所希有[⑥]。然其间与世俗相从，事之不如意者，十常六七，虽号为得志，而实不然。予闻之乐莫善于如意，忧莫惨于不如意。今予退居一室之间，杜门却扫，不与物接。心之所可，未尝不行；心所不可，未尝不止。行止未尝少不如意，则予平生之乐，未有善于今日者也。汝曹志之，学道而求寡过[⑦]，如予今日之处遗老斋可也。"

苏辙一生大起大落，坎坷不定，事之不如意者，十常六七。儿子们为他建斋养老，他名之为遗老斋，杜门隐居，这才得到了真正的乐趣，感到了真正的如意。苏辙在此文中写了建斋的经过，写了他一生的起伏和感受，透露了一种世事沧桑，无奈过后的平静。

【注释】

①侪：辈。

②汝曹志之：你们等人记住。

③上：指皇帝，这里指宋仁宗。

④置之下第：以下等寻取。

⑤右司谏：官名，掌管讽喻规谏。

⑥希有：很少有，希，同“稀”。

⑦寡过：少有过错。

藏书室记

予幼师事先君，听其言，观其行事。今老矣，犹志[①]其一二。先君平居不治生业，有田一廛[②]，无衣食之忧。有书数千卷，手缉而校之，以遗子孙曰："读是，内以治身，外以治人，足矣。此孔氏之遗法也。"先君之遗言，今犹在耳。其遗书在椟[③]，将复以遗诸子，有能受而行之，吾世其庶矣乎！

盖孔氏之所以教人者，始于洒扫应对进退，及其安之，然后申之以弦歌，广之以读书。曰："道在是矣。仁者见之，斯以为仁；智者见之，斯以为智矣。"颜、闵[④]由是以得其德，予、赐[⑤]由是以得其言，求、由[⑥]由是以得其政，游、夏[⑦]由是以得其文，皆因其才而成之。譬如农夫垦田，以植草木，小大长短，甘辛咸苦，皆其性也，吾无加损焉，能养而不伤耳。孔子曰："十室之邑，必有忠信如丘[⑧]者焉。不如丘之好学也。"如孔子犹养之以学而后成，故古之知道者必由学，学者必由读书。傅说[⑨]之诏其君，亦曰："学于古训，乃有获。""念终始典于学，厥德修罔觉[⑩]。"而况余人乎？子路之于孔氏，有兼人之才，而不安于学，尝谓孔子："有民人社稷，何必读书然后为学？"孔子非之曰："汝闻六言六蔽[⑪]矣乎？好仁不好学，其蔽也愚；好智不好学，其蔽也荡；好信不好学，其蔽也贼；好直不好学，其蔽也绞[⑫]；好勇不好学，其蔽也乱；好刚不好学，其蔽也狂。"凡学而不读书者，皆子路也。信其所好，而不知古人之成败，与所遇之可否，未有不为病者。

虽然，孔子尝语子贡矣，曰："赐也，汝以予为多学而识之者欤？"曰："然。非欤？"曰："非也。予一以贯之。"一以贯之，非多学之所能致，则子路之不读书，未可非邪？曰：非此之谓也。老子曰："为学日益，为道日损。以日益之学求日损之道，而后一以贯之者，可得而见也。"孟子论学道之要曰："必有事焉，而勿正，心勿忘，勿助长也。"心勿忘，则莫如学；必有事，则莫如读书。朝夕从事于《诗》《书》，待其久而自得，则勿正勿助之谓也。譬之稼穑，"以为无益而舍之，则不耘苗者也；助之长，则揠苗者也"。以孔孟之说考之，乃得先君之遗意。

苏辙从其父苏洵的藏书和遗言说起，又引用孔、孟有关读书的言论和孔孟弟子的一些行为，反复论述了一个道理，那就是：不论是干事业，还是作学问，都必须要读书，并且要坚持不懈，循序渐进。

【注释】

①志：记。

②廛：古代一户人家所占的房地。

③椟：木柜，木匣。这里指书箱。

④颜、闵：指颜回，闵子骞，都是孔子学生。

⑤予、赐：指宰予、子贡(名赐)，皆孔子弟子。

⑥求、由：指冉求，仲由，皆孔子弟子。

⑦游、夏：指子游、子夏，都是孔子学生。

⑧丘：孔丘，即孔子。

⑨傅说：商代武丁之相，辅助武丁中兴了商朝。

⑩念终始典于学，厥德修罔觉：这句话的大意是，思想来源于学习，不知不觉间便修炼培养了品德。

⑪蔽：坏处。

⑫绞：急切。

待月轩记

昔予游庐山，见隐者焉，为予言性命之理曰："性犹日也，身犹月也。"予疑而诘之[①]。则曰："人始有性而已，性之所寓为身。天始有日而已，日之所寓为月。日出于东。方其出也，万物赖焉。有目者以视，有手者以执，有足者以履，至于山石草木亦非日不遂。及其入也，天下黯然，无物不废，然日则未始有变也。惟其所寓，则有盈阙。一盈一阙者，月也。惟性亦然，出生入死，出而生者，未尝增也。入而死者，未尝耗也，性一而已。惟其所寓，则有生死。一生一死者身也。虽有生死，然而死此生彼，未尝息也。身与月皆然，古之治术者知之，故日出于卯，谓之命，月之所在，谓之身。日入地中，虽未尝变，而不为世用。复出于东，然后物无不睹，非命而何？月不自明，由日以为明。以日之远近，为月之盈阙，非身而何？此术也，而合于道。世之治术者，知其说不知其所以说也。"

予异其言而志之久矣。筑室于斯，辟其东南为小轩。轩之前廓然[②]无障，几与天际。每月之望[③]，开户以须月之至。月入吾轩，则吾坐于轩上，与之徘徊而不去。一夕举酒延客，道隐者之语，客漫不喻[④]曰："吾尝治术矣，初不闻是说也。"予为之反复其理，客徐悟曰："唯唯。"因志其言于壁。

这篇文章主要是谈论"性"与"道"的问题，而这些谈论主要出自一位庐山隐者之口。这位隐者应该是一位道家人物，他所讲的"日""月""生""死"变化循环，都是在阐述道家理论。全文是围绕"性犹日也，身犹月也"这样一个颇为形象的论题展开论证的。其实，这位隐者很有可能是苏辙虚构的人物，借以表达他自己对人生的感悟。

【注释】

①诘之：追问这个事。

②廓然：开阔的样子。

③望：指月光满盈时，即农历的每月十五日。

④漫不喻：茫然而不明白。

坟院记

旌善广福禅院者，先公文安府君赠司徒坟侧精舍也[①]。先公既壮而力学，晚而以德行文学名于世。夫人程氏，追封蜀国太夫人，生而志节不群，好读书，通古今，知其治乱得失之故。有二子，长曰轼，季则辙也。方其少时，先公、先夫人皆曰："吾尝有志兹世。今老矣，二子其尚成吾志乎?"辙兄弟虽少而仕，亦流落不偶[②]，年几五十，乃始得还朝。兄气刚寡合，已入复出。辙碌碌无能轻重，五年而至尚书右丞，与闻国政，以故事得于坟侧建刹度僧，以荐先福。

坟之东南四里许，有故伽蓝[③]，陵阜相拱揖，松竹深茂。相传唐中和中，任氏兄弟所舍也。辙以请于朝，改赐今榜[④]，时元祐六年也。既三年，兄弟皆以罪废，南迁海上。又六年，蒙恩北归。兄至毗陵，以病没。辙中止颍川，不能归。又五年，前执政以黜去者，皆夺坟上刹[⑤]。又二年，上哀矜旧臣，手诏复还畀之。坟之西南十余步有泉焉，广深不及寻，昼夜潰涌[⑥]，清冽而甘，冬不涸，夏不溢。自辙南迁，而水日耗，至夺刹遂竭。父老来告，辙惕焉。疑获谴于幽明，彷徨不知所为。而手诏适至，泉亦滃然[⑦]而复。山中人皆曰："诏书及与天通耶?"辙闻之，溯阙而拜[⑧]，以膺[⑨]上赐。久之，乃为之记，使世世子孙知兹刹废兴所自，以无忘朝廷之德。政知二年壬辰九月乙卯朔六日庚申，中奉大夫护军栾城县开国伯赐紫金鱼袋[⑩]苏辙记。

此文借描述坟院附近的寺院和景观，抒发了作者与其兄苏轼一生沉浮的感慨。文章以平淡的笔法，表现了一种凝重沉郁的情绪。

【注释】

①先公文安府君赠司徒坟侧精舍也：亡父坟侧的寺院。先公，指亡父，即苏辙之父苏

洵。苏洵曾为文安县主簿,死后特赠光禄寺丞。司徒,古代主管教化的官。光禄寺丞,在宋代是一种无专职的教官。

②不偶:不和谐,多指处世不遇。

③伽蓝:佛寺。

④改赐今榜:(朝廷)改赐成现在的称号。榜,告示,公布的名单,这里引申为称号。

⑤刹:寺院。

⑥瀵涌:犹言"喷涌"。

⑦滃然:形容水盛的样子。

⑧溯阙而拜:对着宫阙的方向下拜。

⑨膺:受。

⑩中奉大夫护军栾城县开国伯赐紫金鱼袋:上述名称都是朝廷赐予苏辙的封号。

孟德传

孟德[①]者，神勇之退卒也[②]。少而好山林，既为兵[③]，不获如志[④]。嘉祐中[⑤]，戍秦州[⑥]，秦中多名山，德出[⑦]其妻，以其子与[⑧]人，而逃之华山[⑨]下，以其衣易[⑩]一刀十饼。携以入山；自念："吾禁军也，今至此，擒亦死，无食亦死，遇虎狼毒蛇亦死，此三死者，吾不复恤[⑪]矣；惟山之深者往焉。"食其饼既尽，取草根木实[⑫]食之，一日十病十愈[⑬]，吐、利、胀、懑[⑭]，无所不至，即数月安之，如食五谷[⑮]。以此入山，二年而不饥，然遇猛兽者数矣，亦辄[⑯]不死，德之言曰："凡猛兽类能识人气，未至百步，辄伏而号，其声震山谷，德以不顾死，未尝为动，须臾[⑰]，奋跃如将搏焉，不至十数步则止而坐，逡巡弭耳而去[⑱]；诚之前后如一。后至商州[⑲]，不知其商州也，为候者所执[⑳]，德自分[㉑]死矣，知商州宋孝孙谓之曰："吾视汝[㉒]非恶人也，类[㉓]有道者。"德具道本末[㉔]，乃使为自告者，置之秦州，张公安道[㉕]，适[㉖]知秦州，德称病得除兵籍为民。至今往来诸山中，亦无他异能。夫孟德，可谓有道者也。世之君子，皆有所顾[㉗]，故有所慕[㉘]、有所畏、慕与畏交于胸中，未必用也；而其色见于面颜，人望而知之。故弱者见侮[㉙]，强者见笑。未有特[㉚]立于世者也。今孟德其中[㉛]无所顾，其浩然之气[㉜]，发越于外；不自见而物见之矣。推此道也，虽列于天地可也，曾[㉝]何猛兽之足道哉？

本文属于传记体，作者以简练畅达的文笔描述了孟德具有传奇色彩的遭遇，刻画了他果敢无畏的性格。文章虽短，但情节曲折，人物刻画生动传神。

【注释】

①孟德：苏辙的同乡，一位神勇的退伍士兵。

②神勇之退卒：神勇，非常勇敢。神，神奇，异乎寻常。退卒，退伍的士兵。

③为兵：当了兵。

④不获如志：意思是，自己“好山林”的志愿不能实现。

⑤嘉祐中：嘉祐年间。嘉祐，宋仁宗赵祯的年号，公元 1056 年—1063 年。

⑥戍秦州：戍，戍守，军队驻防。秦州，今甘肃省天水县。

⑦出：离弃。

⑧与：给，送给。

⑨华山：五岳中的“西岳”，陕西省华阴县。

⑩易：交换。

⑪恤：忧虑，惊怕。

⑫木实：树上的野果子。实，果实。

⑬十病十愈：多次得病又多次好转。十，表示多数。愈，病好了。

⑭吐、利、胀、懑：利，借作“痢”，痢疾。懑，胸中愤懑。

⑮五谷：五类谷物，说法不一。《孟子·滕文公上》：“树艺五谷。”赵岐注：“五谷，谓稻、黍、稷、麦、菽也。”

⑯辄：总是。

⑰须臾：片刻。

⑱逡巡弭耳而去：逡巡，退让，欲进不进、迟疑不决的样子。弭耳，贴耳，顺服的样子。去，离开。

⑲商州：今陕西省商县。

⑳为候者所执：被放哨的士兵抓获。候者，哨兵。候，守望、放哨。

㉑自分：自己料想。分，料想。《汉书·苏武传》：“自分已死久矣。”

㉒汝：第二人称代词，你。

㉓类：类似，像。

㉔具道本末：具道，全部说出。本末，事情的始末详情。

㉕张公安道：张方平，字安道，自号乐全居士，官至参知政事，有《乐全集》。

㉖适：副词，恰好，正好。

㉗顾：观瞻思虑。

㉘慕：羡慕，敬仰。

㉙见侮：被侮辱。见，被。

㉚特：出众。

㉛其中：心中。

㉜浩然之气：正气，盛大刚直之气。

㉝曾：副词，用以加强语气。

丐者赵生传

高安丐者赵生，敝衣蓬发，未尝沐洗，好饮酒，醉辄殴詈[①]其市人。虽有好事时召与语，生亦慢骂，斥其过恶。故高安之人皆谓之狂人，不敢近也。然其与人遇，虽未尝识，皆能道其宿疾与其平生善恶。以此，或曰："此非有道者耶？"

元丰三年，予谪居高安，时见之于途，亦畏其狂，不敢问。是岁岁莫[②]，生来见予。予诘之曰："生未尝求人，今谒我，何也？"生曰："吾意欲见君也。"既而曰："吾知君好道而不得要[③]，阳不降，阴不升，故肉多而浮，面赤而疮。吾将教君挽水以溉百骸，经旬诸疾可去，经岁不怠，虽度世[④]可也。"予用其说，信然。惟怠不能久，故不能究其妙。生尝告予："吾将与君夜宿于此。"予许之。既而不至，问其故，曰："吾将与君游于他所，度君不能无惊，惊或伤神，故不敢。"予曰："生游何至？"曰："吾常至太山下，所见与世说地狱同，君若见此，归当不愿仕矣。"予曰："何故？"生曰："彼多僧与官吏。僧逾分，吏暴物故耳。"予曰："生能至彼，彼人亦知相敬耶？"生曰："不然，吾则见彼，彼不吾见也。"因叹曰："此亦邪术，非正道也。君能自养使气与性俱全，则出入之际，将不学而能，然后为正也。"予曰："养气请从生说为之，至于养性奈何？"生不答。一日遽问[⑤]曰："君亦尝梦乎？"予曰："然。""亦尝梦先公乎？"予曰："然。""方其梦也，亦有存没忧乐之知乎？"予曰："是不可常也。"生笑曰："尝问我养性，今有梦觉之异，则性不全矣。"予矍然异其言。自此知生非特挟术，亦知道者也。

生两目皆翳，视物不明。然时能脱翳见瞳子，碧色。自脐以上，骨如龟壳，自心以下，骨如锋刃。两骨相值[⑥]，其间不合如指。尝自言生于甲寅，今一百二十七年矣。家本代州，名吉。事五台僧，不能终，弃之，游四方。少年无行，所为多不法，与扬州蒋君俱学。蒋恶之，以药毒其目，遂翳。然生亦非蒋不循理，槁死无能为也。

是时予兄子瞻谪居黄州，求书而往，一见，喜子瞻之乐易[7]，留半岁不去。及子瞻北归，从之兴国，知军杨绘见而留之。生喜禽鸟六畜，常以一物自随，寝食与之同。居兴国，畜骏骡，为骡所伤而死，绘具棺葬之。

元祐元年，予与子瞻皆召还京师，蜀僧有法震者来见，曰："震溯江将谒公黄州，至云安逆旅，见一丐者曰：'吾姓赵，顷于黄州识苏公，为我谢之。'"予惊问其状，良是。时知兴国军朱彦博之子在坐，归告其父，发其葬，空无所有，惟一杖及两胫在。

予闻有道者恶人知之，多以恶言秽行自晦，然亦不能尽掩，故德顺时见于外。今余观赵生，鄙拙忿隘，非专自晦者也。而其言时有合于道，盖于道无见，则术不能神，术虽已至，而道未全尽。虽能久生变化，亦未可以语古之真人也。道书：尸假[8]之下者留脚一骨。生岂假者耶。

此文叙述了乞丐赵生的奇行怪事，反映出了苏辙中年以后逐渐形成的儒、释、道合一的哲学思想。文章在情节的安排上灵活多变，善于选择细节，使人物栩栩如生，活灵活现。

【注释】

①詈：骂。
②岁莫：岁末。莫，同"暮"。
③要：要旨，要领。
④度世：出世，脱离世间。
⑤遽问：突然问。
⑥相值：相遇，相对。
⑦乐易：乐观、随意，好相处。
⑧尸假：借尸还魂。尸假，犹言假尸。假，通"借"。

颍滨遗老传上

颍滨遗老姓苏氏，名辙，字子由。父曰眉山先生，隐居不出，老而以文名天下，天下所谓老苏者也。欧阳文忠公[①]以文章独步当世，见先生而叹曰：“予阅文士多矣，独喜尹师鲁、石守道，然意常有所未足。今见君之文，予意足矣！”先生既不用于世，有子轼、辙，以所学授之，曰：“是庶几能明吾学者。”母成国太夫人程氏，亦好读书，明识过人，志节凛然，每语其家人：“二子必不负吾志。”

辙年十九举进士，释褐[②]。二十三举直言，仁宗亲策之于廷。时上春秋高[③]，始倦于勤。辙因所问，极言得失，曰：

陛下即位三十余年矣，平居静虑，亦尝有忧于此乎？无忧于此乎？臣伏读制策，陛下既有忧惧之言矣。然臣愚不敏，窃意陛下有其言矣，未有其实也。往者宝元、庆历之间，西羌作难，陛下昼不安坐，夜不安席，天下皆谓陛下忧惧小心如周文王。然自西方解兵，陛下弃置忧惧之心二十年矣。古之圣人，无事则深忧，有事则不惧。夫无事而深忧者，所以为有事之不惧也。今陛下无事则不忧，有事则大惧，臣以为忧乐之节易矣。臣疏远小臣，闻之道路，不知信否。

近岁以来，宫中贵姬至以千数，歌舞饮酒，优笑无度，坐朝不闻咨谟，便殿无所顾问。三代之衰，汉、唐之季，女宠之害，陛下亦知之矣。久而不止，百蠹将由之而出。内则蛊惑之所污，以伤和伐性；外则私谒之所乱，以败政害事。陛上无谓好色于内不害外事也。今海内穷困，生民愁苦，而宫中好赐不为限极，所欲则给，不问有无。司会不敢争，大臣不敢谏，执契持敕，迅若兵火。国家内有养士、养兵之费，外有北狄、西戎之奉，陛下又自为一阱以耗其遗余。臣恐陛下以此得谤，而民心不归也[④]。

策入，辙自谓必见黜。然考官司马君实第以三等[⑤]，范景仁难之[⑥]。蔡君谟曰：“吾三司使也。司会之言，吾愧之而不敢怨[⑦]。”惟胡武平以为不逊，力谓黜之。上不许，曰："以直言召人，而以直言弃之，天下谓我何？"宰相不得已，置之下第，除[8]商州军事推官。知制诰王介甫[9]意其右宰相专攻人主，比之谷永[10]，不肯撰词。宰相韩魏公[11]哂曰："此人策语，谓宰相不足用，欲得娄师德、郝处俊而用之。尚以谷永疑之乎？"知制诰沈文通亦考官也，知其不然，故文通当制有爱君之言。谏官杨乐道见上曰："苏辙，臣所荐也。陛下赦其狂直而收之，盛德之事也，乞宣付史馆。"上悦，从之。是时先君被命修《礼书》，而兄子瞻出签书风翔判官，傍无侍子。辙乃奏乞养亲。三年，子瞻解还，辙始求为大名推官[12]。

逾年，先君捐馆舍[13]。及除丧[14]，神宗嗣位既三年矣，求治甚急。辙以书言事，即日召对延和殿。时王介甫新得幸，以执政领[15]三司条例。上以辙为之属，不敢辞。介甫急于财利，而不知本，吕惠卿为之谋主。辙议事多牾[16]。一日，介甫出一卷书曰："此青苗法也，诸君熟议之。有不便，以告勿疑，"他日，辙告之曰："以钱贷民，使出息二分，本以救民乏困，非为利也[17]。然出纳之际，吏缘为奸，虽有法不能禁。钱入民手，虽良民不免理费用；及其纳钱，虽富民不免违限。如此，则鞭棰必用，州县事不胜烦矣。唐刘晏掌国计，未尝有所假贷。有尤之者[18]，晏曰："使民侥幸得钱，非国之福；使吏倚法督责，非民之便。吾虽未尝假贷，而四方丰凶贵贱，知之未尝逾时。有贱必籴[19]，有贵必粜[20]，以此四方无甚贵、甚贱之病，安用贷为？"晏之所言，则汉常平法耳。今此法见在而患不修，公诚有意于民，举而行之，刘晏之功可立竣[21]也。"介甫曰："君言有理，当徐议行之。后有异论，幸勿相外也。"自此逾月不言青苗。

会河北转运判官王广廉召议事。广廉尝奏乞度僧牒数千道为本钱[22]，行陕西漕司私行青苗法，春散秋敛，与介甫意合，即谓而施之河北。自此青苗法遂行于四方。初，陈阳叔以枢密副使与介甫共事，二人操术不同。介甫所唱，阳叔不深和[23]也。既召谢卿材、侯叔献、陈知俭、王广廉、王子韶、程颢、卢秉、王汝翼等八人，欲遣之四方，搜访遗利。中外传笑，知所遣必生事迎合，然莫敢言者。辙求见阳叔。阳叔逆问："君独来见，何也？"对曰："有疑欲问公耳。近日召八人者，欲遣往诸路，不审公既知利害所在，事有名件而使往案实之耶。其亦未知其实、漫遣出外、网捕诸事也？"阳叔曰："君意谓如何"？对曰："昔嘉祐末，遣使宽恤诸路，事无所指，行者各务生事。既还奏，例多难行，为天下笑。今何以异此？”阳叔曰：“吾昔奉敕看详宽恤等事，如范尧夫辈所请，多中理。”对曰：“今所遣如尧夫者有几？”阳叔曰：“所遣果贤，将不肯行，君无过忧。”对曰：“公诚知遣使之不便，而恃遣者之不行[24]，何如？”阳叔曰：“君姑退，得徐思之。”后数日，阳叔召属官于密院言曰：“上即位之初，命天下监司具本路利害以闻，到今未上。今当遣使，宜得此以议，可草一札子[25]，乞催之。”惠卿觉非党中意，不乐，漫具草，无益也。辙知力不能救，以书抵介甫、阳叔，指陈其决不可者，且请补外[26]。介甫大怒，将见加以罪。阳叔止之，奏除河南推官。会张文定知淮阳，以学官见辟[27]，从之三年，授齐州掌书记。复三年，改著作佐郎。复从文定签书南京判官。居二年，子瞻以诗得罪，辙从坐[28]，谪监筠州盐酒税，五年不得调[29]。

平生好读《诗》《春秋》，病先儒多失其旨，欲更为之传[30]。老子书与佛法大类，而世不知，亦欲为之注。司马迁作《史记》，记五帝三代，不务推本《诗》《书》《春秋》，而以世俗杂说乱之，记战国事，多断缺不完，欲更为《古史》。功未及究，移和歙绩溪。

始至，而奉神宗遗制，居半年，除秘书省校书郎。明年，至京师，除右司谏。宣仁后临朝，用司马君实、吕晦叔等，欲革弊事，旧相蔡确、韩缜，枢密使章惇皆在位，窥伺得失，中外忧之。辙言曰：

先帝临御仅二十年，厉精政事，变更法度，将以力致太平，追复三代，是以擢任臣庶，多自小臣致位公相。用人之速，近世无与比者，究观圣意，本欲求贤自助，以利安生民，为社稷长久之计，岂欲使左右大臣偷合苟容、出入唯唯、危而不持、颠而不扶、窃取利禄以养妻子而已哉！然自法行以来，民力凋弊，海内悉怨。先帝晚年，寝疾弥留，照知前事之失，亲发德音[31]，将洗心自新，以合天意，而此志不遂，奄弃万国[32]。天下闻之，知前日弊事，皆先帝之所欲改，思慕圣德，继之以泣。是以皇帝践祚[33]，圣母临政，奉承遗旨，罢导洛，废市易，损青苗，止助役，宽保甲，免买马，放修城池之役，复茶盐铁之旧，黜吴居厚、吕孝廉、宋用臣、贾青、王子京、张诚一、吕嘉问、蹇周辅等[34]。命令所至，细民[35]鼓舞相贺。臣愚不知朝廷以为凡此谁之罪也？上则大臣蔽塞聪明，逢君之恶；下则小臣贪冒荣利，奔竞无耻。二者均皆有罪，则大臣以任重责重，小臣以任轻责轻，虽三尺童子所共知也。今朝廷既已罢黜小臣，至于大臣，则因而任之，将复使燮和[36]阴阳，陶冶民物，臣窃惑矣。窃惟朝廷之意，将以体貌大臣，待其愧耻自去，以全国体。今确[37]等自山陵以后，犹偃然在职，不肯引咎辞位以谢天下。

谨案确等受恩最深，任事最久，据位最尊，获罪最重，而有觍[38]面目，曾不知愧。确等诚以昔之所行为是耶，则今日安得不争？以昔之所行为非耶，则昔日安得不言？穷究其心，所以安而不去者，盖以为是皆先帝所为，而非吾过也。夫为大臣，忘君徇己，不以身任罪戾，而归咎先帝。不忠不孝，宁有过此？臣窃不忍千载之后书之简策。大臣既自处无过之地，则先帝独被恶名。此臣所以痛心疾首，当食不饱，至于涕泗之横流也。陛下何不正其罪名，上以为先帝分谤，下以慰臣子之意。今独以法绳治小臣，而置[39]确等，大则无以显扬圣考[40]之遗意，小则无以安反侧之心。故臣窃谓大臣诚退，则小臣非建议造事之人，可一切不治，使得革面从君，竭力自效，以洗前恶。伏乞出臣此章，宣示确等，使自处进退之分。臣虽万死不恨也。

三人竟皆逐去，然卒不以其前后反覆归咎先帝罪之，世以为恨。吕惠卿始谄事介甫，倡行虐政，以害天下，其后势钧力抗，则倾陷介甫，甚于仇雠，世尤恶之。时惠卿自知罪大，乞宫观自便[41]，不预贬窜。辙具疏其奸，请加深谴，乃以散官安置建州，天下韪[42]之。

司马君实既以清德雅望专任朝政，然其为人不达吏事[43]，知雇役之害，欲复行差役，不知差雇之弊，其实相半，讲之未详，而欲一旦复之。民始闻而喜，徐而疑惧，君实不信也。王介甫以其私说为《诗·书新义》，以考试天下士。学者病之。君实改为新格，而势亦难行。方议未定，辙言："自罢差役，至今仅二十年，吏民皆未习惯。况役法关涉众事，根牙磐错，行之徐缓，乃得审详。若不穷究首尾，匆遽便行，恐既行之后，别生诸弊。今州县役钱，例有积年宽剩，大约足支数年，若且依旧雇役，尽今年而止。催督有司审议差役，趁今冬成法，来年役使乡户。但使既行之后，无复人言，则进退皆便。"又言："进士来年秋试，日月无几，而议不时决，传闻四方，不免惶惑。诗赋虽号小技，而比次声律，用功不浅。至于治经，诵读讲解，尤不可轻易。要之，来年皆未可施行。欲乞先降指挥，来年科场，一切如旧，惟经义兼取注疏及诸家议论，或出己见，不专用王氏学。仍罢律义，令天下举人知有定论，一意为学，以待选试。然后徐议元祐五年以后科举格式，未为晚也。”众皆以为便，而君实始不悦矣。

是岁上将亲飨明堂[44]，辙言曰：“三代常祀，一岁九祭天，再祭地，皆天子亲之。故于其祭也，或祭昊天，或祭五天，或独祭一天，或祭皇地祇，或祭神州地祇。要于一岁，而亲祀必遍。降及近世，岁之常祀，皆有司摄事。三岁而后一亲祀，亲礼之疏数，古今之变，相远如此。然则其礼之不同，盖亦其势然也。谨按国朝旧典，冬至圜丘[45]，必兼飨天地，从祀百神。若其有故，不祀圜丘，别行他礼，或大雩于南郊[46]，或大飨于明堂，或恭谢于大庆，皆用圜丘礼乐神位。其意以为皇帝不可以三年而不亲祀天地百神故也。臣窃见皇祐明堂，遵用此法，最为得礼。自皇祐以后，凡祀明堂，或用郑氏说独祀五天帝，或用王氏说独祀昊天上帝。虽于古学，各有援据，而考之国朝之归，则为失当。盖儒者泥古而不知今，以天子每岁遍祀之议，而议皇帝三年亲祀之礼，是以若此其疏也。今者皇帝陛下对越天命，逾年即位，将以九月有事于明堂，义当并见天地，遍礼百神，躬荐诚心，以格灵贶[47]。臣恐有司不达礼意，以古非今，执王、郑偏说以乱本朝大典。夫礼沿人情。人情所安，天意必顺。今皇帝陛下始亲祠事，而天地百神无不咸秩[48]，岂不俯合人情，仰符天意！臣愚欲乞明诏礼官，今秋明堂用皇祐明堂典礼，庶几精诚陟降，溥及上下。”时大臣多牵于旧学，不达时变，奏入不报。然辙以为《周礼》一岁遍祭天地，皆人主亲行，故郊丘有南北，礼乐有同异。自汉、唐以来，礼文日盛，费用日广，事与古异，故一岁遍祀，不可复行。唐明皇天宝初，始定三岁一亲郊[49]，于致斋之日，先享太清宫，次享太庙，然后合祭天地，从祀百神。所以然者，盖谓三年一次大礼，若又不遍，则于人情有所不安。至于遍祭之礼，已自差官摄事，未尝少废。此近世变礼，非复三代之旧。而议者欲以三代遗文，参乱其间。失之远矣。至七年，上将亲郊，辙备位政府，乃与诸公共伸前议，合祭天地，职者[50]以为当。

初，神宗以夏国内乱，用兵攻讨，于熙河路增置兰州，于延安路增置安疆、米脂等五寨。至此，夏国虽屡遣使，而未修职贡。二年，夏始来贺登极，使还，未出境，又遣使入界。朝廷知其有请地之意，然大臣议弃守未决。辙言曰：

顷者西人虽至，而疆埸之事，初不自言。度其狡心，盖知朝廷厌兵，确然不请，欲使此议发自朝廷，得以为重。朝廷深觉其意，忍而不予，情得势穷，始来请命。今若又不许，使其来使徒手而归，一失此机，必为后悔。彼若点集兵马，屯聚境上，许之则畏兵而予，不复为恩；不予则边衅一开，祸难无已。间不容发，正在此时，不可失也。今议者不深究利害，妄立坚守之议，苟避弃地之名，不度民力，不为国计，其意止欲私己自便，非社稷之计也。臣又闻议者或谓弃守皆不免用兵，弃则用兵必迟，守则用兵必速。迟速之间，利害不远，若遂以地予之，恐非得计[51]。臣闻圣人应变之机，正在迟速之际，但使事变稍缓，则吾得算已多。昔汉文、景之世，吴王濞内怀不轨，称病不朝，积财养兵，谋乱天下。文帝专务含养，置而不问，加赐几杖，恩礼日隆。濞虽包藏祸心，而仁泽浸渍，终不能发。及景帝用晁错之谋，欲因其有罪，削其郡县。以为削之亦反，不削亦反，削之则反疾而祸小，不削则反迟而祸大。削书一下，七国尽反。至使景帝发天下兵，遣三十六将，仅而破之。议者若不计利害之深浅，较祸福之轻重，则文帝隐忍不决，近于柔仁，景帝刚断必行，近于强毅。然而如文帝之计，祸发既迟，可以徐为备御，稍经岁月，变故自生，以渐制之，势无不可。如景帝之计，祸发既速，未及旋踵[52]，已至交兵。锋刃既接，胜负难保，社稷之命，决于一日。虽食晁错之肉，何益于事？今者欲弃之策，与文帝同，而欲守之计，与景帝类。臣乞宣喻执政：欲弃者，理直而祸缓；欲守者，理曲而祸速。曲直迟速，孰为利害？况今日之事，主上妙年，母后听断，将帅吏士，恩情未接，兵交之日，谁使效命？若其羽书沓至，胜负纷然，临机决断，谁任其责？惟乞圣心以此反覆思虑，早赐裁断，无使西戎别致猖狂、弃守之议皆不得其便。

于是朝廷许还五寨，夏人遂服。辙寻迁起居郎，为中书舍人。时朝廷起文潞公于既老，以太师平章军国重事。

初，元丰中，河决大吴[53]，先帝知故道不可复还，因导之北流。水性已顺，惟河道未深，堤防未立，岁有决溢之患，本非深害也。至此，诸公皆未究悉河事，而潞公欲以河为重事，中书侍郎吕微仲、枢密副使安厚卿从而和之。始谓河西北流入泊淀，久必淤浅，异日或从北界入海。则河朔无以御狄，故三人力主回河之计，诸公莫能夺。吕晦叔时为中书相，辙间见问曰："公自视智勇孰与先帝？势力隆重能鼓舞天下孰与先帝？"晦叔惊曰：

"君何言欤?"对曰:"河决而北,自先帝不能回,而诸公欲回之,是自谓智勇势力过先帝也。且河决自元丰,导之北流,亦自元丰。是非得失,今日无所预。诸公不因其旧而修其未完,乃欲取而回之,其为力也难,而其为责也重矣!"晦叔唯唯曰:"当与诸公筹之。"既而回河之议纷纷而起,晦叔亦以病没。

辙迁户部侍郎,尝因转对[54]言曰:

财赋之原,出于四方,而委于中都。故善为国者,藏之于民,其次藏之州郡。州郡有余,则转运司常足;转运司既足,则户部不困。唐制,天下赋税,其一上供,其一送使,其一留州。比之于今,上供之数可谓少矣。然每有缓急,王命一出,舟车相衔,大事以济。祖宗以来,法制虽殊,而诸道畜藏之计,犹极丰厚。是以敛散及时,纵舍由己,利柄所在,所为必成。自熙宁以来,言利之臣不知本末之术,欲求富国,而先困转运司;转运司既困,则上供不继;上供不继,而户部亦惫矣。两司既困,故内帑别藏,虽积如兵山,而委为朽壤,无益于算。

故臣愿举近岁朝廷无名封桩[55]之物,归之转运司。盖禁军阙额与差出衣粮、清汴水脚与外江纲船之类,一经擘画[56],例皆封桩。夫阙额禁军,寻当以例物招置,而出军衣粮,罢此给彼,初无封桩之理。至于清汴水脚,虽减于旧,而洛口费用,实倍于前。外江纲船,虽不打造,而雇船运粮,其费特甚。重复刻剥,何以能堪?故臣谓诸如此比,当一切罢去,况祖宗故事,未尝有此,但有司固执近事,不肯除去。惟陛下断而与之,则转运司利柄稍复,而户部亦有赖矣。

朝廷重违近制,卒不能改,寻又言:

臣谨以祖宗故事,考今日本部所行,体例不同,利害相远,恐合随事措置,以塞弊原。谨昧死具三弊以闻:其一曰分河渠案[57]以为都水监,其二曰分胄案以为军器监,其三曰分修造案以为将作监。三监皆隶工部,则本部所专,其余无几,出纳损益,制在他司。顷者,司马光秉政,知其为害,尝使本部收揽诸司利权。当时所收,不得其要,至今三案犹为他司所擅,深可惜也。祖宗参酌古今之宜,建立三司,所领天下事,几至大半,权任之重,非他司比,推原其意,非以私三司也。事权分,则财利散,虽欲求富,其道无由。

盖国之有财，犹人之有饮食。饮食之道，当使口司出纳，而腹制多寡，然后分布气血，以养百骸。耳目赖之以为明，手足赖之以为力。若不专任口腹，而使手足、耳目得分治之，则虽欲求一饱，不可得矣，而况于安且寿乎！今户部之在朝廷，犹口腹也，而使他司分治其事，何以异此？自数十年以来，群臣不明祖宗之意，每因一事不举，辄以三司旧职分建他司。利权一分，用财无艺。他司以办事为效，则不恤财之有无；户部以给财为功，则不问事之当否。彼此各营一职，其势不复相知，虽使户部得才智之臣，终亦无益，能否同病，府库卒空。今不早救，后患必甚。

昔嘉祐中，京师频岁大水，大臣始取河渠案置都水监。置监以来，比之旧案，所补何事？而大不便者，河北有外监丞，侵夺转运司职事。转运司之领河事也。郡之诸埽[58]，埽之吏兵、储蓄，无事则分，有事则合，水之所向，诸埽趋之，吏后得以并功，储蓄得以并用。故事作之日，无暴敛伤财之患；事定之后，徐补其阙，两无所妨。自有监丞，据法责成，缓急之际，诸埽不相为用，而转运司不胜其弊矣。此工部都水监为户部之害，一也。

先帝一新官制，并建六曹，随曹付事。故三司故事多隶工曹，名虽近正而实非利。昔胄案所掌，今内为军器监而上隶工部，外为都作院而上隶提刑司，欲有兴作，户部不得与议。访闻河北道近岁为羊浑脱[59]，动以千计。浑脱之用，必军行之水，过渡无船，然后须之。而其为物，稍经岁月，必至蠹败。朝廷无出兵之计，而有司营职不顾利害，至使公私应副，亏财害物。若专在转运司，必不至此。此工部都作院为户部之害，二也。

昔修造案掌百工之事，事有缓急，物有利害，皆得专之。今工部以办职为事，则缓急利害，谁当议之？朝廷近以箔场竹箔积久损烂，创令出卖，上下皆以为当。指挥未几，复以诸处营造，岁有科制，遂令般运堆积，以破出卖之计。臣不知将作见工几何，一岁所用几何？取此积彼，未用之间，有无损败，而遂为此计。本部虽知不便，而以工部之事，不敢复言。此工部将作监为户部之害，三也。

凡事之类此者多矣，臣不能遍举也。故愿明诏有司，罢外水监丞，举河北河事及诸路都作院皆归转运司。至于都水、军器、将作三监，皆兼隶户部，使定其事之可否，裁其费之多少，而工部任其功之良苦，程其作之迟速。苟可否，多少在户部，则伤财害民，户部无所逃其责矣；苟良苦、迟速在工部，则败事乏用，工部无所辞其谴矣。利出于一，而后天下贫富，可责之户部矣。

朝廷以为然，从之，惟都水监仍旧。

辙自为中书舍人，与范子功、刘贡父同详定六曹条例。子功领吏部。元丰所定吏额，主者苟悦群吏，比旧额几数倍。朝廷患之，命量事裁减，已再上再却矣。子功奉使。辙兼领其事。吏有白中孚者，进曰："吏额不难定也。昔之流内铨，今侍郎左选也，事之烦剧，莫过此矣。昔铨吏[60]止十数，而今左选吏至数十。事不加旧，而用吏至数倍，何也？昔无重法、重禄，吏通赇赂，则不欲人多以分所得。今行重法，给重禄，赇赂比旧为少，则不忌人多而幸于少事。此吏额多少之大情也。旧法，日生事以难易分七等，重者至一分，轻者至一厘以下，积若干分而为一人。今若取逐司两月事定其分数，则吏额多少之限，无所逃矣。"辙以其言遍问属官，皆莫应。独李之仪对曰："是诚可为也。"即与之仪议之曰："此群吏身计所系也。若以分数为人数，必大有所损，将大致纷诉，虽朝廷亦将不能守。"乃具以白宰执，请据实立额，俟吏之年满转出，或事故死亡者勿补，及额而止。不过十年，羡额[61]当尽。功虽稍缓，而见吏知非身患，不复怨矣。诸公以为然，遂申尚书省，取诸司两月生事。诸司吏皆疑惧，莫肯供，再申，乞榜诸司，使知所立额，俟他日见阙不补，非法行之日，即有减损也。榜出，文字即具，至是成书，以申三省。左仆射吕微仲大喜，欲攘以为己功，以问三省吏，皆莫晓。有诸司吏任永寿者，颇知其意。微仲悦之，于尚书省创吏额房，使永寿与三省吏数人典之[62]。小人无远虑，而急于功利，即背前约，以立额日裁损吏员，复以好恶改易诸吏局次。凡奏上行下，皆微仲专之，不复经三省。法出，中外汹汹，微仲既为御史所攻，永寿亦以恣横赃污，以徒罪刺配。久之，微仲知众不伏，乃使左右司再加详定，略依本议行下。

时子瞻自翰林学士出知余杭，朝廷即命辙代为学士，寻又兼权吏部尚书。未几，奉使契丹，虏以其侍读学士王师儒馆伴[63]。师儒稍读书，能道先君及子瞻所为文，曰"恨未见公全集"，然亦能诵《服伏苓赋》等，虏中类相爱敬者。

苏辙晚年隐居颍川，自号颍滨遗老。

颍滨遗老传，是苏辙晚年写的自传，共分上下两部分，对自己的一生进行了回顾与总结。这里只选上半部分。上半部，苏辙写了他的出身入仕、反对王安石变法以及向皇帝就科考、边事等进谏的重要经历。文章详略得当，重点突出。

【注释】

①欧阳文忠公：指欧阳修，死后谥文忠公。官至枢密副使，参知政事，因议新法，与王安石不和，退居颍川。一生博览群书，以文章著名。

②释褐：摆脱了平民身份，进入仕途。

③时上春秋高：当时皇上年事已高。

④陛下即位三十余年矣……而民心不归：这一段的注释请参见前边的《御试进策》一篇。

⑤然考官司马君实第以三等：但考官司马君实(司马光，字君实)录取为三等。

⑥范景仁难之：范景仁责难质问司马光(认为给的名次太低)。

⑦吾三司使也。司会之言，吾愧之而不敢怨：意思是：我是三司使，苏辙所说的"司会不敢言"，我对此毫无怨言。

⑧除：任命。

⑨王介甫：即王安石，字介甫。

⑩谷永：汉长安人，字子云。少时为长安小吏，建始初，对贤良策，举上第，与楼护俱为五侯上客。长安人称"谷子云笔札，楼君卿(楼护)唇舌"意思是谷永能写，楼护能说。谷永喜言灾异一类的事，前后所上四十余事，言颇切直。

⑪韩魏公：指韩琦，封魏国公。

⑫大名推官：大名府的推官。

⑬捐馆舍：死去。

⑭及除丧：宋代，官吏父死要守丧三年，然后才能继续作官。

⑮邻：领，统领。

⑯牾：抵触。

⑰非为利也：并不是为了求利润。

⑱有尤之者：有责难他的。尤，责难。

⑲有贱必籴：粮食一贱，官府就买进。籴，买进。

⑳有贵必粜：粮食一贵，官府就以平价出售。粜，出售。

㉑立竣：立刻成功。

㉒奏乞度僧牒数千道为本钱：奏请朝廷发放数千道度僧牒作为本钱。度僧牒，即度牒。僧尼出家，由官府发给凭证，有牒的可以免地税、徭役。唐宋时，僧尼的簿籍归祠部掌管，由祠部以放度牒。官府也可以出售度牒，以充军政费用。

㉓不深和：不特别地应和。

㉔公诚知遣使之不便。而恃遣者之不行：大意是："你明知道派遣使者到下边收集有关推行青苗法的做法不合适，却将希望寄托在使者们不会为了讨好上边而虚报情况上。"

㉕可草一札子：可以草拟一份札子。札子，书信，文书。

㉖且请补外：并请求到外地作官。补外，委任京城以外的官职。

㉗以学官见辟：被招聘为学官。

㉘从坐：同案犯人主谋者为首，随从者为坐。因参与或牵连而处罪叫从坐。

㉙调：调离，调动，调迁。

㉚传：注释。

㉛德音：唐宋时皇帝下的一种恩诏。

㉜奄弃万国：指皇帝抛弃天下而死去。

㉝践祚：登基。

㉞罢导洛……塞周辅等：都是讲朝廷废除王安石所推行的新法，罢黜他这一派的下层官员。

㉟细民：百姓。

㊱燮和：调和，协调。

㊲确：指蔡确，王安石党人，新法的推行者。

㊳靦：面目丑陋的样子。

㊴置：放弃，不处理。

㊵圣考：已故皇帝。

㊶乞宫观自便：乞求任宫观闲散官员。宫观，官名。宋代宫观本为推崇道教而设，大中祥符五年，建至清昭应宫，始设宫观使，以前任或现任宰相充任，另外有提点，主管等官名，都是用来安置闲官的。

㊷韪：称赞，肯定。

㊸不达吏事：犹言对行政事务不太懂。

㊹上将亲飨明堂：皇上将亲自到明堂祭飨。明堂，古代帝王宣明政教的地方。凡朝会、祭祀、庆赏、选士等大典均在此举行。其后宫室渐备，另在近郊东南设明堂，以存古制。

㊺圜丘：古时祭天的圆形高坛。

㊻或大雩于南郊：或在南郊举行求雨的祭祀。大雩，求雨的一种祭名。
㊼以格灵贶：以得到神灵的赏赐。格，来。贶，赏赐。
㊽咸秩：各有序位。
㊾郊：郊祭。
㊿职者：职掌某事者。
51得计：完善的计策。
52旋踵：转动脚跟。极言时间很快。
53河决大吴：黄河在大吴决口。
54转对：百官轮次奏事，言时政阙失。
55封桩：上缴国库叫封桩。宋太祖赵匡胤灭五代诸国后，收其府藏，乾德六年在武殿另设内库，叫封桩库。每年国用之余及额外上供都藏于此库，以备非常需用。
56擘画：计算，筹划，处理。
57案：原为界限，这里为单位或部门的意思。
58埽：古代治河工程中用以护岸和堵口的器材。这里应指这些器材的堆积处。
59羊浑脱：渡水用的皮筏子，将羊皮整个脱下，然后吹气令其鼓起来，再扎紧口，在水中浮起渡人。
60铨吏：选取官吏。铨，选。
61羡额：超出的名额。
62典之：主管这件事。
63馆伴：在下榻的旅馆里陪伴。

巢谷传

巢谷，字元修，父中世，眉山农家也。少从士大夫读书，老为里校师[①]。谷幼传父学，虽朴而博。举进士京师，见举武艺者，心好之。谷素多力，遂弃其旧学。畜弓箭，习骑射，久之业成，而不中第。闻西边多骁勇。骑射击刺为四方冠，去游秦凤、泾原间，所至友其秀杰。

有韩存宝者，尤与之善。谷教之兵书，二人相与为金石交[②]。熙宁中，存宝为河州将，有功，号熙河名将，朝廷稍奇之。会泸州蛮乞弟扰边，诸郡不能制，乃命存宝出兵讨之。存宝不习蛮事，邀谷至军中问焉。及存宝得罪，将就逮，自料必死，谓谷曰："我泾原武夫，死非所惜，顾妻子不免寒饿，橐中有银数百两，非君莫使遗之者[③]。"谷许诺，即变姓名，怀银步行往授其子，人无知者。存宝死，谷逃避江淮间，会赦乃出。

予以乡闾故，幼而识之，知其志节，缓急可托者也。予之在朝，谷浮沉里中，未尝一见。绍圣初，予以罪谪居筠州，自筠徙雷，自雷徙循[④]。予兄子瞻，亦自惠再徙昌化，士大夫皆讳与予兄弟游，平生亲友无复相闻者。谷独慨然自眉山诵言，欲徒步访吾兄弟。闻者皆笑其狂。元符二年春正月，自梅州遗予书曰："我万里步行见公，不自意全，今至梅矣，不旬日必见，死无恨矣。"予惊喜曰："此非今世人，古之人也。"既见，握手相泣，已而道平生，逾月不厌。时谷年七十有三矣，瘦瘠多病，非复昔日元修也。将复见子瞻于海南，予愍其老且病，止之曰："君意则善，然自此至儋数千里，复当渡海，非老人事也。"谷曰："我自视未即死也，公无止我。"留之不可，阅其橐中，无数十钱，予方乏困，亦强资遣之[⑤]。船行至新会，有蛮隶窃其橐装以逃，获于新州，谷从之至新，遂病死。予闻哭之失声，恨其不用吾言，然亦奇其不用吾言而行其志也。

昔赵襄子[⑥]厄于晋阳，知伯率韩魏决水围之。城不沉者三版[⑦]，县[⑧]釜而爨，易子而食，群臣皆懈，惟高恭不失人臣之礼。及襄子用张孟谈计，三家之围解，行赏群臣，以恭为先。谈曰："晋阳之难，惟恭无功，曷为先之？"襄子曰："晋阳之难，群臣皆懈，惟恭不失人臣之礼，吾是以先之。"谷于朋友之义，实无愧高恭者，惜其不遇襄子，而前遇存宝，后遇予兄弟。予方杂居南夷，与之起居出入，盖将终焉，虽知其贤，尚何以发之[⑨]？闻谷有子蒙，以泾原军中，故为作传，异日以授之。谷始名毂，及见之循州，改名谷云。

巢谷是苏辙的同乡。在这篇传记中，苏辙怀着敬重的心情记录了巢谷磊落义气的行为：韩存宝对他有恩，而当韩有难时，巢谷不负重托；苏辙兄弟身处逆境无人敢与之来往时，巢谷却能徒步万里相访，并为此死于路上。

本文运笔轻重有致，刻画人物精当传神。

【注释】

①里校师：乡里学校教师。

②金石交：指交情坚如金石。

③非君莫使遗之者：意思是：除了您以外没有谁能把（这些银子）送给他们了。

④自筠徙雷，自雷徙循：自筠州迁徙到雷州，自雷州迁徙到循州。

⑤亦强资遣之：勉强凑些钱送他走。

⑥赵襄子：战国时赵国的将领。

⑦版：筑城用的夹版。

⑧县：通"悬"。

⑨发之：推举他。

古今家诫叙

老子曰："慈故能勇，俭故能广。"或曰："慈则安能勇？"曰："父母之于子也，爱之深，故其为子虑事也精。以深爱而行精虑，故其为之避害也速而就利也果[①]，此慈之所以能勇也。非父母之贤于人，势有所必至矣。"

辙少而读书，见父母之戒其子者，谆谆乎惟恐其不尽也，恻恻乎[②]惟恐其不入也，曰："呜呼！此父母之心也哉！"师之于弟子也，为之规矩以授之，贤者引之[③]，不贤者不强也[④]。君之于臣也，为之号令以戒之，能者予之，不能者不取也。臣之于君也，可则谏，否则去。子之于父也，以几谏不敢显[⑤]，皆有礼存焉。父母则不然，子虽不肖，岂有弃子者哉！是以尽其有以告之，无憾而后止。《诗》曰："泂酌彼行潦，挹彼注兹，可以餴饎。岂弟君子，民之父母。"[⑥]夫虽行潦之陋，而无所弃，犹父母之无弃子也。故父母之于子，人伦之极也。虽其不贤，及其为子言也必忠且尽，而况其贤者乎？

太常少卿长沙孙公景修，少孤而教于母。母贤，能就其业。既老而念母之心不忘，为《贤母录》，以致其意。既又集《古今家诫》，得四十九人以示辙，曰："古有为是书者，而其文不完。吾病焉，是以为此合众父母之心，以遗天下之人，庶几有益乎？"

辙读之而叹曰：虽有悍子，忿斗于市莫之能止也，闻父之声则敛手而退，市人之过之者亦莫不泣也。慈孝之心，人皆有之，特患无以发[⑦]之耳。今是书也，要将以发之欤？虽广之天下可也。自周公以来至于今，父戒四十五，母戒四。公又将益广之，未止也。元丰二年四月三日，眉阳苏辙叙。

这篇文章是苏辙为长沙太常少卿孙景修编著的《古今家诫》一书所作的序文。文章交代了孙景修作此书的缘由，概括介绍了全书的内容，重点是赞颂父母对子女的一片深情和慈爱仁德。文章运笔自如，情与理并茂。

【注释】

①果:成为事实,实现。

②恻恻乎:诚恳的样子。

③引之:引导他。

④不强也:不勉强。

⑤以几谏不敢显:用比较委婉的方式规劝而不敢明显地表露出来。几谏,对尊长婉言规劝。

⑥泂酌彼行潦,挹彼注兹,可以餴饎。岂弟君子,民之父母:这段诗歌是《诗经·大雅·泂酌》一诗中的头一段。这首诗歌颂了周王或诸侯爱人民,因而得到了人民的拥护。这一段歌词的大意是:到远处舀来沟里的水灌到这个容器里,可以用来蒸酒食。平易近人的王侯,是人民的父母。泂酌,从远处舀水。行潦,水沟里的水。挹,舀。注,灌。兹,代词,指盛水或酒的器皿。餴,蒸。饎,酒食。岂弟,同"恺悌"。平易近人的意思。君子,这里指周王或诸侯。

⑦发:表露,表现。

洞山文长老语录叙

水流于地，发为草木，咸酸甘苦皆水也。火传于薪，化为饮食、饭饼、羹胾[①]，皆火也。心藏于人，见于百骸，视听言动皆心也。古之达人，推而通之，大而天地山河，细而秋毫微尘，此心无所不在，无所不见。是以小中见大，大中见小，一为千万，千万为一，皆心法尔。

然而非有所造也，故其指心法以示人也，有以光明相好化人，有以饮食卧具衣服，有以园林台观虚空，有以寂嘿[②]无说无示，盖事无非法者。然有闻思修法门，众生由之以入，如大衢路[③]，既径且易。自达摩西来，诸祖相承，皆因言以晓人，心地既明，出语皆法。譬如古木，生气条达，花叶无数，颠倒向背，穠[④]纤长短，无一不可。譬如大海，湿性融溢，随风舒卷，波涛流转，充遍洲浦，无一不到。观者眩曜，莫测其故，然至于循流返源，识其终始，可以拊手而笑。

有克文禅师，幼治儒业，弱冠出家求道，得法于黄龙南公，说法于高安诸山。晚居洞山，实继悟本，辩博无碍，徒众自远而至。元丰三年，予以罪来南，一见如旧相识。既而其徒以语录相示，读之纵横放肆，为之茫然自失。盖余虽不能诘，然知其为证正法眼藏[⑤]，得游戏三昧者也。故题其篇首。

这是写在洞山文长老语录前的一篇叙文。写作这篇叙文时，正值苏辙被贬逐南方，万念俱灰。故此他在此文中表达了一种无可无不可、超脱自然的情绪，流露出了一种归心向佛的心境。

【注释】

①胾：大块的肉。

②嘿：默。

③大衢路：四通八达的大路。

④穠：花木茂盛的样子。

⑤正法眼藏：佛家指至高无上的真谛妙论，禅宗以全体佛法为“正法”，朗照宇宙为之“眼”，包含万物为之藏。相传，释迦牟尼以正法眼藏付与大弟子迦叶，是为禅宗初祖，为佛教“以心传心”授法的开始。

元祐会计录叙

臣闻汉祖入关，萧何收秦图籍，周知四方盈虚强弱之实。汉祖赖之以并天下。丙吉为相[①]，匈奴尝入云中、代郡，吉使东曹考案边琐[②]，条其兵食之有无与将吏之才否，逡巡进对，指挥遂定。由此观之，古之人所以运筹帷幄之中、制胜千里之外者，图籍之功也。

盖事之在官，必见于书，其始无不具者，独患多而易忘，久而易灭，数十岁之后，人亡而书散，其不可考者多矣。唐李吉甫始簿录元和国计，并包巨细，无所不具。国朝三司使丁谓等因之[③]，为《景德》《皇祐》《治平》《熙宁》四书，网罗一时出内之计，首尾八十余年，本末相授，有司得以居今而知昔，参酌同异，因时施宜，此前人作书之本意也。

臣以不佞，待罪地官[④]，上承元丰之余业，亲睹二圣之新政、时事之变易、财赋之登耗[⑤]，可得而言也。谨按艺祖[⑥]皇帝创业之始，海内分裂，租赋之入不能半今世。然而宗室尚鲜，诸王不过数人，仕者寡少，自朝廷郡县，皆不能备官。士卒精练，常以少克众。用此三者，故能奋于不足之中，而绰然常若有余。及其列国款附琛贡[⑦]相属于道，府库充塞，创景福内库以畜金币，为殄[⑧]虏之策。太宗因之，克平太原。真宗继之，怀服契丹。二患既弭，天下安乐，日登富庶，故咸平、景德之间，号称太平。群臣称颂功德，不知所以裁之者，于是请封泰山，祀汾阴，礼亳社[⑨]，属车所至，费以巨万。而上清、昭应、崇禧、景灵之宫相继而起，累世之积，糜耗多矣。其后昭应之灾，臣下复以营缮为言，大臣出争，章献[⑩]感悟，沛然遂与天下休息。仁宗仁圣，清心省事，以幸天下，然而民物蕃庶，未复其旧，而夏贼窃发，边久无备，遂命益兵以应敌，急征以养兵，虽间出内藏之积，以求纾民，而四方骚然，民不安其居矣。其后西戎既平，而已益之兵，遂不复汰，加以宗子蕃衍，充牣[⑪]宫邸，官吏冗积，员溢于位，财之不赡，为日久矣。英宗嗣位，慨然有救弊之意。群臣竦观，几见日新之政，而大业未遂。神考嗣世[12]，忿流弊之委积，闵财力之伤耗，览政之初，为强兵富国之计，有司奉承，违失本旨，始为青苗助役，以病农民，继为市易盐铁，以困商贾。利孔百出，不专于三司，于是经入竭于上，民力屈于下。继以南征交趾，西讨拓跋，用兵之费，一日千金，虽内帑别藏，时有以助之，而国亦惫矣。今二圣临御，方恭默无为，求民之疾苦而疗之，令之不便，无不释去，民亦少休矣。而西夏不宾[13]，水旱继作，凡国之用度，大率多于前世，当此之时，而不思所以济之，岂不殆哉！臣历观前世，持盈守成，艰于创业之君。盖盈之必溢，而成之必毁，物理之至，有不可逃者。盈成之间，非有德者不安，非有法者不久。昔秦、隋之盛，非无法也，内建百官，外列郡县。至于汉、唐，因而行之，卒不能改，然皆二世而亡，何者？无德以为安也。汉文帝恭俭寡欲，专务以德化民，民富而国治，后世莫及，然身没之后，七国作难，几于乱亡。晋武帝削平吴、蜀，任贤使能，容受直言，有明主之风，然而亡不旋踵，子弟内叛，羌胡外乱，遂以失国。此二帝者，皆无法以为久也。今二圣之治，安而静，仁而恕，德积于世，秦、隋之忧，臣无所措心矣。然而空匮之极，法度不立，虽无汉、晋强臣敌国之患，而数年之后，国用旷竭，臣恐未可安枕而卧也。故臣愿得终言之，凡计会之实，取元丰之八年，而其为别有五：一曰收支，二曰民赋，三曰课入，四曰储运，五曰经费。五者既具，然后著之以见在，列之以通表，而天下之大计，可以画地而谈也。若夫内藏右曹之积，与大卜封桩之实，非昔三司所领，则不入会计，将著之他书，以备观览焉。臣谨叙。

这篇叙文作于元祐年间。这时的苏辙比较春风得意，他先后任右司谏、权吏部尚书，出使契丹还朝后任御史中丞。

此文以写经济为主线，对政治展开论述，将经济与政治的关系阐述得非常清楚透彻。文章纵论述古今，引事用典贴切自如。

【注释】

①丙吉为相：丙吉，公元前？—55年，亦作邴吉。字少卿，汉鲁国人。汉宣帝出生不久，因祖父卫太子事入狱。当时丙吉为廷尉监，多方保护而获全。昭帝死，丙吉向大将军霍光建议迎立宣帝。后封博阳侯，任丞相。以知大礼见称。

②吉使东曹考案边琐:丙吉令东曹考察守边的军务。东曹,官职名。边琐,守边的军务,包括记录驻守边境官吏的年龄、经历等。

③因之:继承下来。

④待罪地官:地官,古代六官之一。唐武后时曾一度称户部为地官。待罪地官,是一种谦称,指在户部任职。

⑤登耗:进入,支出。

⑥艺祖:在这里指宋代的开国皇帝宋太祖。

⑦款附琛贡:归附进贡。

⑧殄:消灭,灭绝。

⑨亳社:殷社。古代建国必须先立社。殷商建都于亳,故称亳社。

⑩章献:奏章献上。

⑪充牣:充满。

⑫神考嗣世:已故皇帝(神宗)继位之初。

⑬不宾:不服从,不归顺。

代三省祭司马丞相文

呜呼！元丰末命[①]，震惊四方。号令所从，帷幄是望。公来自西，会哭于庭。缙绅咨嗟，复见老成[②]。太任在位，成王在左[③]。曰予茕茕，谁恤予祸？白发苍颜，三世之臣。不留相予，孰左右民？公出于道，民聚而呼。皆曰吾父，归欤归欤！公畏莫当，遄返洛师。授之宛丘，实将用之[④]。公之来思，岌然特立。身如槁木，心如金石。时当宅忧，恭默不言。一二卿士，代天斡旋。事棼[⑤]如丝，众比如栉。治乱之几[⑥]，间不容发。公身当之，所恃惟诚。吾民苟安，吾君则宁。以顺得天，以信得人。锄去太甚[⑦]，复其本原。白叟黄童，织妇耕夫。庶几休焉，日月以须[⑧]。公乘安舆，入见延和[⑨]。裕民之言，之死靡他。将享合宫，百辟咸事[⑩]。公病于家，卧不时起。明日当斋，公讣暮闻。天以雨泣，都人酸辛。礼成不贺，人识君意。龙衮蝉冠，遂以往襚[⑪]。公之初来，民执弓矛。逮公永归，既耕且耰。公虽云亡，其志则存。国有成法，朝有正人。持而守之，有进毋陨。匪以报公，维以报君。天子圣明，神母[⑫]万年。民不告勤，公志则然。死者复生，信我此言。呜呼哀哉！尚飨。

司马光在王安石当政时隐居著书，宋神宗死，哲宗继位，司马光被召回，主持国政。受到迫害的苏辙应召回朝，被任为右司谏。

这篇祭文是苏辙代替当时宋代最高行政机构中书、门下、尚书三省而写。他与司马光在政治上基本一致，私交甚密。因此，这篇祭文虽然是代三省而写的，却倾注了他对司马光的一片深情。

【注释】

①元丰末命：指宗神于元丰末年驾崩。

②老成：年高有德的人，这里指司马光。

③太任在位,成王在左:太任,周季历之妃,周文王之母。成王,周武王之子。这里借指太后垂帘听政。

④公畏莫当,遄返洛师。授之宛兵,实将用之:这句话的大意是:司马光骇怕再回朝当政,返回了洛阳,但最后,朝廷还是请他回来当政了。

⑤棼:乱。

⑥几:危险的处境。

⑦太甚:行为太过分的人,指王安石新党。

⑧日月以须:需要等待一些时间。

⑨延和:皇帝内宫。

⑩将享合宫,百辟咸事:将在明堂祭祀,诸事安排妥帖。合宫,相传为皇帝的明堂。明堂,帝王处理政务的地方,包括祭祀等。

⑪襚:赠送死人的衣衾。

⑫神母:这里指临朝太后。

祭文与可学士文

元祐七年八月日，太中大夫守门下侍郎苏辙，谨以清酒庶羞之奠，致祭于故知湖州与可学士亲家翁之灵。呜呼！汉蜀太守，石室之孙。散居梓潼，耕稼隐沦。是生高人，文如西京[①]。雅诗楚词，云溶泉清。心恬手柔，隶草从横。毫墨之余，遇物赋形。怪石巑列，翠竹罗生。得于无心，见者自惊。嗟世知公，以是谓贤。公心浩然，实而弗炫。有触不屈，始知其坚。世在熙宁，士锐而翾[②]。利诱于旁，奔走倾旋。公居其间，淡乎忘言。洋人病荼，徐为一宣。抱志不伸，委化而迁。惟我与公，交友忘年。以静喜我，申以婚姻。子丧妇存，诸孙在前。抚而教之，尚侈公门。窀穸[③]有时，送车盈阡。千里寓词，闻乎不闻。呜呼！尚飨。

在古代一些表示对死者哀悼的文体中，祭文是在祭祀时于亡灵前宣读的。

文与可在书法、绘画、文学方面都特别擅长，与苏轼、苏辙兄弟交往密切，又是苏辙的女婿。文与可去世，苏轼、苏辙兄弟都特别悲痛。苏辙写了两篇祭文，这里选其一篇。在这篇祭文中，苏辙赞颂了文与可的艺术成就和高尚的人格，对他的去世表示了深痛的悼念。

【注释】

①西京：指《西京赋》，张衡所作。

②翾：急。

③窀穸：墓穴。

亡兄子瞻端明墓志铭

予兄子瞻[①]，谪居海南。四年春正月，今天子即位，推恩海内，泽及鸟兽[②]。夏六月，公被命[③]渡海北归。明年，舟至淮、浙。秋七月，被病[④]，卒于毗陵。吴越之民，相与哭于市。其君子相吊于家，讣闻四方，无贤愚[⑤]皆咨嗟出涕。大学[⑥]之士数百人，相率饭僧[⑦]慧林佛舍。呜呼！斯文坠矣，后生安所复仰？公始病，以书属辙曰："即死，葬我嵩山下，子为我铭[⑧]。"辙执书哭曰："小子忍铭吾兄[⑨]！"

公讳轼，姓苏，字子瞻，一字和仲，世家眉山。曾大父[⑩]讳杲，赠太子太保。妣[⑪]宋氏，追封昌国太夫人。大父[⑫]讳序，赠太子太傅。妣史氏，追封嘉国太夫人。考[⑬]讳洵，赠太子太师。妣程氏，追封成国太夫人。公生十年，而先君宦学四方。太夫人亲授以书，闻古今成败，辄能语其要。太夫人尝读《东汉史》，至《范滂传》，慨然太息。公侍侧曰："轼若为滂，夫人亦许之否乎？"[⑭]太夫人曰："汝能为滂，吾顾不能为滂母耶？"[⑮]公亦奋厉有当世志，太夫人喜曰："吾有子矣！"

比冠[⑯]，学通经史，属文日数千言。嘉祐二年，欧阳文忠公考试礼部进士，疾时文之诡异[⑰]，思有以救之。梅圣俞时与其事，得公《论刑赏》，以示文忠。文忠惊喜，以为异人，欲以冠多士[⑱]，疑曾子固[⑲]行为。子固，文忠门下士也，乃置公第二。复以《春秋》对义，居第一，殿试中乙科。以书谢诸公。文忠见之，以书语圣俞曰："老夫当避此人放出一头地。"士闻者始哗不厌[⑳]，久乃信服。

丁太夫人忧[㉑]，终丧。五年，授河南福昌主簿。文忠以直言荐之秘阁[㉒]。试六论，旧不起草，以故文多不工。公始具草，文义粲然，时以为难。比答制策，复入三等。除[㉓]大理评事、签书凤翔府判官。长吏意公文人，不以吏事责之[㉔]。公尽心其职，老吏畏服。关中自元昊叛命[㉕]，人贫役重，岐下岁以南山木筏自渭入河[㉖]，经底柱之险，衙前[㉗]以破产者相继也。

公遍问老校，曰："木筏之害本不至此，若河、渭未涨，操筏者以时进止，可无重费也，患其乘河、渭之暴多方害之耳。"公即修衙规，使衙前得自择水工，筏行无虞。乃言于府，使得系籍[28]。自是衙前之害减半。

治平二年，罢还[29]，判登闻鼓院[30]。英宗在藩[31]闻公名，欲以唐故事，召入翰林。宰相限以近例，欲召试秘阁。上曰："未知其能否故试，如苏轼有不能耶？"宰相犹不可。及试二论，皆入三等，得直史馆[32]。

丁先君忧，服除时熙宁二年也，王介甫用事[33]，多所建立。公与介甫议论素异，既还朝，置之官告院[34]。四年，介甫欲变更科举，上疑焉，使两制三馆[35]议之。公议上，上悟曰："吾固疑此，得苏轼议，意释然矣。"即日召见，问："何以助朕？"公辞避久之，乃曰："臣窃意陛下求治太急，听言太广，进人太锐。愿陛下安静以待物之来，然后应之。"上竦然听受，曰："卿三言，朕当详思之。"介甫之党皆不悦，命摄开封推官，意以多事困之[36]。公决断精敏，声问益远[37]。会上元，有旨市浙灯，公密疏旧例无有，不宜以玩好示人，即有旨罢。殿前初策进士，举子希合[38]，争言祖宗法制非是，公为考官，退拟答以进，深中其病，自是论事愈力，介甫愈恨。御史知杂事者为诬奏公过失，穷治无所得[39]。公未尝以一言自辨，乞外任避之，通判杭州。是时四方行青苗、免役、市易，浙西兼行水利、盐法，公于其间，常因法以便民，民赖以少安。

高丽人贡，使者凌蔑州郡，押伴使臣皆本路管库，乘势骄横，至与钤辖亢礼[40]。公使人谓之曰："远夷慕化而来[41]，理必恭顺。今乃尔暴恣，非汝导之，不至是也。不悛[42]，当奏之。"押伴者惧，为之小戢。使者发币[43]于官吏，书称甲子，公却之曰："高丽于本朝称臣，而不禀正朔，吾安敢受！"使者亟易书[44]，称熙宁，然后受之，时以为得体。吏民畏爱，及罢去，犹谓之学士，而不言姓。

自杭徙知密州，时方行手实法[45]，使民自疏财产以定户等，又使人得告其不实。司农寺又下诸路[46]，不时施行者以违制论[47]。公谓提举常平官曰："违制之坐，若自朝廷，谁敢不从？今出于司农，是擅造律也[48]，若何？"使者惊曰："公姑徐之。"未几，朝廷亦知手实之害，罢之。密人私以为幸。

郡尝有盗窃发而未获，安抚转运司忧之，遣一二班使臣领捍卒数十人，入境捕之。卒凶暴恣行，以禁物诬民[49]，入其家争斗至杀人，畏罪惊散，欲为乱。民诉之，公投其书不视曰："必不至此。"溃卒闻之少安，徐使人招出，戮之。

自密徙徐[50]。是时河决曹村，泛于梁山泊，溢于南清河。城南两山环绕，吕梁、百步扼之，汇于城下，涨不时泄。城将败[51]，富民争出避水。公曰："富民若出，民心动摇，吾谁与守？吾在是，水决不能败城。"驱使复入。公履屦仗策，亲入武卫营，呼其卒长，谓之曰："河将害城，事急矣，虽禁军宜为我尽力。"卒长呼曰："太守犹不避水潦，吾侪小人，效命之秋也。"执梃入火伍中，率其徒短衣徒跣持畚锸以出[52]，筑东南长堤，首起戏马台，尾属于城。堤成，水至堤下，害不及城，民心及安。然雨日夜不止，河势益暴，城不沉者三板[53]。公庐于城上，过家不入，使官吏分堵而守，卒完城以闻。复请调来岁夫增筑故城，为木岸，以虞水之再至。朝廷从之。讫事，诏褒之，徐人至今思焉。

徙知湖州，以表谢上。言事者擿[54]其语以为谤，遣官逮赴御史狱。初公既补外，见事有不便于民者，不敢言，亦不敢默视也，缘诗人之义，托事以讽，庶几有补于国。言者从而媒蘖[55]之。上初薄其过，而浸润不止，是以不得已从其请[56]。既付狱，吏必欲置之死，锻炼[57]久之不决。上终怜之，促具狱[58]，以黄州团练副使安置。公幅巾芒屩[59]，与田父野老相从溪谷之间，筑室于东坡，自号"东坡居士"。

五年，上有意复用，而言者沮之[60]。上手札徙汝州，略曰："苏轼黜居思咎，阅岁滋深，人材实难，不忍终弃。"未至，上书自言有饥寒之忧，有田在常，愿得居之。书朝入，夕报可。士大夫知上之卒喜公也。会晏驾，不果复用[61]。

至常[62]，以哲宗即位，复朝奉郎，知登州。至登，召为礼部郎中。公旧善门下侍郎司马君实及知枢密院章子厚，二人冰炭不相入。子厚每以谑侮困君实。君实苦之，求助于公。公见子厚曰："司马君实时望甚重。昔许靖以虚名无实见鄙于蜀先主，法正曰：'靖之浮誉，播流四海，若不加礼，必以贱贤为累。'先主纳之，乃以靖为司徒。许靖且不可慢，况君实乎？"子厚以为然，君实赖以少安。

既而，朝廷缘先帝意欲用公，除起居舍人。公起于忧患，不欲骤履要地，力辞之，见宰相蔡持正自言。持正曰："公徊翔久矣。朝中无出公右者[63]。"公固辞。持正曰:"今日谁当在公前者?"公曰:"昔林希同在馆中,年且长。"持正曰:"希固当先公耶?"卒不许。然希亦由此继补记注[64]。元祐元年,公以七品服入侍延和[65],即改赐银绯[66]。二年,迁中书舍人。时君实方议改免役为差役。差役行于祖宗之世,法久多弊,编户充役不习[67],官府吏虐使之,多以破产,而狭乡[68]之民或有不得休息者。先帝知其然,故为免役,使民以户高下出钱而无执役之苦。行法者不循上意,于雇役实费之外,取钱过多,民遂以病。若量出为入,毋多取于民,则足矣。君实为人,忠信有余而才智不足,知免役之害而不知其利,欲一切以差役代之。方差官置局[69],公亦与其选,独以实告,而君实始不悦矣。尝见之政事堂,条陈不可,君实忿然。公曰:"昔韩魏公[70]刺陕西义勇,公为谏官,争之甚力,魏公不乐,公亦不顾。轼昔闻公道其详,岂今日作相,不许轼尽言耶?"君实笑而止。公知言不用,乞补外,不许。君实始怒,有逐公意矣,会其病卒,乃已。时台谏官多君实之人,皆希合[71]以求进,恶公以直形己,争求公瑕疵。既不可得,则因缘熙宁谤讪之说,以病公[72]。公自是不安于朝矣。寻除翰林学士。

二年,复除侍读。每进读至治乱盛衰、邪正得失之际,未尝不反覆开导,觊[73]上有所觉悟。上虽恭默不言,闻公所论说,辄首肯喜之。

三年,权知礼部贡举。会大雪苦寒,士坐庭中。噤不能言。公宽其禁约,使得尽其技。而巡捕内臣伺其坐起,过为凌辱。公以其伤动士心、亏损国体奏之。有旨送内侍省挞而逐之,士皆悦服。尝侍上读祖宗宝训,因及时事,公历言今赏罚不明,善恶无所劝沮;又黄河势方西流,而强之使东;夏人寇镇戎,杀掠几万人,帅臣掩蔽不以闻,朝廷亦不问。事每如此,恐寖成衰乱之渐。当轴者[74]恨之,公知不见容,乞外任。

四年,以龙图阁学士知杭州。时谏官言:"前宰相蔡持正知安州,作诗借郝处俊事以讥刺时事。大臣议逐之岭南。"公密疏言:"朝廷若薄[75]确之罪,则于皇帝孝治为不足;若深罪确,则于太皇太后仁政为小累。谓宜皇帝降敕置狱逮治,而太皇太后内出手诏赦之,则仁孝两得矣。"宣仁后心善公言,而不能用。公出郊未发,遣内侍赐龙茶、银合,用前执政恩例[76],所以慰劳甚厚。

及至杭,吏民习公旧政,不劳而治,岁适大旱,饥疫并作。公请于朝,免本路上供米三之一，故米不翔贵[77]。复得赐度僧牒百，易米以救饥者。明年方春，即减价粜常平米，民遂免大旱之苦。公又多作饘粥、药剂，遣吏挟医，分坊治病，活者甚众。公曰："杭，水陆之会，因疫病死，比他处常多。"乃裒[78]羡缗得二千，复发私橐，得黄金五十两，以作病坊，稍畜钱粮以待之，至于今不废。是秋复大雨，太湖泛溢害稼。公度来岁必饥，复请于朝，乞免上供米半，又多乞度牒以籴常平米，并义仓所有，皆以备来岁出粜。朝廷多从之。由是吴越之民复免流散。

杭本江海之地，水泉咸苦，居民稀少。唐刺史李泌始引西湖水作六井，民足于水，故井邑日富。及白居易复浚西湖，放水入运河，自河入田，所溉至千顷。然湖水多葑[79]，自唐及钱氏，岁辄开治，故湖水足用。近岁废而不理，至是湖中葑田，积二十五万余丈，而水无几矣。运河失湖水之利，则取给于江潮。潮浑浊多淤，河行阛阓[80]中，三年一淘，为市井大患，而六井亦几废。公始至，浚茅山、盐桥二河。以茅山一河，专受江潮，以盐桥一河，专受湖水，复造堰闸，以为湖水畜泄之限，然后潮不入市。且以余力复完六井，民稍获其利矣。公间至湖上，周视良久曰："今欲去葑田。葑田如云，将安所置之？湖南北三十里，环湖往来，终日不达，若取葑田积之湖中为长堤，以通南北，则葑田去，而行者便矣。吴人种菱，春辄芟除，不遗寸草，葑田若去，募人种菱，收其利，以备修湖，则湖当不复堙塞。"乃取救荒之余，得钱粮以贯石数者万。复请于朝，得百僧度牒以募役者。堤成，植芙蓉、杨柳其上，望之如图画，杭人名之"苏公堤"。

杭僧有净源者，旧居海滨，与舶客交通牟利。舶至高丽，交誉之。元丰末，其王子义天来朝，因往拜焉。至是，源死，其徒窃持其画像，附舶往告。义天亦使其徒附舶来祭。祭讫，乃言国母使以金塔二，祝皇帝、太皇太后寿。公不纳而奏之曰："高丽久不入贡，失赐予厚利，意欲来朝矣，未测朝廷所以待之薄厚，故因祭亡僧而行祝寿之礼。礼意鲜薄，盖可见矣。若受而不答，则远夷或以怨怒；因而厚赐之，正堕其计。臣谓朝廷宜勿与知，而使州郡以理却之。然庸僧猾商，敢擅招诱外夷，邀求厚利，为国生事，其渐不可长，宜痛加惩创。"朝廷皆从之。未几，高丽贡使果至。公按旧例，使之所至吴越七州，实费二万四千余缗。而民间之费不在，乃令诸郡量事裁损。比至，民获交易之利，而无侵挠之害。

浙江潮自海门东来，势如雷霆，而浮山峙于江中，与渔浦诸山犬牙相错，洄洑激射[81]，岁败公私船不可胜计。公议自浙江上流地名石门，并山而东，凿为运河，引浙江及溪谷诸水二十余里以达于江。又并山为岸，不能十里，以达于龙山之大慈浦。自浦北折抵小岭。凿岭六十五丈以达于岭东古河。浚[82]古河数里以达于龙山运河，以避浮山之险。人皆以为便。奏闻，有恶公成功者，会公罢归，使代者尽力排之，功以不成。公复言："三吴之水，潴[83]为太湖。太湖之水，溢为松江以入海，海日两潮，潮浊而江清，潮水尝欲淤塞江路，而江水清驶，随辄涤去，海口尝通，则吴中少水患。昔苏州以东，公私船皆以篙行，无陆挽者[84]。自庆历以来，松江大筑挽路，建长桥以扼塞江路，故今三吴多水。欲凿挽路为千桥，以迅江势。"亦不果用，人皆恨之。公二十年间，再莅此州，有德于其人，家有画像，饮食必祝，又作生祠以报。

六年，召入为翰林承旨，复侍迩英[85]，当轴者不乐，风御史攻公。公之自汝移常也，授命于宋，会神考晏驾，哭于宋而南至扬州。常人为公买田书至，公喜作诗，有"闻好语"之句。言者妄谓公闻讳而喜，乞加深谴。然诗刻石有时日，朝廷知言者之妄，皆逐之。公惧，请外补，乃以龙图阁学士守颍。先是，开封诸县多水患，吏不究本末，决其陂泽，注之惠民河，河不能胜，则陈亦多水。至是，又将凿邓艾沟与颍河并，且凿黄堆，注之于淮，议者多欲从之。公适至，遣吏以水平准之，淮之涨水高于新沟几一丈，若凿黄堆，淮水顾流浸州境，决不可为。朝廷从之。

郡有宿贼尹遇等数人，群党惊劫，杀变主及捕盗吏兵者非一。朝廷以名捕不获，被杀者噤不敢言。公召汝阴尉李直方，谓之曰："君能擒此，当力言于朝，乞行优赏。不获，亦以不职[86]奏免君矣。"直方退，缉知群盗所在，分命弓手往捕其党，而躬往捕遇。直方有母，年九十，母子泣别而行。手戟刺而获之。然小不应格[87]，推赏不及。公为言于朝，请以年劳改朝散郎阶，为直方赏。朝廷不从。其后吏部以公当迁，以符会公考[88]，公自谓已许直方，卒不报。

七年，徙扬州。发运司旧主东南漕法，听[89]操舟者私载物货，征商不得留难，故操舟者富厚，以官舟为家，补其弊漏，而周船夫之乏困，故其所载率无虞而速达。近岁不忍征商之小失，一切不许，故舟弊人困，多盗所载以济饥寒，公私皆病。公奏乞复故，朝廷从之。未阅岁，以兵部尚书召还，兼侍读。是岁，亲祀南郊，为卤簿使[90]，导驾入太庙，有贵戚以其车从，争道不避仗卫。公于车中劾奏之。明日，中使传令申敕有司，严整仗卫，寻迁礼部，复兼端明殿、翰林侍读二学士。高丽遣使请书[91]于朝，朝廷以故事尽许之。公曰："汉东平王请诸子及《太史公书》，犹不肯与。今高丽所请，有甚于此，其可予之乎？"不听。公临事必以正，不能俯仰随俗，乞守郡自效。

八年，以二学士知定州，定州不治，军政尤弛，武卫卒骄堕不教，军校蚕食其廪赐，皆不敢呵问。公取其贪污甚者配隶远恶，然后缮修营房，禁止饮博，军中衣食稍足。乃部勒[92]以战法，众皆畏惧。故诸校多不自安者，有卒史复以赃诉其长。公曰："此事吾自治则可，汝若得告，军中乱矣。"亦决配之，众乃定。会春大阅，军礼久废，将吏不识上下之分，公命举旧典，元帅常服坐帐中，将吏戎服奔走执事。副总管王光祖自谓老将，耻之，称疾不出。公召书吏作奏，将上，光祖震恐而出，讫事，无敢慢者。定人言："自韩魏公去，不见此礼至今矣。"北戎久和，边兵不试，临事有不可用之忧，惟沿边弓箭社兵与寇为邻，以战射自卫，犹号精锐。故相庞公守边，因其故俗，立队伍将校，出入赏罚，缓急可使。岁久法弛，复为保甲所挠，渐不为用。公奏为免保甲及两税，折变科配[93]。长吏以时训劳，不报，议者惜之。时方例废旧人，公坐[94]为中书舍人日，草责降官制，直书其罪，诬以谤讪。

绍圣元年，遂以本官知英州，寻复降一官。未至，复以宁远军节度副使安置惠州。公以侍从齿岭南编户，独以少子过自随，瘴疠所侵，蛮蜒所侮，胸中泊然，无所蒂芥。人无贤愚，皆得其欢心，疾苦者畀之药，殒毙者纳之窾[95]。又率众为二桥，以济病涉者。惠人爱敬之。居三年，大臣以流窜者为未足也。四年，复以琼州别驾安置昌化。昌化，非人所居，食饮不具，药石无有。初僦官屋以庇风雨，有司犹谓不可，则买地筑室。昌化士人，畚土运甓以助之。为屋三间。人不堪其忧，公食芋饮水，著书以为乐，时从其父老游，亦无间[96]也。

元符三年，大赦，北还。初徙廉，再徙永，已乃复朝奉郎，提举成都玉局观[97]，居从其便。公自元祐以来，未尝以岁课乞迁，故官止于此，勋上轻车都尉，封武功县开国伯，食邑九百户。将居许，病暑暴下，中止于常。建中靖国元年六月，请老，以本官致仕。遂以不起。未终旬日，独以诸子侍侧曰："吾生无恶，死必不坠，慎无哭泣以怛化[98]。"问以后事，不答，湛然而逝，实七月丁亥也。

公娶王氏，追封通义郡君。继室以其女弟[99]，封同安郡君，亦先公而卒。子三人：长曰迈，雄州防御推官，知河间县事，次曰迨，次曰过，皆承务郎。孙男六人，箪、符、箕、籥、筌、筹。明年闰六月癸酉，葬于汝州郏城县钓台乡上瑞里。

公之于文，得之于天，少与辙皆师先君。初好贾谊、陆贽书，论古今治乱，不为空言。既而读《庄子》，喟然叹息曰："吾昔有见于中，口未能言，今见《庄子》，得吾心矣。"乃出《中庸论》，其言微妙，皆古人所未喻。尝谓辙曰："吾视今世学者，独子可与我上下耳。"既而谪居于黄，杜门深居，驰骋翰墨，其文一变，如川之方至，而辙瞠然不能及矣。后读释氏书，深悟实相，参之孔、老，博辩无碍，浩然不见其涯也。先君晚岁读《易》，玩其爻象，得其刚柔远近、喜怒逆顺之情以观其词，皆迎刃而解。作《易传》，未完。疾革[100]，命公述其志。公泣受命，卒以成书，然后千载之微言，焕然可知也。复作《论语说》，时发孔氏之秘。最后居海南，作《书传》，推明上古之绝学，多先儒所未达。既成三书，抚之叹曰："今世要未能信，后有君子当知我矣。"至其遇事所为诗、骚、铭、记、书、檄、论、撰，率皆过人。有《东坡集》四十卷，《后集》二十卷，《奏议》十五卷，《内制》十卷，《外制》三卷。公诗本似李、杜，晚喜陶渊明，追和之者几遍[101]，凡四卷。幼而好书，老而不倦，自言不及晋人，至唐褚、薛、颜、柳[102]，仿佛近之。平生笃于孝友，轻财好施。伯父太白早亡，子孙未立；杜氏姑卒，未葬。先君没，有遗言。公既除丧，即以礼葬姑；及官可荫补，复以奏伯父之曾孙彭。其于人，见善称之，如恐不及；见不善斥之，如恐不尽；见义勇于敢为，而不顾其害。用此数困于世，然终不以为恨。孔子谓伯夷、叔齐古之贤人，曰："求仁而得仁，又何怨？"公实有焉。铭曰：

苏自栾城，西宅于眉。世有潜德，而人莫知。猗欤[103]先君，名施四方。公幼师焉，其学以光。出而从君，道直言忠。行险如夷，不谋其躬。英祖擢之，神考试之。亦既知矣，而未克施。晚侍哲皇，进以诗书。谁实间之，一斥而疏。公心如玉，焚而不灰。不变生死，孰为去来。古有微言，众说所蒙。手发其枢[104]，恃此以终。心之所涵，遇物则见。声融金石，光溢云汉。耳目同是，举世毕知。欲造其渊，或眩以疑。绝学不继，如已断弦。百世之后，岂其无贤？我初从公，赖以有知。抚我则兄，诲我则师。皆迁于南，而不同归。天实为之，莫知我哀。

苏轼与苏辙有超乎寻常的兄弟情谊。他们在政治上荣辱与共，在文学上相互唱和，在生活上互相关心。苏轼死前，特意叮嘱要苏辙来为他写墓志铭。听到哥哥的死讯，苏辙内心的痛苦可想而知。怀着沉重的悲痛，苏辙提笔为哥哥写了此文。全文记录了苏轼的生平、好恶、为人，及从政的方式，对苏轼刚正善良、关心民众，坚持正义，不肯趋俗，豪放达观的人格给予了极高的评价，同时还称颂了苏轼勤奋好学的精神以及在文学上所取得的重大成就。

此文感情真挚而又客观公正，详略得当，叙述传神。

【注释】

①子瞻：苏轼，字子瞻，苏辙之兄。

②泽及鸟兽：连鸟兽都得到了皇帝的恩泽。

③被命：受命。

④被病：得病。

⑤无贤愚：无论贤愚。

⑥大学：太学，国家的学校。

⑦饭僧：给僧人施饭，以为苏轼念经超度。

⑧子为我铭：请你为我作墓志铭。

⑨小子忍铭吾兄：我怎么能忍心为我的哥哥作墓志铭呢？

⑩曾大父：曾祖父。

⑪妣：死去的母亲，这里指曾祖母。

⑫大父：祖父。

⑬考：死去的父亲。

⑭轼若为滂，夫人亦许之否乎：我若像范滂一样，夫人也会赞同吗？

⑮汝能为滂，吾顾不能为滂母耶：你能像范滂那样，我难道就不能像范滂母亲那样吗？

⑯比冠：到二十岁时。冠，古人二十岁行冠礼，表示已经成人。
⑰疾时文之诡异：对文风诡异的当代文章十分反感。
⑱欲以冠多士：准备将他排在众多应试者之首。
⑲曾子固：指曾巩。
⑳不厌：不服气。
㉑丁太夫人忧：遭母亲丧事，丁……忧，遭到……丧事。太夫人，母亲。
㉒秘阁：指尚书省。
㉓除：任命。
㉔不以吏责之：不太让他干什么行政上的事务。
㉕元昊叛命：元昊，指赵元昊，宋时的西夏主。先世拓夏州，元昊嗣立，袭封西平王。宋仁宗宝元元年反叛宋朝称帝，国号大夏。
㉖河：指黄河。
㉗衙前：宋代官役的一种，主管运送官物，看管府库粮仓或管理州县官府食物等。
㉘系籍：记录在册。
㉙罢还：任职期完还京师。
㉚判登闻鼓院：在登闻鼓院任判官。判，判官。登闻鼓院，古代帝王为了表示听取臣下谏议或冤情，悬鼓于朝堂外，许击鼓上闻，谓之登闻鼓。宋真宗景德四年置登闻鼓院，掌收臣民章奏。
㉛藩：封建王朝封给诸侯王的封国。
㉜得直史馆：得以在史馆中值班。史馆，编修国史的机构。
㉝王介甫用事：王安石当政。介甫，王安石的字。
㉞官告院：官署名。宋代设置，也作官诰院，掌管文武官将校告身及封赠等事务。
㉟两制三馆：宋代的高层政务机构。
㊱意以多事困之：意图是想用庞杂的事务来困扰他。
㊲声问益远：名望传得越发远了。
㊳希合：迎合。
㊴穷治无所得：痛加追究而什么也没查出来。
㊵与钤辖亢礼：与钤辖官分庭抗乱，钤辖，宋代武官名，总管军旅屯戍，营房守卫等。
㊶远夷慕化而来：远方的少数民族仰慕教化而来。
㊷不悛：不悔改。
㊸发币：发送礼品。币，古人作礼物的丝织品等。
㊹使者亟易书：使者赶快改变写法。
㊺手实法：宋熙宁中，王安石、吕惠卿等人所推行的一种新法。

㊻司农寺又下诸路：司农寺又向诸路传达。司农寺，官署名。宋神宗时，为推行新法的重要机构。青苗，免役，保甲等法都由这个部门制定推行。路，宋代的行政区域名称。

㊼以违制论：以违反制度规定论处。

㊽是擅造律也：这是擅自制造法律。

㊾以禁物诬民：诬告小民家中有朝廷禁止的物品。

㊿自密徙徐：自密州迁徙到徐州。

51城将败：城墙将被冲塌。

52徒跣持畚锸以出：光着脚，拿着筐锹出来（担土修城）。

53城不沉者三板：城墙还有三块板子那么高没被淹没。板，筑墙用的夹板。

54擿：挑选。

55媒蘖：比喻构陷诬害，酿成其罪。

56上初薄其罪，而浸润不止，是以不得已从其请：皇上一开始认为苏轼没什么大罪，但（那些陷害苏轼的人）一直不停地向皇上进谗言，最后皇上不得已，听从了他们的要求。薄，轻，认为……很轻。浸润，形容不断地进言，像水逐渐浸润一样。

57锻炼：罗织罪名。

58促具狱：敦促（他们）结案。具狱，结案。

59幅巾芒履：宽宽的头巾，穿着草鞋。

60而言者沮之：而那些曾攻击诬陷过苏轼的人阻挠了这件事。

61会晏驾，不果复用：正赶上皇帝去世，不能重新任用。果，实现。

62至常：到了常州。

63朝中无出公右者：朝中无人能排在（你）的前边了。右，古人以右为尊。

64然希亦由此继补记注：然而林希也因此被继补为记注。记注，朝廷中的一种官职名。

65延和：宋代朝廷中的内宫名。应指皇后、皇帝处理政务的地方。

66银绯：掺有银丝的丝织品。多为朝廷中的赐品。

67不习：不习惯。

68狭乡：土地面积少的乡。

69方差官置局：正差遣官吏，设立机构。

70韩魏公：指宋代的韩琦，他被封魏国公。

71希合：迎合。

72以病公：以陷害苏轼。

73觊：希望。

⑭当轴者:主政者。

⑮薄:轻,以……为轻。

⑯用前执政恩例:用前执政的恩遇来对待他。

⑰翔贵:特别贵。

⑱裒:聚集。

⑲葑:湖中的一种水草。

⑳阛阓:市区。

㉑洄洑激射:形容水势汹涌的样子。

㉒浚:疏通。

㉓潴:水停聚。

㉔无陆挽者:没有拉纤的。陆挽,犹言拉纤。

㉕迩英:在皇帝身边。

㉖不职:不称职。

㉗应格:合格。

㉘以符会公考:下达命令,让苏轼参加升迁考核。符,下达命令的文件。会考,综合考核。

㉙听:听任,任凭。

⑳卤簿使:皇帝驾出时仪仗队的官员。

㉑书:这里指书籍。

㉒部勒:部署调度。

㉓科配:即摊派。多指临时增加的租税。

㉔坐:因犯……罪或错误。

㉕窆:墓穴。

㉖无间:很亲密。

㉗玉局观:官署名,宋时于成都设玉局观。

㉘怛化:意思是不要惊动垂死之人。

㉙女弟:妹妹。

⑩疾革:病重。

⑩追和之者几遍:几乎追和遍了(陶渊明)的诗。

⑩褚、薛、颜、柳:唐代的四位书法家。褚,褚遂良。薛,薛稷。颜,颜真卿。柳,柳公权。

⑩猗欤:依靠。欤,语气词。

⑩枢:中心,精旨。

乞罢左右仆射蔡确韩缜状

右臣[1]顷论奏蔡确、韩缜才不足用及多过恶[2]，乞赐罢免，至今未见施行。确近已上章求退，而缜安然未有去意。臣恐陛下隐忍[3]不决，久失天下之望。

窃惟先帝在位仅二十年，励精政事，变更法度，将以力致太平，追复三代。是以擢任臣庶，至有起于小臣，十余年间致位公相。用人之速，近世无与比者。究观圣意，本欲求贤自助，以利安生民，为社稷长久之计。夫岂欲使左右大臣偷合苟容，出入唯唯，危而不持，颠而不扶，窃取利禄以奉养妻子而已哉！然自法行已来，民力困敝，海内悉怨。先帝晚年，寝疾弥留，照知前事之失，亲发德音，将洗心自新以合天意，而此志不遂，奄弃万国。天下闻之，知前日敝事皆先帝之所欲改，思慕圣德，继之以泣。是以皇帝践阼，圣母临政，奉承遗旨，罢道洛，废市易，损青苗，止助役，宽保甲，免买马，放修城池之役，复茶盐铁之旧，黜吴居厚、吕孝廉、宋用臣、贾青、王子京、张诚一、吕嘉问、蹇周辅等。命令所至，细民鼓舞相贺。

臣愚不知朝廷以为此数事者谁之过也。上则大臣蔽塞聪明，逢君于恶；下则小臣贪冒荣利，奔竞无耻。二者均皆有罪，则大臣以任重责重，小臣以任轻责轻，虽三尺童子所共知也。今朝廷既以罢黜小臣，至于大臣则因而任之，将复使燮和阴阳，陶冶民物，臣窃惑矣。窃惟朝廷之意，将以体貌大臣，待其愧耻自去，以全国体。今确、缜自山陵已后，犹端然在职，不宜引咎辞位以谢天下。

臣谨案确、缜受恩最深，作事最久，据位最尊，获罪最重，而有靦面目，曾不知愧！确等诚以昔之所行为是耶，则今日安得不争？以昔之所行为非耶，则昔日安得不言？穷究其心，所以安而不去者，不过以为是皆先帝所为而非吾罪也。夫为大臣，忘君徇己，不以身任罪戾，而归咎先帝，不忠不孝，宁有过此！臣窃不忍千载之后书之简策，大臣既自处无过之地，则先帝独被恶名，此臣所以痛心疾首，尝食不饱，至于涕泗之横流也。确等皆碌碌常才，无过人之实。朝廷将取其德，则不闻其孝弟可称；将取其才，则不闻其功业可纪；将取其学，则不闻其经术可师。徒以悦媚上下，坚固宠禄。陛下何不正确、缜之罪，上以为先帝分谤，下以慰天下之望。今独以法绳治小臣，而置确、缜，大则无以显扬圣考之遗意，小则无以安反侧之心。故臣窃谓大臣诚退，则小臣非建议造事之人可一切不治，使得革面从君，竭力自效，以洗前恶。

臣不胜狂愚，忘身为国，乞宣示此疏，使确、缜自处进退之分，臣虽万死，不以为恨。谨录奏闻，伏候敕旨[④]。

贴黄[⑤]：臣窃观察确所上表，虽外迫人言，若欲求退，而论功攘善，实图自安。所云“收拔当世之耆艾[⑥]以陪辅王室”者，臣谓当世之耆艾，乃确昔日之所抑远[⑦]者也；所谓“蠲省[⑧]有司之烦碎以慰安民心”，臣谓有司之烦碎，乃确昔日之所创造者也。此二事皆确为相无状，以累先帝之明。非陛下卓然独见，孰能行此！确既不自引咎，又反以为功，著之表疏，传之天下，则是确等所造之恶，皆归先帝，而陛下所行之善，皆归于确。臣不胜愤懑，乞赐详酌施行。

宋神宗死后，哲宗即位，因其太小，由太皇太后高氏（哲宗祖母）临朝听政，拜司马光为相，王安石的法被废除，王安石过去的一些同党也开始遭到清除。苏辙与司马光在政治上意见相同，司马光上台，苏辙被召回朝廷，任右司谏，上任不久，苏辙便将矛头直指王安石党徒中的两个重要人物——当时还居左右仆射职位的蔡确和韩缜。在这篇奏状中，苏辙用尖刻犀利的文笔，列举了蔡确、韩缜的种种恶行，揭露了他们的小人嘴脸。苏辙的文风一直以从容淡泊见长，而这篇文章却一反常态，如疾风暴雨，大义凛然，必欲除此二人而后快。

【注释】

①右臣：当时苏辙任右司谏，故称右臣。

②过恶：过失恶行。

③隐忍：犹豫。

④窃惟先帝在位仅二十年……谨录奏闻，伏候敕旨：这一段注释见前《颍滨遗老传上》中所注。

⑤贴黄：宋朝臣吏上奏状、札子用白纸。有未尽之意，摘要以黄纸另写附于正文之后，称“贴黄”。

⑥耆艾：受尊敬的长者。

⑦抑远：抑制远离。

⑧蠲省：减省，减少。

乞牵复英州别驾郑侠状

右臣窃见英州别驾郑侠[①]，昔以言事获罪，投窜南荒。侠有父年老，方将献言，自知必遭屏斥，取决于父[②]。父慨然许侠，誓不以生死为恨。而流放以来，迨今十年，屡经大赦，终不得牵复[③]。父日益老，而侠无还期。有志之士，为之涕泣。况自陛下临御，一新庶政[④]，凡侠所言，青苗、助役、市易、保甲等事，改更略尽。而侠以孤远，终无一人为言其冤者。臣与侠生平未尝识面，独不忍当陛下之世，有一夫不获其所[⑤]。是以区区为侠一言，仗望圣慈，特赐录用，使其父子生得相见，以慰天下忠直之望。谨录奏闻，伏候敕旨。

郑侠是个小官，但他对王安石变法所带来的灾难深感忧愤，便偷偷请人画了一幅流民图呈给皇帝。神宗看后深受感动，下诏自责，废除青苗等法，王安石被罢相。吕惠卿任相后，郑侠又上书论之，被流放到英州（今广东英德县）。哲宗即位，高后当朝，新法尽废。苏辙时为右司谏，写了这篇奏状给皇帝，为郑侠申冤，希望他能得到赦免，与老父团聚。此文虽短。但气势充沛，感染力很强。

【注释】

①郑侠：公元1040—1119年。初从学于王安石，后极力反对王安石所推行的新法。时遇大旱，侠以所见居民流离困苦之状，令画工画了一幅流民图上奏，神宗看后，下自责诏，罢除方田、保甲、青苗诸新法。王安石辞职，推荐吕惠卿代替自己。郑侠又上言说，王安石是为吕惠卿所误。于是他被斥徙英州，哲宗时得以回归。徽宗时复故官，很快又为蔡京所贬。归乡里以终。

②取决于父：由父亲最后决定。

③牵复：原为牵连反复。后为复原、复位之意。这里当复位讲。

④一新庶政：许多政务都被更新。

⑤不获其所：不得其所的意思。

再乞责降蔡京状

右臣近奏言:"知开封府蔡京施行差役事故意扰民以败成法[①],及曲法[②]庇盖段继隆赃污公事,乞先罢京差遣[③],及催督大理寺结绝断遣[④]。"至今多日,并不蒙施行。

京文学政事一无所长,人品至微,士论不与。若不因缘蔡卞与王安石亲戚,无缘兄弟并窃美官。今卞已自迫于公议求退,而京独昂然久据要地,众所不平。臣窃见左正言朱光庭言御史中丞黄履言事不称职,乞罢履侍读。履即时罢免,曾不旋踵。臣窃惟臣与朱光庭并系谏官,论奏群臣得失皆是本职。而蔡京罪犯明著,甚于黄履。陛下明圣,以至公御下,而谏官之言,皆击其罪,或行或否,众所不喻。皆谓韩缜初除右仆射日,黄履言缜过恶不任宰相,而蔡京不曾忤缜。是致行遣,有此同异。伏维朝廷本设谏官以几察[⑤]奸恶,为人主耳目之用。今臣等所言之人,韩缜欲行即行,欲止即止,则是谏官之职,乃所以为缜公报私怨,非复陛下耳目之官也。伏乞陛下检臣累奏,早赐降黜韩缜,仍先罢免蔡京差遣,及催大理寺结绝段继隆公事。无使谏官失职,宰相恣横,为吏民所共非笑。谨录奏闻,伏候敕旨。

贴黄:访闻近日,诸路盐司州郡,多以二月六日所降差役指挥,有不便事节,未敢便行,各具利害奏闻,显见事理明白,人情不远。苟无挟邪坏法之意,谁不论列?独蔡京以侍从之臣,居首善之地,更无一言,只于数日之内,催迫了当。用意不臧[⑥],深可忿疾,况京治段继隆事不公,外又曲庇僧录司公事。窃闻台谏官,并已曾劾奏,似此专务私徇,岂可复任京尹[⑦]!

哲宗即位,王安石新法尽废,但王安石的同党还位居要职。苏辙时任右司谏,多次弹劾,但朝廷态度暧昧。苏辙不能认同这个"善恶并存"的局面,一再上书,请求罢黜王安石党徒。这篇文章,就是再次请求责降王安石同党蔡京的。文中列举了蔡京的种种罪状，严加指责，力劝朝廷惩办他。

【注释】

①成法：长期延续下来的法律。

②曲法：犹言“枉法”。

③差遣：宋代官制，凡授正官，都给用以得到俸禄的虚衔，其实不任事。内外政务于正官外另立名称，以他官主管，称为差遣。

④结绝断遣：不再派给差遣。

⑤几察：考察。

⑥用意不臧：用意不善。臧，善，好。

⑦京尹：即京兆尹，京城的长官。

乞葬埋城外白骨状

右臣访问京城四门外所在白骨如麻，多是昔日筑城开濠死损人夫。东门外又为茶磨[①]弃水所浸，虽其间已埋瘗[②]者，土薄水深，亦皆发露，狼籍臭腐，不忍闻见。陛下躬行仁政，罢去苛法[③]，民心稍安。而京畿及诸路久旱，近日虽稍得雨，终未沾洽[④]，未必非积骸暴露冤气致此。况方春长养[⑤]，正是月令掩骼埋胔之时。臣欲乞选差一二廉干内臣，计会两赤县官吏，相度于闲隙地上，以砖作数大坟，如法藏掩，其合破费用，仍特支赐内藏库钱。诚使仁泽施及枯朽，或能感召和气，卒致丰岁。谨录奏闻，伏候敕旨。

此文是请皇上准许埋藏城外白骨的奏状，表现了苏辙一贯关心民众的态度。

【注释】

①茶磨：碾磨茶叶的器具。

②瘗：埋葬尸体。

③苛法：(百姓)过多承担的法令。

④沾洽：指下透了雨。

⑤方春长养：正值春天适于养生的时候。

乞责降韩缜第七状

右臣闻天下治乱，在君子小人进退之间耳。冰炭不可以一器[①]；枭鸾[②]不可以共栖；共鲧、皋繇[③]不可以同朝；颜回、盗跖[④]不可以并处。《传》曰："一薰一莸，十年尚犹有臭[⑤]。"夫君子推诚而不疑，故易欺；孤立而不党[⑥]，故易危；正言而不讳，故易间[⑦]；洁廉而不怀，故易去。小人则不然，窃用威福，以布私恩；交通左右，以结主知。顽钝无耻，奊诟无节[⑧]。故其合也易，而其去之也难。诚使君子小人同处，则小人必胜，君子必去。如薰之香，一日而亡；如莸之臭，十年而存。此理之必然者也。

陛下用司马光为相，虽应务[⑨]之才有所不周，而清德雅望，贤愚同敬。至于韩缜以屠沽[⑩]之行害于而家，以穿窬[⑪]之才凶于而国，皆有实状可以覆按，行路之人指目非笑，纷纭之论不可具载。此何等人也。而陛下使与光同列！以臣度之，不过一年，缜之邪计必行，邪党必胜，光不获罪而去，则必引疾而避矣。如人服药，用茯苓、乌喙合而并食之，陛下以为茯苓长年之功能胜乌喙杀人之毒乎？臣前后六上章，论缜过恶，乞正典刑，至今留中不下。陛下必谓缜先朝旧臣不可不用，则宜早罢光政事，使缜自引其类布列于朝。臣等亦当相率而避之，毋使邪正杂处而君子终被其祸。

自古四夷内侮，必于新故更代之际，主少国疑之时。故孝惠、高后之世，匈奴桀骜；唐太宗初即位，突厥奄至[⑫]渭北。今二虏蓄谋，安危未分，折冲御侮，专在辅弼[⑬]。去岁虏使入朝，见缜在位，使副相顾，反唇微笑，此何意也？虏诚见缜无状，举祖宗七百里之地无故与之，今其为政，我之利也，故喜而窃笑耳。启奸辱国，必始于是。北虏地界之谋出于耶律用正，今以为相。虏以辟国七百里而相用正，理固当尔；而朝廷以蹙[⑭]国七百里而相缜，臣愚所未谕也。臣闻之河东父老云：韩琦为太原，欲置范家东堡、范家西堡及赤泥胶三指挥弓箭手，恐虏以为言，乃召弓手节级高政，使干其事。政率其徒于厮逻台之南北，候伺虏人之樵采者，辄殴伤之。虏以为言，则曰“此汉界也”。移之争之，往反十数，卒得其要约，自厮逻台以南为汉界。而三指挥弓箭手，大获其用。及韩缜定地界，皆割与之，主户约一千五百余户，客户三四倍之，驱迫内徙，坟墓庐舍及所种田苗皆委之而南，老幼恸哭，所不忍闻，遂以天池岭为界。天池北距厮逻台尚二十五六里。异时虏欲祈福[15]，修天池庙，必牒[16]安抚司而后敢入，以明庙之属汉也。今亦为虏有。高政者，土豪也，有威名于北方，蕃汉目之为高大王。而天池庙神亦曰“高大王庙”。方割属虏时，政拊膺大恸，谓其徒曰：“我兄嫂今日陷蕃。”百姓数千人皆大哭。缜为侍从，仗节出使而卖国党寇，曾不如一弓手节级。此而可忍，孰不可忍！政数年前为大皇平巡检，年七十余，每见人论缜与燕复之奸，即欲食其肉。夫缜一商人也，入粟得司户参军。韩绛为宣抚始奏换武，边人疑其细作，而缜与之交私狎昵，无所不至，至呼为“燕二”，亦谓之“二哥”。割地之谋皆出于复。虏使梁永、萧禧本，以横山下大川为界，至七蕃岭下，乃斗入汉地，围裹此岭凡二十八里，意欲自此直至分水岭为界。边民大怒，有焦家弓箭手三百余人殴击北使，夺下梁永等，拄斧交倚[17]。虏不敢复南，仍自七蕃岭北转而西，以大川为界。燕复至雁门寨，亦为弓箭手所殴，匍匐入寨，闭门仅免。由此观之，边民皆忠愤不服，而北虏亦自知理曲[18]无词。使缜稍有臣子忠孝不负本朝之心，则七百里之地，必不至陷于寇仇之境也。火山、宁化之间，山林饶富，财用之薮[19]也。自荷叶、平芦、才山、雪山一带，直走瓦遥坞，南北百余里，东西四五十里，材木薪炭足以供一路，麋鹿雉兔足以饱数州，今皆失之。雪山有庙，河东一路牲币[20]所走，今亦为夷鬼矣。人神共怨，皆缜之罪。中国从来控扼卓望形势之地，如五蕃岭、六蕃岭、七蕃岭、黄嵬山之类，今皆为虏巢，下视忻、代，人马可数，异时用精兵数十万人未易复取，而用兵之策谁敢复议？以此知缜卖国之罪，百世不磨。若祖宗有灵，必不赦缜。

陛下近者降黜吴居厚、王子京、蹇周辅之流，皆以立法害民耳。黜其人，改其法，不数月而民复业矣。如缜之罪，智者不能复谋，仁者不能复安，疆埸之患，有不可测者，而陛下独赦之。臣不胜为国疾奸，忧深思远之至。伏乞检臣前后章疏，下三省两制，杂议正缜之罪，以告四方。有不如臣言，甘伏讪上[21]之罪。谨录奏闻，伏候敕旨。

这是苏辙第七次上书皇帝，请求降罪韩缜。言语之间，表达了一种你死我活的气概。此文的中心意思是说邪正不能杂处，君子与小人不可同朝共事，否则，君子必为小人所害。他认为，韩缜就像屠户、酒贩、窃贼一样的小人，品质低下。而司马光清德雅望，是谦谦君子。让他们同朝共事，司马光一定会被挤走，韩缜必会得势，国家必受其害。

此文言辞激烈，斩钉截铁。

【注释】

①一器：同一器具里。

②枭鸾：枭，一种凶猛的鸟。鸾，古代传说中一种神鸟。

③共鲧、皋繇：共鲧，相传为禹之父，封崇伯，治水无功，舜殛之于羽山。古史传说为四凶之一。皋繇，传说为舜之臣，掌刑狱之事。

④颜回、盗跖：颜回，孔子的得意门生。盗跖，跖，人名，被当时统治者称为强盗。

⑤一薰一莸，十年尚有臭：此句的大意是像“薰”这样的香草，一日味就没了。像“莸”这样的臭草，十年尚存其味。意思是臭味会压倒香味。薰，香草，莸，臭草。

⑥党：结党。

⑦间：离间。

⑧狊诟无节：大意是善于攻击别人的人没有操节。

⑨应务：应付政务。

⑩屠沽：屠夫和卖酒的人。

⑪穿窬：穿壁翻墙，指偷窃行为。穿，穿壁。窬，翻墙。

⑫奄至：突然到达。

⑬折冲御侮，专在辅弼：击退敌人，抵御侵侮，责任都在当政的大臣身上。折冲，使敌人的战车后撤，即击退敌人。辅弼，当政的重臣。

⑭蹙：紧缩。

⑮祈福：请求神明赐福。

⑯牒：写书通报。

⑰拄斧交倚：将作战用的斧子相互架靠在一起，以备敌人进犯。

⑱理曲：即理屈，没有道理。

⑲薮：人或东西聚集的地方。

⑳牲币：运送货物。牲，牲畜，用以运货。币，丝织品。

㉑讪上：诋毁、诽谤皇上。

言科场事状

右臣伏见尚书礼部会议科场欲复诗赋，议上未决，而左仆射司马光上言，乞以九经取士[①]，及令朝官以上，保任举人，为经明行修之科，至今多日，二议并未施行。臣窃惟来年秋赋[②]，自今以往，岁月无几，而议不时决，传闻四方，学者知朝廷有此异议，无所适从，不免惶惑澹乱。盖缘诗赋，虽号小技，而比次声律，用功不浅，至于兼治他经，诵读讲解，尤不可轻易。要之来年皆未可施行，臣欲乞先降指挥[③]，明言来年科场一切如旧，但所对经义，兼取注疏及诸家议论。或出已见，不专用王氏之学[④]，仍罢律义，令天下举人知有定论，一意为学，以待选试。然后徐议元祐五年以后科举格式，未为晚也。谨录奏闻，伏候敕旨。

王安石任相后，也对科考进行了改革，以他自己所著的书为范本来考试举子。司马光上台后，奏请皇上马上废除这一套作法，以九经取士。苏辙对此持有异议，希望能让应举者有个适应阶段，不要一下子什么都改了，缓冲一下，然后徐徐改革。为此，他写了这份奏状。

【注释】

①乞以九经取士：请求以考九经来选举士子。九经，儒家奉为经典的九种古籍，包括易、书、诗、礼、乐、春秋、论语等，但九种名目，相传不一。

②秋赋：秋天的科举考试。

③指挥：本指手的动作，引申为发令调遣。

④王氏之学：指王安石著述《诗·书新义》他以此为蓝本来考试天下应举者。

乞诛窜吕惠卿状

右臣闻汉武帝世，御史大夫张汤，挟持巧诈，以迎合上意，变乱货币，崇长犴狱[①]，使天下重足而立[②]，几至于乱，武帝觉悟，诛汤而后天下安；唐德宗世，宰相卢杞，妒贤疾能，戕害善类，力劝征伐，助成暴敛，使天下相率叛上，至于流播[③]，德宗觉悟，逐杞而后社稷复存。盖小人天赋倾邪，安于不义，性本阴贼，尤喜害人，若不死亡，终必为患。

臣伏见前参知政事吕惠卿，怀张汤之辨诈，兼卢杞之奸凶，诡变多端，敢行[④]无度，见利忘义，黜货[⑤]无厌。王安石初任执政，用之心腹。安石山野之人，强狠傲诞，其于吏事[⑥]冥无所知。惠卿指擿教导，以济其恶。青苗、助役议出其手。韩琦始言青苗之害，先帝知琦朴忠，翻然感悟，欲退安石而行琦言。当时执政皆闻德音，安石亦惶遽自失，亦累表乞退。天下欣然，有息肩[⑦]之望矣。惠卿方为小官，自知失势，上章乞对，力进邪说，荧惑[⑧]圣听，巧回天意。身为馆殿，摄行内侍之职，亲往传宣，以起安石，肆其伪辩，破难琦说，仍为安石画[⑨]劫持上下之策，大率多用刑狱以震动天下。自是诤臣吞声，有识丧气，而天下靡然矣。至于排周[⑩]忠良，引用邪党，惠卿之力，十居八九。

其后又建手实簿法。尺椽寸土，检括无遗；鸡豚狗彘，抄札殆遍。专用告讦，推析毫毛；鞭棰交下，纸笔翔贵；小民怨苦，甚于苗役。又因保甲正长给散青苗，结甲赴官，不遣一户。上下骚动，不安其生，遂致河北人户流移。虽上等富家，有驱领车牛，怀挟金银，流入襄、邓[⑪]者。旋又兴起大狱，以恐胁士人，如郑侠、王安国之徒，仅保首领而去。原其害心，本欲株连蔓引，涂污公卿，不止如此。独赖先帝天资仁圣，每事裁抑，故惠卿不得穷极其恶。不然，安常守道之士无噍类[⑫]矣。

既而惠卿自以赃罪被黜，于是力陈边事以中上心[⑬]。其在延安，始变军制，杂用蕃汉，上与冯京异论，下与蔡延庆等力争，惟党人徐禧助之，遂行其说。违背物情，坏乱边政，至今为患。西戎无变，妄奏警急，擅领大众，涉入虏境，竟不见敌，迁延[14]而归，糜费资粮，弃捐戈甲，以巨万计。恣行欺罔，坦若无人，立石纪功，使西戎晓然知朝廷有吞灭灵、夏之意。自是戎人怨畔，边鄙骚动，河、陇困竭，海内疲劳。永乐之败，大将徐禧本惠卿自布衣中保荐擢任，始终协议，遂付边政，败声始闻，震动宸极，循致不豫[15]，初实由此。边衅一生，至今为梗。及其移领河东，大发人牛，耕葭芦、吴堡两寨生地，托以重兵，方敢布种，投种而归，不敢复视。及至秋成，复以重兵防托，收刈所得，率皆秕稗[16]，雨中收获，即时腐烂。惠卿张皇其数牒转运司交割，妄言可罢馈运，其实所费不赀而无丝毫之利。边臣畏惮，皆不敢言。此则惠卿立朝事迹一二，虽复肆诸市朝[17]，不为过也。

若其私行险薄，非人所为，虽闾阎下贱，有不食其余者。安石之于惠卿，有卵翼之恩，有父师之义。方其求进，则胶固为一，更相汲引，以欺朝廷。及其权位既均，势力相轧，反眼相噬，化为仇敌。始安石罢相，以执政荐惠卿。既以得位，恐安石复用，遂起王安国、李士宁之狱，以捉其归[18]。安石觉之，被召即起，迭相攻击，期致死地。安石之党言惠卿使华亭知县张若济，借豪民朱华等钱置买田产，使舅郑膺请夺民田，使僧文捷请夺天竺僧舍。朝廷遣蹇周辅推鞠其事。狱将具，而安石罢去，故事不复究。案在御史，可覆视也。惠卿言安石相与为奸，发其私书，其一曰："无使齐年知。"齐年者，冯京也。京、安石皆生于辛酉，故谓之齐年。先帝犹薄其罪，惠卿复发。其一曰："无使上知。"安石由是得罪。夫惠卿与安石，出肺腑，托妻子，平居相结，唯恐不深，故虽欺君之言见于尺牍，不复疑间。惠卿方其无事，已一一收录，以备缓急之用，一旦争利，遂相抉擿[19]，不遗余力，必致之死。此犬彘之所不为，而惠卿为之。曾不愧耻！天下之士，见其在位，侧目畏之。

夫人君用人，欲其忠信于己，必取仁于父兄，信于师友，然后付之以事。故放麑违命也，而推其仁则可以托国；食子徇君也，而推其忍则至于弑君。栾布唯不废彭越之命[20]，故高祖知其贤；李绩唯不利李密之地[21]，故太宗许其义。二人终事二主，俱为名臣。何者？仁心所存，无施不可，虽公私有异，而忠厚不殊。至于吕布事丁原，则杀丁原，事董卓，则杀董卓；刘牢之事王恭，则反王恭，事司马元显，则反元显。背逆人理，世所共疑。

故吕布见诛于曹公，而牢之见杀于桓氏，皆以其平生反覆，势不可存。夫曹、桓，古之奸雄，驾驭英豪，何所不有？然推究利害，终畏此人。今朝廷选用忠信，唯恐不及，而置惠卿于其间，譬如薰莸杂处，枭鸾并栖，不惟势不两立，兼亦恶者必胜。况自去岁以来，朝廷废吴居厚、吕嘉问、蹇周辅、宋用臣、李宪、王中正等，或以牟利，或以黩兵，一事害民，皆不得逃谴。今惠卿身兼众恶，自知罪大而欲以闲地自免，天下公议未肯赦之。然近日言事之官，谕奏奸邪至于邓绾、李定之徒，微细毕举[22]，而不及惠卿者，盖其凶悍猜忍如蝮蝎，万一复用，睚眦必报[23]，是以言者未肯轻发。臣愚蠢寡虑，以为备位言责，与元恶同时而畏避隐忍，辜负朝廷。是以不惮死亡，献此愚直。伏乞陛下断自圣意，略正典刑，纵未以污鈇钺[24]，犹当追削官职，投畀四裔，以御魑魅。谨录奏闻，伏候敕旨。

贴黄：吕惠卿用事于朝，首尾十余年，操执威柄，凶焰所及甚于安石，引用邪党，布在朝右。臣今陈其罪恶，必阴有为之游说以破臣言者。唯圣明照察，不使孤忠横为朋党所害。

吕惠卿素称“双面人”，是个凶险奸诈，两面三刀的人物，是王安石变法的主要策划者。他因王安石而爬上高位，最后却告发王安石，必欲置之死地。哲宗即位，王安石变法尽被废除，而吕惠卿却没有受到应有惩罚。许多人都惧怕他的阴险，敢怒而不敢言。苏辙时任右司谏，挺身而出，写了这篇奏状，列举了吕惠卿种种恶行，毫不留情地揭露了他的小人嘴脸和丑恶品行。苏辙还列举许多历史人物作证，说明像吕惠卿这样的人不死，必为国家大患。

文章气势浩荡，咄咄逼人。笔锋所及，入木三分。

【注释】

①犴狱：牢狱。

②重足而立：即叠足而立。形容人们恐惧到一定程度，都不敢稍微动一动。

③流播：影响越来越大，人们争相效仿。

④敢行：大胆行为。

⑤黩货：贪污纳贿。

⑥吏事：作官吏方面的事。引申为政务。

⑦息肩：休息。

⑧荧惑：迷惑，惑乱。

⑨画：谋划。

⑩排周：排挤，排斥。

⑪襄、邓：二个地名。襄，在湖北省。邓在河南省。

⑫噍类：活着的人。

⑬力陈边事以中上心：极力陈述边界征战的事以迎合皇帝的心意。

⑭迁延：退却。

⑮不豫：没有准备，不可预料。此处为仓猝应战的意思。

⑯秕稗：没有长成的庄稼和田间野草。

⑰肆诸市朝：陈尸于市集。肆，古时处死刑后陈尸于市叫"肆"。市朝，市集。

⑱以捉其归：通过将与王安石关系密切的王安国、李士宁下狱审理来捉住王安石的把柄，以防他再归朝复位。

⑲抉擿：搜求选取（罪证）。

⑳栾布唯不废彭越之命：栾布，西汉人。少时为酒家佣人，又被掠卖为奴，后为梁王彭越大夫。汉高祖杀彭越，下令不许收尸，只有栾布前往哭泣，为吏所捕。汉高祖知其贤，释放了他，并封他为都尉。

㉑李绩唯不利李密之地：李绩不在李密的故地上求利。李密是瓦岗起义军首领，为唐所杀，李绩曾是他手下部将，后归唐，封英国公。

㉒微细毕举：连最细小的事情都举报。

㉓睚眦必报：曾对他怒目而视的人他一定要报复。睚眦，怒目而视。

㉔纵未以污鈇钺：纵使未足以判死罪。鈇钺，古时行刑的工具。污鈇钺，是一种蔑视的说法，"即杀了他有污鈇钺"的意思。

苏辙传

苏辙，字子由，年十九，与兄轼同登进士科，又同策制举，仁宗春秋高，辙虑或倦于勤，因极言得失，而于禁廷之事，尤为切至。曰：

陛下即位三十余年矣，平居静虑，亦尝有于此乎，无忧于此乎？臣伏读制策，陛下既有忧惧之言矣。然臣愚不敏，窃意陛下有其言耳，未有其实也。往者宝元、庆历之间，西夏作难，陛下昼不安坐，夜不安席，天下皆谓陛下忧惧小心如周文王。然自西方解兵，陛下弃置忧惧之心，二十年矣。古之圣人，无事则深忧，有事则不惧。夫无事而深忧者，所以为有事之不惧也。今陛下无事则不忧，有事则大惧，臣以为忧乐之节易矣。臣疏远小臣，闻之道路，不知信否？

近岁以来，宫中贵姬至以千数，歌舞饮酒，优笑无度，坐朝不闻咨谟，便殿无所顾问。三代之衰，汉，唐之季，女宠之害，陛下亦知之矣。久而不止，百蠹将由之而出。内则蛊惑之所污，以伤和伐性；外则私谒之所乱，以败政害事。陛下无谓好色于内，不害外事也，今海内穷困，生民愁苦，而宫中好赐不为限极，所欲则给，不问有无。司会不敢争，大臣不敢谏，执契持敕，迅若兵火，国家内有养士、养兵之费，外有契丹、西夏之奉，陛下又自为一阱以耗其遗余，臣恐陛下以此得谤，而民心不归也。

策入，辙自谓必见黜，考官司马光第以三等，范镇难之。蔡襄曰："吾三司使也，司会之言，吾愧之而不敢怨。"惟考官胡宿以为不逊，请黜之。仁宗曰："以直言召人，而以直言弃之，天下其谓我何？"宰相不得已，置之下等，授商州军事推官。时父洵被命修《礼书》，兄轼签书凤翔判官。辙乞养亲京师。三年，轼还，辙为大名推官。逾年，丁父忧。服除，神宗立已二年，辙上书言事，召对延和殿。

时王安石以执政与陈升之领三司条例，命辙为之属。吕惠卿附安石，辙与论多相牾。安石出《青苗书》使辙熟议，曰："有不便，以告勿疑。"辙曰:“以钱贷民,使出息二分,本以救民,非为利也。然出纳之际,吏缘为奸,虽有法不能禁,钱入民手,虽良民不免妄用;及其纳钱,虽富民不免逾限。如此,则恐鞭箠必用,州县之事不胜烦矣。唐刘晏掌国计,未尝有所假贷。有尤之者,晏曰:‘使民侥幸得钱,非国之福;使吏倚法督责,非民之便。吾虽未尝假贷,而四方丰凶贵贱,知之未尝逾时。有贱必籴,有贵必粜。以此四方无甚贵、甚贱之病,安用贷为?’晏之所言,则常平法耳。今此法见在而患不修,公诚能有意于民,举而行之,则晏之功可以俟也。”安石曰:“君言诚有理,当徐思之。”自此逾月不言青苗。

会河北转运判官王广廉奏乞度僧牒数千为本钱,于陕西漕司私行青苗法,春散秋敛,与安石意合,于是青苗法遂行,安石因遣八使之四方,访求遗利,中外知其必迎合生事,皆莫敢言。辙往见陈升之曰:“昔嘉祐末,遣使宽恤诸路,各务生事,还奏多不可行,为天下笑。今何以异此?”又以书抵安石,力陈其不可。安石怒,将加以罪,升之止之,以为河南推官。会张方平知陈州,辟为教授。三年,授齐州掌书记。又三年,改著作佐郎。复从方平签书南京判官。居二年,坐兄轼以诗得罪,谪监筠州盐酒税,五年不得调。移知绩溪县。

哲宗立,以秘书省校书郎召。元祐元年,为右司谏。宣仁后临朝,用司马光、吕公著,欲革弊事,而旧相蔡确、韩缜、枢密使章惇皆在位,窥伺得失,辙皆论去之。吕惠卿始谄事王安石,倡行虐政以害天下。及势钧力敌,则倾陷安石,甚于仇雠,世尤恶之,至是,自知不免,乞宫观以避贬窜。辙具疏其奸,以散官安置建州。

司马光以王安石雇役之害,欲复差役,不知其害相半于雇役。辙言:“自罢差役仅二十年,吏民皆未习惯。况役法关涉众事,根芽盘错,行之徐缓,乃得审详,若不穷究首尾,匆遽便行,恐既行之后,别生诸弊。今州县役钱,例有积年宽剩,大约足支数年,且依旧雇役,尽今年而止。催督有司审议差役,趁今冬成法,来年役使乡户。但使既行之后,无复人言,则进退皆便。”光又以安石私设《诗》《书》新义考试天下士,欲改科举,别为新格。辙言:“进士来年秋试,日月无几,而议不时决。诗赋虽小技,比次声律,用功不浅。至于治经,诵读讲解,尤不轻易。要之,来年皆未可施行。乞来年科场,一切如旧,惟经义兼取注疏及诸家议论,或出己见,不专用王氏学。仍罢律义，令举人知有定论，一意为学，以待选试，然后徐议元祐五年以后科举格式，未为晚也。”光皆不能从。

初，神宗以夏国内乱，用兵攻讨，乃于熙河增兰州，于延安增安疆、米脂等五砦。二年，夏遣使贺登位，使还，未出境，又遣使入境，朝廷知其有请兰州、五砦地意，大臣议弃守未决，辙言曰：“顷者西人虽至，疆场之事，初不自言。度其狡心，盖知朝廷厌兵，确然不请，欲使此议发自朝廷，得以为重，朝廷深觉其意，忍而不予，情得势穷，始来请命，一失此机，必为后悔。彼若点集兵马，屯聚境上，许之则畏兵而予，不复为恩；不予则边衅一开，祸难无已。间不容发，正在此时，不可失也，况今日之事，主上妙年，母后听断，将帅吏士，恩情未接，兵交之日，谁使效命？若其羽书沓至，胜负纷然，临机决断，谁任其责，惟乞圣心以此反覆思虑，早赐裁断，无使西人别致猖狂。”于是朝廷许还五砦，夏人遂服，迁起居郎，中书舍人。

朝廷议回河故道，辙为公著言：“河决而北，自先帝不能回。今不因其旧而修其未至，乃欲取而回之，其为力也难，而为责也重，是谓智勇势力过先帝也。”公著悟，竟未能用。进户部侍郎。辙因转对，言曰：“财赋之原，出于四方，而委于中都。故善为国者，藏之于民，其次藏之州郡。州郡有余，则转运司常足；转运司既足，则户部不困。唐制，天下赋税，其一上供，其一送使，其一留州。比之于今，上供之数可谓少矣。然每有缓急，王命一出，舟车相衔，大事以济。祖宗以来，法制虽殊，而诸道蓄藏之计，犹极丰厚。是以敛散及时，纵舍由已，利柄所在，所为必成。自熙宁以来，言利之臣，不知本末之术，欲求富国，而先困转运司。转运司既困，则上供不继；上供不继，而户部亦惫矣。两司既困，故内帑别藏，虽积如丘山，而委为朽壤，无益于算也。”寻又言：

臣以祖宗故事考之，今日本部所行，体例不同，利害相远，宜随事措置，以塞弊原。谨具三弊以闻：其一曰分河渠案以为都水监，其二曰分胄案以为军器监，其三曰分修造案以为将作监。三监皆隶工部，则本部所专，其余无几。出纳损益，制在他司。顷者，司马光秉政，知其为害，尝使本部收揽诸司利权，当时所收，不得其要，至今三案犹为他司所擅，深可惜也。

盖国之有财，犹人之有饮食。饮食之道，当使口司出纳，而腹制多寡。

然后分布气血，以养百骸，耳目赖之以为明，手足赖之以为力。若不专任口腹，而使手足、耳目得分治之，则虽欲求一饱不可得矣，而况于安且寿乎！今户部之在朝廷，犹口腹也，而使他司分治其事，何以异此？自数十年以来，群臣每因一事不举，辄入建他司，权利一分，用财无艺。他司以办事为效，则不恤财之有无；户部以给财为功，则不问事之当否。彼此各营一职，其事不复相知，虽使户部得材智之臣，终亦无益，能否同病，府库卒空。今不早救。后患必甚。

昔嘉祐中，京师频岁大水，大臣始取河渠案置都水监。置监以来，比之旧案，所补何事？而大不便者，河北有外监丞，侵夺转运司职事。转运司之领河事也，郡之诸埽，埽之吏兵、储蓄，无事则分，有事则合，水之所向，诸埽趋之，吏兵得以并功，储蓄得以并用。故事作之日，无暴敛伤财之患，事定之后，徐补其阙，两无所妨。自有监丞，据法责成，缓急之际，诸埽不相为用，而转运司不胜其弊矣。此工部都水监为户部之害，一也。

先帝一新官制，并建六曹，随曹付事，故三司故事多隶工曹，名虽近正而实非利。昔胄案所掌，今内为军器监而上隶工部，外为都作院而上隶提刑司，欲有兴作，户部不得与议，访问河北道近岁为羊浑脱，动以千计。浑脱之用，必军行之水，过渡无船。然后须之，而其为物，稍经岁月，必至蠹败。朝廷无出兵之计，而有司营戢，不顾利害，至使公私应副，亏财害物，若专在转运司，必不至此。此工部都作院为户部之害，二也。

昔修造案掌百工之事，事有缓急，物有利害，皆得专之。今工部以办职为事，则缓急利害，谁当议之。朝廷近以箔场竹箔，积久损烂，创令出卖，上下皆以为当。指挥未几，复以诸处营造，岁有科制，遂令般运堆积，以破出卖之计。臣不知将作见工几何，一岁所用几何？取此积彼，未用之间，有无损伤，而遂之计。本部虽知不便，而以工部之事，不敢复言，此工部将作监为户部之害，三也。

凡事之类此者多矣，臣不能遍举也。故愿明诏有司，罢外水监丞，举河北河事及诸路都作院皆归转运司，至于都水、军器、将作三监，皆兼隶户部，使定其事之可否，裁其费之多少，而工部任其功之良苦，程其作之迟速。苟可否、多少在户部，则伤财害民，户部无所逃其责矣。苟良苦、迟速在工部，则败事乏用，工部无所辞其谴矣，制出于一。而后天下贫富。可责之户部矣。

哲宗从之，惟都水仍旧。

朝廷以吏部元丰所定吏额。比旧额数倍，命辙量事裁减。吏有白中孚曰："吏额不难定也。昔之流内铨，今侍郎左选也，事之烦剧，莫过此矣。昔铨吏止十数，而今左选吏至数十，事不加旧而用吏至数倍，何也？昔无重法，重禄，吏通赇赂。则不欲人多以分所得，今行重法，给重禄，赇赂比旧为少，则不忌人多而幸于少事，此吏额多少之大情也。旧法，日生事以难易分七等，重者至一分，轻者至一厘以下，积若干分而为一人。今若取逐司两月事定其分数，则吏额多少之限，无所逃矣。"辙曰："此群吏身计所系也。若以分数为人数，必大有所损，将大致纷诉，虽朝廷亦不能守。"乃具以白宰执，请据实立额，俟吏之年满转出，或事故死亡者勿补，及额而止。不过十年，羡额当尽。功虽稍缓，而见吏知非身患。不复怨矣，吕大方命诸司吏任永寿与省吏数人典之，遂背辙议以立额，日裁损吏员，复以好恶改易诸局次。永寿复以赃刺配，大防略依辙议行之。代轼为翰林学士，寻权吏部尚书。使契丹，馆客者侍读学士王师儒能诵洵、轼之文及辙《茯苓赋》，恨不得见全集，使还，为御史中丞。

自元祐初，一新庶政，至是五年矣，人心已定，惟元丰旧党分布中外，多起邪说以摇憾在位，吕大防、刘挚患之，欲稍引用，以平夙怨，谓之"调停"。宣仁后疑不决，辙面斥其非，复上疏曰：

臣近面论，君子小人不可并处，圣意似不以臣言为非者，然天威咫尺，言词迫遽，有所不尽，臣而不言，谁当救其失者！亲君子，远小人，则主尊国安；疏君子，任小人，则主忧国殆。此理之必然，未闻以小人在外，忧其不悦而引之于内，以自遗患也。故臣谓小人虽不可任以腹心，至于牧守四方，奔走庶务，无所偏废可也。若遂引之于内，是犹患盗贼之欲得财，而导之于寝室，知虎豹之欲食肉，而开之以垌牧，无是理也，且君子小人，势同冰炭。同处必争，一争之后，小人必胜，君子必败，何者，小人贪利忍耻，击之则难去，君子洁身重义，沮之则引退。古语曰："一薰一莸，十年尚犹有臭。"盖谓此矣。

先帝聪明圣智，疾颓靡之俗，将以纲纪四方，比隆三代，而臣下不能将顺，造作诸法，上逆天意，下失民心，二圣因民所愿，取而更之，上下忻慰。

则前者用事之臣，今朝廷虽不加斥逐，其势亦不能复留矣。尚赖二圣慈仁，宥之于外，盖已厚矣。而议者惑于说，乃欲招而纳之，与之共事，谓之“调停”。此辈若返，岂肯但已哉？必将戕害正人，渐复旧事，以快私忿。人臣被祸，盖不足言。臣所惜者，祖宗朝廷也，惟陛下断自圣心，勿为流言所惑，勿使小人一进，后有噬脐之悔，则天下幸甚。

疏入，宣仁后命宰执读于帘前，曰：“辙疑吾君臣兼用邪正，其言极中理。”诸臣从而和之，“调停”之说遂已。

辙又奏曰：

“窃见方今天下虽未大治，而祖宗纲纪具在，州郡民物粗安。若大臣正己平心，无生事要功之意，因弊修法，为安民靖国之术，则人心自定，虽有异党，谁不归心？向者异同反覆之心，盖亦不足虑矣。但患朝廷举事，类不审详，曩者，黄河北流，正得水性，而水官穿凿，欲导之使东，移下就高，汩五行之理。及陛下遣使按视，知不可为，犹或固执不从。经今累岁。回河虽罢，减水尚存，遂使河朔生灵，财力俱困。今者西夏、青唐，外皆臣顺，朝廷招来之厚，惟恐失之。而熙河将吏创筑二堡，以侵其膏腴，议纳醇忠，以夺其节钺，功未可觊，争已先形。朝廷虽知其非，终不明白处置，若遂养成边衅，关陕岂复安居？如此二事，则臣所谓宜正己平心，无生事要功者也。

“昔嘉祐以前，乡差衙前，民间常有破产之患。熙宁以后，出卖坊场以雇衙前，民间不复知有衙前之苦。及元祐之初，务于复旧，一例复差，官收坊场之钱，民出衙前之费。四方惊顾，众议沸腾。寻知不可，旋之复雇。去年之秋，又复差法。又熙宁雇役之法，三等人户，并出役钱。上户以家产高强，出钱无艺，下户昔不充役，亦遣出钱，故此二等人户，不免咨怨。至于中等，昔既已自差役，今又出钱不多，雇法之行，最为其便，罢行雇法，上下二等，欣跃可知，唯是中等则反为害。且如畿县中等之家，例出役钱三贯，若经十年，为钱三十贯而已，今差役既行，诸县手力，最为轻役；农民在官，日使百钱，最为轻费。然一岁之用，已为三十六贯，二年役满，为费七十余贯，罢役而归，宽乡得闲三年，狭乡不及一岁。以此较之，则差役五年之费，倍于雇役十年。赋役所出，多在中等。如此条目，不便非一，故天下皆思雇役而厌差役，今五年矣。如此二事，则臣所谓宜因弊修法，为安民靖国之术者也。

“臣以闻见浅狭，不能尽知当今得失，然四事不去，如臣等辈犹知其非，而况于心怀异同，志在反覆，幸国之失，有以籍口者乎？臣恐如此四事，彼已默识于心，多造谤议，待时而发，以摇撼众听矣，伏乞宣谕宰执，事有失当，改之勿疑，法或未完，修之无倦，苟民心既得，则异议自消，陛下端拱以享承平，大臣逡巡以安富贵，海内蒙福，上下攸同，岂不休哉！大臣耻过，终莫肯改。

“六年，拜尚书右丞，进门下侍郎。初，夏人来贺登极，相继求和，且议地界。朝廷许约，地界已定，付以岁赐，久之，议不决。明年，夏人以兵袭泾原，杀掠弓箭手数千人，朝廷忍之不问，遣使往赐策命。夏人受礼倨慢，以地界为辞，不复入谢，再犯泾原。四年，来贺坤成节，且议地界，朝廷先以岁赐予之，地界又未决，夏人乃于疆事多方侵求，熙河将佐范育、种谊等，遂背约侵筑买孤、胜如二堡，夏人即平荡之。育等又欲以兵赵醇忠，及擅招其部人千余，朝廷却而不受，西边骚然。辙乞罢育、谊，别择老将以守熙河。宣仁后以为然，大臣竟主育、谊，不从。辙又面奏：人君与人臣，事体不同。人臣虽明见事非，而力所不加，须至且止；人君于事，不知则已，知而不能行，则事权去矣。臣今言此，盖欲陛下收揽威柄，以正君臣之分而已。若专听所谓，不以渐制之，及其太甚，必加之罪。不免逐去。事至如此，岂朝廷美事？故臣欲保全大臣，非欲害之也。

“六年，熙河奏：夏人十万骑压通远军境，挑掘所争崖巉，杀人三日而退。乞因其退，急移近里堡砦于界，乘利而往，不须复守诚信。”下大臣会议。辙曰：“当先定议欲用兵耶，不用耶？”吕大防曰：“如合用兵，亦不得不用。”辙曰：“凡用兵，先论理之曲直。我若不直，兵决不当用。朝廷须与夏人议地界，欲用庆历旧例，以彼此见今住处当中为直，此理最简直。夏人不从，朝廷遂不固执。盖朝廷临事，常患先易后难，此所谓先易者也。既而许于非所赐城砦，依绥州例，以二十里为界，十里为堡铺，十里为草地。要约才定，朝廷又要两砦界首侵夏地，一抹取直，夏人见从。又要夏界更留草地十里，夏人亦许。凡此所谓后难者也。今欲于定西城于陇诺堡一抹取直，所侵夏地凡百数十里，陇诺祖宗旧疆，岂所谓非所赐城砦耶？此则不直，致寇之大者也。”刘挚曰：“不用兵虽美，然事有须用兵者，亦不可不用也。”辙奏曰:“夏兵十万压熙河境上,不于他处,专于所争处杀人、掘崖巉,此意可见,此非西人之罪,皆朝廷不直之故。熙河辄敢生事,不守诚信,臣欲诘责帅臣耳。”后屡因边兵深入夏地,宣仁后遂从辙议。

时三省除李清臣吏部尚书,给事中范祖禹封还诏书,且言姚勔亦言之。三省复除蒲宗孟兵部尚书。辙奏:“前除清臣,给谏纷然,争之未定。今又用宗孟,恐不便。”宣仁后曰:“奈阙官何?”辙曰:“尚书阙官已数年,何尝阙事?今日用此二人,正与去年用邓温伯无异。此三人者,非有大恶,但昔与王珪、蔡确辈并进,意思与今日圣政不合。见今尚书共阙四人,若并用似此四人,使党类互进,恐朝廷自是不安静矣。”议遂止。

绍圣初,哲宗起李清臣为中书舍人,邓润甫为尚书左丞。二人久在外,不得志,稍复言熙、丰事以激怒哲宗意。会廷试进士,清臣撰策题,即为邪说。辙谏曰:

伏见御试策题,历诋近岁行事,有绍复熙宁、元丰之意,臣谓先帝以天纵之才,行大有为之志,其所设施。度越前古,盖有百世不可改者。在位近二十年,而终身不受尊号。裁损宗室,恩止袒免,减朝廷无穷之费。出卖坊场,顾募衙前,免民间破家之患。黜罢诸科诵数之学,训练诸将慵惰之兵。置寄禄之官,复六曹之旧,严重禄之法,禁交谒之私。行浅攻之策以制西夏,收六色之钱以宽杂役。凡如此类,皆先帝之睿算,有利无害,而元祐以来,上下奉行,未尝失坠也。至于其他,事有失当,何世无之。父作之于前,子救之于后,前世相济,此则圣人之孝也。

汉武帝外事四征,内兴宫室,财用匮竭,于是修盐铁、榷酤、均输之政,民不堪命,几至大乱。昭帝委任霍光,罢去烦苛,汉室乃定。光武、显宗以察为明,以谶决事,上下恐惧,人怀不安,章帝即位,深鉴其失,代之以宽厚、恺悌之政,后世称焉。本朝真宗右文偃武,号称太平,而群臣因其极盛,为天书之说。章献临御,揽大臣之议,藏书梓宫,以泯其迹;及仁宗听政,绝口不言。英宗自藩邸入继,大臣创濮庙之议,及先帝嗣位,或请复举其事,寝而不答,遂以安静。夫以汉昭、章之贤,与吾仁宗、神宗之圣,岂其薄于孝敬而轻事变易也哉?臣不胜区区,愿陛下反覆臣言,慎勿轻事改易。若轻变九年已行之事,擢任累岁不用之人,人怀私忿,而以先帝为辞,大事去矣。

哲宗览奏，以为引汉武方先朝，不悦。落职知汝州。居数月，元丰诸臣皆会于朝，再责知袁州，未至，降朝议大夫、试少府监，分司南京，筠州居住。三年，又责化州别驾，雷州安置，移循州。徽宗即位，徙永州、岳州，已而复太中大夫，提举凤翔上清太平宫。崇宁中，蔡京当国，又降朝请大夫，罢祠，居许州，再复太中大夫致仕。筑室于许，号颍滨遗老，自作传万余言，不复与人相见，终日默坐，如是者几十年。政和二年，卒，年七十四。追复端明殿学士。淳熙中，谥文定。

辙性沉静简洁，为文汪洋澹泊，似其为人，不愿人知之，而秀杰之气终不可掩，其高处殆与兄轼相迫，所著《诗传》《春秋传》《古史》《老子解》《栾城文集》并行于世。三子：迟、适、逊。族孙元老。

论曰：苏辙论事精确，修辞简严，未必劣于其兄。王安石初议青苗，辙数语柅之，安石自是不复及此，后非王广廉傅会，则此议息矣。辙寡言鲜欲，素有以得安石之敬心，故能尔也。若是者，轼宜若不及，然至论轼英迈之气，闳肆之文，辙为轼弟，可谓难矣。元祐秉政，力斥章、蔡，不主调停；及议回河、雇役，与文彦博、司马光异同；西边之谋，又与吕大防、刘挚不合。君子不党，于辙见之。辙与兄进退出处，无不相同，患难之中，友爱弥笃，无少怨尤，近古罕见，独其齿爵皆优于兄，意者造物之所赋与，亦有乘除于其间哉！